JEFFREY ARCHER

LA FALSIFICACIÓN

Traducción de
Margarita Cavándoli y Alberto Coscarelli

Grijalbo

Título original: *False Impression*

Primera edición: septiembre, 2006

Printed in Spain – Impreso en España

ISBN-13: 978-84-253-4057-4
ISBN-10: 84-253-4057-8

Depósito legal: B. 32.233-2006

Fotocomposición: Anglofort, S. A.

Impreso en SIAGSA
Ramón Casas, 2. Badalona (Barcelona)

Encuadernado en Artesanía Gráfica

GR 4 0 5 7 4

Para Tara

Agradecimientos

Me gustaría manifestar mi agradecimiento a las siguientes personas por la ayuda inconmensurable que me han prestado y los consejos que me han dado para esta obra: a Rosie de Courcy, a Mari Roberts, a Simon Bainbridge, a Victoria Leacock, a Kelley Ragland, a Mark Poltimore (director de pinturas de los siglos XIX y XX de Sotheby's), a Louis van Tilborgh (conservador de cuadros del Museo Van Gogh), a Gregory DeBoer, a Rachel Rauchwerger (directora de Art Logistics), al National Art Collections Fund, al Courtauld Institute of Art, a John Power, a Jun Nagai y a Terry Lenzer.

10-S

1

Victoria Wentworth cenaba sola ante la misma mesa en la que Wellington se había reunido con dieciséis oficiales de alto rango del ejército la víspera de su partida a Waterloo.

Aquella noche el general Harry Wentworth estaba sentado a la diestra del Duque de Hierro. Comandaba el flanco izquierdo de las tropas de Wellington cuando un vencido Napoleón abandonó el campo de batalla rumbo al exilio. Agradecido, el monarca concedió al general el título de conde de Wentworth, que la familia ostentaba con orgullo desde 1815.

Esas ideas rondaban la mente de Victoria cuando releyó el informe de la doctora Petrescu. Volvió la última página y dejó escapar un suspiro de alivio. Por fin habían encontrado una solución para todos sus problemas, literalmente en el último momento.

La puerta del comedor se abrió sin hacer ruido y Andrews, que de la condición de segundo lacayo a la de mayordomo había prestado servicios a tres generaciones de Wentworth, retiró hábilmente el plato de postre de la dama.

—Gracias —dijo Victoria y aguardó a que Andrews llegase a la puerta para añadir—: ¿Está todo preparado para la retirada del cuadro?

La mujer fue incapaz de pronunciar el nombre del pintor.

—Sí, milady —repuso Andrews y se volvió para mirar a su señora—. El cuadro será retirado antes de que baje a desayunar.

—¿Está todo listo para la visita de la doctora Petrescu?

—Sí, milady —repitió Andrews—. La doctora Petrescu llegará el miércoles, más o menos al mediodía, y ya he informado a la cocinera de que comerá con usted en el invernadero.

—Gracias, Andrews —concluyó Victoria.

El mayordomo hizo una ligera reverencia, salió y cerró la puerta sin hacer ruido.

Cuando llegase la doctora Petrescu, una de las joyas más queridas de la familia estaría de camino a Estados Unidos y, a pesar de que la obra maestra no volvería a verse en Wentworth Hall, tampoco hacía falta que se enterase nadie más allá de la familia más directa.

Victoria dobló la servilleta y se levantó de la mesa. Cogió el informe de la doctora Petrescu, cruzó el comedor y salió al pasillo. El sonido de sus pisadas retumbó en el corredor de mármol. Se detuvo al llegar a la escalera para contemplar con admiración el retrato de cuerpo entero que Gainsborough había realizado de lady Catherine Wentworth, que lucía un magnífico vestido largo de seda y tafetán que el collar de diamantes y los pendientes a juego no hacían más que destacar. Victoria se llevó la mano a la oreja y sonrió al pensar que, en época de su antepasada, esas chucherías extravagantes se habrían considerado subidas de tono.

Victoria miró hacia delante mientras ascendía por la ancha escalera de mármol hasta su dormitorio de la primera planta. Fue incapaz de mirar a los ojos a sus antepasados, a los que Romney, Lawrence, Reynolds, Lely y Kneller parecían haber dado vida. Era consciente de que les había fallado. Aceptó que antes de retirarse a sus aposentos debía escribir a su hermana para comunicarle la decisión que había tomado.

Arabella era muy lista y sensata. Si su querida gemela hubiera nacido unos minutos antes en lugar de unos minutos después, sería la heredera de las propiedades y, sin duda, habría afrontado el problema con mucho más aplomo. Por si eso fuera poco, cuando se enterase de las novedades, Arabella no se quejaría ni la regañaría, sino que se limitaría a seguir mostrando la flema que caracterizaba a la familia.

Victoria cerró la puerta del dormitorio, atravesó la estancia y dejó sobre su escritorio el informe de la doctora Petrescu. Se soltó el moño y dejó que el cabello cayese en cascada sobre sus hombros. Dedicó los minutos siguientes a cepillarse la melena, se quitó la ropa y se puso el camisón de seda que una doncella había dejado a los pies de la cama. Finalmente se calzó las zapatillas. Incapaz de eludir un minuto más sus responsabilidades, se sentó al escritorio y cogió la pluma.

Wentworth Hall
10 de septiembre de 2001

Mi queridísima Arabella:

He postergado demasiado tiempo la redacción de esta carta, ya que eres la última persona que merece enterarse de noticias tan angustiosas.

Cuando nuestro querido papá murió y heredé, tardé un tiempo en percatarme del verdadero alcance de las deudas que había contraído. Lamentablemente, mi falta de experiencia en los negocios, a lo que hay que sumar los abrumadores impuestos de sucesión, agravaron el problema.

Pensé que la solución consistía en pedir prestado más dinero, pero solo ha servido para empeorar las cosas. En cierto momento temí que, debido a mi ingenuidad, quizá tendríamos que vender las propiedades familiares, pero me alegra comunicarte que se ha encontrado una salida.

El miércoles me reuniré con...

Victoria tuvo la sensación de que oía cómo se abría la puerta del dormitorio. Se preguntó si entre sus criados había alguien capaz de presentarse sin llamar.

Cuando Victoria se volvió para ver quién era, la persona ya estaba a su lado.

Victoria contempló a la mujer, a la que hasta entonces jamás había visto. Era joven, delgada e incluso más baja que ella. Sonrió tiernamente, lo que le dio aspecto de vulnerable. Victoria respondió a su sonrisa y fue entonces cuando se percató de que en la mano derecha esgrimía un cuchillo de cocina.

—¿Quién...? —intentó decir Victoria cuando la mujer estiró la mano, la agarró del pelo y le apoyó la cabeza en el respaldo de la silla.

Victoria notó que la hoja delgada y afilada como una navaja rozaba la piel de su cuello. Con un veloz movimiento del cuchillo, la mujer le rajó el pescuezo como si fuera un cordero en el matadero.

Segundos antes de que Victoria muriese, la joven le cortó la oreja izquierda.

11-S

2

Anna Petrescu pulsó el botón de la parte de arriba del despertador de la mesilla. Marcaba las 5.56. Cuatro minutos después la habría despertado con el informativo de primera hora. Pero ese día no ocurriría. Su mente había discurrido a toda velocidad a lo largo de la noche, por lo que había dormido intermitentemente. Cuando por fin se despejó, Anna ya había decidido qué haría si el presidente no aceptaba sus recomendaciones. Desconectó el despertador automático para evitar las noticias que pudieran distraerla, se levantó de un salto y enfiló hacia el cuarto de baño. Permaneció bajo el agua fría de la ducha unos instantes más que de costumbre, con la esperanza de que contribuyese a despejarla por completo. A su último amante... bien sabe Dios cuánto tiempo había pasado desde entonces... a su último amante le resultaba gracioso que se duchase antes de salir a correr por la mañana.

En cuanto se secó, Anna se puso una camiseta blanca y pantalón corto azul. Aunque el sol todavía no había salido, tampoco hizo falta que descorriese las cortinas de su pequeño dormitorio para saber que el día sería despejado y soleado. Subió la cremallera de la chaqueta del chándal, que todavía mostraba el contorno de una P desteñida en la zona de la que había descosido la llamativa letra azul. Anna no quería pregonar el hecho de que en el pasado había formado parte del equipo de atletismo de la Universidad de Pensilvania. Al fin y al cabo, ya habían transcurrido nueve años. Finalmente se puso las deportivas Nike y ató los cordones con firmeza. Nada le molestaba tanto como tener que detenerse en medio de la carrera matinal para volver a atarlos. Esa mañana solo llevaba otra cosa: la llave de la puerta de su casa, ensartada en una delgada cadena de plata que le colgaba del cuello.

Anna echó el cerrojo a la puerta de su piso de cuatro dormitorios, recorrió el pasillo y pulsó el botón del ascensor. Mientras esperaba a que el pequeño cubículo ascendiera a regañadientes hasta el décimo piso, inició una serie de estiramientos que habría terminado antes de que el ascensor regresase a la planta baja.

Anna salió al vestíbulo y sonrió a su portero preferido, que se apresuró a abrir la puerta para que la mujer no tuviera que detenerse.

—Buenos días, Sam —saludó Anna mientras salía de Thornton House a la calle Cincuenta y cuatro Oeste y ponía rumbo a Central Park.

De lunes a viernes corría por el Southern Loop. Los fines de semana abordaba el recorrido más largo, de diez kilómetros, ya que daba igual que se retrasase unos minutos, pero ese día la puntualidad era importante.

Esa mañana Bryce Fenston también se levantó antes de las seis porque tenía una cita a primera hora. Mientras se duchaba, Fenston oyó el informativo matinal: un suicida se había autoinmolado en la orilla occidental del Jordán, acontecimiento que se había vuelto tan corriente como la previsión meteorológica o la última fluctuación de las divisas, por lo que no se sintió impulsado a subir el volumen.

«Otro día claro, soleado y con brisa suave, que soplará hacia el sudeste; dieciocho grados de mínima y veinticinco de máxima», informó la alegre meteoróloga mientras Fenston salía de la ducha. La sustituyó una voz más seria que comunicó que el índice Nikkei, de Tokio, había subido catorce puntos y el Hang Seng, de Hong Kong, había bajado uno. El FTSE londinense aún no había decidido qué rumbo tomaría. Pensó que no era probable que las acciones de Fenston Finance subiesen o bajaran espectacularmente, ya que solo dos personas más estaban al tanto de su discreto golpe. Fenston desayunaría con una a las siete y a las ocho despediría a la otra.

A las 6.40 Fenston había terminado de ducharse y vestirse. Estudió su imagen en el espejo y se dijo que le habría gustado ser cinco centímetros más alto y otros tantos más delgado, algo que quedaba resuelto con un sastre competente y un par de zapatos cubanos con plantillas especiales. También le habría gustado dejarse crecer el pelo, pero no podría hacerlo mientras hubiese tantos exiliados de su país que podían reconocerlo.

Aunque su padre había sido conductor de tranvía en Bucarest, cualquiera que se fijase en el hombre impecablemente vestido que salió del edificio de piedra caliza de la calle Setenta y nueve Este y subió a la limusina con chófer habría supuesto que había nacido en el elegante Este neoyorquino. Solamente quienes lo mirasen con más atención habrían detectado el pequeño diamante que lucía en la oreja izquierda, capricho que, en su opinión, lo distinguía de sus colegas más conservadores. Ningún integrante de su equipo se atrevía a llevarle la contraria.

Fenston se sentó en la parte trasera de la limusina.

—Al despacho —ordenó antes de pulsar el botón que había en el reposabrazos.

La pantalla de cristal gris ahumado se elevó y puso fin a toda conversación innecesaria entre Fenston y el chófer. Fenston cogió el ejemplar del *New York Times* que se encontraba en el asiento, a su lado. Lo hojeó para ver si algún titular llamaba su atención. Al parecer, el alcalde Giuliani había perdido la partida. Tras instalar a su amante en Gracie Mansion, había permitido que su esposa expresase su opinión sobre el tema ante cualquiera que estuviese dispuesto a escucharla. Y esa mañana le había tocado al *New York Times.* Fenston echaba un vistazo a las páginas de economía cuando el chófer giró por Roosevelt Drive y llegó a las necrológicas en el momento en que la limusina se detuvo frente a la Torre Norte. Hasta el día siguiente nadie imprimiría la única necrológica que le interesaba pero, para ser justos, también había que decir que en Estados Unidos nadie sabía que estaba muerta.

—A las ocho y media tengo una cita en Wall Street —comunicó Fenston al chófer cuando este abrió la portezuela—. Recógeme a las ocho y cuarto.

El chófer asintió al tiempo que Fenston se alejaba en dirección al vestíbulo. Aunque en la torre había noventa y nueve ascensores, solo uno subía directamente hasta el restaurante del piso ciento siete.

Una vez Fenston había calculado que pasaría una semana de su vida en los ascensores. Un minuto después, cuando abandonó el ascensor, el *maître* reconoció a su cliente habitual, inclinó ligeramente la cabeza y lo acompañó a la mesa del rincón, la que daba a la estatua de la Libertad. En la única ocasión en la que había llegado y comprobado que la mesa que le gustaba estaba ocupada, Fenston había dado media vuelta y regresado directamente al ascensor. Desde entonces, cada mañana la mesa del rincón permanecía libre... por las dudas.

Fenston no se sorprendió cuando vio que Karl Leapman lo esperaba. En los diez años que hacía que trabajaba para Fenston Finance, Leapman no había llegado tarde ni una sola vez. Fenston se preguntó cuánto tiempo llevaba allí sentado, simplemente para cerciorarse de que el presidente no se le adelantaba. Fenston echó un vistazo al hombre que, una y otra vez, le había demostrado que no había alcantarilla a la que no estuviese dispuesto a bajar por su jefe. También hay que reconocer que Fenston fue la única persona dispuesta a ofrecer trabajo a Leapman cuando salió de la cárcel. Los letrados expulsados del colegio de abogados y con una condena de cárcel por fraude no suelen encontrar socios.

Fenston tomó la palabra incluso antes de sentarse:

—Como ahora estamos en posesión del Van Gogh, esta mañana solo nos queda analizar una cuestión. ¿Cómo nos deshacemos de Anna Petrescu sin que sospeche de nosotros?

Leapman abrió la carpeta que tenía delante y sonrió.

3

Esa mañana nada había salido tal como estaba previsto.

Andrews había comunicado a la cocinera que subiría la bandeja con el desayuno de la señora en cuanto retirasen el cuadro. La cocinera se encontraba mal a causa de la migraña, por lo que su segunda, que no era una chica fiable, se encargó de preparar el desayuno de la señora. La furgoneta blindada del servicio de seguridad se presentó con cuarenta minutos de retraso y el joven y descarado conductor se negó a irse sin tomar café con galletas. La cocinera jamás habría cedido ante semejantes tonterías, pero la situación superó a su sustituta. Media hora después, Andrews los encontró sentados a la mesa de la cocina y de cháchara.

Andrews se alegró de que la señora no hubiese dado señales de vida antes de la partida del conductor de la furgoneta. Comprobó que en la bandeja no faltaba nada, volvió a doblar la servilleta y abandonó la cocina para subir el desayuno a su jefa.

Sostuvo la bandeja sobre la palma de una mano y, con la otra, llamó delicadamente a la puerta del dormitorio antes de abrirla. Al ver a la señora tumbada en el suelo, en un charco de sangre, el mayordomo lanzó una exclamación, soltó la bandeja y corrió hacia el cadáver.

Aunque era evidente que lady Victoria llevaba muerta varias horas, a Andrews ni se le ocurrió llamar a la policía antes de informar de la tragedia a la siguiente persona en la línea de sucesión de las propiedades Wentworth. Abandonó velozmente el dormitorio, cerró la puerta con llave y, por primera vez en su vida, bajó corriendo la escalera.

Arabella Wentworth atendía a alguien cuando Andrews llamó. La mujer colgó, se disculpó ante el cliente y explicó que tenía que marcharse inmediatamente. Cambió el letrero de ABIERTO por el de CERRADO y echó el cerrojo a la puerta de su pequeña tienda de antigüedades segundos después de que Andrews pronunciase la palabra «emergencia», vocablo que no le había oído decir en cuarenta y nueve años.

Un cuarto de hora después, Arabella detuvo su coche en la grava de la calzada de acceso a Wentworth Hall. Andrews la esperaba inmóvil en el escalón más alto.

—Milady, lo siento muchísimo —dijo escuetamente el mayordomo a la nueva dueña y la condujo al interior de la casa y por la ancha escalera de mármol.

Al ver que Andrews se apoyaba en la barandilla para mantener el equilibrio, Arabella supo que su hermana había muerto.

Con frecuencia Arabella se había preguntado cómo reaccionaría ante una crisis. Experimentó un gran alivio porque no se desmayó, pese a que se sintió espantosamente asqueada cuando vio por primera vez el cadáver de su hermana. De todos modos, estuvo en un tris de caerse redonda. Lo miró por segunda vez y, antes de alejarse, se aferró al poste de la cama para recuperarse.

Había sangre por todas partes: se había coagulado en la alfombra, en las paredes, en el escritorio e incluso en el techo. Arabella hizo un esfuerzo sobrehumano, soltó el poste de la cama y se arrastró hasta el teléfono de la mesilla de noche. Se desplomó en el lecho, cogió el teléfono y marcó el número de emergencias. Cuando respondieron y preguntaron con qué servicio quería hablar, respondió:

—Con la policía.

Arabella colgó. Estaba decidida a llegar a la puerta del dormitorio sin volver la vista atrás, hacia el cadáver de su hermana. No lo consiguió. Solo le echó un vistazo y fue entonces cuando reparó en la carta dirigida a «Mi queridísima Arabella». Aferró la misiva inacabada, pues no le apetecía compartir con la policía los últimos pensamientos de su hermana. Se guardó la carta en el bolsillo y abandonó el dormitorio sin tenerlas todas consigo.

4

Anna corrió hacia el oeste por la calle Cincuenta y cuatro Este, pasó frente al Museo de Arte Moderno, cruzó la Sexta Avenida y torció a la derecha en la Séptima. Apenas echó un vistazo a los hitos conocidos de la impresionante escultura dedicada al amor, que dominaba la esquina de la calle Cincuenta y cinco Este, y al Carnegie Hall cuando cruzó la Cincuenta y siete. Dedicó casi todas sus energías y concentración a tratar de evitar a los madrugadores habituales mientras se apresuraban hacia ella y bloqueaban su paso. Anna consideraba que el trayecto hasta Central Park solo era un ejercicio de calentamiento, por lo que puso en marcha el cronómetro que llevaba en la muñeca izquierda únicamente cuando franqueó Artisans' Gate y corrió por el parque.

En cuanto adquirió un ritmo regular, Anna intentó centrarse en la reunión programada con el presidente del banco para las ocho de esa misma mañana.

Se había sorprendido y también había experimentado cierto alivio cuando Bryce Fenston le ofreció un puesto en Fenston Finance, pocos días después de que abandonase su cargo como número dos del departamento de Sotheby's dedicado a los impresionistas.

Su inmediato superior había dejado muy claro que toda posibilidad de progreso quedaría bloqueada durante una temporada después de que Anna reconociese que era la responsable de haber perdido la venta de una gran colección a favor de Christie's, el rival principal. Anna había dedicado meses a mimar, halagar y cuidar a ese cliente en concreto para que eligiese a Sotheby's a la hora de desprenderse de las posesiones familiares y, al compartir el secreto con su amante, supuso ingenuamente que sería discreto. Al fin y al cabo, era abogado.

Cuando el nombre del cliente apareció en la sección del *New York Times* dedicada a las artes, Anna se quedó sin amante y sin trabajo. No la ayudó que al cabo de unos días el mismo periódico mencionase que la doctora Anna Petrescu había abandonado Sotheby's «bajo sospecha», lo cual no era más que un eufemismo para decir que la habían puesto de patitas en la calle, y el columnista tuvo a bien acotar que no era necesario que se tomase la molestia de solicitar trabajo en Christie's.

Bryce Fenston asistía habitualmente a las principales subastas de impresionistas, por lo que tenía que haber visto a Anna junto al podio del subastador, tomando notas y desempeñando la función de observadora. A la doctora Petrescu le molestaba la más mínima alusión a que su belleza y su figura atlética eran el motivo por el que en Sotheby's le asignaban habitualmente esa posición tan destacada en lugar de situarla a un costado de la sala de subastas, junto a los demás observadores.

Anna consultó el cronómetro al pasar por Playmates Arch: dos minutos y dieciocho segundos. Siempre intentaba realizar el recorrido completo en doce minutos. Sabía que no era demasiado rápido, pero todavía le molestaba que la adelantasen y se sentía muy contrariada si lo hacía una mujer. Había llegado en nonagésimo séptimo lugar en el maratón de Nueva York del año anterior, de modo que casi ningún ser bípedo la adelantaba en su carrera matinal por Central Park.

Volvió a pensar en Bryce Fenston. Hacía tiempo que los que estaban estrechamente vinculados con el mundo artístico, ya fuesen casas de subastas, las galerías principales o marchantes particulares, sabían que Fenston acumulaba una de las más grandes colecciones de impresionistas. Junto a Steve Wynn, Leonard Lauder, Anne Dias y Takashi Nakamura, Fenston solía estar entre los últimos postores que pujaban por las adquisiciones más importantes. En el caso de esa clase de coleccionistas, lo que suele comenzar como un inocente pasatiempo puede convertirse rápidamente en una adicción que engancha tanto como las drogas. Para Fenston, que poseía un ejemplar de cada uno de los grandes impresionistas salvo de Van Gogh, la mera idea de poseer una obra del maestro holandés era como una inyección de heroína pura y en cuanto adquiría un cuadro, enseguida necesitaba otra dosis, como el adicto tembloroso que busca al camello. Su traficante era Anna Petrescu.

Cuando leyó en el *New York Times* que Anna se marchaba de Sotheby's, Fenston se apresuró a ofrecerle un puesto en la junta y un salario que reflejaba la seriedad con la que pretendía seguir acrecentando su pinacoteca. Lo que llevó a Anna a aceptar fue saber que Fenston también era originario de Rumanía. Ese hombre le recordaba constantemente que, al igual que ella, había escapado del opresivo régimen de Ceausescu y buscado refugio en Estados Unidos.

Pocos días después de que comenzase a trabajar en el banco, Fenston sometió a prueba la experiencia de Anna. La mayoría de las preguntas que le planteó durante la primera reunión que mantuvieron, en la que compartieron el almuerzo, se refirieron a los conocimientos de Anna sobre las grandes colecciones que seguían en manos de familias de segunda y tercera generación. Después de seis años en Sotheby's, prácticamente no había obra impresionista importante que fuera a subasta que no hubiese pasado por las manos de la doctora Petrescu o que, como mínimo, no hubiese visto e incorporado a su base de datos.

Una de las primeras lecciones que Anna aprendió al entrar a trabajar en Sotheby's fue que el dinero rancio solía ser el del vendedor y el de los nuevos ricos el comprador, razón por la cual entró en contacto con lady Victoria Wentworth, hija mayor del séptimo conde de Wentworth, por lo que se trataba de dinero rancio rancísimo, en nombre de Bryce Fenston, que representaba dinero nuevo novísimo.

Anna se mostró sorprendida por la obsesión de Fenston con las colecciones de los demás hasta que se enteró de que la política del banco consistía en adelantar grandes sumas de dinero con obras de arte como aval. Muy pocos bancos están dispuestos a considerar el «arte», cualquiera que sea su vertiente, como garantía subsidiaria. Admiten propiedades, acciones, bonos, terrenos e incluso joyas, pero casi nunca obras de arte. Los banqueros no entienden ese mercado y son reacios a sacar esos bienes a sus clientes, entre otras cosas porque almacenar obras de arte, asegurarlas y, en la mayoría de los casos, acabar por venderlas no solo lleva tiempo, sino que resulta poco práctico. Fenston Finance era la excepción que confirma la regla. Anna no tardó en averiguar que Fenston no apreciaba realmente el arte ni tenía demasiados conocimientos del tema. Cumplía al pie de la letra una afirmación de Oscar Wilde: «Hombre que conoce el precio de todo y el valor de nada», aunque Anna tardó un tiempo en descubrir sus verdaderos motivos.

Uno de los primeros encargos de Anna consistió en viajar a Inglaterra y tasar los bienes de lady Victoria Wentworth, cliente potencial que había solicitado un préstamo elevado a Fenston Finance. La colección Wentworth era típicamente inglesa; la había creado el segundo conde, un aristócrata excéntrico, con mucho dinero, bastante buen gusto y vista suficiente como para que las generaciones posteriores lo describiesen como un aficionado con gran talento. Compró a sus compatriotas cuadros de Romney, West, Constable, Stubbs y Morland, así como un magnífico Turner titulado *Atardecer en Plymouth.*

El tercer conde no mostró el menor interés por el arte, de modo que la colección acumuló polvo hasta que su hijo, el cuarto conde, heredó los bienes y también el ojo clínico del abuelo.

Jamie Wentworth estuvo casi un año fuera de su país de origen y llevó a cabo lo que entonces se denominaba la gran gira. Visitó París, Amsterdam, Roma, Florencia, Venecia y San Petersburgo antes de regresar a Wentworth Hall con un Rafael, un Tintoretto, un Tiziano, un Rubens, un Holbein y un Van Dyck, por no hablar de una esposa italiana. De todos modos, fue Charles, el quinto conde, el que por motivos desacertados superó a sus antepasados. Charlie también era coleccionista, pero no se dedicó a los cuadros, sino a las amantes. Tras un frenético fin de semana en París, que básicamente pasó en el hipódromo de Longchamp, aunque también estuvo en una habitación del Crillon, su última yegua lo convenció de que comprase a su médico un cuadro de un artista desconocido. Charlie Wentworth volvió a Inglaterra sin amante y con una pintura que relegó a un dormitorio de invitados, si bien en la actualidad muchos admiradores de Van Gogh consideran que *Autorretrato con la oreja vendada* figura entre sus mejores obras.

Anna ya había advertido a Fenston que tuviese cuidado a la hora de comprar un Van Gogh porque con demasiada frecuencia las atribuciones eran más dudosas que los banqueros de Wall Street, comparación que a Fenston no le gustó nada. Le informó de que había varias falsificaciones en colecciones privadas e incluso una o dos en grandes galerías, incluida la que colgaba del Museo Nacional de Oslo. Tras estudiar la documentación que acompañaba el *Autorretrato* de Van Gogh, incluidos la mención de Charles Wentworth en una de las cartas del doctor Gachet, la factura de ochocientos francos de la venta original y el certificado de autentificación de Louis van Tilborgh, conservador de cuadros del Museo Van Gogh de Amsterdam, Anna se sintió lo bastante segura como para anunciar al presidente que el magnífico retrato era, ciertamente, obra de la mano del maestro.

Para los amantes de Van Gogh, *Autorretrato con la oreja venda-*

da es el no va más. A pesar de que pintó treinta y cinco autorretratos, el maestro solo intentó realizar dos después de cortarse la oreja izquierda. Lo que hacía que esta pintura fuera tan deseable para cualquier coleccionista serio era que el otro colgaba de las paredes del Courtauld Institute de Londres. Anna estaba cada vez más preocupada por los extremos a los que Fenston estaba dispuesto a llegar con tal de conseguir la obra.

La experta en arte pasó diez días muy agradables en Wentworth Hall, en los que se dedicó a catalogar y tasar la colección de la familia. A su regreso a Nueva York comunicó a la junta, compuesta básicamente por compinches de Fenston o políticos encantados de aceptar migajas, que en el caso de que fuese necesario proceder a la venta, los bienes cubrirían con creces el préstamo bancario, que ascendía a treinta millones de dólares.

Aunque no tenía el menor interés por los motivos por los que lady Wentworth necesitaba una cifra tan considerable, con frecuencia Anna había oído a Victoria referirse a la pena por la muerte prematura de su «querido papá», a la jubilación del administrador de los bienes, un hombre de plena confianza, y a la iniquidad de tener que pagar el cuarenta por ciento de impuestos de sucesión por vivir en Wentworth Hall. Una de sus frases preferidas era: «Si Arabella hubiese nacido unos segundos antes...».

En cuanto estuvo de vuelta en Nueva York, Anna recordó cada cuadro y escultura de la colección de Victoria sin necesidad de consultar papeles. La única habilidad que la distinguía de sus compañeros de universidad y de sus colegas de Sotheby's era la memoria fotográfica. Le bastaba ver una vez un cuadro y jamás olvidaba la imagen, su procedencia o su emplazamiento. Por puro juego, los domingos ponía a prueba esa habilidad mediante el simple expediente de visitar una galería que no conocía, una sala del Museo Metropolitano o simplemente estudiando el último catálogo comentado. Al regresar al apartamento apuntaba el nombre de cada cuadro que había visto y después los cotejaba con los diversos catálogos. Desde que terminó la universidad, Anna había incorporado al banco de su memoria el Louvre, el Prado, los Uffizi, la National Gallery de Washington, la colección Phillips y el museo Getty. En la base de datos de su cerebro almacenaba treinta y siete colecciones privadas e innumerables catálogos, habilidad por la cual Fenston había estado dispuesto a arriesgarse y pagar.

La responsabilidad de Anna se limitaba a tasar las colecciones de clientes potenciales y presentar informes escritos a fin de que la junta los considerase. Jamás se involucraba en la redacción de los contratos, faceta que correspondía exclusivamente a Karl Leapman, el abogado interno del banco. De todas formas, en cierta ocasión Victoria dejó caer que el banco le cobraba un dieciséis por ciento de interés compuesto. Anna no tardó en percatarse de que las deudas, la ingenuidad y la falta de experiencia financiera eran los ingredientes gracias a los cuales Fenston Finance prosperaba. Se trataba de un banco que parecía regodearse ante la incapacidad que los clientes tenían de saldar sus deudas.

Anna aceleró el paso al pasar junto al tiovivo. Consultó el cronómetro: doce segundos de más. Hizo un mohín de contrariedad pero, por suerte, nadie la había adelantado. Volvió a pensar en la colección Wentworth y en las recomendaciones que esa misma mañana haría a Fenston. A pesar de que llevaba menos de un año en la empresa y de que era dolorosamente consciente de que, de momento, no podía albergar la esperanza de conseguir trabajo en Sotheby's o en Christie's, Anna llegó a la conclusión de que tendría que dimitir si el presidente no estaba dispuesto a aceptar sus consejos.

A lo largo del último año había aprendido a convivir con la vanidad de Fenston e incluso a soportar sus estallidos ocasionales cuando no se salía con la suya, pero no podía permitir que engañase a un cliente, sobre todo a una clienta tan ingenua como Victoria Wentworth. Es posible que dejar Fenston Finance tras un período tan corto no quedara bien en su currículo, pero una investigación en curso por fraude sería mucho peor.

5

Leapman bebió un sorbo de café y preguntó:

—¿Cuándo sabremos si está muerta?

—Espero la confirmación esta misma mañana —repuso Fenston.

—Me alegro, porque tendré que ponerme en contacto con su abogado para recordarle... —Leapman hizo una pausa—, para recordarle que en el caso de muerte en circunstancias extrañas... —Volvió a detenerse unos segundos y concluyó—: Para recordarle que, en ese caso, todo acuerdo es competencia de los juzgados de Nueva York.

—Resulta curioso que nadie haga preguntas sobre esa cláusula del contrato —comentó Fenston y untó un panecillo con mantequilla.

—¿Por qué razón iban a hacerlo? —inquirió Leapman—. Al fin y al cabo, no tienen forma humana de saber que van a morir.

—¿Existe algún motivo por el cual la policía pueda sospechar que estamos implicados?

—No —repuso Leapman—. Nunca te has entrevistado con Victoria Wentworth, no firmaste el contrato original ni has visto el cuadro.

—Con excepción de la familia Wentworth y de Petrescu, nadie lo ha visto —precisó Fenston—. De todos modos, lo que quiero saber es cuánto tiempo ha de pasar hasta que pueda... sin correr riesgos...

—Es difícil decirlo, pero podrían transcurrir años hasta que la policía esté dispuesta a reconocer que ni siquiera tiene un sospechoso, sobre todo tratándose de un caso tan sonado.

—Bastará con un par de años —opinó Fenston—. Para entonces los intereses sobre el préstamo serán más que suficientes como para garantizar que puedo retener el Van Gogh y vender el resto de la colección sin perder nada de la inversión original.

—En ese caso, es una suerte que haya leído el informe de Petrescu cuando lo hice ya que, si Victoria Wentworth hubiese seguido sus recomendaciones, ahora estaríamos atados de pies y manos.

—Estoy totalmente de acuerdo. Ahora tenemos que encontrar la manera de deshacernos de Petrescu.

Una delgada sonrisa se dibujó en los labios de Leapman.

—Es muy fácil. Basta con aprovecharnos de su única debilidad.

—¿A qué te refieres? —quiso saber Fenston.

—A su honradez.

Arabella estaba a solas en el salón y le resultaba imposible asimilar cuanto acontecía a su alrededor. La taza de té Earl Grey se había enfriado sobre la mesa y ni siquiera se había dado cuenta. El sonido más intenso de la estancia era el tictac del reloj colocado en la repisa de la chimenea. Para Arabella el tiempo se había detenido.

En la calzada de grava estaban aparcados varios coches patrulla y una ambulancia. Vestidos de uniforme, con batas blancas, trajes oscuros e incluso mascarillas, los que se habían presentado iban y venían cumpliendo sus menesteres sin molestarla.

Se oyó una suave llamada a la puerta. Arabella levantó la cabeza y vio a un viejo amigo en el umbral. El inspector jefe de la policía se quitó la gorra con visera rodeada de galón plateado al tiempo que entraba en el salón. Arabella se incorporó del sofá, muy pálida y con los ojos rojos de tanto llorar. El hombre alto se agachó, la besó con cariño en las mejillas y esperó a que volviese a sentarse para ocupar su sitio en el sillón de orejas tapizado en cuero, frente al sofá. Stephen Renton le dio sinceramente el pésame; hacía muchos años que conocía a Victoria.

Arabella se lo agradeció, se enderezó en el sofá y preguntó con voz queda:

—¿Quién pudo cometer semejante atrocidad, sobre todo tratándose de una mujer tan inocente como Victoria?

—Evidentemente, no existe una respuesta sencilla ni lógica a tu pregunta —repuso el inspector jefe—. Tampoco ayuda que transcurrieran varias horas hasta que encontraron el cadáver, lo que permitió que el agresor tuviese tiempo más que suficiente de huir. —Hizo una pausa—. Querida, ¿estás en condiciones de responder a mis preguntas?

Arabella asintió.

—Haré lo que pueda para ayudarte a encontrar al agresor —contestó y resaltó la última palabra con acritud.

—En otra situación, la primera pregunta que plantearía en una investigación por asesinato sería si tu hermana tenía enemigos, pero debo reconocer que, conociéndola como la conocía, me parece imposible. Sin embargo, me veo en la obligación de preguntarte si estabas al tanto de que Victoria tal vez tenía problemas, ya que... —Titubeó—. Hace tiempo que en el pueblo corren rumores de que a la muerte de vuestro padre, tu hermana tuvo que afrontar deudas considerables.

—La verdad es que no lo sé —reconoció Arabella—. Después de casarme con Angus, solo veníamos de Escocia a pasar un par de semanas en verano y una Navidad sí y otra no. Solo después de la muerte de mi marido volví a vivir en Surrey. —El inspector jefe asintió, pero no la interrumpió—. También me llegaron los mismos rumores. El cotilleo local incluso hizo correr la voz de que parte de los muebles de mi tienda procedían de la finca y sirvieron para que Victoria siguiese pagando al servicio.

—¿Crees que hay algo de verdad en esos rumores? —inquirió Stephen.

—En absoluto —replicó Arabella—. Cuando Angus falleció y vendí nuestra granja de Perthshire me quedó más que suficiente para volver a Inglaterra, abrir la tienda y convertir un pasatiempo de toda la vida en un negocio rentable. De todos modos, varias veces pregunté a mi hermana si los comentarios sobre la situación económica de nuestro padre eran ciertos. Victoria negó que existieran problemas y siempre aseguró que estaba todo controlado. También hay que tener en cuenta que tenía a papá en un pedestal y que, en su opinión, no hacía nada mal.

—¿Se te ocurre algo que nos dé una pista sobre los motivos por los que...?

Arabella se incorporó y, sin dar explicaciones, caminó hasta el escritorio situado en la otra punta del salón. Cogió la carta manchada de sangre que había encontrado en la mesilla de noche de su hermana y se la entregó a Renton.

Stephen leyó dos veces la misiva inacabada y preguntó:

—¿Sabes a qué se refería Victoria con la frase «se ha encontrado una salida»?

—No tengo ni idea —reconoció Arabella—, aunque es posible que pueda responder a esa pregunta en cuanto hable con Arnold Simpson.

—Lo que dices no me inspira la menor confianza.

Arabella reparó en ese comentario, pero no dijo nada. Sabía que por instinto el inspector jefe desconfiaba de todos los abogados que, al parecer, eran incapaces de disimular la convicción de que eran superiores a cualquier funcionario de policía.

Stephen Renton se levantó, dio unos pasos, se sentó junto a Arabella y le cogió la mano.

—Arabella, llámame cuando quieras y procura no tener muchos secretos conmigo porque necesito saberlo todo... y, cuando digo todo, quiero decir todo para averiguar quién asesinó a tu hermana.

Arabella no respondió.

Anna maldijo para sus adentros cuando un hombre atlético y moreno corrió tranquilamente a su lado, tal como había hecho varias veces durante las últimas semanas. No se volvió para mirarla, algo que los corredores serios jamás hacían. Anna supo que intentar seguir su ritmo sería inútil, pues en un centenar de metros dejaría de sentir las piernas. Una vez había detectado una mirada de soslayo de ese hombre misterioso, que enseguida se alejó, por lo que volvió a contemplar la espalda de su camiseta verde esmeralda mientras el desconocido avanzaba hacia Strawberry Fields. Anna intentó dejar de pensar en ese individuo y concentrarse nuevamente en la reunión con Fenston.

Ya había enviado una copia de su informe al despacho del presidente y su recomendación consistía en que el banco vendiera el autorretrato lo más rápidamente posible. Conocía a un coleccionista de Tokio que estaba obsesionado con Van Gogh y que disponía de los yenes necesarios para demostrarlo. Ese cuadro en concreto presentaba otra debilidad que podría aprovechar, hecho que había resaltado en el informe. Van Gogh era un gran admirador del arte japonés y en la pared de detrás de su retrato había reproducido el grabado *Geishas en un paisaje*, por lo que Anna consideraba que la pintura sería todavía más irresistible para Takashi Nakamura.

Nakamura era presidente de la empresa acerera más importante de Japón y últimamente había dedicado cada vez más tiempo a acrecentar su colección de arte que, según informó, formaría parte de la fundación que, llegado el momento, legaría a la nación. Anna también consideraba ventajoso que Nakamura fuese un individuo profundamente reservado, que protegía los detalles de su colección privada con típica inescrutabilidad nipona. Esa venta permitiría que Victoria Wentworth salvara las apariencias, algo que el japonés comprendería perfectamente. En cierta ocasión Anna había comprado un Degas para Nakamura, *La clase de danza con madame Minette*, del que el vendedor había querido deshacerse en privado, servicio que las grandes salas de subastas ofrecen a quienes desean evitar la mirada curiosa de los periodistas que remolonean en sus salones. Confiaba en que, como mínimo, Nakamura ofrecería sesenta millones de dólares por esa excepcional obra maestra del holandés. Por lo tanto, si Fenston aceptaba su propuesta, y lo cierto es que no tenía motivos para rechazarla, todos quedarían satisfechos con el resultado.

Al pasar por Tavern on the Green, Anna volvió a consultar el cronómetro. Tendría que acelerar el paso si pretendía regresar a Artisans' Gate en menos de doce minutos. Mientras corría cuesta abajo llegó a la conclusión de que no debería permitir que su opinión personal de una clienta empañara su raciocinio pero, francamente, Victoria necesitaba toda la ayuda de la que pudiera disponer. Mientras franqueaba Artisans' Gate, Anna paró el cronómetro: doce minutos y cuatro segundos. ¡Maldición!

Correteó lentamente en dirección a su apartamento y no reparó en que el hombre de la camiseta verde esmeralda la vigilaba con gran atención.

6

Jack Delaney aún no había decidido si Anna Petrescu era o no una delincuente. El agente del FBI la observó cuando se fundió con el gentío mientras regresaba a Thornton House. En cuanto desapareció de su vista, Jack siguió corriendo por Sheep Meadow rumbo al lago. Pensó en la mujer que investigaba desde hacía un mes y medio. Sus pesquisas estaban obstaculizadas por el hecho de que no quería que Anna se enterase de que el FBI también investigaba a su jefe, de quien no le cabía la menor duda que era un delincuente.

Había transcurrido casi un año desde que Richard W. Macy, su agente supervisor en jefe, lo había convocado a su despacho para asignarle un equipo de ocho agentes a fin de abordar una nueva misión. Jack debía investigar tres asesinatos violentos, cometidos en tres continentes, que compartían una característica: a cada una de las víctimas le habían quitado la vida en un momento en el que también tenían cuantiosos préstamos pendientes de pago con Fenston Finance. Jack no tardó en llegar a la conclusión de que los asesinatos fueron planificados y realizados por un profesional.

Jack tomó un atajo por Shakespeare Garden y emprendió el regreso hacia su pisito del West Side. Acababa de terminar el expediente sobre la recluta más reciente de Fenston y aún no había decidido si era una cómplice servicial o una ingenua inocente.

Había comenzado por los orígenes de Anna y descubierto que, en 1972, su tío George Petrescu había emigrado de Rumanía y se había asentado en Danville, en Illinois. Pocas semanas después de que Ceausescu fuera designado presidente, George había escrito a su hermano para suplicarle que viajase a Estados Unidos. Cuando Ceausescu convirtió Rumanía en república socialista y a su esposa, Elena, en vicepresidenta, George escribió a su hermano e insistió en su invitación, en la que incluyó a su joven sobrina Anna.

Aunque se negaron a abandonar su patria, los padres de Anna permitieron que la muchacha de diecisiete años saliera secretamente de Bucarest en 1987 y embarcase rumbo a Estados Unidos para reunirse con su tío. Le prometieron que regresaría en cuanto Ceausescu fuese depuesto. Anna jamás volvió. Escribió regularmente a sus padres y les rogó que viajasen a Estados Unidos, pero casi nunca obtuvo respuesta. Dos años después se enteró de que habían asesinado a su padre en una escaramuza fronteriza en un intento de derrocar al dictador. Su madre insistió en que jamás abandonaría la patria que la había visto nacer y en ese momento su excusa fue que, si se iba, nadie se ocuparía de la tumba del padre de Anna.

Por otro lado, uno de los miembros del equipo de Jack había averiguado, gracias a un artículo, que Anna escribía para la revista de su instituto. Una de sus compañeras también escribió acerca de la chica delicada, de largas trenzas rubias y ojos azules que procedía de una ciudad llamada Bucarest y sabía tan poco inglés que ni siquiera era capaz de recitar la promesa de lealtad cuando por la mañana formaban filas. Al final del segundo curso de instituto, Anna era la jefa de redacción de la revista de la que Jack había obtenido gran parte de la información.

En el instituto Anna obtuvo una beca para estudiar historia del arte en la Williams University de Massachusetts. Un periódico local publicó que ganó la milla interuniversitaria contra Cornell, con un tiempo de cuatro minutos y cuarenta y ocho segundos. Jack siguió los progresos de Anna hasta la Universidad de Pensilvania, donde prosiguió los estudios de doctorado y escogió el movimiento fauvista como tema de su tesis. Jack tuvo que consultar el significado de esa palabra en el diccionario Webster. Se refería a un grupo de pintores encabezados por Matisse, Derain y Vlaminck, que pretendían apartarse de las influencias del impresionismo y dedicarse al uso de colores brillantes y contrastados. También se enteró de que el joven Picasso había dejado España para reunirse con el grupo en París, donde escandalizó al público con cuadros que *Paris Match* definió como «de efímera importancia», al tiempo que aseguraba a sus lectores que «la cordura retornará». En Jack aumentaron las ganas de informarse más a fondo sobre Vuillard, Luce y Camois, artistas de los que jamás había oído hablar. De todas maneras, ese asunto tendría que esperar a un rato en el que no estuviera de servicio, a menos que se convirtiese en una prueba para apresar a Fenston.

Terminados los estudios en Pensilvania, la doctora Petrescu comenzó a trabajar en Sotheby's como graduada en prácticas. La información de Jack sobre este período era algo imprecisa, ya que solo pudo permitir que sus agentes tuvieran un contacto relativo con los antiguos colegas de Anna. También se enteró de su memoria fotográfica, de su formación rigurosa y de que todos la apreciaban, desde los conserjes hasta el presidente. Nadie quiso explayarse sobre el significado de «bajo sospecha», si bien descubrió que, mientras continuara la misma junta directiva, Anna no sería bien recibida en Sotheby's. A Jack le resultaba imposible desentrañar los motivos por los que, pese a que había sido despedida, Fenston Finance le había ofrecido trabajo. Con relación a ese aspecto de la investigación tuvo que basarse en presunciones, ya que no podía correr el riesgo de abordar a alguien del banco con el que Anna trabajaba aunque, por otro lado, era evidente que Tina Forster, la secretaria del presidente, se había hecho muy amiga suya.

En el breve período que llevaba en Fenston Finance, Anna había visitado a varios clientes nuevos que acababan de solicitar cuantiosos préstamos... y todos poseían importantes colecciones de arte. Jack sospechaba que solo era una cuestión de tiempo que cualquiera sufriese el mismo destino que las tres víctimas anteriores de Fenston.

Jack corrió por la calle Ochenta y seis Oeste. Aún había tres preguntas sin respuesta. Primera: ¿cuánto hacía que Fenston conocía a Petrescu antes de que ella entrase a trabajar en la entidad? Segunda: ¿ellos o sus familias ya se conocían en Rumanía? Tercera: ¿Anna era la asesina a sueldo?

Fenston firmó la factura del desayuno, se incorporó de la silla y, sin esperar a que Leapman acabase el café, abandonó el restaurante. Entró en el ascensor y esperó a que Leapman pulsara el botón del piso ochenta y tres. Un grupo de japoneses con trajes de color azul marino y corbatas lisas de seda se sumó a ellos tras desayunar en el Windows of the World. Fenston jamás hablaba de negocios en el ascensor, pues sabía perfectamente que varios rivales ocupaban las plantas superior e inferior a la suya.

Cuando la puerta del ascensor se abrió en el piso ochenta y tres, Leapman siguió a su jefe, pero enseguida se volvió hacia el otro lado y enfiló rumbo al despacho de Petrescu. Abrió la puerta sin llamar y vio que Rebecca, la ayudante de Anna, preparaba las carpetas que la doctora necesitaría para la reunión con el presidente. Leapman lanzó una sucesión de instrucciones sin dar lugar a plantear la más mínima pregunta. En el acto Rebecca dejó las carpetas en el escritorio de Anna y salió a buscar una caja de cartón.

Leapman recorrió el pasillo y se reunió con el presidente en su despacho. Se dedicaron a repasar la estrategia de la confrontación con Petrescu. Aunque en los últimos ocho años habían llevado a cabo tres veces el mismo procedimiento, Leapman advirtió al presidente que en esta ocasión podría ser distinto.

—¿Qué quieres decir? —espetó Fenston.

—No creo que Petrescu se marche sin plantar cara y defenderse. Al fin y al cabo, no le resultará nada fácil conseguir otro trabajo.

—Si de mí depende, te aseguro que no lo conseguirá —declaró Fenston y se frotó las manos.

—Presidente, dadas las circunstancias, tal vez lo más sensato sería que yo...

Una llamada a la puerta interrumpió el diálogo. Fenston levantó la cabeza y vio en el umbral a Barry Steadman, el jefe de seguridad del banco.

—Presidente, lamento molestarlo, pero aquí hay un recadero de FedEx que dice que tiene un paquete para usted y que nadie más puede firmar el recibo.

Fenston hizo señas al recadero para que entrase y, sin pronunciar palabra, estampó su firma en el pequeño recuadro en el que figuraba su nombre. Leapman fue testigo de lo que ocurría, pero ni él ni el presidente hablaron hasta que el recadero se fue y Barry salió y cerró la puerta.

—¿Es lo que yo pienso? —preguntó Leapman.

—Estamos a punto de averiguarlo —replicó Fenston, mientras abría el paquete y dejó caer el contenido sobre el escritorio.

Ambos clavaron la mirada en la oreja izquierda de Victoria Wentworth.

—Encárgate de que paguen a Krantz el medio millón restante —ordenó Fenston. Leapman movió afirmativamente la cabeza—. Vaya, pero si hasta ha enviado una bonificación —acotó Fenston y miró el antiguo pendiente de diamantes.

Anna terminó de preparar la maleta poco después de las siete. La dejó en el pasillo, pues se proponía regresar y recogerla de camino al aeropuerto, inmediatamente después de acabar la jornada laboral. Su vuelo a Londres despegaba a las 17.40 y aterrizaba en Heathrow poco antes del amanecer del día siguiente. Prefería coger el vuelo nocturno, lo que le permitía dormir y aún le quedaba tiempo suficiente para arreglarse a fin de reunirse con Victoria para comer en Wentworth Hall. Esperaba que Victoria hubiese leído el informe y estuviera de acuerdo en que la venta privada del Van Gogh era la mejor respuesta a todos sus problemas.

Esa mañana, poco después de las 7.20, Anna abandonó por segunda vez el edificio que albergaba su apartamento. Cogió un taxi, lo cual era una extravagancia que justificó diciendo que le apetecía tener el mejor de los aspectos en la reunión con el presidente. Subió al asiento trasero y repasó su aspecto en el espejo de la polvera. El traje y la blusa de seda blanca de Anand Jon, que acababa de comprar, ciertamente harían que más de uno volviera la cabeza, si bien habría quienes se mostrarían desconcertados al ver sus zapatillas negras.

El taxi torció a la derecha en Roosevelt Drive y aceleró mientras Anna echaba un vistazo al móvil. Había recibido tres mensajes, a los que respondería después de la reunión: el de Rebecca, su secretaria, en el que le decía que debía hablar urgentemente con ella, lo cual resultaba sorprendente, ya que se verían en cuestión de minutos; la confirmación de su vuelo con British Airways y la invitación a cenar con Robert Brooks, el nuevo presidente de Bonhams.

Veinte minutos después el taxi se detuvo frente a la Torre Norte. Anna pagó la carrera y se apresuró a reunirse con la marea de trabajadores que avanzaron en fila hacia la entrada y atravesaron los diversos torniquetes. Cogió el ascensor exprés y menos de un minuto más tarde pisó la moqueta de color verde oscuro de la planta ejecutiva. En cierta ocasión, Anna había oído comentar en el ascensor que cada piso tenía cerca de media hectárea de superficie y que en el edificio que jamás cerraba trabajaban alrededor de cincuenta mil personas, más del doble de la población de Danville, su ciudad de adopción en Illinois.

Anna se dirigió directamente a su despacho y se sorprendió de que Rebecca no la estuviera esperando, sobre todo porque sabía lo importante que era la reunión de las ocho. Experimentó un gran alivio al ver que las carpetas que necesitaba estaban perfectamente apiladas en su escritorio. Comprobó dos veces que se encontraban en el orden en el que las quería. Como todavía faltaban unos minutos, volvió a abrir la carpeta de Wentworth y se puso a leer el informe: «El valor de las propiedades Wentworth se divide en varias categorías. El único interés de mi departamento radica en...».

Tina Forster se levantó cuando el reloj marcaba poco más de las siete. Tenía hora con el dentista a las ocho y media y Fenston le había dejado claro que no era necesario que esa mañana llegase puntual. Por regla general, eso significaba que el jefe tenía un compromiso fuera de la ciudad o se proponía despedir a alguien. Si se trataba de lo segundo, Fenston no la quería en la oficina ni mostrando su solidaridad con la persona que acababa de perder el empleo. Tina sabía que no podía tratarse de Leapman porque Fenston no sobreviviría sin él y, aunque le habría encantado que fuera Barry Steadman, ya podía seguir soñando, dado que ese hombre jamás desaprovechaba la oportunidad de hacerle la pelota al presidente, que absorbía los halagos como una esponja de mar que, varada, aguarda la llegada de una ola.

Tina se relajó en la bañera, lujo que en general solo se permitía los fines de semana, y se preguntó cuándo llegaría el momento de que la pusiesen de patitas en la calle. Hacía más de un año que era secretaria de Fenston y, pese a lo mucho que despreciaba a ese hombre y cuanto representaba, todavía intentaba resultar indispensable. Sabía que ni siquiera podía plantearse la posibilidad de dimitir hasta que...

El teléfono sonó en el dormitorio, pero ni siquiera se molestó en responder. Supuso que sería Fenston, que querría saber dónde estaba determinada carpeta, un número de teléfono o su agenda. Generalmente Tina respondía: «En el escritorio, delante de sus ojos». Durante unos segundos se preguntó si no sería Anna, la única amiga de verdad que había hecho desde su traslado a la costa Oeste. Llegó a la conclusión de que era muy improbable, ya que a las ocho Anna presentaría el informe al presidente y seguramente en ese momento repasaba por enésima vez los detalles más sutiles.

Tina salió de la bañera, sonrió y se envolvió con la toalla. Recorrió el pasillo y entró en el dormitorio. Cada vez que alguien pasaba la noche en su casa, el invitado tenía que compartir su cama o dormir en el sofá. No existían más opciones, ya que solo había un dormitorio. Últimamente no había recibido muchos visitantes... aunque no por falta de propuestas. Después de lo que había sufrido con Fenston, Tina ya no se fiaba de nadie. Hacía poco le habría gustado confiar en Anna, pero se trataba del único secreto que no podía correr el riesgo de compartir.

Tina abrió las cortinas y, a pesar de que era septiembre, la mañana despejada y espectacular la convenció de que debía ponerse un vestido de verano. Hasta era posible que la belleza del día la relajase cuando levantara la cabeza y viese el torno del dentista.

Después de vestirse y mirarse en el espejo, Tina se dirigió a la cocina y preparó una taza de café. De acuerdo con las instrucciones de la agresiva ayudante del dentista, no podía desayunar nada más, ni siquiera una tostada, así que encendió el televisor para ver las noticias de primera hora. No había ninguna novedad. Al atentado suicida en la orilla occidental del Jordán le siguió una mujer de ciento cuarenta y cinco kilos que había demandado a McDonald's por haber arruinado su vida sexual. Tina estaba a punto de quitar *Good Morning America* cuando el *quarterback* de los 49ers apareció en pantalla.

Tina se acordó de su padre.

7

Jack Delaney llegó a su despacho del número 26 de Federal Plaza poco después de las siete de la mañana. Vio las incontables carpetas que se apilaban en su escritorio y se sintió deprimido. Todas estaban relacionadas con la investigación de Bryce Fenston y, a pesar de que ya había transcurrido un año, todavía no estaba en condiciones de presentar a su jefe pruebas suficientes como para solicitar a un juez que firmara una orden de detención.

Jack abrió la carpeta personal de Fenston con la vana esperanza de toparse con una pequeña pista, un rasgo individual o una equivocación que por fin vinculase directamente a Fenston con los tres asesinatos violentos que se habían producido en Marsella, Los Ángeles y Río de Janeiro.

En 1984, Nicu Munteanu, que contaba treinta y dos años, se había presentado en la embajada de Estados Unidos en Bucarest, afirmando que estaba en condiciones de identificar a dos espías que trabajaban en el corazón de Washington, información que estaba dispuesto a cambiar por un pasaporte estadounidense. La embajada recibía cada semana un puñado de afirmaciones de ese cariz, la mayoría de las cuales eran infundadas, pero en el caso de Munteanu la información resultó verídica. En un mes dos funcionarios de alto nivel acabaron en un vuelo rumbo a Moscú y a Munteanu le proporcionaron el pasaporte estadounidense.

El 17 de febrero de 1985, Nicu Munteanu aterrizó en Nueva York. Jack apenas encontró información sobre sus actividades durante el año siguiente, aunque de pronto reapareció con dinero suficiente como para fundar, en Manhattan, Fenston Finance, un banco modesto y endeble. Nicu Munteanu se cambió el nombre por el de Bryce Fenston, lo que en sí mismo no es un delito; por otro lado, nadie consiguió identificar a sus socios a pesar de que, a lo largo de los años siguientes, la entidad financiera aceptó grandes depósitos de compañías de Europa oriental que no cotizaban en bolsa. En 1989 el movimiento de efectivo se interrumpió bruscamente; ese mismo año Ceausescu y su esposa, Elena, huyeron de Bucarest tras la revuelta. Días después los capturaron, juzgaron y ejecutaron.

Jack miró por la ventana la parte baja de Manhattan y recordó la máxima del FBI: no hay que creer en las coincidencias, aunque tampoco pueden descartarse.

Después de la muerte de Ceausescu, el banco tuvo un par de años malos y fue entonces cuando Fenston conoció a Karl Leapman, abogado expulsado de su colegio profesional y que acababa de salir de la cárcel tras cumplir condena por fraude. El banco no tardó en reanudar sus actividades rentables.

Jack miró las diversas fotos de Bryce Fenston de que disponía; el hombre aparecía habitualmente en las columnas de cotilleo con algunas de las mujeres más elegantes de Nueva York colgadas del brazo. La prensa lo definía como banquero genial, destacado financiero, incluso como benefactor generoso y casi cada vez que mencionaban su nombre también aludían a su magnífica colección de obras de arte. Jack puso las fotos a un lado. No acababa de entender a un individuo que llevaba pendiente y lo desconcertaba incluso más que se afeitase al cero alguien que al llegar a Estados Unidos tenía una tupida cabellera. ¿De quién se escondía?

Jack cerró la carpeta personal de Munteanu/Fenston y se concentró en Pierre de Rochelle, la primera víctima.

Rochelle necesitaba setenta millones de francos para pagar su participación en un viñedo. Al parecer, su experiencia previa con la industria vinícola había consistido en vaciar regularmente las botellas. Hasta la inspección más superficial habría demostrado que su proyecto inversor no cumplía con la máxima del banco de ser «sólido». Sin embargo, lo que llamó la atención de Fenston al estudiar la solicitud fue que el joven acababa de heredar un castillo en la Dordoña, cada una de cuyas paredes estaba adornada con excelentes pinturas impresionistas que incluían un Degas, dos Pissarro y un Monet de Argenteuil.

Durante cuatro años estériles el viñedo no dio dividendos y durante ese período el castillo tuvo que comenzar a desprenderse de sus bienes, por lo que solo quedaron rebordes tiznados en los sitios en los que habían colgado los cuadros. Cuando Fenston embarcó la última pintura rumbo a Nueva York a fin de incorporarla a su colección privada, debido a los intereses acumulados el préstamo original de Pierre se había multiplicado por más de dos. Finalmente el castillo fue puesto a la venta y Pierre se mudó a un pisito de Marsella, en el que cada noche bebió hasta idiotizarse. Esa fue la situación hasta que una joven espabilada que acababa de terminar los estudios de derecho le planteó a Pierre, en uno de sus momentos de lucidez, que si Fenston Finance vendía el Degas, el Monet y los dos Pissarro, no solo saldaría la deuda, sino que se libraría de tener que vender el castillo y recuperaría el resto de la colección. Semejante perspectiva no encajaba con los planes a largo plazo de Fenston.

Una semana después el cadáver de Pierre de Rochelle, empapado en alcohol, apareció en un callejón marsellés... con el cuello rajado.

Al cabo de cuatro años la policía de Marsella dio carpetazo al expediente, con el sello «NON RESOLU» estampado en la cubierta.

Una vez saldadas las deudas, Fenston vendió las obras de arte, salvo el Degas, el Monet y los dos Pissarro y, tras descontar los intereses compuestos, los gastos bancarios y los honorarios de los abogados, Simon de Rochelle, el hermano menor de Pierre, heredó el pisito en Marsella.

Jack se puso de pie, estiró las extremidades agarrotadas, bostezó cansinamente y decidió ocuparse de Chris Adams hijo, si bien conocía su historia prácticamente de memoria.

Chris Adams padre había tenido una galería de bellas artes de gran éxito en Melrose Avenue, en Los Ángeles y se había especializado en la escuela norteamericana, muy admirada por las celebridades hollywoodenses. Su muerte prematura en un accidente de tráfico llevó a que su hijo Chris heredase una colección de Rothko, Pollock, Jasper Johns, Rauschenberg y varios acrílicos de Warhol, incluida una *Marilyn negra.*

Un antiguo compañero de estudios aconsejó a Chris que, para duplicar el dinero, le convenía invertir en la revolución punto com. Chris hijo respondió que no tenía efectivo disponible, sino la galería, los cuadros y el *Christina,* el viejo yate de su padre, que poseía a medias con su hermana menor. En ese momento intervino Fenston Finance y le prestó doce millones de dólares de acuerdo con los términos acostumbrados. Como ocurre con tantas revoluciones, en el campo de batalla acabaron varios cadáveres, entre ellos el de Chris hijo.

Fenston Finance permitió que la deuda aumentase y en ningún momento molestó a su cliente... hasta que Chris hijo leyó en *Los Angeles Times* que otra obra de Warhol, *Marilyn roja tornasolada,* se había vendido recientemente por algo más de cuatro millones de dólares. Se puso inmediatamente en contacto con Christie's de Los Ángeles, donde le aseguraron que obtendría unos precios igualmente elevados por sus Rothko, Pollock y Jasper Johns. Tres meses después, Leapman entró apresuradamente en la oficina del presidente esgrimiendo el último ejemplar del catálogo de Christie's. Había puesto notas amarillas autoadhesivas en siete lotes que no tardarían en subastar. Fenston realizó una llamada telefónica y, a renglón seguido, reservó plaza en el siguiente vuelo a Roma.

Tres días más tarde, Chris hijo apareció en los servicios de un bar de ambiente con el cuello rajado.

Por esas fechas Fenston estaba de vacaciones en Italia y Jack tenía una copia de la factura del hotel, del pago de los billetes e incluso de los gastos con tarjeta de crédito en varias tiendas y restaurantes.

Los cuadros fueron inmediatamente retirados de la subasta de Christie's mientras la policía de Los Ángeles realizaba las investigaciones pertinentes. Al cabo de un año y medio sin que hubiera nuevas pruebas y todo desembocase en un callejón sin salida, el expediente se sumó a los demás casos sin resolver que la policía de Los Ángeles acumulaba en el sótano. La hermana de Chris solo recibió una maqueta del *Christina*, el yate que su padre tanto había querido.

Jack dejó a un lado la carpeta de Chris hijo y clavó la mirada en el nombre de Maria Vasconcellos, la viuda brasileña que había heredado una casa y un jardín lleno de estatuas... que no eran precisamente las que se venden en los centros de jardinería. Piezas de Moore, Giacometti, Remington, Botero y Calder formaban parte del legado del marido de la señora Vasconcellos. Lamentablemente, la viuda se enamoró de un gigoló y cuando este le propuso... Sonó el teléfono que se encontraba en el escritorio de Jack.

—Nuestra embajada de Londres por la línea dos —informó la secretaria.

—Gracias, Sally —respondió Jack, que sabía que solo podía ser su amigo Tom Crasanti, que había ingresado en el FBI el mismo día que él—. Hola, Tom, ¿cómo estás? —preguntó incluso antes de oír su voz.

—En perfecto estado —repuso Tom—. Salgo a correr cada día, pero no estoy tan en forma como tú.

—¿Y mi ahijado?

—Está aprendiendo a jugar al críquet.

—El muy traidor... ¿Ha habido alguna buena noticia?

—No, precisamente por eso llamo —replicó Tom—. Tendrás que abrir otro expediente.

Jack notó que un escalofrío lo recorría de la cabeza a los pies y preguntó con tono quedo:

—¿De quién se trata esta vez?

—El nombre de la dama, que es lo que era, es lady Victoria Wentworth.

—¿Cómo murió?

—Exactamente del mismo modo que los otros tres, con el cuello rajado, y te diría casi con certeza que el corte se realizó con un cuchillo de cocina.

—¿Qué te lleva a pensar que Fenston tiene algo que ver?

—La dama le debía más de treinta millones al banco.

—¿Qué busca Fenston en esta ocasión?

—Un autorretrato de Van Gogh.

—¿En cuánto está tasado?

—En sesenta, probablemente en setenta millones de dólares.

—Cogeré el primer avión a Londres.

8

A las 7.56, Anna cerró la carpeta de Wentworth y se agachó para abrir el último cajón del escritorio. Se quitó las zapatillas y se calzó tacones negros. Abandonó el sillón, cogió las carpetas y se miró en el espejo: no tenía ni un solo pelo fuera de lugar.

Salió de su despacho y caminó por el pasillo en dirección a la gran suite de la esquina. Dos o tres trabajadores le dieron los buenos días, a lo que respondió con una sonrisa. Llamó con delicadeza a la puerta de la oficina del presidente, pues sabía que Fenston ya estaría sentado ante el escritorio. De haber llegado con un minuto de retraso, el jefe habría mirado significativamente el reloj. Anna esperó a que le dijesen que pasara y se sorprendió porque la puerta se abrió en el acto y se encontró cara a cara con Karl Leapman. Vestía un traje casi igual al que llevaba Fenston, aunque no de la misma calidad.

—Buenos días, Karl —saludó Anna alegremente, pero no obtuvo respuesta.

El presidente levantó la cabeza e hizo señas de que se sentase al otro lado del escritorio. Ni se le ocurrió saludarla, algo que casi nunca hacía. Leapman ocupó su sitio a la derecha del presidente y ligeramente retrasado, como el cardenal que atiende al Papa. Las categorías estaban claramente definidas. Anna supuso que Tina aparecería en cualquier momento con una taza de café solo, pero la puerta que comunicaba con el despacho de la secretaria permaneció firmemente cerrada.

Anna dirigió la mirada al Monet de Argenteuil que colgaba en la pared, detrás del escritorio del presidente. Aunque Monet había pintado en diversas ocasiones la pacífica escena ribereña, ese era uno de los mejores ejemplos. En cierta ocasión, Anna había preguntado a Fenston dónde había adquirido el cuadro, pero el presidente se había mostrado evasivo y la doctora no encontró alusiones a esa venta entre las transacciones anteriores a su llegada a la entidad.

Anna miró a Leapman, cuyo aspecto flaco y demacrado le recordaron a Casio. Daba igual la hora que fuese, siempre parecía que no se había afeitado. Volvió a concentrarse en Fenston, que de Bruto no tenía nada, y se movió incómoda, intentando que el silencio imperante no la alterase. Fenston hizo un ademán y repentinamente el silencio cesó.

—Doctora Petrescu, el presidente ha recibido cierta información inquietante —declaró Leapman—. Al parecer, ha enviado a una clienta documentos privados y confidenciales del banco antes de que el presidente tuviese la posibilidad de analizar sus consecuencias.

Anna fue fugazmente pillada por sorpresa, pero no tardó en recuperarse y decidió responder con la misma moneda:

—Señor Leapman, si se refiere a mi informe relativo al préstamo sobre las propiedades Wentworth, está en lo cierto. He enviado una copia a lady Victoria Wentworth.

—El presidente no ha tenido tiempo suficiente para leer el informe y proceder a una evaluación equilibrada antes de que se lo enviara a la clienta —puntualizó Leapman y consultó sus notas.

—Señor Leapman, no es así. El uno de septiembre envié copias del informe tanto al presidente como a usted y recomendé que se avisase a lady Victoria de la posición en la que se encuentra antes de que venza el próximo pago trimestral.

—Yo no he recibido el informe —intervino Fenston secamente.

—Debo añadir que el presidente reconoció su recepción —insistió Anna, sin dejar de mirar a Leapman—, ya que su despacho devolvió el formulario que adjunté con el informe.

—Jamás lo he visto —insistió Fenston.

—El presidente le puso sus iniciales —acotó Anna, abrió la carpeta, retiró el formulario pertinente y lo dejó sobre el escritorio, delante de Fenston, que no le hizo el menor caso.

—Como mínimo tendría que haber esperado a conocer mi opinión para permitir que la copia del informe de un tema tan delicado salga de la entidad —declaró Fenston.

Anna seguía sin entender por qué tenían ganas de pelear. Ni siquiera desempeñaban los papeles de polis bueno y malo.

—Presidente, esperé una semana —apostilló Anna— y en esos días no hizo el menor comentario sobre mis recomendaciones... a pesar de que sabe que esta noche volaré a Londres porque mañana por la tarde tengo una cita con lady Victoria. Por otro lado, hace dos días le envié un recordatorio —prosiguió sin dar tiempo a que el presidente respondiese. Volvió a abrir la carpeta y dejó otra hoja sobre el escritorio, por la que el presidente tampoco mostró el menor interés.

—Pues no leí su informe —repitió Fenston que, por lo visto, era incapaz de apartarse del guión preparado de antemano.

Anna tuvo la sensación de que su padre le susurraba al oído que mantuviera la calma, que no perdiese los papeles.

La doctora Petrescu respiró hondo antes de retomar la palabra:

—Mi informe se limita a advertir a la junta, de la que formo parte, de que en el caso de que vendiéramos el Van Gogh, ya sea privadamente o por intermedio de cualquiera de las casas de subastas conocidas, la cifra obtenida cubriría con creces el préstamo original y los intereses.

—Pero es posible que yo no tenga la intención de vender el

Van Gogh —precisó Fenston, que en esta ocasión no tuvo la menor dificultad para apartarse del guión.

—Presidente, no le habría quedado otra alternativa si ese fuera el deseo de nuestra clienta.

—Quizá haya encontrado una solución mejor para resolver el problema de Wentworth.

—En ese caso, presidente —añadió Anna sin inmutarse—, me sorprende que no consultase a la jefa del departamento en cuestión para que, en tanto que colegas, discutiéramos las diferencias de pareceres antes de que esta noche vuele a Inglaterra.

—Su propuesta es impertinente —aseguró Fenston y levantó la voz a niveles hasta entonces desconocidos—. Yo no respondo ante nadie.

—Presidente, desde mi perspectiva cumplir la ley no es una impertinencia —dijo serenamente la doctora Petrescu—. Comunicar a los clientes cualquier recomendación alternativa no es más que una de las exigencias legales del banco. Estoy segura de que sabe que, de acuerdo con las nuevas regulaciones bancarias tal como las planteó el servicio de contribuciones y que el Congreso aprobó hace poco...

—Y yo estoy seguro de que sabe que su primera responsabilidad es para conmigo —la interrumpió Fenston.

—No es así si creo que un miembro del banco viola la ley —replicó Anna—, porque se trata de un acto en el que no estoy dispuesta a participar.

—¿Intenta provocarme para que la despida? —chilló Fenston.

—No, pero tengo la sensación de que usted intenta aguijonearme para que presente la dimisión —respondió Anna serenamente.

—Sea como fuere —prosiguió Fenston, girando el sillón y mirando por la ventana—, está claro que ya no tiene nada que hacer en esta entidad, dado que evidentemente no se siente parte del equipo... algo de lo que me advirtieron cuando la despidieron de Sotheby's.

Anna pensó que no debía morder el anzuelo, apretó los labios y contempló el perfil de Fenston. Estaba a punto de replicar cuando detectó algo distinto. Fue entonces cuando vio el pendiente nuevo. Se dijo que la vanidad seguramente se convertiría en su perdición en el preciso momento en el que el presidente volvió a darse la vuelta y la observó con expresión furibunda. La experta en arte no reaccionó.

—Presidente, sospecho que está grabando esta conversación, por lo que quiero dejar muy clara una cuestión. Al parecer, no sabe mucho de legislación bancaria y evidentemente desconoce las leyes laborales, ya que convencer a una colega para que estafe a una ingenua y le arrebate la herencia es un delito, como estoy segura de que puede explicarle el señor Leapman, que tiene mucha experiencia... a uno y otro lado de la ley.

—¡Lárguese antes de que la eche! —gritó Fenston; abandonó el sillón de un salto y se cernió sobre Anna. La mujer se incorporó lentamente, dio la espalda a su jefe y se dirigió a la puerta—. Lo primero que puede hacer es vaciar el escritorio porque dentro de diez minutos no quiero verla en su despacho. Si cumplido el plazo sigue en las oficinas ordenaré a seguridad que la saque del edificio.

Anna no oyó la última frase de Fenston porque ya había cerrado la puerta.

La primera persona con la que Anna se topó en el pasillo fue Barry que, evidentemente, había sido informado de lo que ocurría. Tuvo la sensación de que todo se había montado mucho antes de que hubiese entrado en el edificio.

Anna recorrió el pasillo con toda la dignidad que fue capaz de mostrar, pese a que Barry se adaptó a cada uno de sus pasos y ocasionalmente le rozó el codo. Pasó frente a un ascensor cuya puerta mantenían abierta para que alguien lo cogiese y se preguntó de quién se trataba. Ciertamente no era para ella. Estaba de regreso en su despacho menos de un cuarto de hora después de salir. En esta ocasión Rebecca la esperaba. Permanecía de pie detrás del escritorio y sujetaba una caja de cartón marrón, de grandes dimensiones. Anna se acercó al escritorio y estaba a punto de encender el ordenador cuando una voz dijo a sus espaldas:

—No toque nada. Las cosas personales ya han sido guardadas, por lo que tenemos que irnos.

Anna se volvió y vio que Barry continuaba en la puerta.

—Lo siento muchísimo —aseguró Rebecca—. Intenté llamarte y decírtelo, pero...

—No hable con ella —ordenó Barry—. Limítese a entregarle la caja. La doctora Petrescu tiene que irse.

Barry apoyó la palma de la mano en el pomo de la porra. Anna se preguntó si el encargado de seguridad sabía lo ridículo que estaba. Se volvió hacia Rebecca, sonrió y mientras la secretaria le entregaba la caja de cartón aseguró:

—No es culpa tuya.

Anna dejó la caja sobre el escritorio, se sentó y abrió el cajón de abajo.

—No puede llevarse nada que pertenezca a la compañía —precisó Barry.

—Espero que el señor Fenston no necesite mis zapatillas —dijo Anna, se quitó los tacones y los guardó en la caja.

A continuación la experta en arte se puso las zapatillas, anudó los cordones, recogió la caja y salió al pasillo. A esa altura le resultó imposible mantener la dignidad. Todos los empleados sabían que si se oían gritos en el despacho del presidente y luego Barry acompañaba a alguien mientras abandonaba la entidad significaba que estaban a punto de darle el finiquito. En esa ocasión los curiosos entraron velozmente en sus oficinas y no intentaron dar charla a Anna.

El jefe de seguridad la acompañó hasta un despacho del extremo del pasillo, en el que Anna nunca había entrado. En cuanto franqueó la puerta, Barry volvió a apostarse en el umbral. Era evidente que los presentes también estaban al tanto de lo que ocurría, ya que la atendió otro empleado que ni siquiera se atrevió a saludarla por miedo a que el presidente se enterase. Le mostró un papel en el que estaba escrita en negrita la cifra de 9.116 dólares. Era el salario mensual de Anna, que firmó encima de la línea de puntos sin pronunciar palabra.

—Dentro de un rato el dinero será ingresado en su cuenta por transferencia —explicó el empleado sin levantar la mirada.

Al volverse, Anna vio que su perro guardián seguía acechando en la puerta y hacía grandes esfuerzos por parecer amenazador. Al salir de la oficina del contable, Barry la acompañó durante el largo trayecto que conducía a un pasillo vacío.

Al llegar al ascensor, Barry pulsó la flecha descendente y Anna no dejó de aferrar la caja de cartón.

Esperaban a que las puertas del ascensor se abriesen cuando el vuelo 11 de American Airlines, que había salido de Boston, se estrelló en el piso noventa y cuatro de la Torre Norte.

9

Ruth Parish miró la pantalla de salidas que colgaba en la pared, encima de su escritorio. Se sintió aliviada al comprobar que el vuelo 107 de United con destino al aeropuerto Kennedy había despegado por fin a las 13.40. Llevaba cuarenta minutos de retraso.

Ruth y Sam, su socio, habían fundado Art Locations hacía casi una década. Cuando Sam la dejó por otra más joven, Ruth se quedó con la empresa... sin lugar a dudas, con lo mejor del acuerdo. A pesar de que incluía muchas horas, clientes exigentes y aviones, trenes y barcos de carga que jamás llegaban a horario o en las fechas previstas, Ruth estaba casada con el trabajo. Trasladar grandes y no tan grandes obras de arte de un rincón a otro del planeta le permitía combinar su habilidad espontánea para la organización con su apego por los objetos bellos... aunque en ocasiones solo los viera durante fugaces instantes.

Ruth viajaba por el mundo y aceptaba encargos de gobiernos que organizaban exposiciones nacionales, aunque también tenía tratos con dueños de galerías, marchantes y varios coleccionistas privados que, con frecuencia, lo único que querían era trasladar uno de sus cuadros favoritos de una de sus residencias a otra. Con el paso de los años, la mayoría de sus clientes se habían convertido en amigos personales, pero no era lo que ocurría con Bryce Fenston. Hacía mucho tiempo que Ruth había llegado a la conclusión de que expresiones como «por favor» y «muchas gracias» no figuraban en el vocabulario de ese hombre que, ciertamente, no la incluía en su lista de personas a las que enviaba tarjetas navideñas. La última orden de Fenston había consistido en recoger un Van Gogh en Wentworth Hall y trasladarlo sin más dilaciones a su despacho de Nueva York.

Obtener la licencia de exportación de la obra maestra no había resultado difícil, ya que pocas instituciones o museos estaban en condiciones de reunir los sesenta millones de dólares necesarios para impedir que el cuadro saliera del país, sobre todo después de que las National Galleries de Escocia no pudieran conseguir los siete millones y medio de libras para evitar que el estudio de una *Mujer de luto*, de Miguel Ángel, abandonase las islas y pasara a formar parte de una colección privada de Estados Unidos.

El día anterior el señor Andrews, el mayordomo de Wentworth Hall, telefoneó para comunicarle que por la mañana el cuadro estaría a punto para que lo recogiese. Ruth organizó todo para que una de sus camionetas de máxima seguridad se presentase en la mansión a las ocho en punto y poco después de las diez deambulaba de un lado a otro de la pista, a la espera de que el vehículo hiciese acto de presencia.

Una vez descargado el cuadro, Ruth supervisó hasta el último detalle del embalaje y de su envío seguro a Nueva York, tarea que normalmente habría delegado. Vigiló al embalador jefe mientras envolvía la obra en papel transparente libre de ácidos y la introducía en la caja forrada de espuma que había construido durante la noche para que estuviese listo a tiempo. Luego colocó los pernos de sujeción para evitar que alguien la abriese si no disponía de herramientas especiales. En el exterior colocó indicadores especiales que se teñirían de rojo en el caso de que alguien intentara abrirla durante el vuelo. El embalador jefe escribió la palabra «frágil» a uno y otro lado del embalaje y anotó el número 47 en cada una de las cuatro esquinas. El agente de aduanas frunció las cejas al ver los documentos de embarque pero, dado que la caja tenía la preceptiva licencia de exportación, no pudo decir ni mu.

Ruth condujo hasta el 747 que esperaba y vio que el embalaje rojo desaparecía en el interior de la inmensa bodega. No volvió a su despacho hasta que comprobó que la pesada puerta estaba cerrada a cal y canto. Miró la hora y sonrió. El avión había despegado a las 13.40.

Se puso a pensar en el cuadro que esa noche llegaría, procedente del Rijksmuseum de Amsterdam, para formar parte de la exposición sobre las mujeres de Rembrandt que organizaba la Royal Academy. Ante todo tenía que llamar a Fenston Finance para comunicar que el Van Gogh estaba de camino.

Marcó el número de Anna en Nueva York y se preparó para oír su voz cuando cogiese el teléfono.

10

Se oyó una sonora explosión y el edificio empezó a balancearse.

Anna se vio arrojada al otro extremo del pasillo y acabó tumbada en la moqueta, como si un peso pesado la hubiese noqueado. Las puertas del ascensor se abrieron y vio que, en busca de oxígeno, una bola de fuego salía disparada por el hueco. La ráfaga ardiente le golpeó el rostro como si alguien hubiese abierto la puerta de un horno. Atontada, Anna permaneció tumbada en el suelo.

Lo primero que pensó fue que un rayo había alcanzado el edificio, pero descartó la idea en el acto porque en el cielo no había una sola nube. Se impuso un silencio tan sobrecogedor que Anna se preguntó si se había quedado sorda. No tardó en percibir exclamaciones de sorpresa mientras ante sus ojos, al otro lado de las ventanas, volaban grandes trozos de cristal serrado y retorcidos muebles metálicos de oficina.

A continuación Anna pensó que había estallado otra bomba. Los que habían estado en el edificio en 1993 referían anécdotas de lo que les había ocurrido aquella tarde terriblemente fría de febrero. Algunas historias eran apócrifas y otras pura invención, si bien los hechos resultaban bastante sencillos. Habían aparcado un camión lleno de explosivos en el garaje subterráneo del edificio. Cuando estalló, murieron seis personas y hubo más de mil heridos. Desaparecieron cinco plantas subterráneas y los servicios de emergencia necesitaron varias horas para evacuar el edificio. Desde entonces, todos los que trabajaban en el World Trade Center estaban obligados a participar regularmente en simulacros de incendio. Anna intentó recordar lo que tenía que hacer ante una emergencia de esas características.

Recordó las instrucciones claramente impresas en rojo en la puerta de salida al hueco de la escalera de cada planta: «En caso de emergencia no vuelva a su escritorio ni use el ascensor. Proceda a salir por la escalera más próxima». En primer lugar, tenía que averiguar si estaba en condiciones de ponerse de pie, ya que una parte del techo se había desplomado sobre ella y el edificio no había dejado de oscilar. Intentó incorporarse y, pese a que tenía unos cuantos golpes y cortes en distintos lugares, tuvo la impresión de que no se había roto nada. Se estiró unos segundos, como siempre hacía antes de iniciar una carrera larga.

Anna abandonó lo que quedaba de la caja de cartón y avanzó dando tumbos hacia la escalera C, situada en el centro del edificio. Algunos compañeros comenzaron a recuperarse de la sorpresa inicial y uno o dos se acercaron a sus escritorios para recoger objetos personales.

Mientras caminaba por el pasillo, Anna oyó una serie de preguntas para las que no tuvo respuesta.

—¿Qué tenemos que hacer? —quiso saber una secretaria.

—¿Debemos subir o bajar? —inquirió una limpiadora.

—¿Hay que esperar a que nos rescaten? —preguntó un encargado de comprar y vender bonos.

Se trataba de preguntas dirigidas al jefe de seguridad, pero Barry no estaba a la vista.

En cuanto llegó a la escalera, Anna se unió a un grupo de seres azorados, algunos enmudecidos y otros llorosos, que no sabían lo que debían hacer. Al parecer, nadie tenía ni la más remota idea de lo que había desencadenado la explosión ni los motivos por los que el edificio seguía meciéndose. Aunque varias luces de la escalera se habían apagado como velas, la tira fotoluminiscente que cubría el borde de cada escalón brillaba intensamente.

Algunos de los que la rodeaban intentaron contactar con el exterior gracias a los móviles, pero muy pocos lo consiguieron. Una chica que lo logró se puso a charlar con su novio y le explicó que el jefe le había dicho que podía volver a casa y tomarse el resto de la jornada libre. Un hombre transmitió a los que tenía cerca la conversación que sostenía con su esposa y anunció:

—Un avión ha chocado con la Torre Norte. —Varios preguntaron simultáneamente dónde se había producido la colisión. El hombre repitió la pregunta a su esposa y replicó—: Más arriba, en el piso noventa y pico.

—¿Qué tenemos que hacer? —preguntó el jefe de contabilidad, que no se había movido del primer escalón.

El joven repitió la pregunta a su esposa y aguardó la respuesta.

—El alcalde ha pedido que abandonemos el edificio lo más rápido posible.

Al oírlo, todos los que se encontraban en la escalera iniciaron el descenso hacia la planta ochenta y dos. Anna miró hacia atrás a través de la puerta de cristal y se sorprendió al ver que muchas personas permanecían en sus escritorios, como si estuvieran en el teatro una vez que ha bajado el telón y optasen por esperar a que salieran los más apresurados.

Anna siguió el consejo del alcalde. Se dedicó a contar los escalones a medida que bajaba: dieciocho por planta, lo que, según sus cálculos, significaba un mínimo de mil quinientos para llegar al vestíbulo. La escalera se llenó cada vez más a medida que infinidad de personas abandonaban sus despachos y se sumaban en cada piso a la marea humana, por lo que parecía el metro atiborrado en la hora punta. La experta en arte se sorprendió por la serenidad con la que todos bajaban.

La escalera no tardó en dividirse en dos carriles, la vía lenta por el interior mientras los últimos modelos adelantaban por la rápida. Al igual que en cualquier autopista, no todos respetaban el código de circulación, de modo que de forma periódica el tráfico se paraba hasta reanudar una vez más la marcha a trancas y barrancas. Cada vez que llegaban a un nuevo tramo de escalera, alguien se detenía en el rellano mientras los demás continuaban rodando.

Anna pasó junto a un viejo que se cubría con un sombrero de fieltro negro. Recordó que el año anterior lo había visto varias veces, siempre con el mismo sombrero. Se volvió para sonreír y el anciano se descubrió la cabeza.

Anna descendió monótonamente y a veces llegó a la planta siguiente en menos de un minuto, aunque la mayor parte del tiempo se vio retenida por los que, tras bajar unos pocos pisos, se sentían agotados. La vía rápida estaba cada vez más congestionada, tanto que resultó imposible superar el límite de velocidad.

Al llegar a la planta sesenta y ocho Anna oyó la primera orden clara.

—Pónganse a la derecha y no dejen de moverse —dijo una voz firme por debajo de donde se encontraba la doctora Petrescu.

Aunque a cada paso que dio la instrucción sonó más fuerte, Anna tuvo que bajar varios pisos para divisar al primer bombero que se dirigía lentamente hacia ella. Vestía traje ignífugo holgado y sudaba como un pollo bajo el casco negro marcado con el número 28. Anna pensó fugazmente en el estado en el que el bombero se encontraría después de subir treinta plantas más. Al parecer, iba cargado con diversos equipos: cuerdas enrolladas y colgadas del hombro y dos botellas de oxígeno a la espalda, como un alpinista a la conquista del Everest. Otro bombero le pisaba los talones y transportaba unos cuantos metros de manguera, seis barras y una botella grande de agua. Sudaba tanto que de vez en cuando se quitaba el casco y se refrescaba la cabeza con agua de la botella.

Los que siguieron abandonando las oficinas y se unieron a Anna en la migración descendente se movieron casi en silencio hasta que un anciano que iba delante tropezó y cayó sobre una mujer. Esta se hizo un corte con el borde del escalón y empezó a gritar.

—Siga —aconsejó una voz a espaldas de la experta en arte—. Hice el mismo recorrido después del atentado del noventa y tres y le aseguro que todavía no ha visto nada.

Anna se agachó para ayudar al viejo a ponerse de pie, con lo que obstaculizó su propio avance y permitió que otros la adelantaran.

Cada vez que llegaba a otro tramo de escalera, la doctora Petrescu observaba a través de las cristaleras a los trabajadores que continuaban sentados ante los escritorios y que, al parecer, no hacían caso de los que huían ante sus propios ojos. Como las puertas estaban abiertas incluso oyó trozos de conversaciones. Un *broker* del piso sesenta y dos intentó cerrar un trato antes de que, a las nueve en punto, abriesen los mercados. Otro la miró fijamente, como si el cristal fuera un pantalla de televisión y retransmitiese un partido de fútbol, al tiempo que no cesó de hablar por teléfono con un amigo que se encontraba en la Torre Sur.

Cada vez subían más bomberos, por lo que la escalera pasó a ser una carretera de dos direcciones. Los bomberos no dejaron de repetir que se colocasen a la derecha y se moviesen. Anna continuó descendiendo y a menudo la velocidad la pautó el participante más lento. Aunque la torre había dejado de oscilar, la tensión y el miedo se reflejaban en el rostro de cuantos la rodeaban. No sabían lo que había sucedido más arriba ni tenían idea de lo que los aguardaba abajo. Anna se sintió culpable al adelantar a una anciana que dos jóvenes transportaban en un gran sillón de cuero; la pobre tenía las piernas hinchadas y su respiración era entrecortada.

La doctora Petrescu bajó y siguió bajando hasta que incluso ella se sintió cansada.

Pensó en Rebecca y en Tina y albergó la esperanza de que ambas estuviesen a salvo. Incluso se preguntó si Fenston y Leapman seguían en el despacho del presidente, con el convencimiento de que estaban al margen de cualquier peligro.

Anna empezó a tener la certeza de que ya estaba a salvo y de que, poco a poco, despertaría de la pesadilla. Incluso sonrió al oír a su alrededor algunos comentarios humorísticos típicamente neoyorquinos hasta que alguien gritó a sus espaldas:

—¡Otro avión se ha estrellado en la Torre Sur!

11

Jack se sorprendió de la primera reacción que experimentó al oír en la acera de enfrente un sonido que le pareció el estallido de una bomba. Sally se apresuró a anunciarle que un avión se había estrellado contra la Torre Norte del World Trade Center.

—Esperemos que haya dado de lleno en el despacho de Fenston —comentó el agente del FBI.

Su segunda reacción fue más profesional, tal como la manifestó cuando se reunió en el centro de mando con Dick Macy, su jefe y supervisor, y el resto de los agentes de alto rango. Mientras los demás se ponían al teléfono e intentaban encontrar sentido a lo que ocurría a menos de dos kilómetros, Jack dijo a su superior que no tenía dudas de que se trataba de un acto terrorista perfectamente organizado. A las 9.03, hora en la que otro avión chocó con la Torre Sur, Macy se limitó a preguntar:

—De acuerdo, pero ¿de qué organización terrorista se trata?

La tercera reacción de Jack fue tardía y lo cogió por sorpresa. Esperaba que Anna Petrescu se hubiese salvado, pero cincuenta y seis minutos después, cuando la Torre Sur se desplomó, llegó a la conclusión de que no tardaría en ocurrir lo mismo con la Torre Norte.

Volvió a su escritorio y encendió el ordenador. Recibió una ingente cantidad de información de la oficina de campo de Massachusetts, según la cual los dos vuelos atacantes habían salido de Boston y había otros dos aparatos en el aire. Las llamadas de pasajeros que viajaban en dichos aviones, que habían despegado del mismo aeropuerto, apuntaban a que también estaban bajo el dominio de los terroristas. Una de las aeronaves se dirigía a Washington.

El presidente George W. Bush estaba de visita en una escuela de Florida cuando el primer avión colisionó. Inmediatamente lo trasladaron a la base de la fuerza aérea Barksdale, en Luisiana. El vicepresidente Dick Cheney se encontraba en Washington. Ya había dado instrucciones claras para que derribasen a los otros dos aviones. La orden no se cumplió. Cheney también quería saber cuál era la organización terrorista responsable, ya que más tarde el presidente pensaba dirigirse a la nación y exigiría respuestas. Jack continuó en su escritorio y recibió las llamadas de los agentes desplegados en el terreno, que le transmitieron información que a menudo comunicó a Macy. Uno de dichos agentes, Joe Corrigan, informó de que habían visto entrar a Fenston y a Leapman en un edificio de Wall Street justo antes de que el primer avión se empotrara contra la Torre Norte. Jack echó un vistazo a las numerosas carpetas desparramadas sobre su escritorio y descartó la posibilidad de que fuese «caso cerrado», pues lo consideró una mera expresión de deseos.

—¿Y Petrescu?

—No tengo ni idea —declaró Joe—. Lo único que puedo decir es que a las siete cuarenta y seis entró en el edificio y desde entonces nadie la ha visto.

Jack dirigió la mirada a la pantalla del televisor. Un tercer avión había impactado en el Pentágono. Lo único que se le ocurrió fue que la Casa Blanca era el siguiente objetivo.

—¡Otro avión se ha estrellado contra la Torre Sur! —repitió la señora que se encontraba un escalón por encima de Anna.

La experta en arte fue incapaz de creer que ese tipo de accidente sobrecogedor sucediera dos veces en un mismo día.

—No ha sido casual —aseguró una voz desde atrás, como si hubiera adivinado lo que Anna pensaba—. El único avión que chocó contra un edificio de Nueva York lo hizo en 1945. Se incrustó en el piso setenta y nueve del Empire State. Ocurrió un día brumoso y entonces no se disponía de los complejos instrumentos de rastreo que ahora existen. No debemos olvidar que el espacio aéreo de encima de la ciudad está vedado a los vuelos, por lo que se trata de algo minuciosamente planificado. Me juego la cabeza a que no somos los únicos que tenemos problemas.

En cuestión de minutos, hipótesis de conspiración, ataques terroristas e historias de accidentes imposibles corrieron de boca en boca por parte de personas que no tenían ni la más remota idea de lo que decían. De haberse podido mover más rápido habrían huido en estampida. Anna no tardó en percatarse de que varios de los presentes en la escalera disimulaban sus peores temores hablando a la vez.

Cada persona uniformada que pasó como pudo a su lado insistió en que se mantuviesen a la derecha y no dejaran de moverse. Algunos de los que bajaban comenzaron a cansarse, por lo que Anna los adelantó. Agradeció al cielo las horas dedicadas a correr por Central Park y la descarga tras descarga de adrenalina que la mantuvo en movimiento.

Se acercaban a la planta cuarenta cuando Anna percibió por primera vez olor a humo y oyó que algunos de los que se encontraban en los pisos inferiores tosían ruidosamente. Al llegar al siguiente tramo de la escalera el humo se hizo más espeso y no tardó en entrar en sus pulmones. Se tapó los ojos y tosió sin poderlo evitar. Recordó que alguna vez había leído que el noventa por ciento de las muertes que se producen en un incendio se deben a la aspiración de humo. Sus temores se acrecentaron cuando los que tenía delante avanzaron cada vez más despacio y finalmente se detuvieron. Las toses se volvieron epidémicas. ¿Estaban todos atrapados y no había escapatoria hacia arriba ni hacia abajo?

—No dejen de moverse —ordenó claramente un bombero que se dirigió hacia ellos—. Durante un par de plantas la situación empeora, pero enseguida la superarán —aseguró a los que todavía dudaban.

Anna clavó la mirada en el rostro del hombre que había lanzado la orden con tanta autoridad. La acató, convencida de que lo peor ya había quedado atrás. No apartó la mano de los ojos para protegerlos y, aunque siguió tosiendo tres pisos más, comprobó que el bombero tenía razón, dado que el humo empezó a aclararse. Decidió que solo haría caso de los profesionales que subían la escalera y descartaría las opiniones de los chapuceros que bajaban.

Una repentina sensación de alivio dominó a los que se libraron del humo, que en el acto intentaron acelerar el descenso. La humanidad congregada impidió discurrir rápidamente por el carril unidireccional. Anna intentó mantener la calma y se situó detrás de un ciego que bajaba la escalera conducido por el perro guía.

—Rosie, no quiero que te asustes con el humo —dijo el ciego y la perra meneó la cola.

Siguieron descendiendo y en todo momento el ritmo dependió de la persona que iba delante. Cuando llegó a la cafetería vacía de la planta treinta y nueve, Anna vio que a los sobrecargados bomberos se habían unido los funcionarios de la autoridad portuaria y los policías de la unidad de servicios de emergencia, los más populares de Nueva York porque solo se ocupan de operaciones de seguridad y rescate y no ponen multas de aparcamiento ni detienen. Anna se sintió culpable al cruzarse con los que estaban dispuestos a seguir subiendo mientras ella se dirigía en dirección contraria.

A la altura del piso veinticuatro, varios rezagados atónitos hicieron un alto para descansar y algunos incluso se reunieron para intercambiar anécdotas, mientras otros todavía se negaban a abandonar sus despachos, ya que eran incapaces de entender que pudiese afectarlos un problema ocurrido en la planta noventa y cuatro. Anna miró a su alrededor, desesperada por encontrar un rostro conocido, tal vez el de Rebecca o el de Tina, incluso el de Barry, pero tuvo la impresión de que estaba en el extranjero.

—Tenemos un nivel tres, probablemente un nivel cuatro, por lo que barreré cada planta —informó por radio el jefe de una unidad de bomberos.

Anna lo observó mientras registraba sistemáticamente cada despacho. Le llevó un rato porque cada planta tenía el tamaño de un campo de fútbol.

Un individuo del piso veintiuno se negó a moverse de su escritorio; acababa de cerrar un trato en divisas por valor de mil millones de dólares y esperaba la confirmación de la transacción.

—¡Fuera! —gritó el comandante, pero el hombre elegantemente vestido se saltó la orden a la torera y siguió tecleando en el ordenador—. He dicho que salga —insistió el bombero mientras dos ayudantes lo levantaban de la silla y lo depositaban en la escalera.

El *broker*, desconsolado, se sumó al éxodo escaleras abajo.

Al llegar a la vigésima planta, Anna se topó con un nuevo problema: tuvo que vadear el agua que caía de los sistemas antiincendios y de las tuberías que perdían. Pasó con cuidado por encima de los fragmentos de cristales y de los escombros humeantes que se apilaban en la escalera y frenaban el avance de todos. Se sintió como un hincha de un equipo de fútbol que intenta salir del estadio lleno a reventar y descubre que solo hay un torniquete en funcionamiento. Cuando por fin se acercó a la décima planta, el descenso se aceleró espectacularmente. En los pisos inferiores no quedaba prácticamente nadie y cada vez menos oficinistas se sumaban al éxodo.

Al llegar al piso diez, Anna miró por la puerta abierta de un despacho abandonado. Las pantallas de los ordenadores parpadeaban y las sillas estaban retiradas de los escritorios, como si los ocupantes hubieran ido al lavabo con la intención de regresar en un par de minutos. Los vasos de plástico con café frío y las latas de Coca-Cola a medio beber ocupaban casi todas las superficies. Había papeles por todas partes, incluso en el suelo, mientras que las fotos familiares en marcos de plata continuaban en su sitio. La persona que iba detrás chocó con ella, por lo que Anna se apresuró a reanudar la marcha.

En el séptimo piso la doctora Petrescu se dio cuenta de que no eran los trabajadores, sino el agua y los objetos flotantes lo que impedía avanzar. Se abrió paso como pudo entre los escombros y entonces oyó la voz. Al principio sonó débil, pero enseguida cobró fuerzas. De debajo llegó el sonido de un megáfono que la apremió a continuar:

—Sigan moviéndose, no miren hacia atrás ni usen los móviles, ya que hace perder tiempo a los que están detrás.

La doctora Petrescu tuvo que sortear tres plantas más y por fin llegó al vestíbulo; chapoteó sumergida en unos palmos de agua y pasó junto al ascensor exprés que, hacía tan solo dos horas, la había conducido a su oficina. De repente el sistema antiincendios arrojó más agua desde el techo, pero Anna ya estaba calada hasta los huesos.

A cada momento que pasaba, las órdenes transmitidas a través de los megáfonos sonaban más fuertes y sus exigencias resultaron incluso más estridentes.

—¡No dejen de moverse, abandonen el edificio y aléjense tanto como puedan!

A Anna le habría gustado responder que no era tan sencillo. Al llegar a los torniquetes, por uno de los cuales había pasado esa mañana, se dio cuenta de que estaban golpeados y retorcidos. Seguramente se deformaron cuando un equipo tras otro de bomberos transportó los pesados equipos hasta el interior del edificio.

La experta en arte se sintió desorientada y no supo qué tenía que hacer. ¿Debía esperar a que sus compañeros se reuniesen con ella? Se detuvo, aunque solo un segundo, ya que oyó otra orden tajante que tuvo la sensación de que estaba directamente dirigida a ella:

—Señora, siga moviéndose, no use el móvil ni mire hacia atrás.

—¿Adónde tenemos que ir? —preguntó alguien a gritos.

—Bajen por la escalera mecánica, atraviesen el paseo y aléjense tanto como puedan del edificio.

Anna se sumó a la horda de salvajes agotados que se montaron en la sobrecargada escalera mecánica. Descendió hasta el vestíbulo antes de coger otra escalera mecánica y subir al paseo descubierto, donde solía compartir con Tina y Rebecca el almuerzo al fresco mientras disfrutaban de un concierto. En ese momento el aire no era fresco y, ciertamente, no percibió el sonido serenante del violín, sino una voz que chilló:

—¡No mire hacia atrás, no mire hacia atrás!

Anna desobedeció la orden, por lo que no solo perdió velocidad, sino que cayó de rodillas y estuvo a punto de vomitar. Incrédula, vio que una persona y enseguida otra, trabajadores que debieron de quedar atrapados por encima del piso noventa, saltaban desde las ventanas de sus despachos hacia una muerte segura en lugar de afrontar la lenta agonía de morir quemados.

—Señora, póngase de pie y siga avanzando.

Anna se incorporó, caminó a trompicones y de pronto se dio cuenta de que los agentes a cargo de la evacuación no establecían contacto ocular con los que huían del edificio ni intentaban responder a preguntas individuales. Llegó a la conclusión de que actuaban así porque, de lo contrario, el desalojo se volvería más lento y frenaría el avance de los que todavía intentaban abandonar la torre.

Al pasar frente a la librería Borders, Anna vio que en el escaparate exhibían *Valhalla Rising*, el éxito de ventas número uno.

—Señora, no deje de moverse —repitió una voz con tono casi ensordecedor.

—¿Adónde quiere que vaya? —preguntó desesperada.

—A donde quiera, pero no deje de moverse.

—¿En qué dirección?

—Da igual, siempre y cuando se aleje todo lo que pueda de la torre.

Anna escupió restos de vómito y siguió alejándose del edificio.

Llegó a la entrada de la plaza y se topó con camiones de bomberos y ambulancias que se ocupaban de los heridos que estaban en condiciones de caminar y los que, lisa y llanamente, no podían dar un paso más. No les hizo perder un segundo. Finalmente llegó a la calle, levantó la cabeza y vio un letrero con una flecha cubierta de mugre negra. Apenas distinguió la palabra «ayuntamiento». Por primera vez empezó a correr. Corrió a toda velocidad y adelantó a varios de los que habían salido antes de los pisos inferiores. A continuación percibió a sus espaldas otro ruido desconocido. Se semejó a un trueno y a cada segundo que pasó pareció volverse más intenso. No quería mirar hacia atrás, pero lo hizo.

Quedó horrorizada al ver que, como si fuera de bambú, la Torre Sur se desplomaba ante sus ojos. En cuestión de segundos los restos del edificio cayeron estrepitosamente al suelo, levantaron polvo y cascajos que subieron hacia el cielo como un hongo, provocaron una densa montaña de llamas y vapores que durante unos segundos permanecieron en suspensión y que por último avanzaron indiscriminadamente por las calles atestadas, envolviendo a todo y a todos los que se interpusieron en su camino.

Aunque supo que era inútil, Anna echó a correr como nunca antes lo había hecho. Estaba convencida de que en cuestión de segundos esa serpiente gris e implacable la alcanzaría y asfixiaría su avance. No tuvo la menor duda de que estaba a punto de morir. Solo albergó la esperanza de que fuera rápido.

Desde la seguridad de un despacho de Wall Street, Fenston contempló el World Trade Center.

Con toda la incredulidad del mundo vio que un segundo avión se dirigía en línea recta hacia la Torre Sur.

Mientras la inmensa mayoría de los neoyorquinos se preocupaban por cómo podían ayudar a sus amigos, parientes y colegas en esa trágica situación y los demás se planteaban qué representaba para Estados Unidos, Fenston solo pensaba en una cosa.

El presidente y Leapman habían llegado a Wall Street para celebrar una reunión con un futuro cliente y segundos después el primer avión chocó con la Torre Norte. Fenston faltó a la cita y pasó la siguiente hora en un teléfono público del pasillo. Intentó ponerse en contacto con alguien del despacho, le daba igual con quien fuese, pero nadie respondió a sus llamadas. A otras personas les habría gustado usar el teléfono, pero Fenston no cedió. Leapman hizo lo propio desde su móvil.

Al oír la segunda explosión, Fenston dejó el teléfono colgando y corrió a la ventana. Leapman se reunió rápidamente con él. Ambos permanecieron en silencio y vieron cómo se desplomaba la Torre Sur.

—No tardará en ocurrir lo mismo con la Torre Norte —auguró Fenston.

—En ese caso, podemos dar por supuesto que Petrescu no sobrevivirá —dijo Leapman con tono realista.

—Petrescu me importa un bledo —replicó Fenston—. Si la Torre Norte cae perderé mi Monet, que no está asegurado.

12

Anna echó a correr sin parar y, a cada paso que dio, tuvo cada vez más conciencia de que a su alrededor el silencio crecía a pasos agigantados. Los gritos cesaron y se dio cuenta de que sería la próxima. Experimentó la sensación de que a sus espaldas no había nadie y por primera vez en la vida deseó que alguien la adelantara, le daba igual quien fuese, para no sentirse como la última persona sobre la tierra. Comprendió lo que significaba ser perseguida por una avalancha que se desplazaba a una velocidad diez veces mayor que la que puede alcanzar un ser humano. Ese alud particular era negro.

Anna respiró hondo y obligó a su cuerpo a alcanzar velocidades que hasta entonces jamás había experimentado. Se levantó la blusa de seda blanca, que a esa altura se había vuelto negra y estaba empapada y arrugada, y la usó para taparse la boca segundos antes de que la atrapase la nube gris e implacable que lo abarcó todo.

Un siseo de aire incontrolado la impulsó hacia delante y la arrojó al suelo. A pesar de todo, hizo denodados esfuerzos por seguir avanzando. Había cubierto unos pocos metros cuando empezó a toser sin poder evitarlo. Dio tres zancadas y otras tres hasta que repentinamente su cabeza chocó con algo sólido. La doctora Petrescu apoyó la mano sobre una pared e intentó moverse a tientas. Se preguntó si se alejaba de la nube gris o se internaba en ella. Tenía ceniza, tierra y polvo en la boca, los ojos, las orejas, la nariz y el pelo, que además se le adherían a la piel. Tuvo la sensación de que estaba a punto de morir quemada. Pensó en las personas que había visto saltar de la torre porque pensaban que era una manera más fácil de morir. Comprendió sus sentimientos, pero no tenía edificio desde el que saltar, por lo que solo pudo preguntarse cuánto tiempo tardaría en asfixiarse. Dio el último paso, se arrodilló en el suelo y se puso a rezar.

Padre nuestro... Se sintió en paz y estaba a punto de cerrar los ojos y entregarse al sueño profundo cuando en medio de la nada avistó una luz intermitente... *que estás en los cielos...* Hizo un último esfuerzo por ponerse nuevamente de pie y dirigirse hacia la luz azul. *Santificado sea tu nombre...* pero el coche pasó de largo y nadie reparó en su quejumbroso grito de auxilio. *Venga a nosotros tu reino...* Anna cayó nuevamente y se cortó la rodilla con el borde de la acera. *Hágase tu voluntad...* pero no sintió nada. *Así en la tierra como en el cielo...* Con la mano derecha agarró el borde de la acera y consiguió avanzar unos centímetros. Estaba a punto de dejar de respirar cuando le pareció que tocaba algo calentito y se preguntó si estaba vivo.

—Socorro —murmuró débilmente y no esperó respuesta.

—Deme la mano —respondieron en el acto. El hombre la aferró con firmeza—. Intente ponerse de pie. —Anna logró incorporarse con la ayuda del desconocido—. ¿Ve aquel triángulo de luz? —preguntó la voz, pero Anna no vio hacia dónde apuntaba.

La experta en arte trazó un círculo completo y contempló trescientos sesenta grados de noche cerrada. De repente lanzó un chillido de alegría al detectar un rayo de sol que intentaba atravesar el grueso manto de la penumbra.

Anna cogió la mano del desconocido y juntos caminaron lentamente hacia la luz, que a cada paso se tornó más intensa, hasta que por fin abandonaron el infierno y entraron en Nueva York.

La experta en arte se volvió hacia la figura envuelta en ceniza gris que acababa de salvarle la vida. El uniforme estaba tan cubierto de tierra y polvo que, de no haber llevado la conocida gorra con visera y la placa, la doctora Petrescu no se habría enterado de que era policía. El hombre sonrió y en su cara aparecieron grietas, como si estuviera embadurnado en capas y más capas de maquillaje.

—Siga caminando hacia la luz —aconsejó el desconocido y se fundió con la nube lóbrega antes de que Anna pudiese agradecérselo.

Amén.

Fenston solo dejó de tratar de ponerse en contacto con su despacho al ver que la Torre Norte se desplomaba ante sus ojos. Colgó, desanduvo apresuradamente por el pasillo desconocido y vio que Leapman garabateaba la palabra «arrendado» encima del letrero en el que se leía «en alquiler», que colgaba de la puerta de una oficina vacía.

—Mañana diez mil personas querrán un espacio como este, por lo que ya tenemos un problema resuelto —aseguró Leapman.

—Es posible cambiar de despacho, pero no puedes reemplazar mi Monet —dijo Fenston bruscamente e hizo una pausa—. Y si no consigo el Van Gogh...

Leapman consultó el reloj.

—A esta hora debe de estar en medio del Atlántico.

—Eso espero, sobre todo porque ya no tenemos la documentación que demuestra que somos los dueños del autorretrato —añadió Fenston mientras se asomaba por la ventana y miraba la nube gris que permanecía sobre el terreno en el que antaño se habían alzado orgullosamente las Torres Gemelas.

Anna se sumó al grupo de rezagados que emergió de la penumbra. Daba la sensación de que sus compatriotas ya habían terminado el maratón, aunque todavía no habían cruzado la meta. Al abandonar semejante oscuridad se dio cuenta de que no podía mirar el sol resplandeciente; hasta abrir los párpados cubiertos de polvo suponía un esfuerzo. Caminó centímetro a centímetro, metro a metro, a cada paso escupió tierra y polvo y acabó por preguntarse si en su cuerpo todavía quedaba mucho líquido negro. Tras unos cuantos pasos más cayó de rodillas, convencida de que la nube gris no podía alcanzarla. Siguió tosiendo y escupiendo. Cuando levantó la cabeza, Anna reparó en un corro de curiosos sorprendidos que la miraban como si acabase de llegar de otro planeta.

—¿Estaba en una de las torres?

A Anna no le quedaban fuerzas para responder y decidió alejarse lo más rápido posible de sus expresiones de sorpresa. Solo había dado unos pocos pasos cuando se topó con un turista japonés que se agachó e intentó retratarla. Lo apartó con actitud colérica. En el acto el nipón se inclinó un poco más y se disculpó.

Al llegar al cruce siguiente, Anna se dejó caer en la acera y miró el letrero: estaba en la esquina de Franklin y Church. Pensó que se encontraba a unas pocas calles del apartamento de Tina y enseguida se dijo que, en el caso de que Tina todavía siguiera en algún sitio detrás de ella, era imposible que hubiese sobrevivido. De pronto un autobús se detuvo a su lado. Pese a que estaba lleno como un tranvía de San Francisco en la hora punta, los viajeros se apiñaron para hacerle sitio. El autobús paró en cada esquina, lo que permitió que algunos se apearan y que otros subiesen, y a nadie se le ocurrió pagar el billete. Por lo visto, la totalidad de los neoyorquinos se había unido pues deseaban desempeñar un papel en el drama que se desplegaba ante sus ojos.

—¡Dios mío! —musitó Anna cuando se sentó en el autobús y se tapó la cara con las manos.

Por primera vez se permitió pensar en los bomberos con los que se había cruzado en la escalera y en Tina y Rebecca, que seguramente habían muerto. Solo cuando se conoce a algún participante la tragedia se convierte en algo más que noticia.

Anna estuvo a punto de caer cuando el autobús se detuvo en el Village, cerca del parque de Washington Square, y se apeó. Trastabilló por la acera y escupió varios bocados de polvo gris que había evitado vomitar durante el trayecto. Una mujer se sentó en el bordillo, a su lado, y le ofreció una botella de agua. Anna se llenó la boca varias veces y al final expulsó gargajos de líquido negro. Vació la botella sin tragar una gota de agua. La mujer señaló un hotelito en el que los que habían podido escapar entraban y salían de manera incesante. La mujer se inclinó, cogió a Anna del brazo y con gran delicadeza la condujo hasta el lavabo de la planta baja del hotel. El servicio estaba lleno de hombres y mujeres. Anna se miró en el espejo y comprendió por qué los transeúntes la habían observado con tanta curiosidad. Daba la sensación de que alguien le había echado varias bolsas de ceniza gris sobre la cabeza. Mantuvo las manos bajo el grifo abierto hasta que solo las uñas le quedaron negras. Intentó retirar una capa de polvo pegado a su cara, pero fue una tarea inútil. Se volvió para dar las gracias a la desconocida que, al igual que el policía, había desaparecido y salido a ayudar a otras personas.

La experta en arte regresó cojeando a la calle, con la garganta seca, las rodillas heridas y los pies llenos de ampollas y doloridos. Caminó lentamente hacia Waverly Place e intentó recordar el número del apartamento de Tina. Pasó delante de un Waverly Dinner vacío y finalmente se detuvo en la puerta del número 273.

Se agarró a la conocida balaustrada de hierro forjado como si de una cuerda de salvamento se tratase y se arrastró para subir los escalones que conducían a la entrada. Siguió con el dedo la lista de nombres que figuraba junto a los timbres: Amato, Kravits, Gambino, O'Rourke, Forster... «Forster, Forster», repitió gozosa para sus adentros y pulsó el timbre. Anna pensó que era imposible que Tina respondiese, ya que seguramente estaba muerta. Mantuvo pulsado el timbre como si así pudiera devolver la vida a Tina, pero no lo consiguió. Al final se dio por vencida y se volvió para marcharse mientras las lágrimas rodaban por su cara cubierta de polvo cuando desde la nada una voz furibunda preguntó:

—¿Quién es?

Anna se desplomó en el último escalón.

—¡Gracias, Dios mío! Estás viva, estás viva.

—No es posible que seas tú —declaró Tina con tono de incredulidad.

—Abre la puerta y lo verás con tus propios ojos —suplicó Anna.

El zumbido del mecanismo para abrir la puerta fue el mejor sonido que Anna oyó ese día.

13

—¡Estás viva! —exclamó Tina cuando abrió la puerta de par en par y abrazó a su amiga. Anna parecía una golfilla de la calle que acaba de salir de una chimenea victoriana, lo cual no impidió que Tina la estrechase en sus brazos—. Pensaba en que siempre me hacías reír y me preguntaba si alguna vez volvería a reír cuando sonó el timbre.

—Y yo estaba convencida de que, por mucho que hubieras logrado salir del edificio, te habría resultado imposible sobrevivir después de que la torre se desplomara.

—Si tuviera una botella de champán la descorcharía para celebrarlo —aseguró Tina y finalmente soltó a su amiga.

—Me conformo con un café y después con otro, seguidos de una ducha.

—Tengo café —informó Tina, cogió a Anna de la mano y la llevó hasta la pequeña cocina situada al final del pasillo.

La experta en arte dejó a su paso una sucesión de huellas grises en la moqueta. Se sentó ante una pequeña mesa redonda de madera y cruzó las manos en el regazo mientras el televisor enmudecido mostraba imágenes de los sucesos. Intentó quedarse quieta, ya que todo lo que tocaba quedaba instantáneamente manchado de ceniza y tierra. Tina no lo notó.

—Sé que lo que voy a decir suena extraño, pero no tengo ni la más remota idea de lo que ocurre —admitió Anna.

Tina dio volumen al televisor y, mientras preparaba la cafetera, repuso:

—Después de ver la tele un cuarto de hora lo sabrás todo.

Anna vio incesantes repeticiones de un avión que volaba hacia la Torre Sur, de personas que se arrojaban desde los pisos más altos a una muerte segura y de la caída, primero de la Torre Sur y luego de la Norte.

—¿Otro avión alcanzó el Pentágono? —inquirió Anna—. ¿Cuántos hay?

—Hubo un cuarto avión, pero nadie sabe con certeza adónde se dirigía —respondió Tina y puso dos tazas sobre la mesa.

—Probablemente a la Casa Blanca —indicó la doctora Petrescu y levantó la cabeza al ver en la pantalla al presidente.

Bush habló desde la base de la fuerza aérea Barksdale, en Luisiana: «Que no se equivoquen, Estados Unidos perseguirá y castigará a los culpables de estos actos cobardes».

A continuación pasaron imágenes del segundo avión, el que chocó con la Torre Sur.

—¡Dios mío! —exclamó Anna—. Ni se me ocurrió pensar en los pasajeros inocentes que viajaban en esos aviones. ¿Quién es responsable de esta atrocidad? —inquirió mientras Tina servía el café.

—El departamento de Estado se muestra muy cauteloso y los sospechosos habituales como Rusia, Corea del Norte, Irán e Irak se han apresurado a declarar que no han tenido nada que ver y se han comprometido a hacer cuanto esté en sus manos para dar con los culpables.

—¿Qué dicen los periodistas, que no tienen motivos para mostrarse tan cautelosos?

—La CNN señala a Afganistán y, en concreto, a un grupo terrorista llamado al-Qaida... creo que se dice así, aunque me parece que jamás oí hablar de ellos —repuso Tina y se sentó frente a Anna.

—Creo que son un grupo de fanáticos religiosos, a los que,

por lo que tengo entendido, solo les interesa tomar Arabia Saudí para apoderarse del petróleo.

Anna volvió a concentrarse en la tele y prestó atención al comentarista, que intentó imaginar lo que debieron de sentir los que estaban en la Torre Norte cuando colisionó el primer avión. A Anna le habría gustado decirle que incluso imaginarlo era imposible. Cien minutos se convirtieron en pocos segundos y los repitieron al infinito, como un anuncio archiconocido. Cuando vio por la televisión que la Torre Sur se desplomaba y el humo ascendía en espiral hacia el cielo, la experta en arte comenzó a toser sin poderse controlar y desparramó ceniza a su alrededor.

—¿Estás bien? —preguntó Tina y se levantó de un salto.

—Sí, me recuperaré —contestó Anna y terminó el café—. ¿Me permites apagar la tele? Me parece que no estoy en condiciones de recordar constantemente lo que ha significado estar allí.

—Tienes toda la razón —confirmó Tina, cogió el mando a distancia y apagó el aparato, por lo que las imágenes desaparecieron de la pantalla.

—No hago más que pensar en los amigos que estaban en el edificio —reconoció Anna mientras Tina servía más café—. Me pregunto si Rebecca...

—No he sabido nada de ella. Barry es la única persona que, de momento, ha dado señales de vida.

—Claro, estoy segura de que Barry fue el primero en bajar la escalera y que pisoteó a cuantos se interpusieron en su camino. ¿A quién llamó Barry?

—A Fenston. Se puso en contacto con él a través del móvil.

—¿A Fenston? —Anna estaba sorprendida—. ¿Cómo consiguió escapar? Yo salí de su despacho pocos minutos antes de que el primer avión chocara contra el edificio.

—Para entonces ya había llegado a Wall Street, pues tenía una cita con un cliente potencial cuyo único bien es un Gauguin. Por lo tanto, era imposible que Fenston se retrasase.

—¿Y Leapman? —quiso saber Anna y bebió otro sorbo de café.

—Como de costumbre, iba un paso por detrás del jefe.

—Claro, por eso mantuvieron abiertas las puertas de los ascensores.

—¿Las puertas de los ascensores? —repitió Tina.

—No tiene importancia —aseguró Anna—. ¿Por qué no fuiste a trabajar esta mañana?

—Porque tenía hora con el dentista. Hace semanas que figura en mi agenda. —Hizo una pausa y miró a su amiga—. Desde el instante en el que me enteré no dejé de llamar a tu móvil, pero nadie contestó. ¿Dónde estabas?

—Me escoltaron mientras abandonaba el edificio.

—¿Te acompañó un bombero?

—No, fue el gorila de Barry.

—¿Por qué? —preguntó Tina, alterada.

—Porque Fenston acababa de despedirme —explicó Anna.

—¿Te despidió? —preguntó Tina con gran incredulidad—. No lo entiendo, ¿por qué te despidió precisamente a ti?

—Porque en mi informe a la junta propuse que Victoria Wentworth vendiera el Van Gogh, lo que no solo le permitiría saldar su descubierto con el banco, sino conservar el resto de los bienes.

—Pero si el Van Gogh es el único motivo por el que Fenston accedió a cerrar ese trato —puntualizó Tina—. Supuse que lo sabías. Hace años que va detrás de un Van Gogh. Lo último que se le ocurriría es vender el cuadro para sacar a Victoria del atolladero. De todos modos, no es razón suficiente para despedirte. ¿Qué pretexto...?

—También envié a la clienta una copia de mis recomendaciones, ya que lo considero ni más ni menos que una práctica bancaria ética.

—No creo que las prácticas bancarias éticas sean lo que impide que Fenston concilie el sueño. Por otro lado, sigo sin entender por qué se deshizo tan rápido de ti.

—Porque yo estaba a punto de viajar a Inglaterra y comunicar a Victoria Wentworth que incluso tengo un posible comprador. Se trata de Takashi Nakamura, un famoso coleccionista japonés que, en mi opinión, estaría encantado de llegar rápidamente a un acuerdo si pidiéramos una cifra razonable.

—Con Nakamura te has equivocado —opinó Tina—. Cualquiera que sea el precio, por nada del mundo a Fenston se le ocurriría hacer negocios con él. Hace años que ambos quieren un Van Gogh y suelen ser los dos últimos postores en cualquier subasta impresionista que valga la pena.

—¿Por qué no me lo dijo?

—Porque no siempre le conviene que sepas lo que trama.

—Estamos en el mismo equipo.

—Anna, tu ingenuidad es pasmosa. ¿Todavía no te has dado cuenta de que el equipo de Fenston está formado por una sola persona?

—No conseguirá que Victoria entregue el Van Gogh a no ser que...

—Yo no estaría tan segura —la interrumpió Tina.

—¿Por qué lo dices?

—Ayer Fenston telefoneó a Ruth Parish y le ordenó que recogiera el cuadro sin más tardanza. Lo oí repetir varias veces la palabra «inmediatamente».

—Antes de que Victoria pudiese guiarse por mis recomendaciones.

—Lo cual también explicaría los motivos por los que se vio obligado a despedirte antes de que subieras al avión y trastocases sus planes. Cuidado, no eres la primera persona que se atreve a recorrer ese camino trillado.

—¿Qué quieres decir? —inquirió Anna.

—En cuanto alguien descubre qué se propone realmente Fenston, esa persona no tarda en acabar en la calle.

—En ese caso, ¿por qué no te ha despedido?

—Porque me abstengo de hacer recomendaciones que no

está dispuesto a seguir y, en consecuencia, no me considera una amenaza. —Tina hizo una pausa—. Bueno, al menos de momento no represento una amenaza.

Colérica, Anna dio un golpe en la mesa y desencadenó una pequeña nube de polvo.

—Soy tan tonta... —se lamentó la experta en arte—. Tendría que haberlo visto venir. Ahora ya no puedo hacer nada.

—Yo no estaría tan segura —la contradijo Tina—. No sabemos con certeza si Ruth Parish ha ido a buscar el cuadro a Wentworth Hall. En el caso de que no se haya presentado, aún dispones de tiempo para telefonear a Victoria y aconsejarle que retenga el autorretrato hasta que te pongas en contacto con el señor Nakamura... Así saldará sus deudas con Fenston y él no podrá hacer nada —acotó Tina. En ese momento en su móvil sonó el tono de «California Here I Come». La muchacha consultó la pantalla e identificó la llamada: «jefe». Se llevó un dedo a los labios y advirtió—: Es Fenston. Probablemente quiere saber si te has puesto en contacto conmigo —apostilló y abrió el móvil.

—¿Sabe quién ha quedado en medio de los escombros? —preguntó Fenston antes de que Tina pudiese abrir la boca.

—¿Anna?

—No —repuso Fenston—. Petrescu ha muerto.

—¿Ha muerto? —repitió Tina y miró a su amiga, sentada al otro lado de la mesa—. Pero...

—Así es. Cuando dio señales de vida, Barry confirmó que la última vez que la vio estaba tendida en el suelo, por lo que es imposible que haya sobrevivido.

—Me temo que no tardará en averiguar que...

—No se preocupe por Petrescu —la interrumpió Fenston—. Pensaba sustituirla, pero lo que no puedo suplantar es mi Monet.

Tina quedó tan azorada que enmudeció y estuvo en un tris de decirle lo equivocado que estaba, pero repentinamente se percató de que podría convertir la estupidez de Fenston en algo ventajoso para Anna.

—¿Eso significa que también hemos perdido el Van Gogh?

—No —respondió Fenston—. Ruth Parish ya ha confirmado que el cuadro ha salido de Londres. Debería llegar esta misma noche al aeropuerto Kennedy y Leapman irá a recogerlo. —Tina se desplomó en la silla y sus expectativas se redujeron—. Quiero que mañana se presente a las seis.

—¿A las seis de la mañana?

—Exactamente —confirmó Fenston—. No se queje. Al fin y al cabo, hoy ha tenido el día libre.

—¿Dónde quiere que me presente? —inquirió Tina y ni siquiera se tomó la molestia de discutir.

—He alquilado despachos en el piso treinta y dos del edificio Trump, en el cuarenta de Wall Street, por lo que nosotros trabajaremos como de costumbre —replicó y colgó.

—Te ha dado por muerta, pero lo que más le preocupa es haber perdido el Monet —explicó Tina al tiempo que cerraba el móvil.

—Vaya, no tardará en averiguar que estoy viva.

—Solo en el caso de que quieras que se entere. ¿Alguien te ha visto desde que saliste de la torre?

—Si me han visto es con este aspecto.

—Entonces no diremos nada mientras decidimos qué es lo que hay que hacer. Fenston ha dicho que el Van Gogh está de camino a Nueva York y que Leapman lo recogerá en cuanto aterrice.

—En ese caso, ¿qué podemos hacer?

—Podría tratar de entretener a Leapman mientras tú recoges el cuadro.

—¿Y qué haría yo con el cuadro? —preguntó Anna—. Si me lo quedara, es indudable que Fenston se ocuparía de buscarme.

—Podrías embarcar en el primer avión a Londres y devolver el autorretrato a Wentworth Hall.

—No puedo hacerlo sin autorización de Victoria.

—Por Dios bendito, Anna, ¿cuándo madurarás? Tienes que

dejar de pensar como una directora de escuela e imaginar qué haría Fenston si estuviera en tu piel.

—Se ocuparía de averiguar a qué hora llega el avión —replicó Anna—. Por consiguiente, lo primero que tengo que hacer...

—Lo primero que tienes que hacer es ducharte y, mientras tanto, yo averiguaré a qué hora llega el avión y qué trama Leapman —declaró Tina al tiempo que se ponía de pie—. Hay algo de lo que estoy absolutamente segura: con ese aspecto en el aeropuerto no te dejarán recoger nada.

Anna terminó el café y siguió a Tina por el pasillo. La muchacha abrió la puerta del cuarto de baño y miró atentamente a su amiga.

—Te veré dentro de... —Tina lo pensó—. Te veré dentro de una hora.

Anna rió por primera vez en el día.

Anna se quitó lentamente la ropa y la amontonó en el suelo. Se miró en el espejo y contempló la imagen de alguien a quien no conocía. Se quitó la cadena de plata que llevaba colgada del cuello y la depositó a un lado de la bañera, junto a la maqueta de un yate. Por último se quitó el reloj. Se había parado a las 8.46. Unos segundos más tarde habría estado en el ascensor.

Se metió en la ducha y comenzó a evaluar el audaz plan de Tina. Abrió ambos grifos y dejó que el agua se deslizase sobre su cuerpo antes de pensar en enjabonarse. Vio que el agua pasaba de negra a gris y, por mucho que frotó, siguió siendo cenicienta. Se restregó hasta que la piel le quedó enrojecida e irritada y entonces prestó atención al bote de champú. Solo abandonó la ducha después de lavarse tres veces la cabeza y supo que pasarían varios días antes de que los demás viesen que era rubia natural. Ni se molestó en secarse; se agachó, tapó la bañera y abrió los grifos. Mientras se daba un baño repasó todo lo que había sucedido durante la jornada.

Pensó en los numerosos amigos y compañeros que sin duda había perdido y se percató de lo afortunada que era por estar viva. Comprendió que el duelo tendría que esperar si quería que existiese una posibilidad, por remota que fuera, de salvar a Victoria de una muerte incluso más lenta.

La llamada de Tina a la puerta interrumpió sus pensamientos. La muchacha entró y se sentó en el borde de la bañera.

—Has mejorado mucho —comentó sonriente al ver a Anna recién bañada.

—He reflexionado sobre tu idea y si pudiera...

—Cambio de planes —precisó Tina—. El organismo federal de aviación acaba de anunciar que todos los aviones de Estados Unidos permanecerán en tierra hasta nuevo aviso y que no se permitirá el aterrizaje de vuelos procedentes del exterior, por lo que supongo que el Van Gogh va de regreso a Heathrow.

—En ese caso, debo llamar ahora mismo a Victoria y decirle que dé instrucciones a Ruth Parish para que traslade el cuadro a Wentworth Hall.

—Estoy totalmente de acuerdo —coincidió Tina—, pero acabo de darme cuenta de que Fenston ha perdido algo más importante que el Monet.

—¿Acaso para él existe algo más importante que el Monet?

—Sí, su contrato con Victoria y los demás documentos que demuestran que es el dueño del Van Gogh, así como del resto de los bienes Wentworth en el caso de que Victoria no salde la deuda.

—¿No hiciste archivos de seguridad?

Tina titubeó y finalmente replicó:

—Sí. Están en la caja fuerte del despacho de Fenston.

—No olvides que Victoria también tiene en su poder los documentos pertinentes.

Tina hizo otra pausa.

—Pero dejará de tenerlos si está dispuesta a destruirlos.

—Victoria jamás accederá a hacer semejante cosa —aseguró Anna.

—¿Por qué no llamas y se lo preguntas? Si fuera capaz de destruirlos, dispondrías de tiempo más que suficiente para vender el Van Gogh y saldar la deuda con Fenston antes de que pueda tomar medidas.

—Solo hay un problema.

—¿Cuál? —inquirió Tina.

—No tengo su número de teléfono. Su expediente está en mi despacho y lo he perdido todo, incluidos el móvil, la miniagenda ordenador y hasta el billetero.

—Estoy segura de que lo averiguaremos en el servicio de información telefónica —insistió Tina—. ¿Por qué no te secas y te pones el albornoz? Dentro de un rato buscaremos ropa que te vaya.

—Gracias —dijo Anna y la cogió de la mano.

—Puede que no estés tan agradecida cuando descubras lo que hay para comer. Recuerda que no esperaba invitados, así que tendrás que apañarte con restos de comida china.

—Me parece fantástico —aseguró Anna mientras salía de la bañera, cogía una toalla y se envolvía en ella.

—Te veré dentro de un par de minutos, ya que entonces el microondas habrá terminado de preparar mi exquisita propuesta gastronómica.

La muchacha se volvió para salir.

—Tina, ¿puedo hacerte una pregunta?

—Lo que quieras.

—¿Por qué sigues trabajando para Fenston, ya que es evidente que lo detestas tanto como yo?

Tina lo pensó y finalmente respondió:

—Pregúntame lo que quieras menos eso.

Salió y cerró la puerta sin hacer ruido.

14

Ruth Parish cogió el teléfono y oyó una voz conocida que transmitió un mensaje insólito:

—Hola, Ruth. Soy Ken Lane, de United, y llamo para avisar que nuestro vuelo 107, con destino a Nueva York, ha recibido la orden de regresar. Está previsto que aterrice en Heathrow dentro de una hora.

—¿Por qué? —quiso saber Ruth.

—Por el momento los detalles son imprecisos, pero los informes procedentes del aeropuerto Kennedy apuntan a que se ha producido un ataque terrorista contra las Torres Gemelas. Los aeropuertos estadounidenses han recibido órdenes de mantener los aviones en tierra y hasta nuevo aviso no permitirán la llegada de vuelos —explicó Ken.

—¿Cuándo ocurrió?

—A eso de la una y media, hora nuestra, por lo que seguramente estabas comiendo. Pon la tele y tendrás las últimas noticias. No se habla de otra cosa. —Ruth cogió el mando a distancia del escritorio y apuntó hacia el televisor—. ¿Colocarás el Van Gogh en el depósito o prefieres que lo devolvamos a Wentworth Hall?

—Te aseguro que no regresará a Wentworth —replicó Ruth—. Guardaré el cuadro bajo llave en una de nuestras zonas libres de derechos arancelarios, donde pasará la noche, y lo enviaré a Nueva York en el primer vuelo disponible en cuanto el aeropuerto Kennedy suprima las restricciones. —Ruth hizo una pausa para pensar—. ¿Confirmarás la hora de llegada prevista media hora antes de que el avión aterrice y así tendré a punto una de las furgonetas?

—De acuerdo.

Ruth colgó y miró la pantalla del televisor. Marcó el 501 en el control remoto. La primera imagen que divisó fue la del avión que se empotró en la Torre Sur.

En ese momento comprendió por qué Anna no había contestado al teléfono.

Mientras se secaba, Anna analizó las diversas razones por las que Tina seguía trabajando con Fenston. Al final meneó la cabeza. Al fin y al cabo, Tina era lo suficientemente lista como para conseguir un trabajo muchísimo mejor.

Se puso el albornoz y las zapatillas de su amiga, volvió a colgarse al cuello la cadena con la llave y se ajustó el reloj de pulsera. Se miró en el espejo; aunque la fachada externa había mejorado bastante, Anna todavía se estremecía al pensar en lo que había vivido hacía pocas horas. Se preguntó durante cuántos días, meses y años sería una pesadilla recurrente.

Abrió la puerta del baño y recorrió el pasillo evitando las huellas cargadas de ceniza que había dejado en la moqueta. Cuando entró en la cocina, Tina dejó de poner la mesa y le pasó el móvil.

—Es el momento de llamar a Victoria y comunicarle lo que te propones.

—¿Qué me propongo? —quiso saber Anna.

—En primer lugar, pregúntale si sabe dónde está el Van Gogh.

—Me apuesto lo que quieras a que está guardado en una zona libre de derechos de Heathrow, pero solo hay una manera de averiguarlo.

La experta en arte marcó el 00.

—Operadora internacional.

—Necesito un número de Inglaterra —dijo Anna.

—¿Comercial o particular?

—Particular.

—¿A nombre de quién?

—De Wentworth, Victoria.

—¿Puede darme la dirección?

—Wentworth Hall, Wentworth, Surrey.

Se produjo un largo silencio y por último Anna recibió la siguiente información:

—Lo lamento, señora, pero ese número no figura en los listines.

—Y eso, ¿qué significa?

—Que no puedo darle el número.

—Se trata de una emergencia —insistió Anna.

—Lo siento mucho, señora, pero no puedo darle el número.

—Le aseguro que soy una amiga íntima.

—Me daría lo mismo que fuera la reina de Inglaterra. Le repito que no puedo darle el número.

La comunicación se interrumpió y Anna frunció el ceño.

—¿Cuál es el plan B? —preguntó Tina.

—No tengo más alternativa que viajar a Inglaterra, intentar que Victoria me reciba y advertirle de lo que se propone Fenston.

—De acuerdo. En ese caso, la próxima decisión tiene que ver con la frontera por la cual cruzarás.

—¿Qué probabilidades tengo de cruzar una frontera si ni siquiera puedo volver a mi apartamento y recoger mis cosas... a menos que esté dispuesta a que todo el mundo se entere de que estoy vivita y coleando?

—Nada me impide ir a tu piso —aseguró Tina—. Dime qué quieres, prepararé un bolso y...

—No hay nada que preparar —la interrumpió Anna—. Lo

que necesito está listo y a la espera en el pasillo... No olvides que esta noche tenía que volar a Londres.

—En ese caso, basta con que me des la llave de tu apartamento. —Anna se quitó la cadena que le rodeaba el cuello y entregó la llave a Tina—. ¿Qué tengo que hacer para que el portero me deje pasar? Seguramente me preguntará a quién voy a ver.

—Por eso no te preocupes —replicó Anna—. El portero se llama Sam. Dile que vas a visitar a David Sullivan. Se limitará a sonreír y llamará al ascensor.

—¿Quién es David Sullivan?

—Tiene un apartamento en el cuarto piso y casi nunca recibe dos veces a la misma chica. Cada semana da unos cuantos dólares a Sam para que ninguna se entere de que no es la única mujer de su vida.

—Todavía nos queda por resolver la cuestión económica —acotó Tina—. No hay que olvidar que has perdido el billetero y la tarjeta de crédito y que yo solo tengo alrededor de setenta dólares.

—Ayer retiré tres mil dólares de mi cuenta —dijo Anna—. Cuando trasladas un cuadro valioso no puedes correr el riesgo de sufrir retrasos, así que debes estar preparada para resolver cualquier problema con un transportista que se cruce en tu camino. También tengo quinientos pavos en el cajón de la mesilla de noche de mi lado de la cama.

—Tendrás que llevarte mi reloj. —Anna se quitó el reloj y lo cambió por el de su amiga. Tina la estudió atentamente—. Jamás podrás olvidar la hora que era en el instante en el que el avión chocó con el edificio —comentó y en ese momento pitó el microondas—. Es posible que sea incomible —advirtió Tina y sirvió el *chow mein* y el arroz con tortilla del día anterior.

Entre un bocado y otro, ambas mujeres evaluaron las opciones para salir de la ciudad y se preguntaron cuál sería la frontera más segura.

Cuando acabaron con el último resto de sobras y otra cafetera ya habían repasado todas las posibilidades de salida de Manhattan, pero Anna todavía no había decidido si se dirigía al norte o al sur. Tina metió los platos en el fregadero y preguntó:

—¿Por qué no evalúas qué dirección te parece la más veloz mientras voy a tu apartamento y entro y salgo sin despertar las sospechas de Sam?

Anna volvió a abrazar a su amiga y advirtió:

—Te aseguro que ahí afuera se ha instaurado el infierno.

Tina se detuvo en el primer escalón del edificio en el que vivía y aguardó unos segundos. Tuvo la sensación de que algo iba mal. De pronto se percató de lo que sucedía: Nueva York había cambiado.

Las calles ya no estaban llenas a rebosar de esas personas que no tienen tiempo de detenerse a charlar y que conforman las masas más enérgicas del planeta. Tina se dijo que parecía domingo, aunque en realidad ni siquiera era como un domingo. La gente se detenía y miraba hacia el World Trade Center. La única música de fondo era el sonido constante de las sirenas, que recordaba a los lugareños, como si hiciera falta, que lo que habían visto por la tele, en clubes, bares e incluso escaparates tenía lugar a pocas manzanas de distancia.

Tina caminó por la acera en busca de un taxi, pero los célebres coches amarillos fueron sustituidos por el rojo, el blanco y el azul de los camiones de bomberos, las ambulancias y los coches de la policía, que en su totalidad se dirigían en la misma dirección. Corros de ciudadanos se congregaron en las esquinas para aplaudir a los tres servicios que pasaron a toda velocidad, como si fueran jóvenes reclutas que abandonan su patria a fin de luchar contra el enemigo extranjero. Tina pensó que para eso ya no era necesario viajar a otro país.

La joven recorrió una calle tras otra y una manzana tras otra consciente de que, al igual que ocurría los fines de semana, los que de lunes a viernes iban a Manhattan a trabajar habían huido a las colinas, dejando que los lugareños hicieran lo que podían. En ese momento otro grupo desconocido recorría la ciudad como si estuviera atontado. Durante el último siglo Nueva York había absorbido ciudadanos de todas las naciones de la tierra y ahora incorporaban otra raza a sus filas. Daba la impresión de que el grupo de inmigrantes más recientes acababa de salir de las entrañas de la tierra y, como cualquier raza nueva, se distinguía por su color: gris ceniza. Deambulaban por Manhattan como corredores de maratón que regresan a casa cojeantes horas después de que los competidores más serios hayan abandonado la escena. Había otro recordatorio, más visual si cabe, para todo el que aquella tarde otoñal mirase hacia arriba: el perfil de Nueva York ya no se caracterizaba por los rascacielos altivos y relucientes, que quedaron eclipsados por la densa bruma gris que pendió de la ciudad como un visitante inoportuno. En algunos puntos la nube impía presentaba grietas, gracias a las cuales Tina reparó en las astillas de metal irregular que sobresalían del suelo: era todo lo que quedaba de uno de los edificios más altos del mundo. La cita con el dentista le había salvado la vida.

Tina pasó frente a tiendas y restaurantes vacíos de una ciudad que se jactaba de no cerrar nunca. Aunque se recuperaría, Nueva York nunca volvería a ser la misma. Los terroristas eran seres que vivían en tierras remotas: Oriente Próximo, Palestina, Israel e incluso España, Alemania e Irlanda del Norte. Volvió a contemplar la nube. Los terroristas se habían instalado en Manhattan y dejado su tarjeta de visita.

Aunque sin expectativas, Tina volvió a hacer señas ante algo tan raro como un taxi que pasaba por allí. El vehículo se detuvo haciendo chirriar los frenos.

15

Anna se metió en la cocina y se puso a lavar los platos. Se mantuvo ocupada con la esperanza de que su mente no regresase constantemente a los rostros de los que subían la escalera, ya que temía que esas caras quedaran grabadas en su memoria durante el resto de su vida. Acababa de descubrir el aspecto negativo de su don extraordinario.

Intentó pensar en Victoria Wentworth y en cómo podía impedir que Fenston le arruinase la vida. ¿La creería Victoria cuando dijese que no sabía que Fenston siempre había tenido la intención de robarle el Van Gogh y esquilmarla? ¿Por qué iba a creerle? Al fin y al cabo, la propia Anna era miembro de la junta y también la habían engañado.

Salió de la cocina y buscó un mapa. Encontró un par en una estantería colocada en la sala, por encima del escritorio de Tina: un ejemplar de *Streetwise Manhattan* y *The Columbia Gazetteer of North America,* apoyados en el último éxito de ventas sobre John Adams, segundo presidente de Estados Unidos. Se detuvo a admirar la reproducción de Rothko colgada en la pared de enfrente de la estantería; aunque no era su estilo, sin duda se trataba de uno de los pintores preferidos de Tina, ya que también tenía otra reproducción en el despacho. Anna pensó que Tina ya no tenía despacho y volvió a concentrarse en el presente. Regresó a la cocina y desplegó sobre la mesa el mapa de Nueva York.

En cuanto decidió por dónde saldría de Manhattan, Anna dobló el mapa y se concentró en el volumen de mayores dimensiones. Pensó que la ayudaría a decidir qué frontera atravesaba.

Buscó México y Canadá en el índice y tomó muchas notas, como si preparase un documento para la junta; en general planteaba dos opciones, pero siempre concluía los informes con una recomendación clara. Cuando por fin cerró la tapa del grueso libro azul, Anna ya no tenía dudas acerca de la dirección que debía tomar si quería llegar a tiempo a Inglaterra.

Tina dedicó el trayecto en taxi hasta Thornton House a evaluar cómo haría para entrar en el apartamento de Anna y salir con el equipaje sin despertar las sospechas del portero. En cuanto el vehículo se detuvo frente al edificio, Tina se llevó la mano al bolsillo de la chaqueta. Se percató de que no llevaba chaqueta y se puso como un tomate. Había salido de casa sin dinero. A través de la ventanilla de plástico Tina echó un vistazo al disco identificador del conductor: Abdul Affridi; también vio que del retrovisor colgaban cuentas. El taxista paseó la mirada a su alrededor y no sonrió. Ese día nadie sonreía.

—He salido de casa sin dinero —espetó Tina y se preparó para oír una sarta de tacos.

—No se preocupe —mascculló el taxista, se apeó rápidamente y abrió la portezuela.

Por lo visto, todo había cambiado en Nueva York.

Tina le dio las gracias, se acercó nerviosa a la puerta de entrada de Thornton House y repasó la primera frase que diría. Modificó el guión en cuanto vio a Sam sentado detrás de la recepción, sujetándose la cabeza con las manos y sollozando.

—¿Qué le pasa? —preguntó Tina—. ¿Conocía a alguien que estaba en el World Trade Center?

Sam levantó la cabeza. Sobre el mostrador de la recepción

había una foto de Anna durante su participación en el maratón.

—No ha vuelto a casa —replicó—. Todos los habitantes de esta vivienda que trabajan en el World Trade Center han regresado hace horas.

Tina abrazó al anciano y pensó que era una víctima más. Le habría encantado decirle que Anna estaba sana y salva, pero de momento no podía hacerlo.

Poco después de las ocho Anna se tomó un descanso e hizo zapeo. Todas las cadenas daban la misma noticia. Descubrió que no podía seguir mirando reportajes que constantemente le recordaban su modesto papel de figurante en ese drama en dos actos. Estaba a punto de apagar el televisor cuando anunciaron que el presidente Bush se dirigiría a la nación: «Buenas noches. Hoy nuestros conciudadanos...». Anna prestó atención y asintió cuando el presidente prosiguió: «Las víctimas viajaban en aviones o estaban en sus despachos; eran secretarias, hombres y mujeres de negocios...». La experta en arte volvió a pensar en Rebecca. «Nadie olvidará jamás este día...», concluyó el presidente y Anna estuvo de acuerdo. Apagó el televisor cuando la Torre Sur se desplomó por enésima vez, como si fuera el momento culminante de una película de desastres.

Anna tomó asiento y miró el mapa desplegado sobre la mesa de la cocina. Por segunda o quizá por tercera vez repasó su salida de Nueva York. Tomaba apuntes detallados de todo lo que tenía que hacer antes de marcharse por la mañana cuando la puerta del apartamento se abrió y Tina entró como pudo, con el ordenador portátil colgado de un hombro y la maleta voluminosa a la rastra. Anna corrió por el pasillo para darle la bienvenida y le pareció que su amiga estaba agotada.

—Querida, lamento haber tardado tanto —dijo Tina, se deshizo del equipaje en el recibidor, caminó por el pasillo recién limpiado con el aspirador y entró en la cocina—. No había muchos autobuses que hicieran mi camino, sobre todo porque me dejé el dinero en casa —acotó y se dejó caer en una silla de la cocina—. Quiero que sepas que he tenido que apelar a tus quinientos dólares porque, de lo contrario, no habría vuelto hasta después de medianoche.

Anna rió y declaró:

—Ahora es a mí a quien le toca preparar café.

—Solo me pararon una vez —explicó Tina—. Fue un policía muy amable que registró tu equipaje y aceptó la explicación de que me habían enviado de vuelta del aeropuerto porque no pude coger mi vuelo. Incluso le mostré tu billete.

—¿Has tenido problemas en el apartamento? —preguntó Anna al tiempo que preparaba la cafetera por tercera vez.

—Tuve que consolar a Sam, que evidentemente te adora. Me pareció que hacía horas que lloraba. Ni siquiera tuve que mencionar a David Sullivan, ya que a Sam solo le interesaba hablar de ti. Cuando subí al ascensor ni siquiera le importó saber adónde me dirigía. —Tina paseó la mirada por la cocina y se dio cuenta de que no la había visto tan limpia desde que se mudó. Miró el mapa desplegado sobre la mesa e inquirió—: ¿Ya has elaborado un plan?

—Sí —repuso Anna—. Creo que lo mejor será el transbordador hasta New Jersey y una vez allí alquilar un coche porque, según las últimas noticias, los túneles y los puentes están cerrados. Aunque hay más de seiscientos cincuenta kilómetros hasta la frontera con Canadá, no hay motivos que impidan que mañana por la noche llegue al aeropuerto de Toronto, en cuyo caso a la mañana siguiente podría estar en Londres.

—¿Sabes a qué hora sale el primer transbordador?

—Teóricamente es un servicio sin interrupciones pero, en la práctica, desde las cinco sale cada cuarto de hora —respondió Anna—. Lo que no se sabe es si mañana prestarán servicio y, menos aún, si respetarán el horario.

—Sea como fuere, te propongo que te vayas a dormir temprano y que intentes descansar. Pondré el despertador a las cuatro y media.

—A las cuatro —precisó Anna—. Quiero ser la primera de la fila si el transbordador está en condiciones de zarpar a las cinco. Me temo que salir de Nueva York tal vez sea la parte más difícil del trayecto.

—En ese caso, será mejor que duermas en el dormitorio —apostilló Tina y sonrió—. Me acostaré en el sofá.

—Ni lo sueñes —protestó Anna y sirvió a su amiga otra taza de café—. Por hoy ya has hecho bastante.

—No he hecho nada.

—Si se entera de lo que has hecho, Fenston no dudará un solo instante y te despedirá —comentó Anna con voz queda.

—Pues ese sería el menos importante de mis problemas —replicó Tina sin dar más explicaciones.

Jack bostezó sin poderlo evitar. El día había sido largo y tenía la sospecha de que la noche lo sería todavía más.

A los integrantes de su equipo no se les había pasado por la cabeza la idea de volver a casa y a esa altura parecían agotados y hablaban como si lo estuviesen.

En ese momento sonó el teléfono del escritorio de Jack.

—Jefe, acabo de pensar que debería saber que Tina Forster, la secretaria de Fenston, se presentó en Thornton House hace un par de horas —informó Joe—. Salió cuarenta minutos después con una maleta y un portátil, que trasladó a su piso.

Jack se sentó muy tieso y declaró:

—En ese caso, Petrescu debe de estar viva.

—Y evidentemente no quiere que lo sepamos —acotó Joe.

—¿Por qué?

—Tal vez quiere que pensemos que ha desaparecido y que la demos por muerta —dedujo Joe.

—No está preocupada por nosotros.

—En ese caso, ¿quién le preocupa?

—Yo diría que Fenston.

—¿Por qué?

—No tengo ni idea, pero estoy decidido a averiguarlo —declaró Jack.

—Jefe, ¿cómo se propone hacerlo?

—Destacaré un equipo operativo al apartamento de Tina Forster hasta que Petrescu salga del edificio.

—Ni siquiera sabemos si está allí.

—Estoy seguro de que está en ese edificio —insistió Jack y colgó.

12-S

16

Durante la noche Anna logró dormitar algunos minutos y el resto del tiempo se dedicó a evaluar su futuro. Llegó a la conclusión de que más le valía regresar a Danville y abrir una galería dedicada a los artistas locales mientras sus posibles patrones pudieran ponerse en contacto con Fenston y conocer su versión de lo ocurrido. Tuvo la sensación de que su única posibilidad de supervivencia consistía en demostrar lo que Fenston tramaba realmente y llegó a la conclusión de que no podría conseguirlo sin la plena cooperación de Victoria, lo que tal vez incluía la destrucción de toda la documentación pertinente e incluso de su informe.

Anna se sorprendió de lo activa que se sentía cuando, pocos minutos después de las cuatro, Tina llamó a la puerta.

Se dio una ducha, volvió a lavarse la cabeza y se sintió casi humana.

Durante el desayuno de café solo y panecillos, Anna repasó con Tina el plan que había elaborado. Acordaron las reglas básicas por las que se regirían mientras la experta en arte estuviese fuera. Como ya no tenía tarjeta de crédito ni móvil, Anna quedó en que solo telefonearía a Tina a su casa y en que siempre lo haría desde una cabina, sin repetir jamás. Se identificaría con el nombre de «Vincent» y no mencionaría ningún otro. La llamada nunca duraría más de un minuto.

A las 4.52, Anna salió del apartamento; vestía tejano, camiseta azul, chaqueta de hilo y gorra de béisbol. Cuando esa mañana fría y oscura pisó la acera no supo con qué se encontraría. Poca gente caminaba por la calle y los que lo hacían agachaban la cabeza; sus rostros abatidos ponían de manifiesto el duelo que la ciudad vivía. Nadie miró dos veces a Anna, que avanzó decidida por la acera, arrastrando la maleta y con la bolsa del portátil colgada del hombro. Mirara hacia donde mirase solo veía una bruma gris y espesa que cubría la ciudad. La nube densa se había disipado pero, al igual que una enfermedad, se había propagado por otras zonas del cuerpo. Por alguna razón inexplicable, la doctora Petrescu había supuesto que al despertar ya no estaría pero, al igual que el invitado inoportuno que se presenta en una fiesta, probablemente sería la última en irse.

Pasó junto a un grupo de personas que hacían cola para donar sangre con la esperanza de que encontrasen más supervivientes. Ella misma era una superviviente, pero no quería que la encontraran.

A las seis en punto de la mañana, Fenston estaba sentado ante el escritorio de su nuevo despacho en Wall Street. Al fin y al cabo, en Londres ya eran las once. La primera llamada que realizó fue a Ruth Parish.

—¿Dónde está mi Van Gogh? —preguntó sin siquiera tomarse la molestia de identificarse.

—Bueno días, señor Fenston —saludó Ruth, pero no obtuvo nada a cambio—. Estoy segura de que ha sido informado de que, debido a la tragedia que ayer se produjo, el avión que transportaba su cuadro tuvo que emprender el regreso.

—Bueno. ¿Dónde está mi Van Gogh? —repitió Fenston.

—Guardado en una de nuestras bóvedas de seguridad de la zona de aduanas restringida. Como es obvio, tendremos que volver a solicitar el certificado de aduanas y renovar la licencia de exportación, pero no es necesario hacerlo antes de que...

—Hágalo hoy mismo —ordenó Fenston.

—Esta mañana tengo que transportar cuatro Vermeer de...

—Vermeer me importa un bledo. Su única prioridad consiste en cerciorarse de que mi cuadro está embalado y a punto para ser recogido.

—Verá, el papeleo podría llevar varios días —puntualizó Ruth—. Estoy segura de que sabe que hay retrasos a causa de...

—Los retrasos también me importan un bledo —la interrumpió Fenston—. En cuanto las autoridades de aviación pongan fin a las restricciones enviaré a Karl Leapman a recoger el autorretrato.

—Mi equipo trabaja las veinticuatro horas a fin de sacar el trabajo adicional debido a...

—Solo se lo diré una vez —dijo Fenston—. Si el cuadro está a punto para ser cargado en el mismo momento en el que mi avión tome tierra en Heathrow, triplicaré... repito, triplicaré sus honorarios.

Fenston colgó, convencido de que la única palabra que la transportista recordaría sería «triplicaré». Se equivocaba. Ruth quedó desconcertada porque Fenston no había mencionado los ataques contra las Torres Gemelas ni aludido a Anna. Ruth se preguntó si la mujer había sobrevivido y, en ese caso, ¿por qué no era ella la que viajaba para recoger el cuadro?

Sin que el presidente lo supiera, por la extensión de su despacho Tina había oído hasta la última palabra de la conversación que Fenston había mantenido con Ruth Parish. Le habría gustado contactar con Anna para transmitirle rápidamente esa información, eventualidad que ninguna había tenido en cuenta. Tal vez Anna telefonease esa noche.

Tina desconectó la extensión telefónica, pero dejó encendida la pantalla sujeta a la esquina de su escritorio. Dicha pantalla le permitía ver todo y, lo que todavía era más importante, a todos los que estaban en contacto con el presidente, algo que

Fenston tampoco sabía, sobre todo porque no lo había preguntado. A Fenston jamás se le habría ocurrido entrar en su despacho porque bastaba con pulsar un botón para llamarla. Si Leapman entraba en la oficina, como de costumbre sin llamar, Tina se apresuraba a apagar la pantalla.

Cuando alquiló la planta treinta y dos del edificio de Wall Street, Leapman no mostró el menor interés por el despacho de la secretaria. Su única preocupación consistió en instalar al presidente en el espacio más grande mientras él ocupaba el despacho de la otra punta del pasillo. Tina no había hecho el menor comentario sobre esos extras, aunque sabía que con el tiempo alguien descubriría que era posible oír y ver lo que hacía el presidente; puede que para entonces ya hubiera recogido la información que le permitiría asegurarse de que Fenston sufriría una suerte incluso más horrible que la que le había infligido.

En cuanto colgó después de hablar con Ruth Parish, Fenston pulsó el botón situado a un lado del escritorio. Tina cogió cuaderno y bolígrafo y se dirigió al despacho del presidente.

Sin dar tiempo a que Tina cerrase la puerta, Fenston dijo:

—Lo primero que tiene que hacer es averiguar con cuántos trabajadores sigo contando. Cerciórese de que sepan que estamos en otros despachos para que se presenten a trabajar sin dilaciones.

—He visto que el jefe de seguridad ha sido uno de los primeros en presentarse esta mañana —comentó Tina.

—Sí, tiene razón —replicó Fenston—. Ya ha confirmado que ordenó al personal que evacuara el edificio pocos minutos después de que el primer avión se estrellase contra la Torre Norte.

—Por lo que me han contado, predicó con el ejemplo —comentó Tina cáusticamente.

—¿Quién se lo ha dicho? —inquirió Fenston furioso y levantó la cabeza.

Tina se arrepintió en el acto de lo que acababa de decir, se volvió rápidamente para salir y añadió:

—A mediodía tendrá la lista en su escritorio.

La muchacha dedicó el resto de la mañana a tratar de contactar con los cuarenta y tres empleados que trabajaban en la Torre Norte. A las doce había localizado a treinta y cuatro. Hizo una lista provisional con los nombres de los nueve que seguían desaparecidos y presuntamente estaban muertos y la dejó sobre el escritorio de Fenston antes de que el jefe saliera a comer.

Anna Petrescu ocupaba el sexto lugar de la lista.

A la misma hora en la que Tina dejó la lista en el escritorio de Fenston, Anna había logrado llegar al muelle 11 en taxi, autobús, a pie y en otro taxi. Allí encontró una larga cola que aguardaba pacientemente para embarcar en el transbordador a New Jersey. Ocupó su sitio al final de la fila, se puso las gafas de sol y bajó la visera de la gorra de béisbol hasta que casi le tapó los ojos. Permaneció con los brazos firmemente cruzados, el cuello de la chaqueta levantado y la cabeza inclinada, por lo que únicamente al individuo más insensible se le habría ocurrido darle charla.

La policía comprobaba la documentación de todos los que salían de Manhattan. Anna vio que llevaban a un aparte a un joven de pelo oscuro y de piel atezada. El pobre se mostró desconcertado cuando tres policías lo rodearon. Uno lo acribilló a preguntas y otro lo cacheó.

Transcurrió casi una hora hasta que por fin la espera concluyó. Se quitó la gorra de béisbol y dejó al descubierto su cabellera rubia y su piel cremosa.

—¿Por qué va a New Jersey? —preguntó el policía mientras revisaba su documentación.

—Una amiga mía trabajaba en la Torre Norte y sigue desaparecida. —Anna dejó transcurrir unos segundos—. He decidido pasar el día con sus padres.

—Lo siento, señora —dijo el agente—. Espero que la encuentren.

—Muchas gracias —repuso Anna y se apresuró a arrastrar sus bártulos por la plancha y subir al transbordador.

Se sintió tan culpable por mentir que fue incapaz de mirar al policía a la cara. Se apoyó en la borda y clavó la mirada en la nube gris que todavía rodeaba el solar del World Trade Center y varias manzanas a uno y otro lado. Se preguntó cuántos días, semanas e incluso meses tendrían que transcurrir para que el espeso manto de humo se dispersara. ¿Qué harían finalmente con ese terreno desolado y cómo honrarían a los muertos? Alzó la mirada y contempló el cielo azul y despejado. Faltaba algo. Aunque solo se encontraban a unos pocos kilómetros de los aeropuertos Kennedy y La Guardia, en el cielo no había ni un solo avión, como si de repente hubieran emigrado a otra zona del mundo.

El viejo motor se puso en marcha y el transbordador se alejó lentamente del muelle en su corto recorrido por el Hudson hasta New Jersey.

El reloj de la torre del muelle dio la una. Ya había transcurrido la mitad de un día.

—Los primeros vuelos del aeropuerto Kennedy no despegarán hasta dentro de un par de días —dijo Tina.

—¿Eso incluye los aviones privados? —quiso saber Fenston.

—No hay excepciones —aseguró Tina.

—A la familia real saudí le permiten salir mañana —terció Leapman, que permanecía de pie junto al presidente—. Por lo visto, son la única excepción.

—Mientras tanto intentaré apuntarlo en lo que la prensa describe como la lista de prioridades —apostilló Tina, que decidió eludir el comentario de que las autoridades portuarias no consideraban que su deseo de recoger un Van Gogh en Heathrow entrase en la categoría de emergencias.

—¿Tenemos algún amigo en el aeropuerto Kennedy? —inquirió Fenston.

—Tenemos varios, pero de repente todos han adquirido un montón de parientes ricos —contestó Leapman.

—¿Se les ocurre alguna otra posibilidad? —preguntó el presidente y miró a sus subalternos.

—Podría plantearse cruzar en coche la frontera de México o de Canadá y desde allí coger un vuelo comercial —propuso Tina, que sabía perfectamente que su jefe ni lo tendría en cuenta.

Fenston meneó la cabeza, se volvió hacia Leapman y añadió:

—Intente convertir a alguno de nuestros amigos en un pariente... en alguien que quiera algo. Siempre hay alguien dispuesto.

17

—Cogeré el coche que tengan —dijo Anna.

—De momento no tengo un solo vehículo disponible —admitió el joven de aspecto fatigado que se encontraba tras el mostrador de la Happy Hire Company, en cuya placa identificativa de plástico se leía el nombre de Hank—. No está previsto que me devuelvan un coche hasta mañana por la mañana —agregó y fue incapaz de cumplir el lema de la empresa, exhibido sobre el mostrador: «Nadie se va sin sonreír de Happy Hire». A Anna le resultó imposible disimular su desilusión—. ¿Se atreve a conducir una furgoneta? No es precisamente el último modelo, pero si está muy desesperada...

—La alquilaré —aseguró Anna, muy consciente de la larga cola que tenía detrás.

Llegó a la conclusión de que los demás clientes estaban deseosos de que la rechazase. Hank apoyó en el mostrador un formulario por triplicado y se dedicó a rellenar las casillas. Anna le entregó su carnet de conducir, que había guardado con el pasaporte, lo que permitió que el empleado rellenase más casillas.

—¿Cuánto tiempo necesita el vehículo? —preguntó Hank.

—Un día, tal vez dos... lo dejaré en el aeropuerto de Toronto.

En cuanto terminó de rellenar casillas, Hank giró el formulario para que Anna firmase.

—Son sesenta dólares y tendrá que dejar doscientos de depósito. —Aunque frunció el ceño, Anna pagó los doscientos sesenta dólares—. También necesito su tarjeta de crédito.

Anna dejó otro billete de cien dólares encima del mostrador y se dio cuenta de que era la primera vez que intentaba sobornar a alguien.

Hank se guardó el dinero en el bolsillo, le entregó la llave del vehículo y dijo:

—Es la furgoneta blanca que está en el aparcamiento treinta y ocho.

En cuanto localizó el aparcamiento, Anna comprendió por qué la pequeña furgoneta blanca de dos asientos era el único vehículo disponible. Abrió la puerta trasera e introdujo la maleta y el ordenador portátil. Se dirigió a la parte delantera y se instaló en el asiento del conductor, cubierto de plástico. Miró el salpicadero. El cuentakilómetros marcaba 158.674 kilómetros y el velocímetro apuntaba a un máximo de ciento cincuenta kilómetros por hora, pero Anna tuvo sus dudas. Estaba claro que el vehículo se acercaba al final de su vida útil en alquiler y cabía la posibilidad de que seiscientos cincuenta kilómetros más lo rematasen. Incluso se preguntó si la furgoneta valía trescientos sesenta dólares.

Anna encendió el motor y, a modo de prueba, salió marcha atrás del aparcamiento. Por uno de los espejos laterales vio a un hombre que se apartó rápidamente. Había rodado menos de tres kilómetros cuando se dio cuenta de que el vehículo no tenía velocidad ni comodidad. Echó un vistazo al mapa de carretera que había dejado en el asiento del acompañante y buscó los indicadores de la autopista de peaje de Jersey y Del Water Gap. Aunque desde el desayuno no había probado bocado, llegó a la conclusión de que debía recorrer unos cuantos kilómetros antes de pensar en alimentarse.

—Jefe, tiene razón —dijo Joe—. No va a Danville.

—¿Adónde se dirige?

—Al aeropuerto de Toronto.

—¿En coche o en tren?

—En furgoneta —respondió Joe.

Jack intentó calcular cuántas horas duraría el viaje y dedujo que Petrescu llegaría a Toronto a última hora de la tarde siguiente.

—He colocado un GPS en el parachoques trasero de la furgoneta —informó Joe—, por lo que podremos rastrearla día y noche.

—Ocúpese de que un agente la espere en el aeropuerto.

—Ya lo he enviado y he dado instrucciones de que me diga a qué destino pretende volar.

—Volará a Londres —aseguró Jack.

A las tres de la tarde Tina había tachado cuatro nombres de la lista de personas desaparecidas. Tres habían ido a votar en las elecciones primarias a la alcaldía y la cuarta había perdido el tren.

Fenston estudió la lista mientras Leapman apoyaba el dedo en el único nombre que le interesaba. Fenston movió afirmativamente la cabeza cuando su mirada se posó en los apellidos que empezaban con pe y sonrió.

—Nos hemos librado de tener que hacerlo —se limitó a comentar Leapman.

—¿Cuáles son las últimas noticias del aeropuerto Kennedy? —quiso saber Fenston.

—Mañana permitirán la salida de algunos vuelos de diplomáticos, urgencias hospitalarias y de varios políticos sometidos a investigación por el departamento de Estado. He logrado conseguir un hueco para el viernes por la mañana. —Hizo una pausa—. Alguien quería un coche nuevo.

—¿Qué modelo?

—Un Ford Mustang.

—Yo no me habría conformado con menos de un Cadillac.

A las tres y media de la tarde, Anna llegó a las afueras de Scranton, pero decidió continuar un par de horas más. El tiempo era apacible y despejado y la autopista de tres carriles estaba atestada de coches que se dirigían al norte, la mayoría de los cuales la adelantaron. La experta en arte se relajó en cuanto a ambos lados de la carretera los árboles altos sustituyeron a los rascacielos. En la mayoría de las vías el límite de velocidad era de noventa kilómetros por hora, lo que se adaptaba a la perfección a su medio de transporte. De todos modos, tuvo que aferrar el volante con firmeza para impedir que la furgoneta se desviase al carril contiguo. Echó un vistazo al pequeño reloj del salpicadero, decidió que intentaría llegar a Buffalo a las siete y que tal vez entonces se tomaría un descanso.

Miró por el retrovisor y de repente se dio cuenta de lo que sienten los delincuentes que se dan a la fuga. No se podía usar la tarjeta de crédito ni el móvil y el sonido de una sirena lejana disparaba el ritmo cardíaco. Uno pasaba la vida desconfiando de los desconocidos, ya que cada pocos minutos se dedicaba a mirar por encima del hombro. Anna ansiaba volver a Nueva York, estar con sus amigos y realizar el trabajo que la apasionaba. En cierta ocasión su padre había dicho...

Dejó escapar una exclamación. ¿También su madre la daría por muerta? ¿Qué pensarían su tío George y el resto de la familia de Danville? ¿Podía correr el riesgo de telefonear? Caray, cuánto lamentó no saber pensar como los delincuentes.

Leapman se presentó en el despacho de Tina sin anunciarse. La muchacha apagó rápidamente la pantalla del costado del escritorio.

—¿Anna Petrescu era amiga suya? —preguntó Leapman sin dar explicaciones.

—Claro, lo es —respondió Tina y levantó la cabeza.

—¿Lo es? —repitió Leapman.

—Lo era —se corrigió Tina apresuradamente.

—¿No ha tenido noticias de ella?

—De haberlas tenido, habría retirado su nombre de la lista de trabajadores desaparecidos, ¿no le parece?

—¿Lo habría hecho? —insistió Leapman.

—Y a usted, ¿qué le parece? —inquirió Tina y lo miró a los ojos—. Espero que me avise si se pone en contacto con usted.

Leapman frunció el ceño y salió del despacho.

Anna abandonó la autopista y se dirigió a la entrada de un restaurante de aspecto penoso. Se alegró al ver que en el aparcamiento solo había dos vehículos y cuando entró en el edificio contó tres clientes sentados en la barra. Se dirigió a un reservado, se sentó de espaldas al mostrador, se bajó la gorra de béisbol y estudió la carta plastificada, grasienta y escrita por un solo lado. Pidió crema de tomate y pollo a la parrilla, el plato especial del chef.

Diez dólares y treinta minutos después regresó a la carretera. A pesar de que desde el desayuno solo había bebido café, al cabo de poco rato le entró sueño. Había recorrido quinientos kilómetros en poco más de ocho horas hasta que se detuvo a cenar y ahora le costaba mantener los ojos abiertos.

El llamativo letrero colgado a un lado de la carretera decía: «¿Está cansado? Pare y descanse». Volvió a bostezar. Más adelante avistó un camión de cuarenta toneladas que se desviaba hasta un área de descanso. Anna consultó el reloj del salpicadero: eran poco más de las once. Llevaba casi nueve horas al volante. Tomó la decisión de descansar un par de horas antes de abordar el resto del trayecto. Al fin y al cabo, después dormiría en el avión.

La doctora Petrescu siguió al camión articulado, llegó al área de descanso y condujo hasta el rincón más apartado. Aparcó detrás de un gran vehículo parado. Se apeó de un salto, se cercioró de que todas las portezuelas tenían el cerrojo echado y entró en la furgoneta por la puerta trasera. La alivió ver que por allí no había más vehículos. Intentó ponerse cómoda y como almohada utilizó la bolsa del ordenador portátil. Aunque no podría haber estado más incómoda, en cuestión de minutos se quedó dormida.

—Petrescu me sigue preocupando —admitió Leapman.

—¿Por qué te preocupa una muerta? —quiso saber Fenston.

—Porque no estoy seguro de que lo esté.

—¿Crees que ha sobrevivido? —inquirió Fenston y miró por la ventana la mortaja negra que se negaba a apartarse de la faz del World Trade Center.

—Nosotros sobrevivimos.

—Pero salimos antes del edificio.

—Tal vez ella también. Al fin y al cabo, le ordenaste que saliese de Fenston Finance en diez minutos.

—Barry piensa lo contrario.

—Barry sigue vivo —puntualizó Leapman.

—Incluso aunque hubiera escapado, Petrescu no podría hacer nada.

—Podría llegar a Londres antes que yo —advirtió Leapman.

—El cuadro está bajo siete llaves en Heathrow.

—La documentación que demuestra que eres el propietario estaba en tu caja fuerte de la Torre Norte y si Petrescu convenciera a...

—¿A quién tiene que convencer? Victoria Wentworth está muerta y sería aconsejable que te acordases de que Petrescu está desaparecida y se la da por muerta.

—Pues ese hecho podría resultarle tan conveniente como lo es para nosotros.

—En ese caso, tendremos que ocuparnos de que no le resulte tan conveniente.

13-S

18

Varios golpes intensos y repetidos arrancaron a Anna del sueño profundo. Se restregó los ojos y miró a través del parabrisas. Un hombre con barriga cervecera que sobresalía del tejano aporreaba el capó de la furgoneta y con la otra mano sujetaba una lata de cerveza de la que manaba espuma. Anna estuvo a punto de gritarle cuando se percató de que, simultáneamente, alguien intentaba abrir la portezuela trasera por la fuerza. Un cubo de agua fría no la habría despertado más rápido.

Anna se arrastró hasta el asiento del conductor y se apresuró a girar la llave del motor. Miró por el espejo lateral y se horrorizó al ver que otro camión de cuarenta toneladas había aparcado directamente detrás, por lo que casi no quedaba espacio para maniobrar. Clavó la palma de la mano en el claxon, lo que alentó al hombre de la lata de cerveza a trepar al capó y acercarse a ella. Por primera vez Anna vio claramente su cara cuando le hizo una mueca grosera a través del parabrisas. Sintió frío y asco. El hombre se inclinó, abrió la boca desdentada y se dedicó a lamer el cristal, mientras su amigo no cejaba en el empeño de abrir violentamente la puerta trasera. Al final el motor arrancó a trancas y barrancas.

La experta en arte dio toda la vuelta al volante para disponer del máximo giro posible, pero el espacio entre los dos camiones apenas le permitió mover la furgoneta y tuvo que poner la marcha atrás. La potencia no era uno de los extras de su vehículo. Al retroceder, Anna oyó un grito desde atrás y el otro individuo se lanzó hacia un costado. Anna puso la primera y hundió el pie en el acelerador. La furgoneta avanzó, el barrigón se deslizó por el capó y cayó al suelo con un golpe seco. Anna volvió a poner la marcha atrás y rezó para que en esta ocasión hubiese sitio suficiente a fin de escapar. Antes de girar totalmente el volante, miró hacia un lado y se topó con que el segundo hombre la observaba a través de la ventanilla del lado del acompañante. Apoyó sus manos descomunales en el techo de la furgoneta y se dedicó a balancearla. Anna clavó el pie en el pedal y la furgoneta arrastró lentamente al individuo hacia delante. Por pocos centímetros Anna no consiguió salir del aparcamiento. Por tercera vez puso la marcha atrás y se sintió horrorizada al ver que las manos del primer hombre reaparecieron en el capó cuando se puso en pie. El individuo se abalanzó sobre el capó, aplastó la nariz contra el parabrisas y le hizo señas de que estaba perdida antes de gritar a su compinche:

—Esta semana yo voy primero.

El colega dejó de sacudir el vehículo y rió.

Anna comenzó a sudar de miedo al ver que el barrigón se dirigía a su camión. Echó una mirada rápida por el espejo lateral y descubrió que el compinche subía a la cabina del suyo.

La experta en arte solo tardó una fracción de segundo en saber exactamente qué se proponían: estaba a punto de convertirse en la carne del bocadillo de los camioneros. Aceleró con tanto ímpetu que rozó el camión que tenía detrás en el preciso momento en el que el chófer encendió los faros. Volvió a poner la primera cuando el motor del camión delantero se encendió y arrojó una nube de humo negro sobre el parabrisas de la furgoneta. Anna giró el volante con movimientos espasmódicos y por enésima vez clavó el pie en el acelerador. El vehículo avanzó en el preciso momento en el que el camión de delante comenzaba a retroceder. Chocó con la esquina del impresionante guardabarros del camión delantero, por lo que perdió el parachoques de la furgoneta y, segundos después, la aleta. Sintió que la arrastraban desde atrás cuando el camión trasero la empujó y le arrancó el parachoques posterior. La pequeña furgoneta salió a trompicones del hueco en el que estaba aparcada y giró trescientos sesenta grados antes de detenerse. Anna fue testigo del choque de los dos camiones, que no pudieron frenar a tiempo.

La doctora Petrescu condujo a toda pastilla por el aparcamiento, pasó junto a varios camiones parados y se dirigió a la carretera. A través del retrovisor vio cómo se separaban los dos camiones. Se produjo un ensordecedor chirrido de frenos y la cacofonía de los cláxones cuando se salvó por los pelos de chocar con la sucesión de vehículos que rodaban por la autopista, varios de los cuales tuvieron que cruzar dos carriles para no chocar con la furgoneta. El primer conductor mantuvo un rato la mano sobre el claxon para que a Anna no le quedasen dudas sobre lo que opinaba. Anna hizo un ademán como pidiendo disculpas mientras el vehículo la adelantaba a toda pastilla y no dejó de mirar por el espejo lateral, temerosa de que cualquiera de los dos camiones la persiguiese. Apretó el acelerador hasta que su pie tocó el suelo y decidió averiguar cuál era la velocidad máxima de la furgoneta: ciento diez kilómetros por hora.

Por enésima vez volvió a mirar por el espejo lateral. A la derecha y detrás, un enorme camión acortaba distancias. Anna agarró el volante con todas sus fuerzas y clavó el pie en el acelerador, pero la furgoneta no dio más de sí. El camión no tardó en aproximarse y Anna supo que, en cuestión de segundos, se convertiría en una apisonadora y la arrollaría. Apoyó la palma de la mano izquierda en el claxon, que emitió un balido que ni siquiera habría sobresaltado a una bandada de estorninos.

A un lado de la autopista apareció un letrero que indicaba que faltaban dos kilómetros para la salida que comunicaba con la carretera I-90.

Anna se desplazó al carril central y el enorme camión la siguió como un imán deseoso de atraer todas las limaduras. El conductor estaba tan cerca que la doctora Petrescu lo identificó por el espejo lateral. El hombre volvió a dirigirle una sonrisa desdentada y tocó el claxon, que emitió un sonido que habría anulado los últimos compases de una ópera de Wagner.

Otro letrero anunció que faltaba un kilómetros para la salida. Anna pasó al carril rápido, por lo que la fila de coches que avanzaba tuvo que apretar el freno y reducir la velocidad. Varios protestaron tocando el claxon. Anna no les hizo el menor caso y redujo su velocidad a ochenta kilómetros por hora, por lo que hubo un concierto de bocinazos.

El enorme camión se situó a su lado. Anna aminoró la marcha y el camionero hizo lo mismo; el siguiente letrero anunció que faltaban quinientos metros para el desvío. Anna avistó la salida a lo lejos y agradeció los primeros rayos del sol matinal que se colaron a través de las nubes, ya que para entonces no funcionaba ni un solo faro de la furgoneta.

Anna sabía que solo tendría una oportunidad y que debía calcular perfectamente el momento. Sujetó el volante con firmeza, llegó a la salida de la I-90 y atravesó el triángulo de hierba que dividía las autopistas. De repente hundió el pie en el acelerador y, pese a que no arrancó bruscamente, la furgoneta aceleró y logró avanzar varios metros. Anna se preguntó si sería suficiente. El camionero reaccionó en el acto y también aceleró. Solo estaba a un coche de distancia cuando, de sopetón, Anna dio volantazo a la derecha y atravesó los carriles central y lento antes de rodar por el arcén de hierba. La furgoneta saltó por el irregular triángulo de hierba y se internó en el carril de salida más alejado. Un coche que rodaba por el carril lento tuvo que meterse en el arcén para no chocar y otro pasó como un suspiro por el rápido. En el carril lento Anna recobró el dominio de la furgoneta, miró al otro lado de la autopista y vio que el camión seguía su camino y desaparecía de la vista.

Redujo a ochenta kilómetros por hora, pese a que su corazón latía al triple de velocidad. Intentó relajarse. Como ocurre con todos los atletas, lo que cuenta es la velocidad de recuperación. Cuando entró en la I-90 miró por el espejo lateral y su ritmo cardíaco volvió a dispararse al comprobar que el segundo camión acortaba distancias.

El compinche del barrigón no había cometido el mismo error.

19

Cuando el desconocido entró en el vestíbulo, Sam lo miró desde detrás del mostrador. Si se es portero se tiene que tomar decisiones instantáneas sobre las personas y saber si corresponden a la categoría de «Buenos días, señor, ¿en qué puedo ayudarlo?» o, simplemente, si basta con decir «Hola». Sam estudió al individuo alto y de edad madura que acababa de entrar. Vestía un traje elegante pero gastado, ya que la tela brillaba a la altura de los codos, y los puños de su camisa estaban un poco raídos. Llevaba una corbata que, en opinión de Sam, había anudado como mínimo mil veces.

—Buenos días —saludó Sam.

—Buenos días —respondió el individuo—. Vengo de parte del departamento de Inmigración.

Sam se puso nervioso. Aunque nacido en Harlem, había oído historias de personas a las que habían deportado por error.

—Señor, ¿en qué puedo ayudarlo? —inquirió el portero.

—Estoy haciendo comprobaciones sobre las personas todavía desaparecidas y presuntamente muertas tras el ataque terrorista del martes.

—¿Se refiere a alguien en concreto? —preguntó Sam con cautela.

—Sí —repuso el individuo. Depositó su maletín en el mostrador, lo abrió y retiró una lista de nombres. Pasó el dedo por la lista y se detuvo al llegar a la letra pe—. Busco a Anna Petrescu. Esta es la última dirección que tenemos.

—No he visto a Anna desde que el martes por la mañana se fue a trabajar —declaró Sam—. Varias personas han preguntado por ella y esa noche una amiga se presentó y se llevó varias cosas.

—¿Qué se llevó?

—No lo sé —respondió Sam—. Simplemente reconocí la maleta.

—¿Sabe cómo se llama esa amiga?

—¿Por qué me lo pregunta?

—Ponernos en contacto con ella podría resultar útil. La madre de Anna está muy preocupada.

—No, no sé cómo se llama.

—¿La reconocería si le mostrase una foto?

—Tal vez.

El hombre volvió a abrir el maletín. En esta ocasión retiró una foto y se la entregó a Sam.

El portero la observó unos segundos.

—Sí, es ella. Es guapa, pero no tanto como Anna, que era hermosa.

Cuando entró en la I-90, Anna comprobó que el límite de velocidad era de ciento veinte kilómetros por hora. Le habría encantado violarlo pero, por mucho que apretó el acelerador, no pasó de ciento diez.

Aunque el segundo camión se encontraba a cierta distancia, lo cierto es que la reducía a pasos agigantados y en esta ocasión la experta en arte no contaba con la estrategia de la salida. Rezó para que apareciese un letrero. El camión solo estaba cincuenta metros por detrás de la furgoneta y se aproximaba cuando Anna oyó la sirena.

Le encantó la posibilidad de que la obligaran a detenerse y

no le preocupó que la creyeran o no cuando explicase los motivos por los que había cruzado dos carriles de autopista para llegar a la rampa de la salida, para no hablar de las razones por las que a la furgoneta le faltaban los dos parachoques y un guardabarros y, por añadidura, las luces no funcionaban. Redujo la velocidad cuando el coche patrulla adelantó al camión y se situó detrás de la furgoneta. El policía miró hacia atrás e hizo señas al camionero a fin de que parase en el arcén. Por el retrovisor Anna comprobó que ambos vehículos se detenían.

Había transcurrido más de una hora cuando se serenó lo suficiente como para dejar de mirar por el espejo lateral cada dos minutos.

Una hora más tarde sintió hambre y decidió parar a desayunar en una cafetería de carretera. Aparcó la furgoneta, entró y se sentó en un extremo de la barra. Echó un vistazo a la carta y escogió «el gran desayuno»: huevos, beicon, salchichas, albóndigas, crepes y café. No era lo habitual, pero también tuvo que reconocer que a lo largo de las últimas cuarenta y ocho horas nada había sido como de costumbre.

Entre un bocado y otro Anna consultó el mapa de carreteras. Los dos borrachos que la habían perseguido contribuyeron a que cumpliera el horario. Calculó que había recorrido cerca de seiscientos kilómetros, pero todavía quedaban unos cuantos para llegar a la frontera con Canadá. Estudió el mapa con más atención. La parada siguiente era Niagara Falls y calculó que tardaría una hora.

El televisor de detrás de la barra daba las noticias matinales. La esperanza de encontrar más supervivientes era cada vez menor. Nueva York había empezado a llorar a sus muertos e iniciado la ardua y difícil tarea de retirar los escombros. Como parte de la jornada nacional de recuerdo, en Washington se celebraría un oficio conmemorativo al que asistiría el presidente. Después de dicho oficio el presidente se proponía volar a Nueva York y visitar la Zona Cero. A renglón seguido en la pantalla apareció el alcalde Giuliani. Vestía una camiseta en la que estaban orgullosamente estampadas las siglas NYPD y una gorra con las mismas letras en la visera. El alcalde alabó el espíritu de los neoyorquinos y manifestó su decisión de que la ciudad recuperase lo antes posible su ritmo habitual.

A continuación en la pantalla apareció el aeropuerto Kennedy y un portavoz del mismo confirmó que a la mañana siguiente los primeros vuelos comerciales recuperarían su horario de costumbre. Esa frase determinó los tiempos de Anna. Sabía que, para tener la más mínima posibilidad de convencer a Victoria, debía aterrizar en Londres antes de que Leapman despegase de Nueva York... La experta en arte miró por el ventanal y vio los dos camiones que entraron en el aparcamiento. Quedó petrificada y fue incapaz de fijarse en los camioneros que se apearon de las cabinas. Comprobaba la salida de emergencia cuando ambos entraron en la cafetería, tomaron asiento en la barra, sonrieron a la camarera y ni se dignaron mirar hacia donde estaba. Hasta entonces Anna jamás había entendido por qué algunas personas padecen paranoia.

Consultó la hora: eran las 7.55. Terminó el café, dejó seis dólares sobre la barra, caminó hasta el teléfono público que había en la otra punta del restaurante y llamó a Nueva York.

—Buenos días, señor, soy el agente Roberts.

—Buenos días, agente Roberts —respondió Jack y se repantigó en el sillón—. ¿Tiene algo que comunicar?

—Estoy en un área de descanso para vehículos entre Nueva York y la frontera canadiense.

—Agente Roberts, ¿qué hace allí?

—Sujeto un parachoques.

—Permítame hacer deducciones —propuso Jack—. Anteriormente el parachoques estaba unido a la furgoneta blanca conducida por la sospechosa.

—Sí, señor.

—¿Dónde está la furgoneta en este momento? —inquirió Jack e intentó no revelar su exasperación.

—Señor, no tengo ni la más remota idea. Debo reconocer, señor, que me quedé dormido cuando la sospechosa se dirigió a un área de descanso para hacer una pausa. Cuando desperté, la furgoneta de la sospechosa se había marchado y en el área quedó el parachoques en el que había colocado el GPS.

—En ese caso, la mujer es muy inteligente o ha sufrido un accidente.

—Estoy de acuerdo. —El agente Roberts hizo una pausa y finalmente preguntó—: Señor, ¿qué cree que debo hacer?

—Únase a la CIA —respondió Jack.

—Hola, soy Vincent. ¿Alguna novedad?

—Sí. Tal como supusiste, Ruth Parish ha guardado el cuadro en la zona de seguridad de Heathrow.

—En ese caso tendré que sacarlo —aseguró Anna.

—Tal vez no resulte tan sencillo porque mañana a primera hora Leapman volará desde el aeropuerto Kennedy para recogerlo —repuso Tina—. Solo dispones de veinticuatro horas antes de que se reúna contigo. —La muchacha titubeó—. También tienes otro problema.

—¿Otro problema? —repitió la doctora Petrescu.

—Leapman no está convencido de que hayas muerto.

—¿Por qué?

—Pregunta incesantemente por ti, por lo que te ruego que tengas mucho cuidado. No olvides la forma en la que Fenston reaccionó cuando la Torre Norte se vino abajo. Ha perdido a seis miembros del personal, pero lo único que lo preocupó fue el Monet que tenía en el despacho. No quiero ni pensar en cómo reaccionaría si también perdiese el Van Gogh. Considera que los pintores muertos son más importantes que los seres vivos.

Anna notó que las gotas de sudor bañaban su frente cuando la comunicación se interrumpió. Consultó el reloj: treinta y dos segundos.

—Nuestro «amigo» en el aeropuerto Kennedy ha confirmado que nos han asignado un hueco para mañana a las siete y veinte —dijo Leapman—. De todos modos, no he informado a Tina.

—¿Por qué? —preguntó Fenston.

—Porque el portero de la casa donde Petrescu tiene su apartamento me contó que al atardecer del martes una mujer parecida a Tina entró y salió del edificio.

—¿El martes al atardecer? —repitió Fenston—. Eso significaría que...

—Acarreaba una maleta —añadió Leapman. Fenston frunció el ceño, pero permaneció en silencio—. ¿Quieres que haga algo?

—¿Qué se te ocurre?

—Ante todo, intervenir el teléfono de su apartamento. Si Petrescu se pone en contacto con ella, sabremos exactamente dónde está y lo que se propone.

Fenston no respondió, actitud que Leapman siempre interpretaba como un sí.

El letrero colocado junto a la carretera decía así: «7 kilómetros para la frontera con Canadá». Anna sonrió, aunque no tardó en ponerse seria cuando giró en la siguiente curva y se detuvo tras una larga cola de vehículos que se extendía hasta donde alcanzaba la vista.

Descendió de la furgoneta y estiró sus cansadas extremidades. Hizo una mueca al ver lo que quedaba de su destartalado medio de transporte. ¿Cómo explicaría lo ocurrido a la Happy

Hire Company? Ciertamente, no sería necesario que pusiese más dinero... si la memoria no le fallaba, estaban cubiertos los primeros quinientos dólares de toda clase de daños. Continuó con los estiramientos y reparó en que el sentido contrario estaba vacío; por lo visto, nadie tenía prisa por entrar en Estados Unidos.

Durante los veinte minutos siguientes avanzó cien metros más y acabó frente a una gasolinera. Tomó una decisión en un abrir y cerrar de ojos, con lo cual rompió otro hábito profundamente arraigado. Abandonó la carretera, entró en la gasolinera, pasó junto a los surtidores y aparcó la furgoneta bajo un árbol, justo detrás de un gran letrero en el que se leía «Lavado de coches superior». Anna recuperó la maleta y la bolsa del portátil de la parte trasera de la furgoneta y emprendió los siete kilómetros de caminata que la separaban de la frontera.

20

—Querida, lo siento muchísimo —dijo Arnold Simpson y miró a Arabella Wentworth, que estaba sentada al otro lado del escritorio—. Ha sido espantoso —apostilló y añadió otro terrón de azúcar a su taza de té.

Arabella no hizo el menor comentario mientras Simpson se inclinaba y apoyaba las manos en el escritorio, como si estuviese a punto de ponerse a rezar. Simpson sonrió afablemente a su clienta y se dispuso a hacer un comentario, pero Arabella abrió la carpeta que había apoyado en el regazo y declaró:

—Supongo que, en su condición de abogado de la familia, podrá explicarme a qué se debe que mi padre y Victoria contrajesen deudas tan altas y en tan poco tiempo.

Simpson se repantigó en el asiento y la miró por encima de las gafas de media montura.

—Su querido padre y yo fuimos grandes amigos durante más de cuarenta años. Tengo el convencimiento de que sabe que estudiamos juntos en Eton.

Simpson hizo una pausa y acarició la corbata azul marino con la raya de tono azul claro, corbata que parecía que se había puesto cada día desde que terminó los estudios.

—Mi padre siempre dijo que estudiaron «al mismo tiempo» más que «juntos» —precisó Arabella—. Espero que ahora conteste a mi pregunta.

—A eso iba —aseguró Simpson, desconcertado y enmudecido mientras miraba las carpetas desparramadas sobre su escritorio—. Ah, aquí está —dijo y cogió la titulada «Lloyd's de Londres». La abrió y se acomodó las gafas—. En 1971, cuando ocupó un puesto de responsabilidad en Lloyd's, su padre firmó en nombre de varios grupos e incorporó sus bienes como garantía subsidiaria. Durante muchos años el sector de los seguros obtuvo ganancias y su padre recibió considerables ingresos anuales.

El abogado pasó el dedo por una larga lista de cifras.

—¿Le explicó en su momento lo que significa responsabilidad ilimitada? —quiso saber Arabella.

Simpson no hizo caso a la pregunta y repuso:

—Reconozco que, como tantos otros, no preví semejante sucesión sin precedentes de años malos.

—La situación no fue muy distinta de la del jugador que espera obtener beneficios del giro de la ruleta —puntualizó Arabella—. ¿Por qué no le aconsejó que pusiera fin a las pérdidas y abandonase la mesa de juego?

—Su padre era muy obstinado y, tras soportar varios años malos, siguió convencido de que los buenos tiempos volverían.

—Pero no ocurrió —concluyó Arabella y consultó uno de los papeles de su abultada carpeta.

—Lamentablemente no sucedió —confirmó Simpson, que parecía haberse hundido en el sillón, por lo que prácticamente desapareció detrás del escritorio.

—¿Qué fue de la cartera de acciones y bonos que la familia acumuló a lo largo de los años?

—Se convirtieron en parte de los primeros bienes que su padre se vio obligado a liquidar para no quedar en descubierto en el banco. —El abogado volvió unas páginas y prosiguió—: Lamento decirle que, cuando falleció, su padre tenía con el banco una deuda de más de diez millones de libras.

—Pero no con Coutts —puntualizó Arabella—, ya que parece que hace aproximadamente tres años trasladó su cuenta a una pequeña entidad bancaria de Nueva York llamada Fenston Finance.

—Así es, mi querida señora —confirmó Simpson—. Dicho sea de paso, siempre me ha parecido misteriosa la forma en la que su padre encontró esa entidad...

—Pues para mí no tiene nada de misterioso —lo interrumpió Arabella y sacó una carta de la carpeta—. Está clarísimo que lo seleccionaron como blanco.

—Sigo sin saber cómo se enteraron de que...

—Les bastó con leer la sección de economía de cualquier periódico, que informaba diariamente de los problemas de Lloyd's. El nombre de mi padre y el de varias personas más aparecieron de forma regular pues los vincularon con grupos poco recomendables, por no decir corruptos.

—Lo que dice no son más que especulaciones por su parte —opinó Simpson y levantó el tono de voz.

—El que en su momento no lo tuviese en cuenta no significa, necesariamente, que sean especulaciones. Si quiere que le sea sincera, me sorprende que su gran amigo dejara Coutts, que durante más de dos siglos ha prestado servicios a la familia, y se sumase a esa banda de picapleitos.

Simpson se puso de todos los colores.

—Señora, tal vez ha adoptado la costumbre que los políticos tienen de basarse en la retrospectiva.

—Señor, no se equivoque. A mi difunto marido también le ofrecieron la posibilidad de asociarse con Lloyd's. El *broker* le aseguró que nuestra granja sería más que suficiente para cubrir el depósito necesario, momento en el que Angus lo acompañó a la puerta. —Simpson se quedó sin habla—. Si me lo permite, me gustaría saber cómo es posible que, teniéndolo como asesor principal, Victoria duplicase la deuda en menos de un año.

—De eso yo no soy responsable —se defendió Simpson—. Enfádese con el recaudador de impuestos, que siempre reclama su parte —acotó al tiempo que buscaba una carpeta titulada «Impuestos sucesorios»—. Ah, sí, aquí está. A la muerte, el Ministerio de Hacienda tiene derecho a quedarse con el cuarenta por ciento de los bienes a menos que pasen directamente al cónyuge, como sin duda le habrá explicado su difunto marido. Aunque no sea yo quien deba decirlo, tengo que reconocer que con gran habilidad logré llegar con los inspectores a un acuerdo por valor de once millones de libras, acuerdo con el que en su momento lady Victoria se mostró muy satisfecha.

—Mi hermana era una solterona ingenua que jamás salió de casa sin su padre y que hasta los treinta años no tuvo cuenta bancaria —declaró Arabella—. A pesar de todo, usted le permitió firmar otro contrato con Fenston Finance, contrato que estaba destinado a que contrajera más deudas.

—Firmaba ese contrato o ponía en venta los bienes de la familia.

—No, no es así —replicó Arabella—. Me bastó con telefonear a lord Hindlip, el presidente de Christie's, para saber que, en el caso de que se pusiera a la venta, el Van Gogh de la familia superaría los treinta millones de libras.

—Su padre jamás habría accedido a vender el Van Gogh.

—Mi padre ya no estaba vivo cuando usted aprobó el segundo préstamo —dijo Arabella—. Se trata de una decisión sobre la que debería haber aconsejado a mi hermana.

—Estimada señora, no había otra opción dadas las condiciones del contrato original.

—Contrato que firmó como testigo y que, evidentemente, no leyó. Con ese contrato mi hermana no solo estuvo de acuerdo en seguir pagando el dieciséis por ciento de interés compuesto, sino que usted permitió que incorporara el Van Gogh como garantía subsidiaria.

—Puede exigir que vendan el cuadro y el problema quedará resuelto.

—Señor Simpson, ha vuelto a equivocarse —puntualizó

Arabella—. Si hubiera leído algo más que la primera página del contrato original, sabría que, en el caso de que surjan diferencias, las dirimirá un juzgado de Nueva York y, por si todavía lo desconoce, no tengo medios para hacer frente a Bryce Fenston en su terreno.

—Tampoco está habilitada para hacerlo —espetó Simpson—, porque yo...

—Soy la pariente más cercana —declaró Arabella con gran firmeza.

—No hay testamento que indique en quién pensaba legar Victoria —gritó el abogado.

—Otro deber que se las apañó para cumplir con su habitual perspicacia y habilidad.

—Su hermana y yo estábamos evaluando...

—Ya es demasiado tarde —lo interrumpió Arabella—. Tengo que hacer frente a una guerra y a un individuo sin escrúpulos que, gracias a usted, parece tener la ley de su parte.

—Confío... —dijo Simpson, y volvió a cruzar las manos sobre el escritorio, con actitud orante, como si se dispusiese a impartir la bendición—, confío en liquidar este problema en...

—Yo le diré exactamente qué es lo que puede liquidar —lo cortó Arabella y se puso de pie—. Reúna las carpetas referentes a los bienes de mi familia y envíelas a Wentworth Hall. —Miró fijamente al abogado—. Al mismo tiempo incluya sus últimos honorarios... —Arabella consultó el reloj—, por una hora de asesoramiento de valor incalculable.

21

Anna caminó por el centro de la carretera, arrastrando la maleta a la espalda y con el portátil colgado del hombro izquierdo. A cada paso que daba era más consciente de que las personas sentadas en los coches detenidos miraban sorprendidas a la figura solitaria que pasaba a su lado.

Tardó un cuarto de hora en recorrer casi dos kilómetros y una de las familias que había organizado un picnic en la hierba, junto al arcén, le ofreció un vaso de vino. Tardó dieciocho minutos en cubrir el kilómetro y medio siguiente y siguió sin ver el letrero de la frontera. Veinte minutos después superó el letrero en el que se leía «2 kilómetros hasta la frontera», por lo que intentó apretar el paso.

El último kilómetro le recordó cuáles eran los músculos que dolían tras una carrera larga y agotadora y fue entonces cuando vio la meta. Una descarga de adrenalina la llevó a acelerar el ritmo.

Cuando se encontraba a unos cientos de metros de la barrera, Anna se percató de que los pasajeros de los coches la miraban como si se hubiera colado. Evitó sus miradas y caminó más despacio. Al llegar a la línea blanca en la que piden que apaguen los motores de los vehículos y esperen, la doctora Petrescu se detuvo a un costado.

Aquel día había dos funcionarios de aduanas, que tenían que

revisar la cola extraordinariamente larga para ser jueves por la mañana. Estaban en las casetas y comprobaban los documentos con mucho más rigor de lo habitual. Con la esperanza de que se apiadase de ella, Anna intentó establecer contacto visual con el aduanero más joven, pero no necesitó un espejo para saber que, después de lo que había pasado durante las últimas veinticuatro horas, seguramente su aspecto no era mucho más atractivo que el que tenía al salir de la Torre Norte.

Al final el funcionario de aduanas más joven le hizo señas de que se acercase. Comprobó su documentación y la observó con curiosidad. Seguramente se preguntó durante cuántos kilómetros había acarreado el equipaje. Estudió el pasaporte con atención y llegó a la conclusión de que todo estaba en orden.

—¿Con qué motivo visita Canadá? —inquirió el aduanero.

—Asistiré a un seminario de arte en la Universidad McGill. Forma parte de mi tesis doctoral sobre los prerrafaelistas —replicó Anna y lo miró a los ojos.

—¿A qué artistas en concreto se refiere? —preguntó el funcionario como quien no quiere la cosa.

Anna llegó a la conclusión de que era un listillo o un amante del arte y decidió seguirle la corriente:

—Entre otros, a Rossetti, Holman Hunt y Morris.

—¿Qué me dice del otro Hunt?

—¿De Alfred? No se trata de un prerrafaelista propiamente dicho, pero...

—Pero no deja de ser un artista excelente.

—Estoy de acuerdo —coincidió Anna.

—¿Quién dicta el seminario?

—Veamos... Vern Swanson —respondió Anna y abrigó la esperanza de que el funcionario de aduanas no hubiese oído hablar del experto más eminente.

—Fantástico, así tendré ocasión de verlo.

—¿Cómo dice?

—Verá, si sigue siendo profesor de historia del arte en Yale viajará desde New Haven y, puesto que en Estados Unidos no entran ni salen vuelos, se verá obligado a atravesar esta frontera.

A Anna no se le ocurrió una respuesta adecuada y se alegró de que la mujer que tenía detrás se pusiera a hablar de viva voz con su marido y se quejase del rato que llevaba en la cola.

—Estudié en la McGill —añadió sonriente el aduanero joven y devolvió el pasaporte a Anna, que se preguntó si el arrebol de sus mejillas revelaba su zozobra—. Todos lamentamos lo que ocurrió en Nueva York.

—Gracias —dijo Anna y cruzó la frontera al tiempo que leía el letrero que decía «Bienvenidos a Canadá».

—¿Quién es? —preguntó una voz anónima.

—Hay una avería eléctrica en el décimo piso —dijo el hombre detenido en el exterior de la entrada, vestido con mono verde, con la cabeza cubierta por una gorra de béisbol de los Yankees y una caja de herramientas en la mano.

El hombre cerró los ojos y sonrió a la cámara de vigilancia. Al oír el zumbido de respuesta, abrió la puerta de un empujón y entró sin hacer más preguntas.

Pasó junto al ascensor y se dirigió a la escalera, ya que de esa forma existían menos posibilidades de que recordasen su presencia. Al llegar a la décima planta se detuvo y echó un rápido vistazo pasillo arriba y abajo. No vio a nadie; a las tres y media de la tarde solía reinar la tranquilidad. Era imposible saber a qué se debía, simplemente se trataba de una deducción basada en la experiencia. Al llegar a la puerta del apartamento pulsó el timbre, pero no obtuvo respuesta. Por otro lado, le habían asegurado que la muchacha seguiría trabajando, como mínimo, un par de horas más. El hombre depositó la caja de herramientas en el suelo y examinó las dos cerraduras. No era precisamente la entrada de la Reserva Federal. Con la precisión del cirujano que se dispone a llevar a cabo una operación, el hombre abrió la caja y seleccionó varios instrumentos delicados.

Dos minutos y cuarenta segundos después entró en el apartamento. No tardó en localizar los tres teléfonos. El primero estaba en la sala, en el escritorio, debajo de una reproducción de una Marilyn Monroe de Warhol. El segundo estaba en la mesilla de noche, junto a una foto. El intruso observó a la mujer del centro de la foto. Estaba junto a dos hombres tan parecidos entre sí que sin duda eran padre e hijo.

El tercer teléfono se encontraba en la cocina. El hombre miró la puerta de la nevera y sonrió, ya que ambos eran forofos del equipo de rugby de los 49ers.

Seis minutos y nueve segundos después salió al pasillo, bajó la escalera y franqueó la puerta de entrada.

Había terminado el trabajo en menos de diez minutos y sus honorarios ascendían a mil dólares, más o menos lo mismo que cobraba un cirujano.

Anna fue la última pasajera en abordar el autobús de la Greyhound que a las tres en punto salía para Niagara Falls.

Dos horas después el autobús paró en la orilla occidental del lago Ontario. Anna fue la primera en descender y, sin detenerse a contemplar los edificios de Mies van der Rohe que dominan el perfil de Toronto, hizo señas al primer taxi que se cruzó en su camino.

—Por favor, al aeropuerto. Necesito llegar lo más rápido posible.

—¿A qué terminal? —preguntó el taxista.

Anna titubeó.

—A Europa.

—Entonces es la terminal tres —añadió el taxista, arrancó y preguntó—: ¿De dónde es?

—De Boston —respondió Anna, que no quería hablar de Nueva York.

—Lo que ha ocurrido en Nueva York es terrible —añadió el taxista—. Es uno de esos momentos históricos en los que todo el mundo se acuerda exactamente de dónde estaba. Yo estaba en el taxi y lo oí por la radio. ¿Y usted?

—Yo estaba en la Torre Norte —replicó Anna.

El taxista se dijo que reconocía a los listillos nada más verlos.

Tardaron poco más de veinticinco minutos en recorrer los veintisiete kilómetros que separan Bay Street del aeropuerto internacional Lester B. Pearson y durante el trayecto el taxista no pronunció una sola palabra. Cuando paró en la entrada de la terminal tres, Anna pagó la carrera y entró rápidamente. Consultó la pantalla de salidas en el momento en el que el reloj digital marcó las 17.28.

El último vuelo a Heathrow acababa de cerrar las puertas. Anna maldijo para sus adentros. Repasó la lista de ciudades a las que había vuelos esa tarde: Tel Aviv, Bangkok, Hong Kong, Sidney, Amsterdam... ¡Amsterdam! Anna llegó a la conclusión de que era lo más adecuado y leyó en la pantalla que el vuelo 692 de KLM partía a las 18.00 por la puerta C31 y que en ese momento se procedía al embarque de pasajeros.

Anna corrió hasta el mostrador de la KLM y preguntó al empleado, sin siquiera darle tiempo a que levantase la cabeza:

—¿Todavía estoy a tiempo de coger el vuelo a Amsterdam?

El hombre dejó de contar billetes de vuelo.

—Sí, pero tendrá que darse prisa porque están a punto de cerrar la puerta.

—¿Queda libre un asiento de ventanilla?

—De ventanilla, de pasillo, de centro, lo que quiera.

—¿Por qué hay tanto sitio?

—Por lo visto, hoy no hay mucha gente con ganas de coger un avión... y no precisamente porque sea trece.

—El aeropuerto Kennedy ha reconfirmado nuestro espacio reservado para mañana a las siete y veinte —informó Leapman.

—Me alegro —afirmó Fenston—. Llámame en cuanto el avión despegue. ¿A qué hora llegarás a Heathrow?

—Alrededor de las siete. La furgoneta de Art Locations esperará en la pista y subirán el cuadro a bordo. Bastó con que triplicaras los honorarios para que se pusiesen las pilas.

—¿Cuándo regresarás?

—Supongo que llegaré a la hora de desayunar de la mañana siguiente.

—¿Hay noticias de Petrescu?

—No —replicó Leapman—. De momento Tina solo ha recibido una llamada y fue de un hombre.

—¿No se sabe nada de...?

En ese momento entró Tina.

—Va de camino a Amsterdam —aseguró Joe.

—¿A Amsterdam? —repitió Jack y tamborileó los dedos sobre el escritorio.

—Sí, se le escapó el último vuelo a Heathrow.

—En ese caso, mañana por la mañana cogerá el primer vuelo a Londres.

—Ya hemos destacado un agente en Heathrow —informó Joe—. ¿Quiere que apostemos hombres en otras partes?

—Sí, en Gatwick y Stansted —replicó Jack.

—Si lo que dice es correcto, la doctora llegará a Londres unas horas antes que Karl Leapman.

—¿A qué se refiere? —inquirió Jack.

—Han reservado un hueco para el jet privado de Fenston, que despegará del aeropuerto Kennedy mañana a las siete y veinte. Leapman es el único pasajero.

—En ese caso, lo más probable es que hayan quedado para verse. Llame al agente Crasanti a la embajada de Londres y pídale que destaque agentes adicionales en los tres aeropuertos. Quiero saber qué trama exactamente ese par.

—No estaremos en nuestra jurisdicción —puntualizó Joe—. Si los británicos se enteran, por no hablar de que lo sepa la CIA...

—En los tres aeropuertos —repitió Jack y colgó.

La puerta se cerró segundos después de que Anna subiese al avión. La azafata la acompañó a su asiento y le pidió que se abrochase el cinturón, ya que estaban a punto de despegar. Anna se alegró al ver que los demás asientos estaban vacíos y en cuanto autorizaron a quitarse los cinturones subió los reposabrazos, se tumbó, se tapó con dos mantas y apoyó la cabeza en una almohada de verdad. Dormía incluso antes de que el avión alcanzase la velocidad de crucero.

Alguien le hizo una ligera presión en el hombro. Anna maldijo para sus adentros. Se había olvidado de decir que no quería cenar. Miró a la azafata y parpadeó soñolienta.

—Gracias, pero no quiero cenar —dijo con firmeza y cerró nuevamente los ojos.

—Lo siento, pero tengo que pedirle que se siente y se abroche el cinturón —explicó amablemente la azafata—. Aterrizaremos dentro de veinte minutos. Si quiere ajustar el reloj a la hora local, en Amsterdam son las seis y cincuenta y cinco.

14-S

22

Leapman estaba despierto mucho antes de que llegase la hora en la que la limusina pasaría a buscarlo. No era precisamente el mejor día para quedarse dormido.

Abandonó la cama y se dirigió al cuarto de baño. Por muy minuciosamente que se afeitara, Leapman sabía que antes de acostarse tendría sombras en la barbilla. En un puente de tres días podría dejarse barba. Se duchó y se afeitó, pero no se tomó la molestia de desayunar. La camarera del jet privado del banco le serviría café con cruasanes. Llegó a la conclusión de que ningún habitante de ese destartalado bloque de apartamentos de un barrio tan poco elegante se creería que un par de horas más tarde Leapman sería el único pasajero de un Gulfstream V que volaba hacia Londres.

Echó un vistazo al armario medio vacío y escogió el último traje que había comprado, su camisa preferida y una corbata que estaba a punto de estrenar. No le apetecía que el piloto fuese mejor vestido.

Leapman se acercó a la ventana, aguardó la llegada de la limusina y se dio cuenta de que su pisito no era mucho mejor que la celda en la que había pasado cuatro años. Miró calle Cuarenta y tres abajo mientras la llamativa limusina se detenía junto al bordillo.

Leapman se aposentó en el asiento trasero del vehículo y no

cruzó palabra con el chófer, que mantuvo abierta la portezuela. Al igual que Fenston, el abogado pulsó el botón del reposabrazos y vio la pantalla de cristal gris humo que subió y lo separó del chófer. Durante las veinticuatro horas siguientes viviría en otro mundo.

Cuarenta y cinco minutos después la limusina abandonó la autopista Van Wyck y cogió la salida que conducía al aeropuerto Kennedy. El chófer atravesó una entrada que pocos pasajeros conocen y se detuvo junto a una pequeña terminal que solo utilizan los privilegiados que vuelan en sus propios aviones. Leapman se apeó de la limusina y lo condujeron a una sala privada, donde lo aguardaba el comandante del Gulfstream V de Fenston Finance.

—¿Existe la más mínima posibilidad de despegar antes de lo previsto? —preguntó Leapman y tomó asiento en un cómodo sillón de cuero.

—No, señor —respondió el comandante—. Los aviones despegan cada cuarenta y cinco segundos y nuestro hueco está confirmado para las siete y veinte.

Leapman mascculló algo para sus adentros y se enfrascó en la lectura de la prensa matutina.

La noticia principal del *New York Times* se refería a la propuesta del presidente Bush de ofrecer una recompensa de cincuenta millones de dólares por la captura de Osama Bin Laden, algo que, en opinión de Leapman, era ni más ni menos que la habitual aproximación texana a la ley y el orden, actitud que el país había adoptado durante los últimos cien años. El *Wall Street Journal* mencionaba que Fenston Finance había bajado doce céntimos más, destino compartido por varias empresas cuya sede central estaba en el World Trade Center. En cuanto tuviese el Van Gogh, la entidad financiera podría soportar una temporada de acciones cotizadas a la baja mientras se encargaba de consolidar el resultado final. Un integrante de la tripulación de cabina interrumpió sus pensamientos cuando dijo:

—Señor, ya puede subir al avión. Despegaremos aproximadamente dentro de un cuarto de hora.

Un vehículo lo condujo hasta la escalerilla del jet, que comenzó a deslizarse por la pista incluso antes de que terminara de beber el zumo de naranja. El abogado no se relajó hasta que el avión alcanzó la altitud de crucero y apagaron el letrero, con lo que lo autorizaron a desabrocharse el cinturón. Se inclinó, cogió el teléfono y marcó el número privado de Fenston.

—Estoy de camino y no hay motivos que impidan que mañana a esta hora... —Leapman hizo una pausa—. Nada impide que mañana a esta hora esté de regreso con un holandés sentado a mi lado.

—Llámame en cuanto el avión aterrice —repuso el presidente.

Tina desconectó la extensión del teléfono del presidente.

Últimamente Leapman se había presentado en su despacho cada vez con más frecuencia... y sin llamar y tampoco disimulaba su convencimiento de que Anna seguía viva y estaba en contacto con ella.

Esa mañana el jet de la empresa había despegado puntualmente del aeropuerto Kennedy y Tina escuchó la conversación que el presidente mantuvo con Leapman. Se percató de que Anna solo llevaba unas pocas horas de ventaja... suponiendo que estuviera en Londres.

Tina pensó que al día siguiente Leapman estaría de regreso en Nueva York e imaginó la repugnante sonrisa que esbozaría cuando le entregase el Van Gogh al presidente. Siguió descargando los últimos contratos, que poco antes había enviado por correo electrónico a su dirección personal, actividad que solo realizaba cuando Leapman no estaba en el despacho y Fenston se encontraba muy ocupado.

El primer vuelo de esa mañana al aeropuerto londinense de Gatwick salía de Schiphol a las diez en punto. Anna compró el billete en el mostrador de British Airways, donde advirtieron de que el vuelo llevaba veinte minutos de retraso porque el aparato entrante todavía no había aterrizado. Aprovechó esa demora para ducharse y cambiarse de ropa. Schiphol era un aeropuerto acostumbrado a los viajeros que pasaban la noche entre sus paredes. Anna escogió la vestimenta más conservadora que llevaba en su reducido guardarropa y se preparó para la reunión con Victoria.

Fue al Caffè Nero a tomar café y hojeó las páginas del *Herald Tribune*: el titular de la segunda página se refería a una recompensa de cincuenta millones de dólares, cifra inferior a la que pagarían por el Van Gogh en cualquier casa de subastas. No perdió tiempo en leer el artículo, pues debía repasar las prioridades antes de encontrarse cara a cara con Victoria.

Ante todo debía averiguar dónde estaba el Van Gogh. Si Ruth Parish tenía el cuadro guardado, Anna aconsejaría a Victoria que la llamase y exigiera que lo devolviese sin dilaciones a Wentworth Hall; también añadiría que estaba dispuesta a advertir a Ruth de que Fenston Finance no podía retener la pintura contra la voluntad de Victoria, sobre todo si desaparecía el único contrato existente. Tuvo la sospecha de que a Victoria esto último no le agradaría pero, si lo aceptaba, Anna se pondría en contacto con el señor Nakamura, en Tokio, e intentaría averiguar...

—Se ruega a los pasajeros del vuelo 8112 de British Airways, con destino al aeropuerto londinense de Gatwick, que embarquen por la puerta D catorce —anunció una voz por el sistema de megafonía.

Mientras cruzaban el canal de la Mancha, Anna repasó una y otra vez su plan e intentó encontrarle pegas, pero solo pudo pensar en dos personas que no lo considerarían sensato. Al cabo de treinta y cinco minutos el avión aterrizó en Gatwick.

Al pisar suelo inglés Anna consultó la hora y se dio cuenta de que nueve horas más tarde Leapman llegaría a Heathrow. Atravesó el control de pasaportes, recogió el equipaje y se dispuso a alquilar un coche. Evitó los servicios de la Happy Hire Company e hizo cola en el mostrador de Avis.

No reparó en la presencia del joven elegantemente vestido que se encontraba en la tienda libre de impuestos y que habló con tono bajo por el móvil:

—Acaba de aterrizar. No la perderé de vista.

Leapman se repantigó en el mullido asiento de cuero, mucho más cómodo que todos los muebles de su apartamento de la calle Cuarenta y tres. La camarera le sirvió café solo en una taza de porcelana con reborde de oro, que le acercó en una bandeja de plata. El abogado acomodó la espalda y pensó en la tarea que lo aguardaba. Sabía que no era más que un intermediario pobre, por mucho que el encargo que debía cumplir tuviera que ver con uno de los cuadros más valiosos que existían. Despreciaba a Fenston, que jamás lo había tratado como a un igual. Si una sola vez Fenston hubiese reconocido sus contribuciones al éxito de la compañía y reaccionado ante sus ideas como si fuera un colega respetado en vez de un lacayo a sueldo... aunque lo cierto es que tampoco pagaba tan bien... Si alguna vez se hubiera tomado la molestia de agradecérselo, habría sido suficiente. Es verdad que Fenston lo había sacado del arroyo... pero únicamente para meterlo en otro.

Durante una década había estado al servicio de Fenston y había sido testigo de la manera en la que el simplón emigrante de Bucarest trepaba por la escala de la riqueza y el estatus, escala que él mismo había sujetado, al tiempo que no era más que un compañero de viaje. Claro que todo eso podía cambiar de la noche a la mañana. Bastaba con que esa mujer cometiera un simple error para que sus papeles se invirtiesen. Fenston acabaría entre rejas y Leapman dispondría de una fortuna que absolutamente nadie podría rastrear.

—Señor Leapman, ¿le apetece otra taza de café? —ofreció la azafata.

Anna no necesitaba mapa para llegar a Wentworth Hall, aunque debía acordarse de no coger el camino equivocado por cualquiera de las numerosas rotondas.

Cuarenta minutos después franqueó la verja de la mansión. Antes de su visita a Wentworth Hall, la doctora Petrescu no tenía demasiados conocimientos sobre la arquitectura barroca que predomina en las residencias de finales del XVII y principios del XVIII de la Inglaterra aristocrática. La mole, nombre con el que Victoria había descrito su hogar, fue construida en 1697 por sir John Vanbrugh. Fue su primer encargo antes de que le encomendasen la construcción del castillo Howard y, más adelante, el palacio Blenheim, para otro militar triunfal... después de lo cual se convirtió en el arquitecto más solicitado de Europa.

La larga calzada de acceso a la residencia estaba bordeada por excelentes robles con la misma solera que la casa propiamente dicha, aunque se veían algunos huecos en los sitios donde los árboles habían caído, víctimas de las intensas tormentas de 1987. Anna condujo junto al rebuscado lago poblado con carpas Magoi Koi, oriundas de Japón; también pasó al lado de dos pistas de tenis y una de cróquet salpicadas con las primeras hojas otoñales. Al girar en el recodo, la imponente residencia rodeada de césped típicamente inglesa pareció elevarse y dominar el horizonte.

En cierto momento Victoria le había comentado a Anna que la casa tenía sesenta y siete habitaciones, catorce de las cuales eran dormitorios de huéspedes. El que ella había utilizado en la primera planta, conocido como la habitación Van Gogh, tenía más o menos el mismo tamaño que su apartamento de Nueva York.

Al acercarse a la mole, Anna reparó en que el estandarte con el escudo familiar, izado en la torre este, ondeaba a media asta. Detuvo el coche y se preguntó cuál de los numerosos parientes entrados en años de Victoria había fallecido.

La puerta de roble macizo se abrió incluso antes de que Anna terminase de subir la escalinata. Anheló fervientemente que Victoria estuviera en casa y que Fenston desconociese que se encontraba en Inglaterra.

—Buenos días, señora —saludó el mayordomo—. ¿En qué puedo ayudarla?

Anna quedó tan sorprendida por el tono formal de Andrews que le habría gustado preguntarle si no la reconocía. Durante su estancia en la mansión, el mayordomo se había mostrado muy amistoso. Anna se hizo eco de su actitud formal.

—Necesito hablar urgentemente con lady Victoria.

—Me temo que no es posible, pero veré si la señora está libre —respondió Andrews—. Espero que tenga la amabilidad de esperar aquí mientras consulto a la señora.

Anna no sabía qué había querido decir Andrews cuando aseguró que no era posible, aunque averiguaría si la señora...

Mientras aguardaba en la entrada contempló el retrato de lady Catherine Wentworth, pintado por Gainsborough. Recordaba cada cuadro de la casa y dirigió la mirada hacia su preferido, situado en lo alto de la escalera, un Romney de *La señora Siddons como Porcia*. Se volvió hacia la puerta de la sala y vio el cuadro de Stubbs titulado *Actaeon, ganador del derby*, el caballo preferido de sir Harry Wentworth, que aún seguía perfectamente en su departamento de las cuadras. Si se regía por sus consejos, como mínimo Victoria salvaría el resto de la colección.

El mayordomo regresó con el mismo paso mesurado con el que se había alejado.

—La señora la recibirá... si tiene la amabilidad de reunirse con ella en el salón.

Andrews hizo una ligera inclinación y la condujo a través de la entrada.

Anna intentó concentrarse en su plan de seis puntos, pero sabía que ante todo debía explicar por qué había llegado a la cita con cuarenta y ocho horas de retraso, aunque estaba segura de que Victoria se había enterado de los horrores del martes e incluso de que se sorprendería al comprobar que había sobrevivido.

Al entrar en el salón, la experta en arte avistó a Victoria cabizbaja, vestida de luto riguroso, sentada en el sofá y con un perro labrador de tono chocolate tumbado a sus pies. No recordaba que Victoria tuviese perros y la sorprendió que la inglesa no se incorporara de un salto y la saludase con su calidez habitual. Victoria alzó la cabeza y Anna dejó escapar una exclamación de sorpresa cuando Arabella Wentworth la miró fríamente. En esa fracción de segundo la doctora comprendió los motivos por los que el estandarte familiar ondeaba a media asta. Permaneció en silencio mientras intentaba asimiliar la certeza de que no volvería a ver a Victoria y de que tendría que convencer a su hermana, a la que hasta entonces jamás había visto. Anna ni siquiera recordaba su nombre. La imagen refleja no se incorporó del sofá ni extendió la mano.

—Doctora Petrescu, ¿quiere una taza de té? —preguntó Arabella con tono tan distante que daba la sensación de que esperaba que la respuesta fuese negativa.

—No, gracias —repuso Anna y continuó de pie—. ¿Me permite preguntar cómo murió Victoria? —inquirió quedamente.

—Me figuré que ya lo sabía —replicó Arabella con acritud.

—No sé de qué está hablando —reconoció Anna.

—En ese caso, ¿por qué está aquí? ¿No ha venido a buscar el resto de los objetos de plata de la familia?

—He venido a aconsejar a Victoria que no permita que se lleven el Van Gogh sin darme la oportunidad de...

—Se llevaron el cuadro el martes —la interrumpió Arabella e hizo una pausa—. Ni siquiera tuvieron la decencia de esperar a que se celebrase el funeral.

—Intenté llamar, pero no me proporcionaron el número. Si hubiera logrado comunicarme... —masculló Anna de forma incomprensible y de pronto añadió—: Ahora es demasiado tarde.

—¿Para qué es demasiado tarde?

—Envié a Victoria una copia de mi informe, en el que le recomendaba que...

—Es verdad, he leído su informe, pero tiene razón, ya es demasiado tarde. Mi nuevo abogado me ha advertido que es posible que pasen varios años antes de aclarar las cuestiones hereditarias, pero para entonces ya lo habremos perdido todo.

—Probablemente ese fue el motivo por el que no querían que viajase a Inglaterra y me reuniera personalmente con Victoria —apostilló Anna sin dar más explicaciones.

—No comprendo qué quiere decir —reconoció Arabella y estudió con más atención a Anna.

—El martes Fenston me despidió por haber enviado a Victoria una copia de mi informe.

—Victoria lo leyó —aseguró Arabella con tono bajo—. Tengo una carta en la que confirma que pensaba seguir sus consejos, pero la escribió antes de sufrir una muerte cruel.

—¿Cómo falleció? —inquirió Anna con gran delicadeza.

—La asesinaron de manera infame y cobarde —contestó Arabella. Hizo una pausa, miró a Anna a los ojos y acotó—: No me cabe la menor duda de que el señor Fenston le proporcionará todos los detalles. —Como no se le ocurrió nada que decir, Anna inclinó la cabeza y pensó que su plan de seis puntos se había ido al garete. Fenston había ganado la partida—. Mi querida Victoria era muy confiada y supongo que demasiado ingenua. Nadie merece ser tratado de esa forma, menos aún una persona tan afable como mi dulce hermana.

—Lo siento profundamente —afirmó Anna—. No lo sabía. Le ruego que me crea. No tenía ni la más remota idea.

Arabella contempló el jardín a través de la ventana y guardó silencio unos instantes. Se volvió temblorosa y miró a Anna.

—La creo —aseguró Arabella—. En un primer momento supuse que era usted la responsable de esta espantosa pantomima. —Volvió a hacer una pausa—. Ahora me doy cuenta de que estaba equivocada pero, por desgracia, es demasiado tarde y ya no podemos hacer nada.

—Yo no estaría tan segura —opinó Anna y miró a Arabella con impetuosa determinación—. Claro que para hacer algo tengo que pedirle que confíe en mí tanto como Victoria.

—¿A qué se refiere cuando dice que confíe en usted?

—Deme la oportunidad de demostrarle que no soy responsable de la muerte de su hermana.

—¿Y cómo se propone lograrlo?

—Recuperando el Van Gogh.

—Le he dicho que ya se han llevado el cuadro.

—Lo sé —confirmó Anna—, pero aún tiene que estar en Inglaterra, ya que Fenston ha enviado a Leapman a recogerlo. —Anna consultó el reloj—. Dentro de pocas horas aterrizará en Heathrow.

—Aunque consiguiera hacerse con el cuadro, ¿cómo se resolvería el problema?

Anna perfiló su plan y le agradó ver que, de vez en cuando, Arabella asentía. Finalmente añadió:

—Necesito su apoyo porque, de lo contrario, lo que me propongo podría conducirme a la cárcel.

Arabella guardó silencio unos segundos y por último declaró:

—Es usted una joven valiente. Me pregunto si sabe hasta qué punto es valerosa. Por otro lado, si está dispuesta a correr semejantes riesgos, yo también lo haré y la respaldaré hasta las últimas consecuencias.

Anna sonrió e inquirió:

—¿Puede decirme quién recogió el Van Gogh?

Arabella abandonó el sofá y cruzó el salón hasta el escritorio. El perro la siguió. Cogió una tarjeta comercial y leyó:

—La señora Ruth Parish, de Art Locations.

—Tal como sospechaba —masculló Anna—. Debo marcharme inmediatamente, pues solo dispongo de unas horas antes de la llegada de Leapman.

Anna avanzó unos pasos y extendió la mano, pero Arabella no se dio por aludida. La hermana de Victoria le dio un abrazo y afirmó:

—Si puedo hacer algo para ayudarla a vengar la muerte de mi hermana...

—¿Lo que sea?

—Lo que sea —confirmó Arabella.

—Cuando la Torre Norte se desplomó, se destruyó toda la información relacionada con el préstamo de Victoria —explicó Anna—, incluido el contrato original. La única copia que existe está en su poder. Si pudiera...

—No es necesario que diga nada más —la interrumpió Arabella.

Anna sonrió y se dio cuenta de que ya no trataba con Victoria.

Giró para marcharse y llegó a la entrada mucho antes de que el mayordomo tuviese tiempo de abrir la puerta.

Desde la ventana del salón Arabella contempló el coche de Anna, que se perdió calzada abajo y desapareció de la vista. Se preguntó si volvería a verla alguna vez.

Una voz dijo:

—Petrescu acaba de salir de Wentworth Hall. Ha emprendido el regreso en dirección al centro de Londres. La seguiré y lo mantendré informado.

23

Anna salió de Wentworth Hall y se dirigió a la M25 en busca de un letrero que la condujera a Heathrow. Consultó el reloj del salpicadero. Eran casi las dos de la tarde, por lo que se le había escapado la posibilidad de llamar a Tina, que a esa hora debía de estar sentada ante su escritorio de Wall Street. También necesitaba hacer otra llamada para dar pie a la posibilidad de que su golpe de efecto tuviese éxito.

Mientras conducía por el pueblo de Wentworth, Anna intentó recordar el pub al que Victoria la había llevado a cenar. Entonces vio que el estandarte familiar también aleteaba al viento a media asta.

La experta en arte se introdujo en el patio del Wentworth Arms y aparcó cerca de la entrada. Franqueó la recepción y se dirigió al bar.

—¿Puede cambiarme cinco dólares? —preguntó a la camarera—. Necesito hablar por teléfono.

—Por supuesto, cielo —respondió inmediatamente la camarera, que abrió la caja y entregó a Anna dos monedas de una libra.

A la doctora Petrescu le habría encantado espetar que era un robo a mano armada, pero no tenía tiempo para discusiones.

—El teléfono está a la derecha, después del comedor —apostilló la camarera.

Anna marcó un número que jamás olvidaría, oyó dos timbrazos y una voz respondió:

—Buenas tardes, Sotheby's.

La experta en arte introdujo una moneda en la ranura y respondió:

—Por favor, quiero hablar con Mark Poltimore.

—Enseguida le paso.

—Mark Poltimore al habla.

—Mark, soy Anna, Anna Petrescu.

—¡Anna, qué alegría oírte! Estábamos preocupados por ti. ¿Dónde estabas el martes?

—En Amsterdam.

—No sabes cuánto me alegro. Lo que ha ocurrido es terrible. ¿Y Fenston?

—En el momento de los hechos no estaba en el edificio. Por eso llamo. Fenston quiere conocer tu opinión sobre un Van Gogh.

—¿Sobre la autenticidad o el precio? —quiso saber Mark—. Si se trata de la procedencia de un cuadro, me inclino ante tu superioridad.

—No existe la menor duda acerca de su procedencia, pero me gustaría contar con otra opinión sobre su valor.

—¿Es una obra que conocemos?

—Es el *Autorretrato con la oreja vendada* —replicó Anna.

—¿Te refieres al autorretrato de los Wentworth? Conozco a la familia de toda la vida y no sabía que se habían planteado venderlo.

—Yo no he dicho que quieran venderlo —acotó Anna y no dio más explicaciones.

—¿Puedes traer la obra para inspeccionarla? —quiso saber Mark.

—Me encantaría, pero no dispongo de un transporte lo bastante seguro. Supuse que en este aspecto podrías ayudarme.

—¿Dónde está el cuadro?

—En un depósito blindado de Heathrow.

—Entonces será muy fácil. Hacemos una recogida diaria en Heathrow. ¿Te va bien mañana por la tarde?

—Si es posible, prefiero que sea hoy —respondió Anna—. Ya conoces a mi jefe.

—Espera un segundo, tengo que averiguar si se han marchado o no. —Se hizo el silencio, pero Anna oyó cómo latía su corazón. Introdujo la segunda moneda en la ranura, pues lo único que le faltaba es que se interrumpiese la comunicación. Mark volvió a ponerse al aparato—. Has tenido suerte. Nuestro transportista recogerá varios paquetes a las cuatro. ¿Te va bien?

—Perfecto. ¿Puedes hacerme otro favor y pedir que llamen a Ruth Parish, de Art Locations, justo antes de que llegue la camioneta?

—De acuerdo. ¿De cuánto tiempo disponemos para tasar la pieza?

—De cuarenta y ocho horas.

—Anna, ¿verdad que habrías acudido en primer lugar a Sotheby's si hubieras pensado en vender el autorretrato?

—Por descontado.

—Me muero de ganas de verlo.

Anna colgó y se sintió sobrecogida por la facilidad con la que ahora era capaz de mentir. También reparó en lo sencillo que para Fenston había sido engañarla.

Salió del aparcamiento del Wentworth Arms y tomó conciencia de que en ese momento todo dependía de que Ruth Parish estuviera en su despacho. En cuanto llegó a la carretera de circunvalación, la experta en arte se mantuvo en el carril lento y repasó todo lo que podía salir francamente mal. ¿Ruth estaba al tanto de que la habían despedido? ¿Fenston le había comunicado su muerte? ¿Aceptaría Ruth su autoridad a la hora de tomar una decisión tan crucial? Anna comprendió que solo había una manera de averiguarlo e incluso pensó en llamarla, pero llegó a la conclusión de que toda advertencia previa le daría más tiempo para hacer comprobaciones. Para tener la más mínima posibilidad de intentarlo, Anna necesitaba coger por sorpresa a Ruth.

La experta en arte estaba tan ensimismada en sus pensamientos que estuvo a punto de pasar de largo la salida que conducía a Heathrow. En cuanto dejó la M25, pasó junto a los carteles de las terminales 1, 2, 3 y 4 y se dirigió a los depósitos de carga situados poco más allá de la carretera del perímetro sur.

Aparcó en un sitio para visitantes, justo enfrente de las oficinas de Art Locations. Permaneció un rato en el coche e intentó sosegarse. Se preguntó por qué no se iba. No era necesario que se implicara ni hacía falta que corriese semejantes riesgos. Fue entonces cuando se acordó de Victoria y el papel que involuntariamente había desempeñado en su muerte.

—Adelante, mujer —declaró Anna de viva voz—. Lo saben o no y, si han recibido el chivatazo, en menos de dos minutos estarás de regreso en el coche. —Anna se miró en el espejo. ¿Había algo que delatase lo que se proponía?—. ¡Venga ya! —se dijo con más firmeza si cabe, abrió la portezuela y respiró hondo mientras cruzaba la calzada rumbo a la entrada del edificio.

La doctora Petrescu empujó las puertas de batiente y se topó cara a cara con una recepcionista a la que jamás había visto. No era un buen comienzo.

—¿Ruth está por aquí? —preguntó Anna alegremente, como si pasase cada día por el despacho.

—No, ha ido a comer a la Royal Academy para hablar de la inminente exposición de Rembrandt. —A Anna se le cayó el alma a los pies—. De todos modos, creo que está a punto de llegar.

—En ese caso, esperaré.

La experta en arte se sentó en la recepción. Cogió un ejemplar atrasado de *Newsweek,* en cuya portada aparecía Al Gore, y lo hojeó. Consultó sin cesar el reloj que colgaba encima del mostrador de la recepción y fue testigo del lento avance del minutero: las 15.10, las 15.15, las 15.20...

Ruth apareció por fin a las 15.22 y preguntó a la recepcionista:

—¿Algún mensaje?

—No —repuso la joven—, pero una mujer la espera.

Anna contuvo el aliento cuando Ruth se volvió.

—¡Anna! —exclamó—. ¡No te imaginas cuánto me alegro de verte! —La doctora Petrescu había salvado el primer obstáculo—. No sabía si seguirías ocupándote de este encargo después de la tragedia vivida en Nueva York. —Superado el segundo—. Sobre todo si tenemos en cuenta que tu jefe me dijo que el señor Leapman vendría personalmente a recoger el cuadro. —Acababa de saltar el tercero. Nadie había comunicado a Ruth que estaba desaparecida y presuntamente muerta—. Estás un poco pálida. ¿Te encuentras bien?

—Estoy bien —confirmó Anna, tropezó con el cuarto obstáculo y se dio cuenta de que seguía en pie, aunque lo cierto es que tenía que salvar seis vallas más para llegar a la meta.

—¿Dónde estabas el once de septiembre? —inquirió Ruth, preocupada—. Nos temimos lo peor. Se lo habría preguntado al señor Fenston, pero jamás da la posibilidad de abrir la boca.

—En una subasta en Amsterdam, pero anoche Karl Leapman me telefoneó y me pidió que volase a Londres y comprobara que todo estaba a punto para que, cuando llegue, nos limitemos a cargar el cuadro en el avión.

—Estamos más que preparados —declaró Ruth tercamente—. De todas maneras, te llevaré al depósito para que lo veas con tus propios ojos. Espera un poco. Tengo que averiguar si me han llamado y decirle a mi secretaria adónde voy.

Ansiosa, Anna deambuló de un extremo a otro de la recepción y se preguntó si Ruth telefonearía a Nueva York para contrastar sus explicaciones. ¿Por qué iba a hacerlo? Hasta entonces Ruth siempre había tratado con ella.

Ruth regresó en un par de minutos.

—Esto acaba de llegar —afirmó y entregó a Anna un correo

electrónico. A la experta en arte se le encogió el corazón—. Es la confirmación de que el señor Leapman aterrizará esta tarde entre las siete y las siete y media. Pretende que lo esperemos en la pista y estemos a punto para cargar el cuadro, ya que desea emprender el regreso en menos de una hora.

—Muy típico de Leapman —comentó Anna.

—En ese caso, será mejor que nos pongamos en marcha —propuso Ruth y echó a andar hacia la puerta.

La doctora Petrescu asintió, salió del edificio y ocupó el asiento del acompañante del Range Rover de Ruth.

—Lo que le ha sucedido a lady Victoria es espantoso —añadió Ruth, dio la vuelta y condujo hacia el extremo sur de la terminal de carga—. La prensa se ha puesto las botas con la historia de ese asesinato... criminal misterioso, el cuello cortado con un cuchillo de cocina y la policía que sigue sin detener a nadie.

Anna permaneció en silencio y las palabras «cuello cortado» y «criminal misterioso» resonaron en su cerebro. Se preguntó si ese era el motivo por el que Arabella le había dicho que la consideraba valiente.

Ruth frenó frente a un edificio de cemento, de aspecto anodino, que en el pasado Anna había visitado varias veces. La experta en arte consultó la hora: las 15.40.

Ruth mostró el pase de seguridad al guardia, que se apresuró a abrir la puerta de seguridad, de diez centímetros de grosor. Las acompañó por un largo pasillo de cemento gris que para Anna era igual a un búnker. Se detuvo junto a otra puerta de seguridad que disponía de teclado digital. Ruth esperó a que el guardia se apartase y marcó un número de seis dígitos. Abrió la pesada puerta y entraron en una habitación cuadrada de cemento. El termómetro de la pared marcaba veinte grados.

La estancia estaba revestida de estanterías de madera llenas de cuadros que aguardaban su traslado a diversas zonas del mundo. Todos estaban embalados en las distintivas cajas rojas de Art Locations. Ruth repasó el inventario antes de cruzar la estancia y dirigirse a una hilera de estanterías. Tocó una caja con el número 47 escrito en las cuatro esquinas.

Deseosa de ganar tiempo, Anna se acercó lentamente. Echó un vistazo al inventario: número 47, Vincent Van Gogh, *Autorretrato con la oreja vendada*, 60 por 46 centímetros.

—Me parece que está todo en orden —comentó Anna en el preciso momento en el que el guardia reapareció en la puerta.

—Señora Parish, lamento molestarla, pero afuera hay dos agentes de seguridad de Sotheby's y dicen que han recibido instrucciones de recoger un Van Gogh para someterlo a tasación.

—¿Sabías algo de esto? —inquirió Ruth y se volvió para mirar a Anna.

—Sí, claro —respondió la doctora Petrescu sin pestañear—. Por cuestiones de seguros, el presidente me ha pedido que haga tasar el Van Gogh antes de que viaje a Nueva York. Solo lo necesitan una hora y lo devolverán inmediatamente.

—El señor Leapman no lo mencionó. Tampoco figura en su correo electrónico.

—Si quieres que te sea sincera, Leapman es un inculto de tomo y lomo que no distingue a Van Gogh de Van Morrison. —Anna se tomó un respiro. En condiciones normales jamás corría riesgos, pero no podía permitir que Ruth llamase a Fenston para comprobarlo—. Si te queda alguna duda, ¿por qué no llamas a Nueva York y hablas con Fenston? Así quedará todo aclarado.

La experta en arte esperó atacada de los nervios mientras Ruth analizaba su propuesta.

—¿Y aguantar otra bronca? No, gracias, te tomo la palabra. ¿Asumirás la responsabilidad de firmar la orden de salida?

—Por descontado. No es más que mi deber fiduciario en tanto funcionaria del banco —replicó Anna con la esperanza de que sus palabras sonasen suficientemente pomposas.

—¿También explicarás el cambio de planes al señor Leapman?

—No será necesario. El cuadro estará de vuelta mucho antes de que el avión aterrice.

Ruth se mostró aliviada y se dirigió al guardia:

—Es el número cuarenta y siete.

Ambas acompañaron al guardia mientras recogía el paquete rojo de la estantería y lo trasladaba a la camioneta blindada de Sotheby's.

—Firme aquí —pidió el conductor.

Anna se adelantó y firmó el documento de salida.

—¿Cuándo devolverán el cuadro? —preguntó Ruth al conductor.

—No me han dicho nada de...

—He pedido a Mark Poltimore que lo devuelva dentro de dos horas —intervino Anna.

—Más nos vale que esté aquí antes de que el señor Leapman aterrice, ya que no me gustaría enemistarme con ese hombre.

—¿Te quedarás más tranquila si acompaño la obra a Sotheby's? —inquirió Anna inocentemente—. Tal vez pueda acelerar la tasación.

—¿Estás dispuesta a hacerlo? —quiso saber Ruth.

—Dadas las circunstancias, supongo que es lo más sensato —replicó Anna; subió a la parte delantera de la camioneta y se sentó entre ambos transportistas.

Ruth la despidió con la mano mientras la camioneta franqueaba la puerta del perímetro y se unía al tráfico de última hora de la tarde que se dirigía a Londres.

24

El jet para ejecutivos Gulfstream V de Bryce Fenston se posó en Heathrow a las 19.22. Ruth estaba en la pista, a punto para saludar al representante del banco. Ya había avisado a la aduana de todos los detalles pertinentes a fin de que completasen el papeleo en cuanto Anna regresase.

Durante la última hora, Ruth había dedicado cada vez más tiempo a vigilar la verja principal y a desear que reapareciese la camioneta blindada. Había telefoneado a Sotheby's y la secretaria le había asegurado que el cuadro había llegado. Desde entonces habían transcurrido más de dos horas. Tal vez debería haber llamado a Nueva York para confirmar las palabras de Anna, pero tampoco tenía demasiado sentido poner en duda lo que decía uno de sus clientes más fiables. Ruth se concentró en el jet y decidió guardar silencio. Al fin y al cabo, estaba segura de que Anna se presentaría en cuestión de minutos.

La portezuela del fuselaje se abrió y la escalerilla se desplegó hasta tocar el suelo. La azafata se hizo a un lado para permitir que el único pasajero abandonase el avión. Karl Leapman pisó la pista, estrechó la mano de Ruth y se dirigieron al asiento trasero de la limusina del aeropuerto para realizar el corto trayecto hasta la sala privada. No se molestó en presentarse, ya que dio por sentado que la mujer sabía quién era.

—¿Algún problema? —preguntó Leapman.

—Que yo sepa, no —respondió Ruth confiada mientras el chófer paraba a las puertas del edificio para ejecutivos—. A pesar de la trágica muerte de lady Victoria, hemos cumplido sus instrucciones al pie de la letra.

—Muy bien —dijo Leapman y se apeó de la limusina—. El banco enviará una corona a su funeral. —Sin detenerse a tomar aire, preguntó—: ¿Está todo listo para emprender el regreso?

—Sí —confirmó Ruth—. Cargaremos el cuadro a bordo en cuanto el comandante termine de repostar... operación que no durará más de una hora. Luego podrá ponerse en camino.

—Me alegro —afirmó Leapman y empujó las puertas de batiente—. Tenemos un hueco reservado a las ocho y media y no me gustaría perderlo.

—En ese caso, tal vez lo más sensato es que vaya a supervisar el traslado. De todos modos, le avisaré en cuanto el autorretrato esté perfectamente colocado a bordo.

Leapman asintió y se repantigó en un sillón de cuero. Ruth se volvió para irse.

—Señor, ¿le apetece beber algo? —preguntó el camarero.

—Un whisky con hielo —respondió Leapman y estudió la reducida carta de platos para cenar.

Al llegar a la puerta, Ruth se giró y añadió:

—Cuando Anna vuelva, ¿le dirá que estoy en la aduana y que la espero para completar el papeleo?

—¿Anna? —inquirió Leapman y se incorporó de un salto.

—Sí, Anna. Ha pasado aquí casi toda la tarde.

—¿Y qué ha hecho? —quiso saber Leapman mientras acortaba distancias con Ruth.

—Pues comprobar el manifiesto y cerciorarse de que se cumplían las órdenes del señor Fenston —replicó Ruth y se esforzó por que su voz sonase relajada.

—¿Qué órdenes?

—Las órdenes de enviar el Van Gogh a Sotheby's a fin de que lo tasen para asegurarlo.

—El presidente jamás dio semejante orden.

—Verá, Sotheby's envió una camioneta y la doctora Petrescu confirmó las instrucciones.

—Petrescu fue despedida hace tres días. Póngame ahora mismo con Sotheby's. —Ruth corrió hasta el teléfono y marcó el número principal—. ¿Con quién trata Petrescu en Sotheby's?

—Con Mark Poltimore —respondió Ruth y pasó el teléfono a Leapman.

—Con Poltimore —chilló Leapman en cuanto oyó que decían Sotheby's y solo entonces se percató de que hablaba con un contestador. Colgó profundamente contrariado—. ¿Tiene el número privado de Poltimore?

—No —repuso Ruth—, pero tengo un móvil.

—En ese caso, llame.

Ruth buscó rápidamente el número en su miniagenda ordenador y volvió a marcar.

—¿Mark? —preguntó.

Leapman le arrebató el teléfono y preguntó:

—¿Poltimore?

—Al habla.

—Me llamo Leapman y soy el...

—Señor Leapman, sé perfectamente quién es —precisó Mark.

—Me alegro, porque tengo entendido que nuestro Van Gogh está en su poder.

—Para ser precisos, lo estaba hasta que la doctora Petrescu, su directora de arte, nos comunicó sin darnos la más mínima oportunidad de examinar el cuadro, que usted había cambiado de parecer y quería que el lienzo volviese directamente a Heathrow para su traslado inmediato a Nueva York —replicó Mark.

—¿Y le hizo caso? —inquirió Leapman y a cada palabra que pronunció su voz subió de tono.

—Señor Leapman, no teníamos otra opción. Al fin y al cabo, era su nombre el que figuraba en el manifiesto.

25

—Hola, soy Vincent.

—Hola. ¿Es cierto lo que acabo de oír?

—¿Qué han dicho?

—Que has robado el Van Gogh.

—¿Lo han denunciado a la policía?

—No, el jefe no puede correr ese riesgo, entre otras cosas porque nuestras acciones siguen bajando y porque el cuadro no estaba asegurado.

—En ese caso, ¿qué trama?

—Ha enviado a alguien a Londres para que te siga los pasos, pero no he logrado averiguar de quién se trata.

—Puede que yo no esté en Londres cuando lleguen.

—¿Dónde estarás?

—Me voy a casa.

—¿El cuadro está a salvo?

—Tanto como puede estarlo en una casa.

—Me alegro. Hay algo más que deberías saber.

—¿De qué se trata?

—Esta tarde Fenston asistirá a tu funeral.

La comunicación se interrumpió: cincuenta y dos segundos.

Anna colgó, cada vez más preocupada por los peligros que Tina corría por su culpa. ¿Cómo reaccionaría Fenston si supiera a qué se debía que ella siempre estuviera un paso por delante?

Regresó al mostrador de salidas.

—¿Tiene que facturar equipaje? —preguntó la mujer sentada al otro lado del mostrador. Anna retiró la caja roja del carrito portaequipajes y la depositó sobre la balanza. Al lado colocó la maleta—. Señora, lleva mucho peso de más. Lamentablemente, tendremos que cobrarle treinta y dos libras por exceso de equipaje. —Anna sacó el dinero del billetero mientras la mujer pegaba una etiqueta en la maleta y ponía en el embalaje rojo un gran adhesivo en el que se leía «Frágil»—. Puerta cuarenta y tres —añadió y le entregó el billete—. Embarcarán aproximadamente dentro de media hora. Que tenga un buen vuelo.

Anna echó a andar hacia la puerta de salidas.

Quienquiera que Fenston enviase a Londres para rastrearla llegaría mucho después de que ella hubiese emprendido el vuelo. Anna era muy consciente de que les bastaba leer con atención su informe para saber dónde estaría el cuadro. Lo único que necesitaba era cerciorarse de que se les adelantaba. Ante todo debía telefonear a un hombre con quien no había hablado desde hacía más de diez años y anunciarle que estaba de camino. Subió al primer piso por la escalera mecánica y se unió a la larga cola que esperaba para pasar el control de seguridad.

—Se dirige a la puerta cuarenta y tres —informó una voz—. A las ocho cuarenta y cuatro partirá en el vuelo 272 de British Airways, con destino a Bucarest...

Fenston se introdujo en la fila de dignatarios mientras el presidente Bush y el alcalde daban la mano a un grupo de elegidos que asistieron al último oficio en la Zona Cero.

Fenston remoloneó hasta que el helicóptero del presidente despegó, momento en el que se acercó a los demás asistentes a la ceremonia. Se detuvo detrás del gentío y escuchó a medida que pronunciaron los nombres de las víctimas, después de los cuales se oyó el tañido de una campana.

«Greg Abbot...»

Fenston paseó la mirada a su alrededor.

«Kelly Gullickson...»

El presidente de la entidad financiera escrutó los rostros de los parientes y amigos que se habían congregado para rendir homenaje a sus seres queridos.

«Anna Petrescu...»

Fenston sabía que la madre de Petrescu vivía en Bucarest y que no asistiría al servicio. Miró con más atención a los desconocidos apiñados y se preguntó cuál era el tío George de Danville.

«Rebecca Rangere...»

Fenston miró a Tina. La muchacha tenía los ojos llenos de lágrimas que, ciertamente, no había derramado por Petrescu.

«Brulio Real Polanco...»

El sacerdote inclinó la cabeza. Rezó, cerró la Biblia e hizo la señal de la cruz al tiempo que decía:

—En el nombre del Padre, del Hijo y del Espíritu Santo.

—Amén —fue la respuesta colectiva.

Tina miró a Fenston, comprobó que no había vertido una sola lágrima y percibió su costumbre habitual de pasar el peso del cuerpo de un pie al otro, indicio seguro de que se aburría. Mientras los demás formaron corros para evocar a las víctimas, solidarizarse y dar el pésame, Fenston se marchó sin compadecerse de nadie. Y nadie se unió al presidente del banco cuando caminó decidido hacia el coche que lo aguardaba.

Tina continuó junto a un grupito de deudos, pero no le quitó ojo de encima a su jefe. El chófer mantuvo abierta la portezuela. Fenston subió y se sentó junto a una mujer que Tina jamás había visto. No hablaron hasta que el chófer ocupó el asiento del conductor y tocó un botón del salpicadero, después de lo cual a sus espaldas se elevó la pantalla de cristal ahumado.

El coche comenzó a rodar y se sumó al tráfico del mediodía. Tina vio que el presidente se perdía a lo lejos. Esperaba que Anna no tardase en llamar, ya que tenía muchas cosas que contarle; además, debía averiguar quién era la mujer que esperaba a Fenston. ¿Acaso hablaban de Anna? ¿Tina había sometido a su amiga a riesgos innecesarios? ¿Dónde estaba el Van Gogh?

La mujer sentada junto a Fenston vestía un traje de pantalón gris. El anonimato era su mayor ventaja. A pesar de que hacía casi veinte años que se conocían, jamás había visitado a Fenston en su despacho ni en su apartamento. Había conocido a Nicu Munteanu cuando este hacía campaña por el presidente Nicolae Ceausescu.

Durante el reinado de Ceausescu, la principal responsabilidad de Fenston consistió en distribuir ingentes sumas de dinero en incontables cuentas bancarias de entidades de todo el mundo: sobornos para los leales secuaces del dictador. Cuando dejaban de ser leales, la mujer que estaba sentada a su lado los eliminaba y Fenston redistribuía los haberes congelados. Su especialidad era el blanqueo de dinero en lugares tan distantes como las islas Cook y tan próximos como Suiza. La especialidad de la mujer consistía en deshacerse de los cuerpos y su instrumento favorito era el cuchillo de cocina, que podía comprar en cualquier ferretería de cualquier ciudad y que, a diferencia de las armas, no requería licencia.

Ambos sabían, literalmente, dónde estaban enterrados los cadáveres.

En 1985 Ceausescu decidió enviar a su banquero privado a Nueva York a fin de que abriese una sucursal en el extranjero. Durante los cuatro años siguientes, Fenston perdió el contacto con la mujer sentada a su lado, pero en 1989, Ceausescu fue detenido por sus compatriotas, juzgado y ejecutado el día de Navidad. Entre los que se libraron de esa suerte estaban Olga

Krantz, que cruzó siete fronteras para llegar a México, país desde el que se introdujo en Estados Unidos y se convirtió en una más de los incontables inmigrantes ilegales que no reclaman el subsido de desempleo y viven de los pagos en efectivo de los patrones sin escrúpulos. Ahora estaba sentada junto a su patrón.

Fenston era una de las contadas personas que conocía la verdadera identidad de Krantz. La había visto por primera vez por televisión cuando Olga tenía catorce años y representaba a Rumanía en una competición internacional de gimnasia contra la Unión Soviética.

Krantz quedó segunda, detrás de su compañera de equipo Mara Moldoveanu, y la prensa se dedicó a decir que obtendrían el oro y la plata en los siguientes Juegos Olímpicos. Por desgracia, ninguna de las dos realizó el viaje a Moscú. Moldoveanu murió en circunstancias trágicas e imprevistas, pues al intentar un doble salto mortal se cayó de la barra fija y se desnucó. En ese momento Krantz era la única persona que se encontraba en el gimnasio. Se comprometió a ganar la medalla de oro en recuerdo de su compañera de equipo.

La desaparición de Krantz no fue tan trágica. Pocos días antes de que se seleccionase el equipo olímpico, Olga se fastidió el tendón de la corva mientras calentaba para realizar el ejercicio de suelo. Supo que no tendría otra oportunidad. Como todos los atletas que no dan la talla, su nombre no tardó en dejar de sonar. Fenston supuso que no volvería a saber de ella, hasta que una mañana le pareció que la veía salir del despacho privado de Ceausescu. Tal vez la mujer baja y musculosa parecía algo mayor, pero lo cierto es que no había perdido la agilidad de movimientos y que era imposible olvidar esos ojos grises como el acero.

A Fenston le bastó hacer las preguntas pertinentes a quien correspondía para saber que Krantz era la jefa del equipo de protección personal de Ceausescu. Su responsabilidad específica consistía en romper los huesos escogidos de aquellos que contrariaban al dictador o a su esposa.

Como todos los gimnastas, Krantz aspiraba a ser la número uno en su disciplina. Tras perfeccionar las rutinas de los ejercicios obligatorios (brazos, piernas y cuellos rotos), Olga se ocupó de los libres: «cuellos rajados», especialidad en la que nadie podía desafiarla y arrebatarle la medalla de oro. Horas y más horas de práctica la condujeron a alcanzar la perfección. Mientras el sábado por la tarde los demás asistían a un partido de fútbol o iban al cine, Krantz pasaba las horas en un matadero de las afueras de Bucarest. Dedicaba los fines de semana a cortar el pescuezo de corderos y terneros. Su plusmarca olímpica era de cuarenta y dos por hora. No hubo un solo matarife que llegara a la final.

Ceausescu le había pagado bien, pero Fenston le pagó mejor. El pacto laboral de Krantz no tenía muchas complicaciones: debía de estar disponible noche y día y no trabajar para nadie más. En doce años sus honorarios habían pasado de doscientos cincuenta mil a un millón de dólares. El vivir al día de la inmensa mayoría de los inmigrantes ilegales no iba con ella.

Fenston retiró una carpeta de su maletín y, sin hacer el menor comentario, se la entregó a Krantz. Esta la abrió y encontró cinco fotografías recientes de Anna Petrescu.

—¿Dónde está en este momento? —preguntó Krantz, que aún no había conseguido suavizar su acento.

—En Londres —repuso Fenston y le pasó otra carpeta.

Olga también la abrió y en esta ocasión retiró una foto en color.

—¿Quién es? —quiso saber.

—Ese hombre es todavía más importante que la chica.

—¿Y a qué se debe que lo sea? —inquirió Krantz mientras estudiaba la foto con más atención si cabe.

—A que, a diferencia de Petrescu, es irremplazable —explicó Fenston—. Hagas lo que hagas, ni se te ocurra liquidar a la chica antes de que te conduzca al cuadro.

—¿Y si no me lleva hasta la obra?

—Lo hará —aseguró Fenston.

—¿Cuál es mi bonificación por secuestrar a un hombre que ya ha perdido una oreja?

—Un millón de dólares. La mitad por adelantado y la otra el día que me lo entregues sano y salvo.

—¿Y por la chica?

—La misma tarifa, pero solo después de que haya asistido por segunda vez a su funeral. —Fenston golpeó la pantalla con los nudillos y el chófer se acercó al bordillo—. Antes de que se me olvide, ya he dado instrucciones a Leapman para que deposite el efectivo en el lugar de costumbre.

Krantz movió afirmativamente la cabeza, abrió la portezuela, descendió del coche y se perdió en medio de la multitud.

15-S

26

—Adiós, Sam —dijo Jack cuando en su móvil sonaron los primeros compases de «Danny Boy». Lo dejó sonar hasta que salió a la calle Cincuenta y cuatro Este porque no quería que el portero oyese la conversación. Pulsó el botón verde y siguió caminando hacia la Quinta Avenida—. Joe, ¿tiene algo para mí?

—Petrescu llegó a Gatwick —informó Joe—. Alquiló un coche y se dirigió directamente a Wentworth Hall.

—¿Cuánto tiempo estuvo en la mansión?

—No más de media hora. Cuando salió pasó por un pub local, realizó una llamada telefónica y siguió rumbo a Heathrow, donde se reunió con Ruth Parish en los despachos de Art Locations. —Jack no lo interrumpió—. Alrededor de las cuatro apareció una camioneta de Sotheby's, que recogió una caja roja...

—¿De qué tamaño?

—Aproximadamente de sesenta por noventa centímetros.

—No es difícil saber qué contiene —opinó Jack—. ¿Adónde se dirigió la camioneta?

—Entregaron el cuadro en la sede de la casa de subastas en el West End.

—¿Y Petrescu?

—Viajó en la camioneta. Cuando el vehículo llegó a Bond Street, dos conserjes descargaron el cuadro y la doctora los siguió al interior del edificio.

—¿Cuánto tardó en salir?

—Veinte minutos. En esta ocasión estaba sola, si bien portaba el embalaje rojo. Petrescu llamó a un taxi, colocó el cuadro en el asiento trasero y fue entonces cuando desaparecieron.

—¿Desaparecieron? —El tono de Jack fue en aumento—. ¿Qué significa que desaparecieron?

—De momento no tenemos muchos agentes disponibles —reconoció Joe—. Casi todos trabajan sin descanso para identificar a los grupos terroristas que podrían haber participado en los ataques del martes.

—Entendido —aceptó Jack y se sosegó.

—Pocas horas después volvimos a encontrarla.

—¿Dónde?

—En el aeropuerto de Gatwick. No olvide que una rubia atractiva que acarrea una caja roja suele llamar la atención en medio del gentío.

—Al agente Roberts se le habría escapado —comentó Jack y llamó a un taxi.

—¿Al agente Roberts? —preguntó Joe.

—Se lo explicaré otro día —repuso el jefe y subió al taxi—. ¿Adónde se dirigía?

—A Bucarest.

—¿Por qué querría trasladar a Bucarest un Van Gogh de valor incalculable? —quiso saber Jack.

—Me juego la cabeza a que cumplía instrucciones de Fenston. Al fin y al cabo, es la ciudad natal de ambos y no creo que exista lugar más adecuado para esconder el cuadro.

—En ese caso, ¿para qué envió a Leapman a Londres si no era necesario que recogiese el autorretrato?

—Supongo que como cortina de humo, lo cual también explicaría los motivos por los que Fenston asistió al funeral de Petrescu, cuando sabe perfectamente que está viva y que sigue trabajando para él.

—Existe otra alternativa que no podemos descartar.

—Jefe, ¿de qué se trata?

—De que Petrescu ya no trabaje para Fenston y haya robado el Van Gogh.

—¿Cree que correría semejantes riesgos sabiendo que Fenston no dudaría en perseguirla?

—No estoy seguro y solo tengo una manera de averiguarlo.

Jack apretó el botón rojo del teléfono y dio al taxista una dirección del West Side.

Fenston apagó el magnetófono y frunció el ceño. Acababan de escuchar la cinta por tercera vez.

—¿Cuándo echaremos a la muy zorra? —se limitó a preguntar Leapman.

—No prescindiremos de sus servicios mientras sea la única persona que puede conducirnos al autorretrato —respondió Fenston.

Leapman frunció el entrecejo.

—¿Has captado lo único que tiene importancia en esa conversación? —inquirió y Fenston enarcó una ceja—. Me refiero a «Me voy». —Fenston no abrió la boca—. Si hubiese empleado el verbo volver y dicho «Vuelvo a casa», se habría referido a Nueva York.

—Pero como empleó el verbo ir, solo se podía referir a Bucarest.

Jack se apoltronó en el asiento del taxi e intentó deducir cuál sería el siguiente movimiento de Petrescu. Aún no había decidido si era una delincuente profesional o una aficionada de tomo y lomo. ¿Qué función desempeñaba Tina en esa ecuación? ¿Era posible que Fenston, Leapman, Petrescu y Forster estuviesen conchabados? En ese caso, ¿por qué Leapman solo estuvo unas horas en Londres antes de emprender el regreso a Nueva York?

Ciertamente, no se había encontrado con Petrescu ni regresado a la Gran Manzana con el cuadro.

En el supuesto de que hubiera decidido moverse por su cuenta, Petrescu tenía que saber que solo era cuestión de tiempo que Fenston diese con ella. Jack no tuvo más remedio que reconocer que ahora la doctora iba por libre y que no parecía saber hasta qué punto corría peligro.

Lo que más lo desconcertaba era la razón por la cual la experta en arte robaría una obra valorada en muchos millones cuando no podía albergar la menor ilusión de deshacerse de una pieza tan conocida sin que cualquiera de sus antiguos colegas se enterase. El mundo del arte era muy pequeño y la cantidad de personas que podían disponer de esas cifras se reducía incluso más. Aunque lo consiguiera, ¿qué haría con el dinero? Intentara donde intentase esconderlo, el FBI rastrearía semejante cantidad en cuestión de horas, sobre todo después de los acontecimientos del martes. No tenía sentido.

Si Petrescu llevaba su audaz jugada hasta la conclusión más evidente, Fenston se llevaría una desagradable sorpresa e indudablemente reaccionaría de acuerdo con su forma de ser.

Cuando el taxi se internó por Central Park, Jack intentó encontrarle sentido a cuanto había sucedido en los últimos días. Incluso se preguntó si después del 11-S lo apartarían del caso Fenston, pero Macy insistió en que no todos los agentes debían investigar pistas terroristas mientras otros delincuentes seguían asesinando y se salían con la suya.

No le había resultado difícil conseguir una orden de registro mientras la experta en arte figuraba en la lista de desaparecidos. Al fin y al cabo, era imprescindible hablar con sus parientes y amigos para averiguar si se había puesto en contacto con ellos. Jack también había planteado al juez la posibilidad remota de que la doctora Petrescu estuviese encerrada en su apartamento e intentara recuperarse de esa experiencia sobrecogedora. El juez firmó la orden sin hacer demasiadas preguntas y manifestó el deseo de que la encontrasen, deseo que ese día tuvo que manifestar varias veces.

Sam se había puesto a llorar desconsoladamente ante la mera mención del nombre de Anna, pero dijo a Jack que lo ayudaría en todo lo que pudiera, lo acompañó al apartamento e incluso abrió la puerta.

Jack deambuló por el piso pequeño y ordenado mientras Sam esperaba en el pasillo. No averiguó mucho más de lo que ya sabía. La libreta de direcciones confirmó el número de teléfono del tío de Anna en Danville y en un sobre figuraban las señas de su madre en Bucarest. Tal vez la única sorpresa fue el pequeño dibujo de Picasso que colgaba en el pasillo y que el artista había firmado a lápiz. El agente del FBI estudió al matador y al toro y llegó a la conclusión de que no se trataba de una reproducción. Le costó creer que Anna lo hubiese robado y colgado en el pasillo para que lo admirasen. ¿Acaso ese dibujo era una gratificación de Fenston por haberlo ayudado a conseguir el Van Gogh? En ese caso, al menos explicaría lo que la experta en arte se proponía. A continuación entró en el dormitorio y vio la única pista que confirmaba que la noche del 11-S Tina había estado en el apartamento. Junto a la cama de Anna había un reloj y Jack miró qué hora marcaba: las 8.46.

Regresó a la sala y echó un vistazo a la foto que había en una esquina del escritorio. Supuso que era Anna con sus padres. Abrió un archivador y encontró un fajo de cartas que no pudo leer. La mayoría estaba firmada por «mamá», aunque una o dos llevaban la rúbrica de «Anton». Jack se preguntó si era un pariente o un amigo. Volvió a mirar la foto y le resultó imposible abstenerse de pensar que, si la conociera, su madre invitaría a Anna a probar su guiso irlandés.

—¡Maldita sea! —exclamó Jack lo suficientemente alto como para que el taxista lo oyese.

—¿Qué pasa?

—Me he olvidado de llamar a mi madre.

—Entonces tiene un problema grave —aseguró el taxista—. Lo sé porque también soy irlandés.

Jack se preguntó si resultaba tan evidente. Tendría que haber llamado a su madre para avisarle que no podría acudir a la «noche del guiso irlandés», en la que solía reunirse con sus progenitores para celebrar la superioridad de la raza gaélica por encima del resto de las criaturas de Dios. Tampoco lo ayudaba ser hijo único. Debería tratar de acordarse de llamarla desde Londres.

Su padre soñaba con que fuese abogado y en su casa habían realizado muchos sacrificios para hacerlo realidad. Tras veintiséis años en el departamento de policía de Nueva York, el padre de Jack había llegado a la conclusión de que las únicas personas que extraían beneficios del delito eran los abogados y los criminales, por lo que su hijo debía decidir qué camino tomaba.

A pesar de los enigmáticos consejos de su padre, Jack se alistó en el FBI pocos días después de graduarse en derecho por la Universidad de Columbia. Cada sábado su padre no dejaba de protestar porque no ejercía la abogacía y su madre le preguntaba cuándo la haría abuela.

Jack disfrutó de todas las facetas de su trabajo en el FBI, desde el instante en el que llegó a Quantico para recibir formación, pasando por su incorporación a la oficina de campo de Nueva York, hasta su ascenso a jefe de investigaciones. Fue el único que se sorprendió cuando se convirtió en el primero de sus contemporáneos en ser ascendido. Hasta su padre lo felicitó, aunque a regañadientes, y no se privó de comentar que eso solo demostraba que habría sido un abogado extraordinario.

Macy también dejó claro que esperaba que Jack ocupase su puesto en cuanto lo trasladasen a Washington. Claro que antes de que todo eso ocurriera Jack tenía que encarcelar al hombre que convertía en fantasías todas esas ideas acerca de un ascenso. No le quedó más opción que reconocer que ni siquiera había tocado con un guante a Bryce Fenston y que estaba obligado a confiar en una aficionada para que le asestase el golpe de gracia.

Dejó de soñar despierto y llamó a su secretaria:

—Sally, quiero un billete en el primer vuelo que salga para Londres con enlace a Bucarest. Me voy a casa a preparar la maleta.

—Jack, debo advertirle que en el aeropuerto Kennedy no hay disponibilidad hasta la semana que viene —respondió la secretaria.

—Sally, métame en un vuelo a Londres. Me da igual si tengo que sentarme al lado del piloto.

Las reglas eran muy simples: cada día Krantz robaba un móvil, llamaba una sola vez al presidente y, una vez concluida la conversación, tiraba el aparato. Así nadie podía rastrearla.

Fenston estaba sentado ante su escritorio cuando parpadeó la lucecita roja de su línea privada. Solo una persona tenía ese número. Respondió a la llamada.

—¿Dónde la has localizado?

—En Bucarest —repuso Fenston y colgó.

Krantz echó al Támesis el móvil de la jornada y llamó a un taxi.

—A Gatwick.

Cuando en Heathrow descendió por la escalerilla, Jack no se sorprendió al ver que Tom Crasanti lo esperaba en la pista. Detrás de su viejo amigo aguardaba un coche con el motor en marcha y otro agente mantenía abierta la portezuela.

Jack y Tom no hablaron hasta que la portezuela se cerró y el vehículo arrancó.

—¿Dónde está Petrescu? —planteó Jack.

—Ya ha aterrizado en Bucarest.

—¿Y el cuadro?

—Lo pasó por la aduana en el carrito portaequipajes.

—Hay que reconocer que esa mujer tiene estilo.

—Estoy de acuerdo —admitió Tom—, pero tal vez no se imagina contra qué se enfrenta.

—Sospecho que está a punto de averiguarlo porque hay una cosa cierta: si robó la obra, yo no seré el único que la busca.

—En ese caso también tendrás que estar atento a la presencia de los otros —acotó Tom.

—Tienes toda la razón. Además, estás suponiendo que llegaré a Bucarest antes de que Petrescu se dirija a su próximo destino.

—Pues no hay tiempo que perder. Un helicóptero permanece a la espera para trasladarte a Gatwick y retrasarán media hora el vuelo a Bucarest.

—¿Cómo lo has conseguido? —quiso saber Jack.

—El helicóptero es nuestro, y el retraso, de los ingleses. El embajador llamó al Foreign Office. No sé lo que dijo —reconoció Tom mientras se detenían junto al helicóptero—, pero solo dispones de media hora.

—Gracias por todo —acotó Jack, se apeó del coche y echó a andar hacia el helicóptero.

En medio del estruendo de los rotores que giraban, Tom gritó:

—¡Recuerda que en Bucarest no tenemos presencia oficial, de modo que te la juegas solo!

27

Anna se dirigió al vestíbulo del Otopeni, el aeropuerto internacional de Bucarest, y empujó el carrito portaequipajes en el que llevaba una caja de madera, una maleta grande y el ordenador portátil. Se quedó paralizada al ver que un hombre corría hacia ella.

Lo miró con recelo. El individuo medía alrededor de metro setenta y cinco, empezaba a quedarse calvo, tenía la tez rubicunda y tupido bigote negro. Seguramente superaba los sesenta años. Vestía un traje ceñido, lo que apuntaba a que antes había sido más delgado.

El desconocido se detuvo frente a Anna y dijo en rumano:

—Soy Sergei. Anton me dijo que usted telefoneó y le pidió que la recogieran. Ya le he reservado habitación en un pequeño hotel del centro de la ciudad.

Sergei cogió el carrito y lo empujó hacia su taxi. Abrió la portezuela trasera de un Mercedes amarillo que había recorrido más de cuatrocientos ochenta mil kilómetros y esperó a que Anna montase para introducir el equipaje en el maletero y sentarse al volante.

Anna miró por la ventanilla y pensó en lo mucho que la ciudad había cambiado desde su nacimiento: se había convertido en una capital pujante y activa que reclamaba su sitio en el concierto europeo. Modernos edificios de oficinas y un elegante centro comercial habían sustituido la monótona fachada comunista de mosaicos grises de hacía solo una década.

Sergei se detuvo a la puerta del hotel situado en una callejuela, retiró el embalaje del maletero mientras Anna se ocupaba del equipaje y se dirigió al hotel.

—Ante todo me gustaría visitar a mi madre —afirmó Anna después de registrarse.

Sergei consultó el reloj.

—La recogeré a eso de las nueve de la mañana. Así tendrá la posibilidad de dormir unas horas.

—Muchas gracias —respondió Anna.

El taxista la vio entrar en el ascensor y desaparecer con la caja roja en las manos.

Hacía cola para embarcar en el avión cuando Jack la vio por primera vez. Se trataba de una técnica de vigilancia básica: uno se repliega ligeramente por si lo siguen. El truco consiste en impedir que el perseguidor se dé cuenta de que uno se ha enterado. Actúa con normalidad y no vuelve la vista atrás. No resulta nada fácil.

Cada noche, después de las clases, el supervisor de Quantico llevaba a cabo un ejercicio de detección de vigilancia y se dedicaba a seguir hasta su casa a uno de los novatos. Si uno lograba perderlo de vista se ganaba sus elogios. Jack hizo algo más: tras deshacerse del supervisor, realizó su propio ejercicio de detección de vigilancia y lo siguió sin que el profesor reparase en lo que hacía.

Jack subió la escalerilla del avión y ni una sola vez volvió la vista atrás.

Poco después de las nueve, cuando salió del hotel, la doctora Petrescu vio que Sergei la esperaba de pie junto al viejo Mercedes.

—Buenos días, Sergei —lo saludó mientras el taxista abría la portezuela.

—Buenos días, señora. ¿Todavía quiere visitar a su madre?

—Sí —repuso Anna—. Vive en...

Sergei hizo un ademán para indicarle que sabía exactamente adónde tenía que llevarla.

Anna sonrió encantada mientras recorría el centro de la ciudad y pasaba junto a una magnífica fuente que no habría desentonado en los jardines de Versalles. En cuanto llegaron a las afueras de la capital, la imagen pasó rápidamente del color al blanco y negro. Al llegar a la abandonada barriada de Berceni, Anna se percató de que al nuevo régimen le quedaba mucho camino por recorrer si pretendía cumplir con el programa de prosperidad para todos que había prometido a los electores tras la caída de Ceausescu. En el transcurso de unos kilómetros Anna regresó a los conocidos escenarios de su juventud. Vio que muchos compatriotas caminaban cabizbajos y parecían mayores de lo que en realidad eran. Solo los críos que jugaban a la pelota en la calle no se daban por enterados de la degradación que los rodeaba. A Anna la apenaba que su madre siguiese tan decidida a permanecer en su lugar natal después de que su padre fuera asesinado durante el alzamiento. Infinidad de veces había intentado convencerla de que se reuniese con ella en Estados Unidos, pero no hubo manera.

En 1987 un tío al que no conocía la invitó a visitar Illinois. Incluso le envió doscientos dólares para ayudarla a pagar el billete. Su padre le aconsejó que se marchase inmediatamente, pero fue su madre la que predijo que no regresaría. Anna compró el billete de ida y el tío se comprometió a pagar el de vuelta cuando su sobrina quisiera regresar.

Por aquel entonces Anna tenía diecisiete años y se enamoró de Estados Unidos incluso antes de que el barco atracase. Al cabo de unas pocas semanas, Ceausescu aplicó severas medidas contra todo aquel que se atrevió a oponerse a su régimen draconiano. El padre advirtió a Anna por carta que si regresaba correría riesgos.

Fue su última carta. Tres semanas después se unió a los rebeldes y no volvieron a verlo.

Anna echaba muchísimo de menos a su madre y no cesó de repetirle que se reunieran en Illinois, pero la respuesta fue siempre la misma: «Esta es mi tierra, el lugar donde nací y en el que moriré. Soy demasiado vieja para emprender una nueva vida». Anna la regañó por considerarse vieja. Su madre solo tenía cincuenta y un años, pero eran cincuenta y un años rumanos y tercos, así que aceptó a regañadientes que nada la haría cambiar de parecer. Un mes después, su tío George la inscribió en la escuela local. Los disturbios no cesaron en Rumanía, por lo que Anna terminó los estudios y posteriormente aprovechó la posibilidad de hacer un doctorado en la Universidad de Pensilvania, en una disciplina sin barreras idiomáticas.

La doctora Petrescu no dejó de escribir cada mes a su madre, pese a que estaba claro que las misivas no le llegaban, ya que las respuestas irregulares que recibió a menudo incluían preguntas a las que ya había contestado.

Al concluir los estudios y empezar a trabajar en Sotheby's, la primera decisión que Anna tomó consistió en abrir en Bucarest una cuenta bancaria a nombre de su madre, a la que el primero de cada mes transfería cuatrocientos dólares, a pesar de que habría preferido...

—La esperaré —dijo Sergei cuando el taxi paró frente a un destartalado bloque de pisos de la *piata* Resitei.

—Gracias.

Anna contempló la finca anterior a la Segunda Guerra Mundial en la que había nacido y en la que todavía vivía su madre. Se preguntó en qué había gastado el dinero su progenitora. Pisó el sendero atiborrado de hierbajos que de pequeña le había parecido anchísimo porque era incapaz de atravesarlo de un salto.

Los niños que jugaban a la pelota en la calle miraron con recelo a la desconocida que vestía elegante chaqueta de hilo, tejano con rotos a la última moda y finísimas zapatillas y que recorrió el sendero desgastado y lleno de agujeros. Ellos también llevaban tejanos rotos. Pese a sus intentos, el ascensor no se movió, por lo que Anna llegó a la conclusión de que nada cambia y se dijo que por ese motivo los apartamentos más buscados eran los de las plantas inferiores. Le costaba entender que su madre no se hubiese mudado hacía años. Le había enviado dinero más que suficiente para que alquilase un piso cómodo en otro barrio. A medida que subía la escalera su sentimiento de culpa fue en aumento. Había olvidado que era espantoso y que, como los niños que jugaban a la pelota en la calle, en el pasado fue lo único que conoció.

Cuando llegó al piso dieciséis, Anna hizo un alto para recuperar el aliento. No era de extrañar que su madre casi nunca saliese del apartamento. En los pisos superiores vivían personas mayores de sesenta años que estaban confinadas por motivos de salud. La asaltaron las dudas antes de llamar a la puerta que desde su partida no había visto una mano de pintura.

Esperó un rato hasta que una señora frágil, de pelo blanco y vestida de negro de la cabeza a los pies abrió la puerta, aunque solo unos centímetros. Madre e hija se miraron. Repentinamente Elsa Petrescu abrió la puerta de par en par, abrazó a su hija y gritó con una voz tan cascada como su aspecto:

—¡Anna, Anna, Anna!

Madre e hija rompieron a llorar.

La anciana no dejó de aferrar la mano de su hija y la hizo entrar en el piso en el que había nacido. Estaba impecable y Anna se acordó de todo porque nada había cambiado: el sofá y las sillas que la abuela les había legado, las fotos de la familia, en blanco y negro y sin enmarcar; un cubo de carbón vacío, una alfombra que de tan gastada resultaba difícil distinguir el dibujo original. La única novedad era el extraordinario cuadro que colgaba de una de las paredes, por lo demás vacías. Al admirar el retrato de su padre, Anna recordó de dónde había surgido su amor al arte.

—Anna, Anna, tengo tantas preguntas que hacerte... ¿Por dónde empiezo? —preguntó Elsa Petrescu sin dejar de estrechar la mano de su hija.

Caía la tarde y Anna aún no había terminado de responder a las preguntas de su madre. Por enésima vez repitió la misma súplica:

—Te lo ruego, mamá, vente a vivir conmigo a Estados Unidos.

—No —respondió con tono desafiante—. Mis amigos y mis recuerdos están aquí. Soy demasiado vieja para emprender una nueva vida.

—En ese caso, ¿por qué no te mudas a otro distrito de la ciudad? Podría conseguirte algo en una planta inferior...

La señora Petrescu respondió quedamente:

—Aquí me casé, aquí naciste, aquí he vivido con tu querido padre durante más de treinta años y aquí moriré cuando Dios decida que ha llegado mi hora. —Sonrió a su hija—. Si me fuera, ¿quién cuidaría de la tumba de tu padre? —inquirió como si jamás hubiese planteado esa pregunta. Miró a su hija a los ojos y, tras hacer una pausa, apostilló—: Ya sabes que estaba encantado de que te fueras a Estados Unidos, a vivir con su hermano... Ahora comprendo que tenía razón.

Anna paseó la mirada a su alrededor.

—¿Por qué no has gastado parte del dinero que te he enviado?

—Lo he gastado, pero no en mí misma —repuso su madre con firmeza—, ya que no quiero nada.

—¿Y en qué lo has gastado?

—En Anton.

—¿En Anton? —repitió Anna.

—Sí, en Anton —confirmó la señora Petrescu—. ¿Te enteraste de que salió de la cárcel?

—Por supuesto. En cuanto detuvieron a Ceausescu me escribió y me pidió una foto de papá. —Anna sonrió y contempló el retrato de su padre.

—Es muy bueno —opinó su madre.

—Ya lo creo —confirmó Anna.

—Anton ha vuelto a su trabajo de siempre en la academia y ahora es profesor de perspectiva. Si te hubieras casado con él serías la esposa de un profesor.

—¿Sigue pintando? —inquirió para evitar la siguiente e ineludible pregunta de su madre.

—Sí —repuso la señora Petrescu—, aunque su responsabilidad principal consiste en dar clases a los graduados de la Universitatea de Arte. En Rumanía es imposible ganarse la vida como pintor —apostilló con pesar—. Con el talento que tiene, Anton tendría que haberse ido a Estados Unidos.

Anna volvió a estudiar el magnífico retrato que Anton había hecho de su padre y se dio cuenta de que su madre tenía razón; el profesor poseía tantos dones que en Nueva York habría prosperado.

—¿A qué dedica el dinero?

—Compra telas, pintura, pinceles y el resto de los materiales que sus alumnos no pueden pagar. Como verás, tu generosidad sirve para una buena finalidad. —La señora Petrescu hizo una pausa—. Anna, ¿verdad que Anton fue tu primer amor?

La experta en arte no se imaginaba que un comentario de su madre todavía la hiciese ruborizar.

—Sí —reconoció—. También supongo que yo fui el suyo.

—Ahora está casado y tiene un niño pequeño que se llama Peter. —Hizo otra pausa—. ¿Tienes algún amigo especial?

—No, mamá.

—¿Es por eso que has vuelto? ¿Huyes de algo o de alguien?

—¿Por qué me lo preguntas? —inquirió Anna a la defensiva.

—Porque tu mirada transmite tristeza y miedo —respondió y miró a su hija—. Ni de pequeña eras capaz de ocultar esos sentimientos.

—Tengo un par de problemas, pero con el tiempo se resolverán —repuso Anna y sonrió—. Dicho sea de paso, creo que Anton podría ayudarme a resolver un contratiempo y me gustaría reunirme con él en la academia a tomar algo. ¿Quieres que le diga algo de tu parte? —La madre no respondió. Se había quedado dormida. Anna acomodó la mantita que le cubría las piernas y la besó en la frente antes de musitar—: Mamá, volveré mañana por la mañana.

Salió del apartamento sin hacer ruido. Bajó por la escalera llena de trastos y se alegró al ver que el viejo Mercedes amarillo seguía aparcado junto al bordillo.

28

Anna regresó al hotel y, tras una ducha rápida y cambiarse de ropa, el chófer la llevó a la academia de arte de la *piata* Universitatii.

Con el paso del tiempo el edificio no había perdido su elegancia ni encanto y al ascender por la escalinata en dirección a las impresionantes puertas talladas, Anna se sintió abrumada por los recuerdos de su introducción a las grandes obras de arte expuestas en galerías que entonces estaba segura de que jamás visitaría. Se dirigió a la recepción y preguntó dónde tenía lugar la conferencia del profesor Teodorescu.

—En la sala principal del tercer piso —respondió la joven que se encontraba detrás del mostrador—. Debe saber que ya ha comenzado.

Anna dio las gracias a la estudiante y, sin pedir ayuda, subió por la ancha escalinata de mármol que conducía al tercer piso. Se detuvo y leyó el cartel colgado en el pasillo:

LA INFUENCIA DE PICASSO EN EL ARTE DEL SIGLO XX
profesor Anton Teodorescu
ESTA NOCHE A LAS 19.00

No le hizo falta la flecha que señalaba en la dirección correspondiente. Abrió la puerta con delicadeza y se alegró al ver que la sala de conferencias estaba a oscuras. Subió los escalones situados a un costado de la sala y se sentó en la parte trasera.

La diapositiva del *Guernica* llenaba la pantalla. Anton explicaba que el impresionante cuadro fue pintado en 1937, en plena Guerra Civil española, cuando Picasso se encontraba en su apogeo. Añadió que Picasso había tardado tres semanas en plasmar el bombardeo y la matanza resultante y que, indiscutiblemente, la imagen estaba influida por el odio que el artista sentía hacia Franco, el dictador español. Los alumnos escuchaban con atención y varios tomaban notas. El valeroso discurso de Anton hizo que Anna recordase por qué, hacía tantos años, se había enamorado de él, momento en el que no solo perdió la virginidad junto a un artista, sino que inició una aventura para toda la vida con el arte.

Cuando la presentación de Anton concluyó, los embelesados aplausos la convencieron de que los estudiantes habían disfrutado mucho con la conferencia. Anton no había perdido ni un ápice de su habilidad para motivar y alimentar el entusiasmo de los jóvenes por la especialidad que escogían.

Anna observó a su primer amor mientras recogía las diapositivas y las guardaba en un viejo maletín. Alto, anguloso y con la tupida melena oscura y rizada, la vieja chaqueta de pana marrón y la camisa con el cuello abierto le daban aspecto de estudiante eterno. La experta en arte reparó en que Anton había engordado varios kilos, pero eso no le hizo perder atractivo. En cuanto el último estudiante salió, Anna se dirigió a la parte delantera de la sala.

Anton la miró por encima de las gafas de media montura y, evidentemente, se preparó para responder a la pregunta de la alumna que se acercaba. Cuando la reconoció no habló, se limitó a mirarla fijamente.

—¡Anna! —exclamó por fin—. Es una suerte que no supiera que formabas parte de los asistentes, ya que probablemente sabes más que yo sobre Picasso.

Anna lo besó en ambas mejillas, rió y comentó:

—No has perdido tu encanto ni tu capacidad de soltar halagos.

Anton levantó las manos como si se diera por vencido y sonrió de oreja a oreja.

—¿Sergei fue a recogerte al aeropuerto?

—Sí, gracias —replicó Anna—. ¿Dónde lo conociste?

—En la cárcel —respondió Anton—. Tuvo suerte y sobrevivió al régimen de Ceausescu. ¿Ya has visitado a tu bendita madre?

—Así es. He visto que continúa viviendo en condiciones que no son mucho mejores que las de la cárcel.

—Estoy totalmente de acuerdo. Te aseguro que he intentado remediarlo por todos los medios pero, por otro lado, tus dólares y su generosidad permiten que algunos de mis mejores alumnos...

—Lo sé —lo interrumpió Anna—. Mamá me lo ha explicado.

—No puedes ni imaginártelo —prosiguió Anton—. Bien, te mostraré algunos resultados de tu inversión.

Anton cogió a Anna de la mano, como si todavía fueran estudiantes, y la condujo escaleras abajo hasta el largo pasillo de la primera planta, cuyas paredes estaban ocupadas por cuadros realizados con todas las técnicas imaginables.

—Son de los alumnos galardonados este año —explicó el profesor y abrió los brazos como un padre orgulloso—. Cada uno de los cuadros presentados se ha pintado en un lienzo proporcionado por ti. A decir verdad, uno de los galardones lleva tu apellido: el premio Petrescu. —Hizo una pausa—. Me encantaría que escogieses al ganador, lo que no solo me llenaría de orgullo a mí, sino a uno de los estudiantes.

—Me siento muy halagada —admitió Anna sonriente y caminó hacia la larga hilera de lienzos.

Tardó lo suyo en recorrer el largo pasillo y de vez en cuando se detuvo a estudiar más atentamente una imagen. Estaba claro que Anton había transmitido a los estudiantes la importancia de dibujar antes de permitir que se expresasen con otros medios. Solía decir que no era necesario molestarse con el pincel si antes no dominas el lápiz. Por otro lado, la variedad de temas y los osados enfoques demostraban que también había dado pie a que se expresasen. Algunos no lo consiguieron plenamente y otros pusieron de relieve que tenían talento. Al final Anna se detuvo frente a un óleo titulado *Libertad*, que representaba la salida del sol sobre Bucarest.

—Conozco cierto caballero que apreciaría esta obra —comentó.

—Eres tan sutil como siempre —aseguró Anton y sonrió—. Danuta Sekalska es la mejor estudiante de este curso y le han propuesto continuar los estudios en la escuela de bellas artes Slade, de Londres, pero no sabemos si lograremos reunir el dinero para cubrir los gastos. —Consultó la hora—. ¿Tienes tiempo para tomar algo?

—Por supuesto. Debo reconocer que necesito pedirte un favor... —Anna hizo una pausa—. Mejor dicho, se trata de dos favores.

Anton volvió a cogerla de la mano y la guió por el pasillo hacia el comedor de los profesores. Cuando entraron en la sala común, Anna oyó conversaciones afables, ya que los tutores intercambiaban anécdotas y se reunían en corro para disfrutar de algo tan sencillo como un buen café. Por lo visto, no se daban cuenta de que los muebles, las tazas, los platos y hasta es posible que las galletas habrían sido rechazados por cualquier vagabundo que se precie y que acuda a un hostal del ejército de Salvación en el Bronx.

Anton sirvió dos tazas de café.

—Si la memoria no me falla, lo tomas solo. No es lo mismo que un Starbucks, pero todo se andará —bromeó. Varios profesores volvieron la cabeza cuando Anton condujo a su antigua alumna hasta un lugar junto al fuego y se sentó frente a ella—.

Anna, ¿qué puedo hacer por ti? Es indudable que estoy en deuda contigo.

—Tiene que ver con mi madre —respondió quedamente la experta en arte—. Necesito tu ayuda. No consigo que gaste un céntimo en sí misma. Le vendrían muy bien una alfombra nueva, un sofá, un televisor y un teléfono, por no hablar de una mano de pintura a la puerta del apartamento.

—¿Crees que no lo he intentado? ¿De dónde supones que sale tu vena testaruda? Hasta le propuse que se viniera a vivir con nosotros. No es un palacio, pero está muchísimo mejor que el tugurio en el que actualmente vive. —Anton bebió un gran sorbo de café—. Te prometo que volveré a intentarlo... que lo intentaré con más ahínco.

—Te lo agradezco —replicó Anna y permaneció en silencio mientras Anton liaba un cigarrillo—. Veo que no he logrado convencerte de que dejases de fumar.

—A mí no me confunden las deslumbradoras luces de Nueva York —bromeó el profesor y lanzó una carcajada. Encendió el cigarrillo liado a mano y apostilló—: ¿Cuál es el otro favor?

—Tendrás que pensarlo mucho antes de responder —advirtió Anna con tono ecuánime.

Anton dejó la taza de café sobre la mesa, dio una calada profunda y escuchó atentamente mientras su antigua alumna explicaba con todo lujo de detalles cómo podía ayudarla.

—¿Lo has hablado con tu madre?

—No —reconoció Anna—. Creo que es mejor que no sepa los verdaderos motivos por los que he venido a Bucarest.

—¿De cuánto tiempo dispongo?

—De tres, tal vez de cuatro días. Todo depende del éxito que tenga mientras esté fuera —acotó sin dar más explicaciones.

—¿Qué sucederá si me descubren? —quiso saber Anton y volvió a dar una buena calada al cigarrillo.

—Probablemente te meterán en la cárcel.

—Y a ti, ¿qué te harán?

—El lienzo será enviado a Nueva York y utilizado como prueba por parte de la acusación. Si necesitas más dinero para...

—No, todavía tengo más de ocho mil dólares del dinero de tu madre, de modo que...

—¿Has dicho ocho mil?

—En Rumanía un dólar da para mucho.

—¿Puedo sobornarte?

—¿Sobornarme?

—Si aceptas el encargo pagaré los estudios de tu alumna, Danuta Sekalska, en la Slade.

Anton reflexionó, apagó el cigarrillo y murmuró:

—Volverás dentro de tres días.

—Cuatro como máximo —precisó Anna.

—En ese caso, espero ser tan competente como crees.

—Soy Vincent.

—¿Dónde estás?

—Visitando a mi madre.

—En ese caso, no pierdas más tiempo.

—¿Por qué?

—Porque el perseguidor sabe dónde estás.

—Me temo que, en ese caso, volverá a perderme la pista.

—No estoy muy convencida de que el perseguidor sea un hombre.

—¿Por qué lo dices?

—Cuando fui a tu funeral vi que Fenston hablaba con una mujer en el asiento trasero del coche.

—Eso no demuestra que...

—Estoy de acuerdo, pero lo que me preocupa es que hasta ahora jamás la había visto.

—Puede que sea una de las amiguitas del jefe.

—Esa mujer no es amiguita de nadie.

—Descríbela.

—Más o menos metro cincuenta, delgada y con el pelo oscuro.

—Donde voy hay mucha gente así.

—¿Te llevas el cuadro?

—No, lo he dejado donde nadie mirará dos veces para saber si está.

La conexión se interrumpió.

Leapman pulsó el botón de apagado y repitió:

—«Donde nadie mirará dos veces para saber si está».

—Donde nadie mirará —insistió Fenston—. Seguramente sigue en el embalaje original.

—De acuerdo. Lo que me gustaría saber es adónde irá a continuación.

—A un país cuyos habitantes rondan el metro cincuenta, son delgados y tienen el pelo oscuro.

—A Japón —decretó Leapman.

—¿Estás absolutamente seguro? —quiso saber Fenston.

—Lo estoy porque figura en su informe. Intentará vender tu cuadro a la única persona incapaz de rechazarlo.

—A Nakamura —afirmó Fenston.

16-S

29

Jack se había registrado en lo que el llamativo letrero de neón describía como el Bucharesti International. Pasó casi toda la noche subiendo la calefacción porque hacía un frío que pelaba y apagándola porque el ruido era ensordecedor. Se levantó poco después de las seis y se saltó el desayuno, pues temió que sería tan poco fiable como los radiadores.

Desde que subió al avión no había vuelto a ver a la mujer, por lo que había cometido un error o la tía era profesional. Ya no tenía dudas de que Anna trabajaba por su cuenta, lo que significaba que Fenston no tardaría en enviar a alguien para recuperar el Van Gogh. Se preguntó qué se proponía Petrescu y si era consciente de los peligros que corría. Jack había llegado a la conclusión de que el lugar más adecuado para atrapar a Anna sería en una visita a casa de su madre. Esta vez la estaría esperando. Se preguntó si a la mujer a la que había visto mientras hacía cola para embarcar en el avión se le había ocurrido la misma idea y, en ese caso, si era la cobradora de Fenston o trabajaba para un tercero.

El conserje del hotel le entregó un mapa turístico donde figuraban los sectores más bonitos del centro urbano pero no incluía los alrededores, por lo que se acercó al quiosco y compró una guía titulada *Todo lo que hay que saber sobre Bucarest.* No había un solo comentario sobre el barrio de Berceni, donde vivía la madre de Anna, aunque fueron tan amables como para incluir la *piata* Resitei en el mapa desplegable, de mayor tamaño, pegado en la parte posterior de la guía. Con la ayuda de una cerilla que apoyó en la escala, incluida en el ángulo inferior izquierdo de la página, Jack dedujo que el lugar de nacimiento de Anna se encontraba aproximadamente diez kilómetros al norte del hotel.

Tomó la decisión de recorrer a pie la primera mitad de la distancia, no solo porque necesitaba hacer ejercicio, sino porque le resultaría más fácil averiguar si lo vigilaban.

A las 7.30, Jack salió del Bucharesti International y echó a andar a paso vivo.

Anna también pasó mala noche y le costó conciliar el sueño, pues tenía bajo la cama el embalaje rojo. Empezó a dudar de la conveniencia de que Anton asumiera riesgos innecesarios con tal de ayudarla a cumplir su plan, aunque el peligro solo duraría unos pocos días. Habían quedado en encontrarse en la academia a las ocho en punto, hora que ningún estudiante que se precie admite que existe.

Cuando salió del hotel, lo primero que vio fue a Sergei en el viejo Mercedes, aparcado frente a la entrada. Se preguntó cuánto hacía que esperaba. Sergei abandonó el taxi de un salto.

—Buenos días, señora —la saludó y cargó el embalaje rojo en el maletero.

—Buenos días, Sergei —respondió Anna—. Me gustaría ir a la academia, donde dejaré el paquete.

Sergei asintió y abrió la portezuela trasera del Mercedes.

Durante la carrera hasta *piata* Universitatii, Anna se enteró de que Sergei estaba casado desde hacía más de treinta años y tenía un hijo que prestaba servicios en el ejército. Estaba a punto de preguntarle si había conocido a su padre cuando vio a Anton, nervioso y con cara de preocupación, en el escalón más bajo de la academia.

Sergei paró el taxi, se apeó de un salto y retiró el embalaje del maletero.

—¿Es eso? —inquirió Anton y miró con recelo el paquete rojo.

Anna movió afirmativamente la cabeza. Anton se acercó a Sergei mientras subía el paquete por la escalinata. Mantuvo abierta la puerta para que el taxista pasase y ambos entraron en el edificio.

Anna consultó el reloj cada pocos segundos y volvió a dirigir la mirada hacia la entrada de la academia. Los hombres solo se marcharon unos minutos, pero en ningún momento se sintió sola. ¿Acaso el perseguidor enviado por Fenston la vigilaba? ¿Había deducido dónde estaba el Van Gogh? Por fin los hombres reaparecieron con otra caja de madera. Tenía exactamente el mismo tamaño que la anterior, pero las sencillas tablillas de madera no llevaban marcas. Sergei guardó el nuevo paquete en el maletero del Mercedes, lo cerró y se sentó al volante.

—Muchas gracias —dijo Anna y besó a Anton en las mejillas.

—Me costará dormir mientras estés fuera —masculló Anton.

—Volveré dentro de tres o, como máximo, cuatro días —prometió Anna—, momento en el que con mucho gusto te quitaré el cuadro de las manos y nadie tendrá por qué saberlo.

La doctora Petrescu subió al asiento trasero del taxi. Mientras se alejaban, contempló por la luna trasera la desolada figura de Anton, que permanecía de pie en un escalón de la academia y tenía cara de preocupación. Anna se preguntó si su primer amor estaría a la altura de las circunstancias.

Jack no volvió la vista atrás pero, tras correr el primer kilómetro y medio, entró en un supermercado y se ocultó detrás de una columna. Se dispuso a esperar a que la mujer pasara, pero no fue así. Una aficionada habría seguido caminando sin poder resistirse a mirar hacia adentro y tal vez habría experimentado la tentación de entrar. Jack tampoco se rezagó demasiado, ya que no quería despertar las sospechas de la mujer. Compró un bocadillo de beicon y huevo y salió a la calle. Mientras devoraba el desayuno intentó dilucidar por qué lo seguían. ¿A quién representaba la mujer? ¿De qué información disponía? ¿Esperaba esa mujer que él la condujese hasta Anna? ¿Lo habían escogido como blanco de la contravigilancia, el temor innombrable de todos los agentes del FBI, o se había vuelto paranoico?

En cuanto dejó atrás el centro urbano, Jack se detuvo a consultar el mapa. Decidió coger un taxi, pues dudaba de encontrar un coche de alquiler en el barrio de Berceni, del que tal vez tendría que salir por piernas. Montar en taxi ahora podría ayudarlo a perder de vista a la perseguidora, ya que en cuanto abandonasen el centro de la ciudad el coche amarillo llamaría la atención. Volvió a consultar el mapa, en la esquina giró a la izquierda y no volvió la vista atrás ni espió por la inmensa luna de un escaparate. Si la mujer era profesional, esa actitud sería una revelación clarísima. Llamó a un taxi.

Anna pidió a su chófer, que era lo que consideraba a Sergei, que la llevase al mismo bloque de apartamentos que habían visitado la víspera. Le habría encantado telefonear a su madre y avisarle a qué hora llegaría, pero era imposible porque a Elsa Petrescu no le gustaban los teléfonos. En cierta ocasión había comentado que eran como los ascensores: cuando se averían nadie va a repararlos y, por si eso fuera poco, generan facturas innecesarias. Anna sabía que, de haber podido llamar, su madre se habría levantado a las seis para cerciorarse de que, en su piso impecable, todo estaba desempolvado y fregado por tercera vez.

Cuando Sergei aparcó al cabo del sendero cubierto de hierbajos de la *piata* Resitei, Anna dijo que suponía que tardaría una hora y que luego quería dirigirse al aeropuerto de Otopeni. El chófer asintió.

Un taxi paró a su lado. Jack rodeó el coche hasta el lado del conductor y le hizo señas de que bajase la ventanilla.

—¿Habla mi lengua?

—Un poco —replicó el taxista titubeante.

Jack desplegó el mapa y señaló la *piata* Resitei antes de subir al asiento del acompañante. El taxista hizo una mueca de incredulidad y miró a Jack para cerciorarse de que lo que veía era cierto. El agente del FBI movió afirmativamente la cabeza. El taxista se encogió de hombros e inició una carrera que hasta entonces ningún turista había solicitado.

El taxi rodó por el carril central y ambos ocupantes miraron por el retrovisor. Otro taxi los seguía. No se veía pasajero alguno, aunque lo cierto es que a la mujer no se le habría ocurrido sentarse delante. Jack se preguntó si había logrado deshacerse de ella o si viajaba en alguno de los tres taxis que en ese momento vislumbró por el retrovisor. Era profesional, seguramente ocupaba uno de los taxis y, por si eso fuera poco, Jack tuvo la sospecha de que la mujer sabía exactamente adónde iba él.

El agente del FBI era consciente de que las grandes ciudades incluyen barrios empobrecidos, pero jamás se había topado con algo como Berceni, con los horribles rascacielos de cemento que se apiñaban por todas partes de lo que solo es posible describir como tugurios desolados. En Harlem hasta habrían criticado las pintadas.

El vehículo aminoró la marcha y Jack detectó otro Mercedes amarillo aparcado junto al bordillo, varios metros más adelante, en una calle que en el mismo año no había visto dos taxis.

—¡Siga! —ordenó tajantemente, pero el taxista redujo la velocidad.

Jack lo aferró del hombro con firmeza e hizo señales ampulosas para indicarle que continuara en movimiento.

—Este es el lugar al que quería venir —protestó el taxista.

—¡No se detenga! —gritó Jack. El desconcertado conductor se encogió de hombros, aceleró y adelantó al taxi parado—. Gire en la esquina que viene —apostilló Jack y señaló a la izquierda. Más perplejo si cabe, el taxista asintió y esperó nuevas instrucciones—. Dé la vuelta y pare al cabo de la calle.

El taxista obedeció, sin dejar de mirar a Jack y manteniendo la expresión de perplejidad.

En cuanto el taxista se detuvo, Jack se apeó, caminó lentamente hasta la esquina y maldijo el error no forzado que acababa de cometer. Se preguntó dónde estaba la mujer que, evidentemente, no había perpetrado la misma chapuza. El agente se dijo que tendría que haber previsto que Anna ya estaría y que su único medio de transporte probablemente era el taxi.

Jack echó un vistazo al bloque de cemento gris al que Anna había ido a visitar a su madre y prometió que nunca más se quejaría de su pequeño apartamento de un dormitorio en el West Side. Le tocó esperar cuarenta minutos para ver salir a la doctora Petrescu del edificio. Permaneció inmóvil mientras la experta en arte recorría el sendero hacia el taxi.

Jack volvió a montar en su taxi, hizo señas con frenesí y dijo:

—Sígalos, pero guarde las distancias hasta que el tráfico sea más intenso.

El agente del FBI ni siquiera tuvo la certeza de que el taxista entendiera sus palabras. El vehículo abandonó la calle secundaria y, pese a que Jack no cesó de tocar el hombro del taxista y repetir que respetase las distancias, los dos taxis amarillos debieron de parecer camellos en medio del desierto mientras recorrían las calles vacías. Jack volvió a maldecir al darse cuenta de que lo habían descubierto. A esa altura, hasta la persona más chapucera habría detectado su presencia.

Sergei arrancó y preguntó:

—¿Se ha dado cuenta de que alguien la sigue?

—No, pero tampoco me sorprende —respondió Anna, aunque experimentó escalofríos y náuseas cuando Sergei confirmó sus peores temores—. ¿Lo ha visto?

—Muy por encima —repuso Sergei—. Es un hombre de entre treinta y treinta y cinco años, delgado y de pelo oscuro. Lamentablemente no he visto mucho más. —La primera reacción de Anna consistió en pensar que Tina se había equivocado al suponer que el perseguidor era mujer. Sergei acotó—: Es un profesional.

—¿Por qué lo dice? —inquirió preocupada la experta en arte.

—Cuando el taxi nos adelantó, el hombre no miró hacia atrás. De todas maneras, no puedo decir de qué lado de la ley está ese hombre. —Anna se estremeció mientras Sergei miraba por el retrovisor—. Estoy seguro de que ahora nos sigue, pero no se dé la vuelta porque entonces sabrá que usted ha detectado su presencia.

—Gracias —añadió Anna.

—¿Todavía quiere que la lleve al aeropuerto?

—No tengo más alternativas.

—Podría deshacerme de ese hombre —propuso Sergei—, pero entonces se enteraría de que usted lo ha descubierto.

—No tiene demasiado sentido —opinó Anna—. Ya sabe adónde voy.

Por si se producía una emergencia como esa, Jack siempre llevaba consigo el pasaporte, la cartera y la tarjeta de crédito. Maldijo para sus adentros al ver el cartel del aeropuerto y recordar que la maleta deshecha seguía en la habitación del hotel.

Tres o cuatro taxis más también se dirigían al Otopeni y Jack se preguntó en cuál viajaba la mujer o si ya había llegado al aeropuerto para coger el mismo vuelo que Anna Petrescu.

Mucho antes de que llegasen al aeropuerto Otopeni, Anna entregó a Sergei un billete de veinte dólares y le informó en qué vuelo regresaría.

—¿Podrá venir a recogerme?

—Por supuesto —prometió Sergei y paró frente a la terminal internacional.

—¿Todavía nos sigue?

—Sí —repuso Sergei y se apeó. Apareció un mozo de equipajes, que ayudó a cargar la caja y la maleta en un carrito—. Aquí estaré cuando regrese —aseguró el chófer antes de que Anna entrase en la terminal.

El vehículo en el que iba Jack paró con un chirrido de frenos detrás del Mercedes amarillo. Bajó de un salto, corrió hacia la ventanilla del lado del conductor del Mercedes y agitó un billete de diez dólares. Sergei bajó lentamente la ventanilla y cogió el dinero. Jack sonrió y preguntó:

—¿Sabe adónde se dirige la señora que acaba de apearse de su coche?

—Sí —respondió Sergei y se atusó el espeso bigote.

Jack mostró otro billete de diez dólares, que Sergei guardó alegremente en el bolsillo.

—Venga, ¿adónde va?

—Al extranjero —respondió Sergei, puso la primera y se largó.

Jack soltó sapos y culebras por la boca, corrió hasta su taxi, pagó los tres dólares que había costado la carrera y entró apresuradamente en el aeropuerto. Se detuvo y miró en todas direcciones. Segundos después reparó en que Anna se apartaba del mostrador de embarque y se dirigía a la escalera mecánica. No se movió hasta que la experta en arte desapareció de su vista. Cuando el agente llegó a lo alto de la escalera mecánica, la doctora Petrescu ya se había instalado en la cafetería. Había ocupado una mesa del rincón, desde la que podía observarlo todo y, lo que es más importante si cabe, a todos. Jack se percató de que no solo lo seguían, sino que la persona a la que él seguía también estaba atenta a sus movimientos. La doctora Petrescu había dominado eso de ser un instrumento, por lo que podía identificar a su blanco. Jack temió que esa situación acabara en Quantico como ejemplo del modo en el que no hay que seguir a un sospechoso.

Desanduvo lo andado hasta la planta baja y repasó la pantalla de salidas. Ese día de Bucarest solo despegaban cinco vuelos internacionales a Moscú, Hong Kong, Nueva Delhi, Londres y Berlín.

El agente del FBI descartó Moscú porque la salida estaba prevista cuarenta minutos más tarde y Anna seguía en la cafetería. Nueva Delhi y Berlín no estaban programados hasta entrada la tarde y Hong Kong también le pareció improbable, pese a que faltaban poco menos de dos horas para la salida, mientras que el vuelo de Londres salía un cuarto de hora después. Llegó a la conclusión de que tenía que ser Londres, pero no podía correr tantos riesgos, por lo que decidió comprar dos billetes, uno para Hong Kong y otro para Londres. Si la doctora Petrescu no se presentaba en la puerta de embarque del vuelo a Hong Kong, Jack subiría al avión con destino a Heathrow. Se preguntó si la otra perseguidora evaluaba las mismas opciones, pero tuvo la sensación de que ya sabía qué vuelo cogería Anna.

En cuanto compró sendos billetes y explicó dos veces que no llevaba equipaje, Jack se dirigió a la puerta treinta y tres para realizar la vigilancia en el punto candente. Al llegar se sentó entre los pasajeros que, en la puerta treinta y uno, aguardaban la salida del vuelo a Moscú. Pensó fugazmente en regresar al hotel, recoger el equipaje, pagar y volver al aeropuerto, pero enseguida lo desechó porque la opción entre perder sus pertenencias o a la sospechosa no era realmente una elección.

Jack llamó con el móvil al director del Bucharesti International y, sin entrar en detalles, explicó lo que necesitaba. Imaginó la expresión de desconcierto del director cuando pidió que hicieran su equipaje y lo dejasen en recepción. Por otro lado, la alusión a que añadiría veinte dólares a la factura llevó al director del hotel a responder que se ocuparía personalmente del encargo.

El agente del FBI se preguntó si Anna utilizaba el aeropuerto como señuelo cuando, en realidad, se proponía regresar a Bucarest y recuperar el embalaje rojo. Llegó a la conclusión de que se había comportado de una manera muy poco profesional al perseguir al taxista de la doctora Petrescu. Si Anna se hubiera percatado de que alguien la seguía, como aficionada su primera reacción habría consistido en tratar de deshacerse lo antes posible de su perseguidor. Solamente a un profesional se le ocurriría un truco tan tortuoso para sacarse de encima a alguien. ¿Era posible que Anna fuese profesional y que siguiera trabajando para Fenston? En ese caso, ¿era él el perseguido?

Anna pasó caminando tranquilamente mientras embarcaba el pasaje del vuelo 3211, con destino a Moscú. Continuó relajada y se puso a esperar con el resto de los pasajeros del vuelo 017 de Cathay Pacific, con destino a Hong Kong. En cuanto la vio sentada en la sala de espera, Jack bajó al vestíbulo y se mantuvo fuera de la vista al tiempo que aguardaba la última llamada para abordar el vuelo 017. Al cabo de cuarenta minutos Jack ascendió por tercera vez por la escalera mecánica.

Aunque en momentos distintos, los tres abordaron el Boeing 747 que volaba a Hong Kong. Uno de nuestros personajes viajaba en primera, otro en business y el tercero en turista.

17-S

30

—Señora, lamento interrumpirla, pero Simpson and Simpson acaba de entregar una caja de grandes dimensiones, con documentos, y me gustaría saber dónde quiere que la ponga.

Arabella dejó la pluma sobre el escritorio y levantó la cabeza.

—Andrews, ¿recuerda los tiempos en los que yo era una niña y usted ocupaba el puesto de segundo mayordomo?

—Los recuerdo, señora —replicó Andrews y su tono fue de ligero desconcierto.

—¿Recuerda que cada Navidad jugábamos a «la caza del paquete»?

—Ya lo creo, señora.

—Una Navidad usted escondió una caja de bombones. Victoria y yo dedicamos la tarde entera a buscarlos... y jamás los encontramos.

—Así es, señora. Lady Victoria me acusó de habérmelos comido y se echó a llorar.

—Y usted se negó a decirle dónde estaban.

—Tiene razón, señora. Debo reconocer que su padre me prometió seis peniques a cambio de que no revelase dónde los oculté.

—¿Por qué no quería que lo supiéramos? —inquirió Arabella.

—El señor deseaba pasar una pacífica tarde navideña y disfrutar de una copa de oporto y de un cigarro tranquilo con la certeza de que sus hijas estarían muy ocupadas.

—Nunca encontramos los bombones —reconoció Arabella.

—Yo jamás recibí los seis peniques —acotó Andrews.

—¿Todavía recuerda dónde escondió la caja de bombones? Andrews reflexionó unos segundos y una sonrisa demudó sus facciones.

—Desde luego, señora. Por lo que sé, siguen allí.

—Me alegro, ya que me gustaría que guardase en el mismo sitio la caja que Simpson y Simpson acaba de entregar.

—Como le plazca, señora —dijo Andrews e intentó poner cara de que sabía a qué se refería su señora.

—Andrews, si las próximas Navidades intento encontrarlos, espero que por nada del mundo me diga dónde están escondidos.

—Señora, ¿en ese caso recibiré los seis peniques?

—Le pagaré un chelín, siempre y cuando nadie descubra dónde están —prometió Arabella.

Anna se acomodó en un asiento de ventanilla del fondo de clase turista. Si el hombre que Fenston había enviado tras ella estaba en el avión, tal como sospechaba, al menos ahora sabría con qué se enfrentaba. La doctora Petrescu se puso a pensar en él, en cómo había deducido que estaría en Bucarest y en cómo había averiguado la dirección de su madre. Se preguntó si ya estaba al tanto de que su siguiente escala era Tokio.

El hombre al que, desde el mostrador de embarque, había visto correr hasta el taxi de Sergei y golpear el cristal de la ventanilla, no pretendía una carrera, aunque evidentemente Sergei lo había tomado por un pasajero. Anna se preguntó si eran las llamadas a Tina lo que la había delatado. Estaba segura de que su amiga jamás la habría traicionado, por lo que seguramente se había convertido en cómplice involuntaria. Leapman era muy capaz de intervenir su teléfono y de cosas mucho peores.

Adrede, durante las últimas dos llamadas Anna había introducido pistas para comprobar si alguien las escuchaba y estaba segura de que las habían captado: «Me voy a casa» y «Donde voy hay mucha gente así». La próxima vez soltaría una indirecta que enviaría al secuaz de Fenston en una dirección totalmente equivocada.

Jack ocupó un asiento de clase business, se dedicó a beber un refresco sin azúcar e intentó encontrar sentido a los acontecimientos de los dos últimos días. El supervisor solía repetir hasta el hartazgo a los novatos: «Si estás solo, prepárate siempre para lo peor».

El agente del FBI intentó pensar con un mínimo de lógica. Perseguía a una mujer que había robado un cuadro de sesenta millones de dólares, pero ¿lo había dejado en Bucarest o lo había trasladado a la nueva caja con la intención de vendérselo a alguien en Hong Kong? Luego reflexionó sobre la otra persona que perseguía a Anna. La explicación era más fácil. Si Petrescu había robado el autorretrato, evidentemente Fenston había contratado a la mujer para que la siguiese hasta averiguar dónde estaba el cuadro. ¿Cómo se las apañaba para saber en todo momento dónde estaría Anna? ¿Se había dado cuenta de que él también la seguía? ¿Qué era lo que tenía que hacer una vez que recuperase el Van Gogh? Jack llegó a la conclusión de que la única manera de redimirse consistía en adelantarse a ambas mujeres y mantener la ventaja.

Descubrió que estaba a punto de caer en la trampa contra la que siempre prevenía a los agentes de categoría inferior: no se puede cometer el error de creer que el sospechoso es inocente. Es el jurado el que toma esa decisión. Siempre debemos suponer que los sospechosos son culpables y de vez en cuando, excepcionalmente, nos sorprenderemos. No recordaba que su instructor hubiese dicho algo acerca de lo que había que hacer si el sospechoso te atraía. De todas maneras, una de las directivas del manual de entrenamiento del FBI rezaba así: «Bajo ningún concepto un agente debe establecer una relación íntima con cualquier persona sometida a investigación». En 1999 habían actualizado el manual siguiendo las recomendaciones del Congreso y añadido a «persona» las palabras «hombre o mujer».

Jack seguía sin tener ni idea de lo que Anna pretendía hacer con el Van Gogh. En el caso de que intentase venderlo en Hong Kong, ¿dónde depositaría semejante cantidad de dinero y cómo se las apañaría para beneficiarse del botín de su delito? Al agente le costaba creer que estuviese dispuesta a pasar el resto de su vida en Bucarest.

En ese momento recordó que Anna había visitado Wentworth Hall.

Krantz estaba sentada en primera. Siempre viajaba en primera, lo que le permitía ser la última en subir y la primera en bajar, sobre todo cuando sabía exactamente adónde se dirigía su víctima.

Tendría que ser todavía más cautelosa porque había reparado en que alguien más seguía a Petrescu. Al fin y al cabo, no podía darse el lujo de cargarse a Petrescu con público presente, por mucho que ese público fuese un solo individuo.

Krantz sentía curiosidad por la identidad del hombre alto y de cabello oscuro y por saber ante quién respondía. ¿Fenston había enviado a alguien más para comprobar lo que ella hacía o el hombre colaboraba con un gobierno extranjero? En ese caso, ¿con cuál? Tenía que ser el rumano o el estadounidense. Indudablemente, se trataba de un profesional, ya que no había reparado en su presencia antes ni después de su burdo error con los taxis amarillos. Krantz llegó a la conclusión de que era estadounidense. Esperaba que lo fuese porque, si tenía que matarlo, su nacionalidad supondría una bonificación.

Krantz no se relajó durante el largo vuelo a Hong Kong. A su instructor de Moscú le gustaba decir que al cuarto día la concentración solía fallar y ese plazo se cumplía al día siguiente.

18-S

31

—Todos los pasajeros que viajen a otros destinos...

—Eso es lo que necesito —murmuró Jack.

—¿Qué necesita, señor? —preguntó la atenta azafata.

—Tránsito.

—¿Cuál es su destino final, señor?

—No tengo ni idea. ¿Cuáles son las opciones?

La azafata se echó a reír.

—¿Todavía espera viajar al este?

—Eso tiene sentido.

—Entonces puede escoger entre Tokio, Manila, Sidney o Auckland.

—Muchas gracias —dijo Jack, pensando que eso no lo ayudaba, pero añadió en voz alta—: Si decido pasar la noche en Hong Kong, tendría que pasar por el control de pasaportes, mientras que si estoy en tránsito...

La azafata le siguió la corriente.

—Cuando desembarque, señor, verá unos indicadores que lo dirigirán a la recogida de equipajes o a tránsito. ¿Ha enviado su equipaje o lo recogerá?

—No llevo equipaje —confesó Jack.

La azafata asintió, le dirigió una sonrisa y se fue a atender a otros pasajeros más cuerdos.

Jack comprendió que en cuanto desembarcara tendría que

moverse deprisa si quería encontrar algún lugar disimulado desde donde observar el siguiente paso de Anna sin ser observado por su otro admirador.

Anna miró distraída a través de la ventanilla cuando el avión se posaba en la pista del aeropuerto de Chek Lap Kok.

Nunca olvidaría la experiencia de su primer vuelo a Hong Kong unos años atrás. Para empezar, la aproximación había sido normal, pero en el último momento, sin previo aviso, el piloto había efectuado un brusco viraje para dirigirse en línea recta a las colinas. Luego había descendido entre los rascacielos de la ciudad, algo que había hecho gritar a los novatos, antes de aterrizar bruscamente en la corta pista de Kowloon, como si estuviese haciendo una prueba para participar en una película bélica de 1944. Cuando el avión se detuvo, varios de los pasajeros aplaudieron. Anna agradeció que el nuevo aeropuerto le evitara pasar de nuevo por aquello.

Consultó su reloj. El vuelo llegaba con veintisiete minutos de retraso, pero aún quedaban dos horas para la siguiente conexión. Aprovecharía ese tiempo para comprar una guía de Tokio, ciudad que nunca había visitado antes.

El avión se dirigió a la terminal. Anna avanzó lentamente por el pasillo, sin impacientarse, mientras otros pasajeros recogían sus equipajes de mano. Miró en derredor, intrigada por saber si el hombre de Fenston vigilaba cada uno de sus movimientos. Intentó mantener la calma, aunque en realidad el pulso se le disparaba cada vez que un hombre miraba en su dirección. Se dijo que él seguramente ya había desembarcado y que ahora estaría al acecho. Quizá incluso sabía cuál era su destino final. Anna ya había decidido la mentira que le diría a Tina cuando hablaran por teléfono, y que enviaría al hombre de Fenston en la dirección opuesta.

Anna salió del avión y miró a un lado y otro en busca de los indicadores. Al final de un largo pasillo, una flecha dirigía a los pasajeros en tránsito hacia la izquierda. Se unió a un puñado de viajeros que iban a otros destinos, mientras que la mayoría de los pasajeros giraban a la derecha.

Al entrar en la zona de tránsito, se encontró en una ciudad de neón, mucho menos vieja que un reloj Swatch, que acechaba a la espera de los clientes cautivos para hacerse con sus divisas. Anna fue de una tienda a otra, admiró las últimas modas, los aparatos eléctricos, los teléfonos móviles y las joyas. Aunque vio varios artículos que en circunstancias normales hubiese considerado comprar, sus actuales apuros económicos solo le permitieron entrar en un quiosco-librería donde había un gran surtido de periódicos extranjeros y todos los éxitos de ventas, en varios idiomas. Fue hasta la sección de viajes, donde se encontró con una infinidad de publicaciones de países tan lejanos como Zanzíbar y Azerbaiyán.

Vio la sección japonesa, que incluía un estante dedicado a Tokio. Cogió la guía de Lonely Planet junto con una miniguía Berlitz de la capital. Comenzó a hojearlas.

Jack entró en una tienda al otro lado de la galería, desde donde podía ver a su presa sin obstáculos. Vio que estaba debajo de un gran cartel multicolor en el que ponía VIAJE. Le hubiese gustado estar lo bastante cerca como para descubrir qué libro era el que le hacía pasar las páginas con tanto interés, pero era un riesgo que no se podía permitir. Comenzó a contar los estantes en un intento por precisar cuál era el país que había monopolizado su atención.

—¿Puedo ayudarlo, señor? —le preguntó la empleada detrás del mostrador.

—No, a menos que tenga unos prismáticos —respondió Jack, sin desviar la mirada de Anna.

—Varios —replicó la empleada—. ¿Puedo recomendarle

este modelo? Es la oferta especial de la semana. Están rebajados de noventa a sesenta dólares, hasta agotar las existencias.

Jack se volvió para mirar a la joven, que cogió unos prismáticos de la estantería que tenía detrás y los dejaba sobre el mostrador.

—Muchas gracias —dijo Jack. Recogió los prismáticos y enfocó a Anna.

Continuaba pasando las páginas del mismo libro, pero Jack no conseguía ver el título.

—Me gustaría ver su último modelo. —Dejó la oferta especial sobre el mostrador—. Algo que pueda enfocar el cartel de una calle a cien metros.

La empleada se agachó para abrir la vitrina y sacó otro par.

—Son Leica, el modelo más alto de la gama, 12 × 50 —le explicó—. Le permitirá leer la etiqueta del café que sirven en aquel bar.

Jack enfocó la librería. Anna devolvió a su lugar el libro que había estado leyendo, y cogió el que estaba al lado. Tuvo que admitir que la empleada tenía razón: los prismáticos eran excelente. Leyó la palabra Japón e incluso Tokio en letras más pequeñas en los rótulos de la estantería que tanto le interesaba a la mujer. Anna cerró el libro, sonrió y fue hacia la caja. También cogió un ejemplar del *Herald Tribune* mientras esperaba en la cola.

—¿Qué le parecen? Son buenos, ¿no? —preguntó la vendedora.

—Muy buenos —contestó Jack, y los dejó en el mostrador—, pero me temo que exceden de mi presupuesto. Gracias de todas maneras —añadió, antes de salir de la tienda.

—Es curioso —le comentó la joven a su colega—. Ni siquiera llegué a decirle el precio.

Anna había llegado a la caja y pagaba sus compras cuando Jack se alejó en la dirección opuesta. Se unió a otra cola al final de la galería.

Cuando le llegó su turno, pidió un billete para Tokio.

—Sí, señor. ¿En qué vuelo, Cathay Pacific o Japan Airlines?

—¿Cuándo salen?

—Los pasajeros de Japan Airlines embarcarán dentro de poco porque el vuelo sale dentro de cuarenta minutos. El vuelo 301 de Cathay tiene prevista la salida dentro de una hora y media.

—Japan Airlines, por favor. En clase business.

—¿Cuántas maletas?

—Solo el equipaje de mano.

La empleada imprimió el billete, comprobó el pasaporte y le dijo:

—Vaya usted a la puerta setenta y uno, señor Delaney. Ya están a punto de embarcar.

Jack caminó de regreso hacia el café. Vio a Anna sentada en uno de los taburetes de la barra, absorta en el libro que acababa de comprar. Procuró al máximo evitar su mirada, porque estaba seguro de que ella se había dado cuenta de que la seguían. Jack dedicó los minutos siguientes a comprar artículos en tiendas que normalmente no hubiese visitado, todos necesarios a causa de la mujer sentada en un taburete del café. Acabó con una maleta, que aceptarían como equipaje de mano, un pantalón tejano, cuatro camisas, cuatro pares de calcetines, cuatro mudas, dos corbatas (oferta especial), maquinillas y crema de afeitar, loción para después del afeitado, jabón, cepillo de dientes y dentífrico. Se entretuvo en la farmacia a la espera de ver si Anna hacía algún movimiento.

—Último aviso para los pasajeros del vuelo 416 de Japan Airlines a Tokio. Por favor acudan inmediatamente a la puerta setenta y uno para embarcar.

Anna pasó otra página del libro, y Jack se convenció de que viajaría en el vuelo de Cathay Pacific que salía una hora más tarde. Esta vez él la estaría esperando. Tiró de la maleta y siguió los carteles para ir a la puerta setenta y uno. Fue uno de los últimos en subir al avión.

Anna consultó su reloj, pidió otro café y comenzó a leer el *Herald Tribune*. En todas las páginas había artículos sobre las secuelas del 11-S, y un amplio reportaje del oficio fúnebre celebrado en Washington con la presencia del presidente. ¿Su familia y sus amigos aún creían que estaba muerta, o solo desaparecida? ¿La noticia de que la habían visto en Londres ya había llegado a Nueva York? Era obvio que Fenston aún deseaba que todos la creyeran muerta, al menos hasta que pudiese hacerse con el Van Gogh. Todo cambiaría en Tokio, si... Algo le hizo levantar la cabeza y vio a un joven de cabellos oscuros que la mirada. Al verse descubierto, se apresuró a mirar en otra dirección. Anna saltó del taburete y fue a encararse con él.

—¿Por alguna casualidad, me está siguiendo? —le espetó.

El joven la miró, sorprendido.

—*Non, non, mademoiselle, mais peut-être voulez-vous prendre un verre avec moi?*

—Esta es la primera llamada para...

Dos ojos más observaban a Anna mientras se disculpaba con el francés, pagaba la cuenta, y caminaba lentamente hacia la puerta sesenta y nueve.

Krantz solo dejó de mirarla cuando entró en el avión. Fue de los últimos pasajeros en subir a bordo. Al entrar, dobló a la izquierda y ocupó su habitual asiento de ventanilla en la primera fila. Krantz sabía que Anna estaba sentada al fondo de la clase turista, pero no tenía idea de dónde podía estar el norteamericano. ¿Había perdido el vuelo, o rondaba por Hong Kong en busca de Petrescu?

32

El vuelo de Jack aterrizó en el aeropuerto internacional de Narita, Tokio, con media hora de retraso, pero no se preocupó, porque aún les llevaba una hora de ventaja a las dos mujeres, que en ese momento estarían a diez mil metros de altura sobre el Pacífico. Pasó por el control de aduanas y fue al mostrador de información, donde preguntó a qué hora estaba prevista la llegada del vuelo de Cathay. Tardaría poco más de cuarenta minutos.

Se volvió hacia la puerta de llegadas, e intentó deducir en qué dirección iría Petrescu al salir. ¿Cuál sería su primera opción para ir a la ciudad? ¿Taxi, tren, autobús? Tendría que decidir en el tiempo que tardara en recorrer cincuenta metros. Si aún tenía el cajón, sin duda tendría que ser un taxi. Después de comprobar todas las otras posibles salidas, Jack cambió quinientos dólares en una oficina del Banco de Tokio; le dieron 53.868 yenes. Guardó el dinero en el billetero y volvió a la sala de llegadas, donde observó a la gente que esperaba delante de la puerta. Miró en derredor. Arriba, a la izquierda, había un entresuelo que daba a la sala. Subió la escalera para echar una ojeada. El lugar era pequeño, pero de todas maneras resultaba ideal. Había dos cabinas de teléfono junto a la pared, y si se situaba detrás de la segunda, podría mirar a los que salían sin ser visto. Jack miró el panel electrónico. El CX301 aterrizaría al cabo de veinte minutos. Tiempo más que suficiente para ocuparse de un último detalle.

Salió de la terminal y se puso en la cola de los taxis, organizada por un hombre vestido con un traje azul claro y guantes blancos, que no solo controlaba a los taxis sino que también dirigía a los pasajeros. Cuando le llegó su turno, Jack subió a un Toyota verde y le dijo al taxista, que lo miró sorprendido, que aparcara al otro lado de la calzada.

—Espere aquí hasta que vuelva —añadió. Dejó la maleta nueva en el asiento—. No tardaré más de media hora, cuarenta minutos como máximo. —Sacó un billete de cinco mil yenes de la cartera—. Puede dejar el taxímetro en marcha.

El conductor asintió, con la misma expresión de desconcierto.

Jack entró de nuevo en la terminal. El vuelo CX301 ya estaba en tierra. Subió al entresuelo y ocupó su lugar detrás de la segunda cabina de teléfonos. Esperó a ver quién sería el primero en salir por la puerta con la característica pegatina verde y blanca de Cathay Pacific en las maletas. Había pasado mucho tiempo desde que Jack había ido a recoger a una muchacha al aeropuerto, y mucho menos a dos. ¿Sería capaz de reconocer a su cita a ciegas?

El panel cambió de nuevo. Los pasajeros del vuelo CX301 se encontraban ahora en la recogida de equipajes. Jack prestó más atención. No tuvo que esperar mucho. Krantz fue la primera en salir; era lógico, tenía que buscar una posición desde donde vigilar a su objetivo. Se dirigió a la bulliciosa multitud de parientes y amigos, que no eran mucho más altos que ella, y se mezcló entre ellos antes de volverse. De vez en cuando, la multitud se movía lentamente, a medida que algunos se marchaban y otros ocupaban su lugar. Krantz se movía con la marea para que nadie se fijase en ella. Pero una melena corta rubia entre una raza de cabellos negros facilitaba la tarea de Jack. Si después ella seguía a Anna, Jack sabría a ciencia cierta a quién se enfrentaba.

Mientras Jack mantenía un ojo vigilante en la delgada, baja y nervuda mujer de la melena rubia, se volvió una y otra vez para controlar a los viajeros que ahora salían en pequeños grupos, varios de ellos con las etiquetas verdes y blancas en el equipaje.

Jack avanzó un paso con mucha cautela, mientras rogaba que ella no mirase hacia el entresuelo, pero la mujer mantenía la mirada fija en los recién llegados.

Seguramente había deducido que Anna solo disponía de tres caminos de salida, porque se había colocado estratégicamente para lanzarse en la dirección que su presa eligiese.

Jack metió la mano en un bolsillo interior de la chaqueta, sacó lentamente el último modelo de móvil Samsung, levantó la tapa y enfocó directamente a la multitud que tenía debajo. Por un momento la perdió de vista, luego un hombre mayor se adelantó para recibir a su visitante y ella quedó visible una fracción de segundo. Un clic, y desapareció de nuevo. Jack no dejaba de mirar repetidamente a los pasajeros, que aún continuaban saliendo. Cuando se giró de nuevo, una madre se agachó para coger en brazos a su hijo y Krantz apareció en el objetivo, otro click, y una vez más desapareció súbitamente. Jack se volvió en el instante en que Anna salía por las puertas batientes. Cerró la tapa del móvil, con el deseo de que alguna de las dos imágenes fuese suficiente para permitir a los técnicos que la identificasen.

Jack no fue el único que giró la cabeza cuando la esbelta rubia norteamericana entró en el vestíbulo empujando un carro con la maleta y una caja de madera. Retrocedió hacia las sombras en el momento que Petrescu se detuvo y miró hacia arriba. Leía los indicadores. Fue hacia la derecha. Un taxi.

Sabía que Petrescu tendría que ponerse en la larga cola para coger un taxi, así que dejó que las dos mujeres salieran de la terminal antes de bajar del entresuelo. Cuando lo hizo, dio un largo rodeo para ir hacia su taxi. Caminó hasta el final del vestíbulo, salió de la terminal, pasó por detrás de un autobús para bajar al aparcamiento subterráneo y siguió hasta el otro extremo del garaje para salir de nuevo a la superficie. Comprobó que el Toyota verde seguía aparcado, con el motor y el taxímetro en marcha. Se sentó en el asiento trasero y le dijo al conductor:

—¿Ve a aquella rubia de pelo corto, que está séptima en la cola del taxi? Quiero que la siga, pero sin que se dé cuenta.

Jack miró a Petrescu, que era la quinta de la cola. Cuando le llegó su turno, no subió al taxi, sino que dio media vuelta y caminó lentamente hasta el final de la cola. Una chica lista, pensó Jack mientras esperaba ver cómo reaccionaría Pelopaja. Le tocó el hombro al taxista, y le ordenó: «No se mueva», cuando la mujer subió al taxi, que arrancó de inmediato y desapareció en una curva. Jack sabía que había aparcado un poco más allá a la espera de ver pasar a Petrescu. Al cabo de unos minutos, Petrescu llegó de nuevo a la cabeza de la cola. De nuevo tocó el hombro del taxista.

—Siga a aquella mujer, manténgase lejos, pero no la pierda.

—No es la misma mujer —protestó el conductor.

—Lo sé. Cambio de planes.

El taxista lo miró, perplejo. Los japoneses no entendían «cambio de plan».

Vio pasar el taxi en el que viajaba Petrescu camino de la autopista, y casi de inmediato un vehículo idéntico salió de una calle transversal para colocarse detrás. Por fin le había llegado a Jack la ocasión de ser el perseguidor y no el perseguido.

Por primera vez, Jack agradeció los famosos embotellamientos y reiterados atascos que son la norma aceptada por cualquiera que va desde el aeropuerto de Narita hasta el centro de la ciudad. Podía mantener la distancia sin perder de vista a ninguna de las dos.

Transcurrió otra hora antes de que el taxi de Petrescu se detuviese delante del hotel Seiyo, en el barrio de Ginza. Un botones se adelantó para ayudarla con el equipaje, pero en cuanto vio la caja de madera, llamó a un colega para que lo ayudase. Jack decidió no entrar en el hotel hasta algún tiempo después de que Petrescu y la caja hubiesen desaparecido en su interior. No hizo lo mismo Pelopaja. Ya se había colocado en el rincón más alejado del vestíbulo, con una visión despejada de las escaleras y los ascensores, fuera de la vista de los empleados del mostrador de recepción.

En el momento en que la vio, Jack salió inmediatamente a la rotonda de la entrada. Un botones se le acercó en el acto.

—¿Necesita un taxi, señor?

—No, gracias. —Jack le señaló una puerta de cristal un poco más allá—. ¿Qué hay allí?

—El gimnasio del hotel, señor —respondió el botones.

Jack recorrió toda la rotonda y entró en el gimnasio. Fue hasta la recepción.

—¿Su número de habitación, señor? —le preguntó un joven vestido con un chándal del hotel.

—No lo recuerdo.

—¿Su nombre?

—Petrescu.

—Ah, sí, doctor Petrescu —leyó el joven en la pantalla de ordenador—. Habitación 118. ¿Necesita una taquilla, señor?

—Más tarde. Cuando venga mi esposa.

Se sentó junto a una ventana que daba a la rotonda y esperó a que reapareciese Anna. Observó que siempre había dos o tres taxis en la fila, así que seguirla no sería complicado. Pero si reaparecía sin la caja, tenía claro que Pelopaja, que seguía en el vestíbulo, pergeñaría algún plan para hacerse con el contenido.

Mientras esperaba pacientemente, sacó el móvil y llamó a Tom en Londres. Intentó no pensar en qué hora era.

—¿Dónde estás? —preguntó Tom, cuando vio aparecer en la pantalla de su móvil el nombre «Poli bueno».

—En Tokio.

—¿Qué hace allí Petrescu?

—No estoy seguro, pero no me sorprendería que estuviese intentando vender una pintura única a un coleccionista muy conocido.

—¿Has descubierto quién es la otra parte interesada?

—No —respondió Jack—, pero conseguí hacerle un par de fotos en el aeropuerto.

—Bien hecho.

—Ahora mismo te las envío. —Tecleó un código en el móvil y las imágenes aparecieron en la pantalla del otro móvil al cabo de unos segundos.

—Son un poco borrosas —fue el comentario inmediato de Tom—, pero estoy seguro de que los técnicos las podrán limpiar lo bastante como para saber quién es. ¿Alguna otra información?

—Sí, cuando acabes con las fotos de los delincuentes estadounidenses, pasa a Europa oriental. Tengo la sensación de que es rusa, o posiblemente ucraniana.

—¿No podría ser rumana? —propuso Tom.

—Dios, soy idiota perdido —dijo Jack.

—No tanto. Has sido lo bastante listo como para hacerle dos fotos. Nadie lo había conseguido, y bien podría resultar el mayor avance que hemos tenido hasta ahora en este caso.

—No me vendría nada mal un poco de gloria —manifestó Jack—, pero la verdad es que ambas saben de mi existencia.

—Entonces más vale que averigüe cuanto antes quién es. Te llamaré tan pronto como los muchachos del sótano descubran algo.

Tina apretó el interruptor colocado debajo de la mesa. Se encendió la pequeña pantalla en un rincón. Fenston hablaba por teléfono. Se conectó a su línea privada y escuchó.

—Tenía razón —dijo una voz—. Está en Japón.

—En ese caso es probable que tenga una cita con Nakamura. Tiene todos los detalles en su archivo. No olvide que conseguir la pintura es más importante que eliminar a Petrescu.

Fenston colgó el teléfono.

Tina estaba segura de que la voz encajaba con la mujer que había visto en el coche del presidente. Debía advertir a Anna.

Leapman entró en la habitación.

33

Anna salió de la ducha, cogió una toalla y comenzó a secarse el pelo. Echó una ojeada al reloj digital en una esquina de la pantalla del televisor. Eran poco más de las doce, hora en que la mayoría de los empresarios japoneses iba a comer a su club. No era el momento de molestar al señor Nakamura.

Acabó de secarse y se puso uno de los albornoces que había en el baño. Se sentó a los pies de la cama y encendió el ordenador portátil. Escribió su clave, MIDAS, y accedió al archivo de los coleccionistas de arte más ricos del mundo: Gates, Cohen, Lauder, Magnier, Nakamura, Rales, Wynn. Pulsó en el nombre japonés. «Takashi Nakamura, industrial. Universidad de Tokio 1966-1970, licenciado en ingeniería. UCLA 1971-1973, licenciado en económicas. Entró en Maruha Steel Company 1974, director 1989, director ejecutivo 1997, presidente 2001.» Anna buscó Maruha Steel. El balance del año anterior mostraba unos ingresos brutos de tres mil millones de dólares, con unos beneficios netos superiores a los cuatrocientos millones. El señor Nakamura era propietario del veintidós por ciento de la empresa, y según *Forbes* era el noveno hombre más rico del planeta. Casado, con tres hijos, dos mujeres y un varón. Debajo de otros intereses, solo aparecían dos palabras: golf y arte. No había detalles de su hándicap o de su valiosa colección de pintura impresionista, considerada como una de las mejores en manos particulares.

Nakamura había hecho varias declaraciones a lo largo de los años, referentes a que las pinturas eran propiedad de la compañía. Si bien Christie's nunca hacía públicos determinados asuntos, la gente del negocio del arte sabía que Nakamura no había podido quedarse con *Los girasoles* de Van Gogh, subastado en 1987, al verse superado por su viejo amigo y rival Yasuo Goto, presidente de Yasuda Fire and Marine Insurance Company, que había pagado 39.921.750 dólares.

Anna no había podido añadir gran cosa al perfil del señor Nakamura desde que había dejado Sotheby's. El Degas que había comprado para él, *Clase de baile con Mme. Minette*, había sido una sabia inversión, que Anna esperaba que él recordaría. No tenía ninguna duda de que había escogido al hombre indicado para dar el golpe.

Deshizo la maleta y escogió un elegante traje azul con una falda que le llegaba justo por debajo de las rodillas, una camisa crema, y zapatos azules de tacón bajo; nada de maquillaje ni joyas. Mientras planchaba el vestido, Anna pensó en el hombre que solo había visto una vez, y se preguntó si le habría causado una impresión duradera. Cuando acabó de vestirse, se miró en el espejo. Era exactamente el atuendo que un empresario japonés esperaba ver en un ejecutivo de Sotheby's.

Buscó el número del teléfono privado en el ordenador. Se sentó de nuevo a los pies de la cama, cogió el teléfono, respiró profundamente y marcó los ocho dígitos.

—*Hai, Shacho-Shitso desu* —anunció una voz aguda.

—Buenas tardes, me llamo Anna Petrescu. Quizá el señor Nakamura me recuerde de Sotheby's.

—¿Tiene una entrevista con él?

—No. Yo solo quería hablar con el señor Nakamura.

—Un momento por favor, veré si está libre para aceptar su llamada.

¿Cómo podía esperar que él la recordara después de un único encuentro?

—Doctora Petrescu, es un placer que me haya llamado. ¿Está usted bien?

—Sí, gracias, Nakamura San.

—¿Está usted en Tokio? Porque si no me equivoco es madrugada en Nueva York.

—Estoy aquí y me preguntaba si tendría usted la bondad de recibirme.

—No estaba usted en la lista de entrevistas, pero lo está ahora. Tengo media hora libre a las cuatro. ¿Le va bien?

—Sí, perfecto.

—¿Sabe usted dónde está mi despacho?

—Tengo la dirección.

—¿Dónde se aloja?

—En el Seiyo.

—No es el lugar habitual de Sotheby's, que, si no me equivoco, prefiere el Imperial. —Anna notó de pronto la boca seca—. Mi despacho está a unos veinte minutos del hotel. Será un placer verla a las cuatro. Adiós, doctora Petrescu.

Anna colgó y durante unos minutos no se movió de la cama. Intentó recordar las palabras exactas. ¿Qué había querido decir la secretaria cuando le preguntó si tenía una entrevista con él? ¿Por qué el señor Nakamura había dicho: «No estaba usted en la lista de entrevistas, pero lo está ahora»? ¿Acaso esperaba su llamada?

Jack se inclinó hacia delante para ver mejor. Dos botones salían del hotel cargados con la misma caja de madera que Anna había cambiado con Anton Teodorescu en las escalinatas de la academia, en Bucarest. Uno de ellos habló con el conductor del primer taxi de la fila, que se apeó para colocar la caja con mucho cuidado en el maletero. Jack se levantó sin prisas, con la precaución de permanecer fuera de la vista. Esperó con una cierta ansiedad, a sabiendas de que bien podría ser otra falsa alarma.

Miró hacia la parada de taxis: había cuatro en la fila. Echó una ojeada a la puerta del gimnasio y calculó que podría llegar al segundo taxi en unos veinte segundos.

Miró de nuevo hacia la puerta del hotel, y se preguntó si Petrescu estaba a punto de aparecer. Pero la persona que salió fue Pelopaja, que pasó junto al portero para ir hasta la calle. Jack sabía que la mujer no se subiría a uno de los taxis de la cola para evitar el riesgo de que alguien la recordara; un riesgo que Jack tendría que correr.

Una vez más dirigió su atención a la entrada, consciente de que Pelopaja se encontraba ahora en un taxi aparcado fuera de la vista, a la espera de verlos pasar.

Unos segundos más tarde, apareció Petrescu, vestida como si fuese a asistir a la reunión de una junta directiva. El portero la escoltó hasta el taxi y le abrió la puerta. El taxista se puso en marcha y se sumó al tráfico de la tarde.

Jack ya estaba sentado en el segundo taxi antes de que el portero pudiese abrirle la puerta.

—Siga a ese taxi —dijo Jack y se lo señaló a través del parabrisas—, y si no lo pierde, le pagaré el doble de lo que marque el taxímetro. —El conductor pisó el acelerador—. Pero tampoco que se note —añadió, con el convencimiento de que Pelopaja estaría en alguno de los numerosos taxis verdes que tenía delante.

El taxi de Petrescu dobló a la izquierda en Ginza y se dirigió hacia el norte, fuera de la elegante zona comercial y hacia el prestigioso sector empresarial Marunouchi. Jack se preguntó si ese podría ser el lugar de la cita con el posible comprador, y se descubrió a sí mismo sentado en el borde del asiento empujado por la emoción.

A la esquina siguiente una vez más el taxi giró a la izquierda y Jack repitió la orden: «No la pierda». El taxista cambió de carril, se acercó a una distancia de tres coches y se le pegó como una lapa. Los dos taxis se detuvieron en el siguiente semáforo en rojo. El intermitente del taxi de Petrescu indicaba que giraría a la derecha y, cuando el semáforo se puso verde, varios coches más la siguieron. Jack sabía que Pelopaja iba en uno de ellos. Entraron en la avenida de tres carriles, y Jack vio que todos los semáforos estaban en verde. Maldijo por lo bajo. Prefería los discos en rojo; parar y arrancar era siempre lo mejor cuando tenías que mantener el contacto con el objetivo.

Pasaron sin problemas por el primer verde y luego el segundo, pero cuando el tercer semáforo cambió a amarillo el taxi de Jack fue el último en llegar al cruce. Cuando pasaron por delante de los jardines del palacio imperial, le dio una palmadita en el hombro al taxista para felicitarlo. Se inclinó hacia delante y rezó para que el semáforo siguiente continuara verde. Cambió a amarillo en el momento en que pasaba el taxi de Petrescu. «Siga, siga», gritó Jack al ver que dos de los taxis seguían al de Anna, pero el chófer en lugar de pisar el acelerador a fondo y saltarse el semáforo, se detuvo mansamente. Jack ya iba a maldecirlo, cuando un coche de la policía apareció a su lado. Jack miró al frente. El Toyota verde de Anna se había detenido en el siguiente semáforo. Aún tenía una oportunidad. Los semáforos estaban coordinados y cambiaban con una diferencia de treinta segundos. Jack deseó con toda su alma que el coche de policía girara a la derecha para que ellos pudieran recuperar el terreno perdido, pero siguió a su lado. Vio cómo el taxi doblaba a la izquierda por la avenida Eitai-dori. Contuvo el aliento, y de nuevo rogó que el semáforo continuara en verde. No tuvo suerte. Cambió a amarillo y el coche de adelante se detuvo, sin duda al haber visto que detrás tenía un vehículo de la policía. A Jack se le hizo eterno el minuto que tardó en cambiar el semáforo. El taxista se apresuró a girar a la izquierda, pero se encontró con un mar de verde. Ya era una desgracia haber perdido a Petrescu y más grave todavía que Pelopaja probablemente la siguiera de cerca. Jack maldijo al coche de policía, que giró a la derecha y se alejó.

Krantz observó cómo el taxi pasaba al carril interior para ir a detenerse delante de un moderno edificio de mármol blanco en Otemachi. El cartel en la entrada, Maruha Steel Company, estaba escrito en japonés e inglés, algo habitual en los edificios de la mayoría de las compañías internacionales en Tokio.

Dejó que su taxi pasara por delante del edificio antes de indicarle al chófer que se acercara al bordillo. Se volvió para mirar a través del cristal trasero mientras Anna se apeaba. El chófer la siguió para abrir el maletero. Anna se acercó a él, y el portero se apresuró a bajar los escalones para ayudarlos. Krantz permaneció atenta a los movimientos de los dos hombres, que cargaron con la caja y la llevaron al interior del edificio.

Krantz esperó un minuto más mientras pagaba la carrera, salió del coche y se perdió en las sombras. Nunca se hacía esperar por un taxi a menos que fuese absolutamente imprescindible. De esa manera, era poco probable que la recordasen. Tenía que pensar deprisa, ante la posibilidad de que Petrescu reapareciese repentinamente. Recordó sus instrucciones. Su primera prioridad era recuperar la pintura. Una vez hecho esto, podía matar a Petrescu, pero como acababa de bajar del avión no disponía de un arma. Le tranquilizaba saber que el norteamericano ya no representaba una amenaza, y por un instante se preguntó si aún se encontraría rondando por Hong Kong con la intención de encontrar a Petrescu, la pintura o a ambas.

Todo indicaba que la pintura había llegado a su destino; había leído toda una página sobre el coleccionista en el expediente que le había dado Fenston. Si Petrescu reaparecía con el cajón sería la señal que había fracasado, cosa que facilitaría a Krantz el cometido de sus dos misiones. Si en cambio salía solo con el maletín, tendría que tomar una decisión instantánea. Echó una ojeada para asegurarse de que había taxis disponibles. Pasaron varios en cuestión de minutos, la mitad de ellos desocupados.

La siguiente persona en salir del edificio fue el taxista, que se sentó al volante del Toyota. Krantz esperó a ver si lo seguía Petrescu, pero el taxista arrancó a la búsqueda de su próximo cliente. Krantz tuvo la sensación de que sería una larga espera.

Permaneció en la sombra de una tienda al otro lado de la calle. Miró a un lado y otro de la calle llena de tiendas de marca que despreciaba, hasta que su mirada se detuvo en una tienda de la que solo había leído en el pasado y que siempre había querido visitar; no era un local de Gucci, Burberry o Calvin Klein, sino la Nozaki Cutting Tool Shop, que se agazapaba incómoda entre sus nuevos vecinos.

Krantz se sintió atraída hacia la entrada como una limadura hacia un imán. Al cruzar la calle, mantuvo la mirada fija en la puerta de la Maruha Steel Company por si Petrescu salía de improviso. Sospechaba que la reunión de Petrescu con el señor Nakamura duraría bastante. Después de todo, ni siquiera él gastaría tal cantidad de dinero sin que le respondieran a unas cuantas preguntas.

Una vez en la otra acera, Krantz contempló el escaparate, como un niño para quien la Navidad ha llegado tres meses antes. Tenacillas, cortaúñas, tijeras para zurdos, cortaplumas Swiss Army, tijeras de sastre, un machete Victorinox con una hoja de cincuenta centímetros, eran meros comparsas de la espada samurai de ceremonia del siglo XVIII. Krantz se dijo que había nacido en el siglo equivocado.

Entró en el local y se encontró con centenares de cuchillos de cocina, que habían hecho famoso al señor Takai, descendiente de un samurai. Vio al propietario en un rincón, dedicado a afilar los cuchillos para sus clientes. Lo reconoció en el acto, y le hubiese gustado estrechar la mano del maestro —su equivalente de Brad Pitt— pero comprendió que debía renunciar a ese placer.

Sin perder de vista la puerta principal de la compañía, comenzó a buscar entre los cuchillos hechos artesanalmente, afilados como navajas y engañosamente ligeros, con el nombre NOZAKI estampado en el lomo de cada hoja, como si, lo mismo que Cartier, quisieran recalcar que no era aceptable una falsificación.

Krantz se había resignado hacía tiempo a no poder llevar su arma favorita en un avión, así que la única alternativa era comprar un producto local en el país que fuese que Fenston necesitaba cerrar para siempre la cuenta de un cliente.

Empezó el lento proceso de selección acompañado por la serenata de los *suzumuschi*, los grillos campanas, encerrados en las diminutas jaulas de bambú colgadas del techo. Miró de nuevo la entrada al otro lado de la calle, pero seguía sin haber señales de Petrescu. Volvió a su tarea, y probó primero las diferentes clases de cuchillos —fruta, verdura, carne, pan— para saber el peso, el equilibrio y el tamaño de la hoja. No podía tener más de veintidós centímetros y nunca menos de diez.

En cuestión de minutos había reducido la lista a tres; se decidió finalmente por el premiado Global GS5 con una hoja de catorce centímetros, que podía cortar un cuarto trasero de ternera como si fuese un melón maduro.

Le dio el instrumento elegido a un empleado —tenía un cuello muy delgado—, que le sonrió mientras lo envolvía en papel de arroz. Krantz pagó en yenes. Los dólares hubiesen llamado la atención, y no tenía una tarjeta de crédito. Dirigió una última mirada al señor Takai antes de salir a su pesar de la tienda para regresar al anonimato de las sombras al otro lado de la calle.

Mientras esperaba a que saliera Petrescu, quitó el papel de arroz de su última adquisición, desesperada por probarla. Deslizó el cuchillo en una vaina hecha a medida para que encajara en el interior de sus vaqueros. Encajó a la perfección, como un arma en la funda.

34

La recepcionista no ocultó la sorpresa cuando el portero apareció cargado con una caja de madera. Se llevó las manos a la boca, una respuesta de una vivacidad poco habitual en un japonés.

Anna no le dio ninguna explicación, solo su nombre. La recepcionista buscó en la lista de solicitantes, que serían entrevistados por el presidente aquella tarde, y marcó una tilde junto a «Doctora Petrescu».

—En estos momentos el señor Nakamura está entrevistando a otro candidato —dijo—, pero no tardará en desocuparse.

—¿Los entrevista para qué? —preguntó Anna.

—No lo sé —respondió la mujer, evidentemente intrigada porque un postulante hiciera esa pregunta.

Anna se sentó en la recepción y miró la caja apoyada contra la pared. Sonrió al pensar en cómo le pediría a alguien que se desprendiera de sesenta millones de dólares.

La puntualidad es algo sagrado para los japoneses, así que Anna no se sorprendió cuando una mujer elegantemente vestida apareció cuando faltaban dos minutos para las cuatro y la invitó a que la acompañase. Ella también miró la caja de madera, pero su única reacción fue preguntar:

—¿Quiere que la lleven al despacho del presidente?

—Sí, por favor —contestó Anna, sin ofrecer más detalles.

La secretaria precedió a Anna por un largo pasillo, donde las puertas no mostraban ningún nombre, título o cargo. Cuando llegaron a la última, la mujer llamó discretamente, abrió la puerta y anunció:

—La doctora Petrescu.

El señor Nakamura se levantó y se acercó para saludar a Anna, que se había quedado boquiabierta. Una reacción que no había sido provocada por el hombre bajo, delgado y de cabellos oscuros que vestía un traje hecho en Milán o París. Era el despacho lo que había dejado a Anna con la boca abierta. La habitación era cuadrada y una de las cuatro paredes era de cristal. Anna contempló el plácido jardín, el arroyo que serpenteaba de un extremo a otro, cruzado por un puente de madera y bordeado por sauces, cuyas ramas caían sobre las balaustradas.

En la pared detrás de la mesa del presidente colgaba una soberbia pintura que reproducía exactamente el jardín. Anna cerró la boca y se volvió hacia su anfitrión.

El empresario sonrió, evidentemente encantado con el efecto creado por Monet, pero su primera pregunta también la sorprendió.

—¿Cómo consiguió sobrevivir al 11-S, cuando, si la memoria no me falla, su despacho estaba en la Torre Norte?

—Fui muy afortunada —contestó Anna en voz baja—, si bien me temo que algunos de mis colegas...

El señor Nakamura levantó una mano.

—Le pido perdón, ha sido un error de mi parte. ¿Comenzamos la entrevista con una prueba de su notable memoria fotográfica, y me responderá primero de dónde provienen las tres pinturas en esta habitación? ¿Quizá primero el Monet?

—*Sauces en Vetheuil.* Su anterior propietario era el señor Clark de Sangton, Ohio. Formó parte de la compensación que recibió la señora de Clark cuando su marido decidió separarse de ella, su tercera esposa, cosa que significó tristemente para él tener que separarse de su tercer Monet. Christie's vendió el óleo por veintiséis millones de dólares, pero no sabía que fuese usted el comprador.

El hombre mostró la misma sonrisa de placer.

Anna volvió su atención a la pared opuesta.

—Desde hacía tiempo —respondió después de una breve pausa—, me preguntaba qué se habría hecho de este cuadro. Es un Renoir, por supuesto. *Madame Duprez y sus hijos*, también conocido como *La clase de lectura*. Fue vendido en París por Roger Duprez, cuyo abuelo se lo había comprado al artista en 1868. Por lo tanto, no tengo manera de saber cuánto pagó usted por el óleo —añadió Anna, y miró la última obra—. Es muy fácil —declaró con una sonrisa—. Es una de las últimas pinturas que presentó Manet en el Salón, probablemente pintada en 1871. Lleva el título de *Cena en el Café Guerbois*. Habrá observado que la amante aparece sentada en la esquina derecha y mira directamente al artista.

—¿El anterior propietario?

—Lady Charlotte Churchill, quien, tras la muerte de su marido, se vio obligada a venderlo para pagar los derechos reales.

Nakamura se inclinó ceremoniosamente.

—El cargo es suyo.

—¿El cargo, Nakamura San? —replicó Anna, desconcertada.

—¿No está aquí para solicitar el cargo de director de mi fundación?

—No —respondió Anna, que de pronto comprendió a qué se refería la recepcionista cuando le dijo que el presidente entrevistaba a otro candidato—. Si bien me halaga que me tuviese en cuenta, Nakamura San, la verdad es que vengo a verlo por un asunto diferente.

El presidente asintió sin disimular la desilusión, y entonces miró la caja.

—Un pequeño regalo —explicó Anna, con una sonrisa.

—Si es así, y perdone la broma, no puedo abrir su presente hasta después de que se marche, de lo contrario la ofendería.

—Anna asintió, conocedora de la costumbre—. Por favor, siéntese.

Anna sonrió de nuevo.

—¿Cuál es el verdadero propósito de la visita? —preguntó él al tiempo que se reclinaba en la silla y la miraba fijamente.

—Creo que tengo una pintura a la que no podrá resistirse.

—¿Mejor que el pastel de Degas? —preguntó Nakamura, con un tono que reflejaba su placer.

—Oh, sí —respondió ella, quizá con excesivo entusiasmo.

—¿El artista?

—Van Gogh.

El presidente sonrió con una sonrisa inescrutable que no ofrecía ninguna pista sobre si estaba o no interesado.

—¿Título?

—*Autorretrato con la oreja vendada.*

—Con el famoso grabado japonés reproducido en la pared detrás del pintor, si no recuerdo mal.

—*Paisaje con geishas*, una prueba de la fascinación de Van Gogh por la cultura japonesa.

—Tendría que haberla bautizado *Eva* —afirmó Nakamura—. Pero ahora es mi turno. —Anna pareció sorprenderse, pero no habló—. Deduzco que debe ser el *Autorretrato* de Wentworth, comprado por el quinto marqués, ¿no?

—Conde.

—Vaya, ¿por qué será que siempre me confundo con los títulos ingleses?

—¿Propietario original? —preguntó Anna.

—El doctor Gachet, amigo y admirador de Van Gogh.

—¿La fecha?

—El 1889, cuando Van Gogh vivía en Arlés, y compartía el estudio con Paul Gauguin.

—¿Cuánto pagó el doctor Gachet por el cuadro? —preguntó Anna, consciente de que muy pocas personas en la tierra se hubiesen atrevido a provocar a ese hombre.

—Siempre se ha creído que Van Gogh solo vendió un cuadro en toda su vida: *El viñedo rojo*. Sin embargo, el doctor Gachet no solo era un gran amigo, sino indudablemente su benefactor y mecenas. En la carta que le escribió después de recibir la pintura, incluyó un talón de seiscientos francos.

—Ochocientos. —Anna abrió el maletín y le entregó una copia de la carta—. Mi cliente está en posesión del original —le aseguró.

Nakamura leyó la carta en francés, sin necesidad de un traductor. Miró a su visitante y sonrió.

—¿En qué cantidad ha pensado?

—Sesenta millones de dólares —contestó Anna sin vacilar.

Por un momento, el rostro inescrutable pareció mostrar algo cercano a la intriga, pero permaneció en silencio durante unos segundos.

—¿Por qué se minusvalora una obra maestra como esta? —acabó por preguntar—. Tiene que haber algunas condiciones añadidas.

—La compra no debe hacerse pública.

—Esa siempre ha sido mi costumbre, como usted bien sabe.

—No venderá la obra por lo menos en un plazo de diez años.

—Compro cuadros —señaló Nakamura—. Vendo acero.

—Durante el mismo período, la pintura no se exhibirá en ninguna galería.

—¿A quién protege, jovencita? —preguntó Nakamura inesperadamente—. ¿A Bryce Fenston o a Victoria Wentworth?

Anna no respondió. Acababa de comprender por qué el presidente de Sotheby's había comentado en una ocasión lo arriesgado que era subestimar a este hombre.

—¿Ha sido una impertinencia de mi parte preguntarlo? Le pido disculpas por ello. —Se levantó—. Quizá quiera permitirme tomarme esta noche para considerar su oferta. —Se inclinó ceremoniosamente para indicar que la entrevista había acabado.

—Por supuesto, Nakamura San. —Anna le devolvió el saludo.

—Por favor, apee el San, doctora Petrescu. En su terreno, no soy su igual.

Ella quería decirle: por favor, llámeme Anna; en su terreno, no sé nada; pero le faltó valor.

Nakamura se acercó a ella y miró la caja.

—Espero con ansia descubrir qué hay en la caja. Quizá podamos reunirnos de nuevo mañana, doctora Petrescu, después de tomarme un poco más de tiempo para considerar su propuesta.

—Muchas gracias, señor Nakamura.

—¿Digamos a las diez? Enviaré a mi chófer para que la recoja a las diez menos veinte.

Anna se inclinó de nuevo y el señor Nakamura le correspondió. La acompañó hasta la puerta y la abrió.

—Lamento infinitamente que no solicitara usted el cargo —añadió como despedida.

Krantz continuaba esperando en las sombras cuando Petrescu salió del edificio. La reunión seguramente había ido bien porque la esperaba una limusina con el chófer junto a la puerta trasera abierta, y, lo que era mucho más importante, no había rastro alguno de la caja de madera. Krantz tenía dos opciones. Tenía claro que Petrescu regresaría a dormir al hotel, mientras que la pintura debía seguir en el edificio. Tomó una decisión.

Anna se reclinó en el asiento de la limusina y se relajó por primera vez en días, con la seguridad de que incluso si el señor Nakamura no aceptaba pagar los sesenta millones, le haría una oferta realista. ¿Por qué si no iba a poner el coche a su disposición e invitarla a volver al día siguiente?

Se bajó de la limusina en la puerta del Seiyo, y fue directamente a la recepción a recoger su llave antes de ir hacia los ascensores. De haber girado a la derecha y no a la izquierda, se hubiese encontrado de cara con un estadounidense frustrado.

La mirada de Jack la siguió hasta que entró en uno de los ascensores. No llevaba la caja, y algo fundamental: no había ni rastro de Pelopaja. Seguramente había tomado la decisión de quedarse con la pintura y olvidarse, por el momento, del mensajero. Tendría que decidir rápidamente qué haría si Petrescu aparecía con las maletas y se marchaba al aeropuerto. Al menos esta vez no había deshecho el equipaje.

Krantz había ido pasando de sombra en sombra durante casi una hora, moviéndose con el sol, cuando regresó la limusina del presidente y aparcó delante de la entrada de Maruha Steel. Unos segundos más tarde, se abrió la puerta y apareció la secretaria del señor Nakamura acompañada por un hombre vestido con un uniforme rojo que cargaba con la caja de madera. El chófer abrió el maletero y el portero colocó la caja en el interior. El chófer escuchó mientras la secretaria le transmitía las órdenes de su jefe. El presidente tenía que hacer varias llamadas a Estados Unidos e Inglaterra durante la noche, y por lo tanto se quedaría en el piso de la compañía. Había visto el cuadro y quería que lo llevaran a su casa en el campo.

Krantz observó el tráfico. Solo tendría una oportunidad, y solo cuando el semáforo estuviese rojo. Agradeció que fuese una calle de dirección única. Sabía que el semáforo de la esquina permanecería en verde durante cuarenta y cinco segundos, y que durante ese tiempo unos trece coches lo pasarían. Se apartó de las sombras y caminó por la acera con el sigilo de un gato, consciente de que estaba a punto de arriesgar una de sus nueve vidas.

La limusina negra del presidente entró en la calle y se unió al tráfico. El semáforo estaba en verde, pero tenía delante unos quince coches. Krantz se situó exactamente en el lugar opuesto al que había calculado que se detendría el vehículo. Cuando el semáforo se puso rojo, caminó lentamente hacia la limusina; después de todo, disponía de cuarenta y cinco segundos. A un paso del coche, se dejó caer sobre el hombro derecho y rodó hasta situarse debajo de la limusina. Se sujetó firmemente a los laterales, apoyó los pies, y se izó. Era una de las ventajas de medir un metro cincuenta y pesar menos de cincuenta kilos. Cuando cambió el semáforo y arrancó la limusina del presidente, había desaparecido de la vista.

Una vez, en las colinas de Rumanía, mientras escapaba de los rebeldes, Krantz se había pegado como una lapa a los bajos de un camión que recorrió kilómetros por terreno abrupto. Había aguantado cuarenta y cinco minutos, y cuando se ponía el sol se había dejado caer al suelo, exhausta. A continuación había continuado a campo traviesa hasta hallarse sana y salva. Los últimos veinte kilómetros los había hecho al trote.

La limusina circuló al ritmo irregular que le marcaba el tráfico en su recorrido a través de la ciudad, y transcurrieron otros veinte minutos antes de que el chófer saliera de la autopista para ascender a las colinas. Unos pocos minutos más tarde, otro giro, una carretera mucho más pequeña y menos tráfico. Krantz quería dejarse caer, pero sabía que cada minuto que aguantara jugaría a su favor. El coche se detuvo en un cruce, dobló a la izquierda y continuó por lo que parecía un camino ancho y desigual. Cuando llegaron al siguiente cruce, Krantz escuchó con atención. Un camión les impedía el paso.

Soltó lentamente el brazo derecho, que lo tenía casi entumecido, desenfundó el cuchillo, se puso de lado y clavó la hoja en la rueda trasera derecha, una y otra vez, hasta que escuchó un fuerte siseo. En el momento en que el coche arrancó, se dejó caer y no se movió ni un centímetro hasta que ya no escuchó el motor. Rodó sobre sí misma hasta un costado del camino y observó la limusina, que continuaba subiendo. Esperó que se perdiera de vista para levantarse y realizó unos cuantos ejercicios de estiramiento. No tenía prisa. Después de todo, la estaría esperando al otro lado de la colina. En cuanto se recuperó, trotó lentamente hasta la cumbre. A una distancia de varios kilómetros se alzaba una magnífica mansión entre las colinas que dominaban el paisaje.

También vio al chófer a lo lejos, con una rodilla en tierra, que miraba el neumático pinchado. Miró a un extremo y otro del camino particular que probablemente solo llevaba a la residencia de Nakamura. Al escuchar sus pasos, el chófer levantó la cabeza y le sonrió. Krantz le devolvió la sonrisa y trotó hasta su lado. El hombre se disponía a hablarle cuando, con un rapidísimo movimiento de la pierna izquierda, Krantz le dio un puntapié en la garganta, seguido con otro en la entrepierna. Vio cómo se desplomaba, como una marioneta a la que le han cortado los hilos. Por un momento, pensó degollarlo, pero ahora que tenía la pintura, ¿por qué molestarse, cuando esa noche tendría el placer de cortarle el cuello a otra persona? Además, no estaba incluido en el precio.

Una vez más echó una ojeada en los dos sentidos. Nadie a la vista. Corrió a buscar las llaves de la limusina y abrió la cerradura del maletero. Levantó la tapa y miró la caja de madera. Hubiese sonreído, pero primero necesitaba asegurarse de que se había ganado el primer millón de dólares.

Cogió un destornillador de la caja de herramientas y encajó la punta en una grieta en la esquina superior derecha de la caja. Necesitó todas sus fuerzas para quitar la tapa. La pintura estaba envuelta en varias capas de plástico con burbujas. La arrancó con las manos. Cuando acabó de quitar el último trozo, contempló la pintura premiada de Danuta Sekalska, titulada *Libertad*.

Jack esperó durante otra hora, con un ojo atento a la puerta por si aparecía Pelopaja, y el otro en los ascensores por si bajaba

Petrescu, pero no apareció ninguna de las dos. Dejó pasar una hora más, hasta convencerse de que Anna se quedaría a pasar la noche. Se acercó al mostrador de la recepción y preguntó si había una habitación disponible.

—¿Su nombre, señor? —preguntó el recepcionista.

—Fitzgerald.

—Su pasaporte, por favor.

—Por supuesto. —Sacó el pasaporte del bolsillo interior de la chaqueta y se lo dio.

—¿Cuántas noches se quedará con nosotros, señor Fitzgerald?

A Jack le hubiese gustado saber la respuesta a la pregunta.

19-S

35

Lo primero que hizo Anna al despertarse a la mañana siguiente fue llamar a Wentworth Hall.

—Será una de esas cosas que salen por un pelo —señaló Arabella, después de escuchar las novedades.

—¿A qué te refieres? —preguntó Anna.

—Fenston ha presentado una petición de quiebra, y me ha dado un plazo de catorce días para liquidar la deuda. Si no lo hago, subastará Wentworth Hall. Así que esperemos que Nakamura no se entere, porque si lo hace, desde luego debilitará tu posición negociadora y quizá incluso haga que se le ocurran otras ideas.

—Lo veré esta mañana a las diez. Te llamaré en cuanto me comunique su decisión, pero allí será plena madrugada.

—No me importa la hora que sea —manifestó Arabella—. Estaré despierta.

Anna colgó el teléfono y se dedicó a repasar sus tácticas para la reunión con Nakamura. En realidad, prácticamente no había pensado en otra cosa durante las últimas doce horas.

Sabía que Arabella se conformaría con una cantidad que le permitiese liquidar su deuda con Fenston Finance y le dejara un saldo suficiente para salvar la propiedad de cualquier otro acreedor y pagar los impuestos. Anna calculaba que serían unos cincuenta millones. Ya había decidido aceptar esa cantidad. Luego regresaría a Nueva York, sin el añadido de «desaparecida» en su nombre, y volver a reencontrarse con los recovecos de Central Park. Incluso podría pedirle a Nakamura que le diese más detalles del empleo para el que no había sido entrevistada.

Se entretuvo en la bañera —algo que solo se permitía normalmente los fines de semana— mientras continuaba pensando en cómo abordaría el encuentro con el empresario. Sonrió al imaginarse el momento en que Nakamura abriera el regalo. Para los verdaderos coleccionistas resultaba tan emocionante descubrir al próximo maestro como pagar una suma multimillonaria por uno establecido. Sin duda, en cuanto viera el brío de las pinceladas y el brillante estilo, decidiría añadir *Libertad* a su colección privada. Siempre la última prueba.

Anna pensó largo y tendido en cómo se vestiría para el segundo encuentro. Se decidió por un vestido de lino beis con un dobladillo modesto, un cinturón de cuero marrón ancho y una sencilla cadena de oro alrededor del cuello; un atuendo que sería considerado como pacato en Nueva York, pero casi descarado en Tokio. El día anterior se había vestido para su primera jugada, este lo haría para rematar la partida.

Abrió el bolso por tercera vez aquella mañana para comprobar que tenía una copia de la carta del doctor Gachet a Van Gogh, junto con un contrato de una página que era el habitual entre los marchantes. Si acordaba un precio con Nakamura, le pediría un depósito del diez por ciento, como un acto de buena fe, que sería devuelto íntegramente si, después de ver la obra maestra, no quedaba satisfecho. Anna se dijo que en cuanto viese el original...

Consultó su reloj. La cita con el presidente era a las diez, y le había prometido enviar la limusina a recogerla a las diez menos veinte. La esperaría en el vestíbulo. Los japoneses perdían la paciencia rápidamente con las personas que les hacían perder el tiempo.

Bajó al vestíbulo y se acercó a la recepción.

—Por favor, prepáreme la cuenta. Me marcho.

—Desde luego, doctora Petrescu. ¿Ha consumido algo del minibar?

—Dos botellas de agua mineral.

—Gracias. —El empleado tomó nota.

Un botones se acercó a la carrera.

—El chófer la espera para llevarla —le dijo a Anna y la acompañó hasta la puerta.

Jack ya había subido a un taxi cuando Anna apareció en la entrada. Esta vez no la volvería a perder. Después de todo, Pelopaja la estaría esperando, y ella sí sabía adónde iría.

Krantz también había pasado la noche en el centro de Tokio, pero a diferencia de Petrescu, no en la cama de un hotel. Había dormido en la cabina de una grúa, a unos cincuenta metros por encima de la ciudad. Era un lugar donde a nadie se le ocurriría ir a buscarla. Contempló el paisaje mientras el sol se elevaba por encima del palacio imperial. Consultó su reloj: las seis menos cinco. Era hora de bajar si quería pasar inadvertida.

Bajó de la grúa y se mezcló con las personas que caminaban hacia la boca del Metro para ir a sus empleos. Se bajó en la séptima estación, que era la de Ginza, y retrocedió a paso rápido para ir al Seiyo. Entró en el hotel, un huésped habitual que nunca pasaba por la recepción ni se quedaba a dormir.

Krantz se apostó en una esquina del vestíbulo, desde donde tenía una visión despejada de los dos ascensores, mientras que solo podía verla el más observador de los camareros. Sería una larga espera, pero la paciencia era algo que se desarrollaba con la práctica, como cualquier otra cosa.

El chófer cerró la puerta. Anna advirtió que no era el mismo de la tarde anterior; nunca olvidaba una cara. El viaje transcurrió en silencio, y Anna se sintió cada vez más convencida de su éxito.

Al apearse, Anna vio a la secretaria del señor Nakamura que la esperaba en el vestíbulo. Sesenta millones de dólares, se susurró para sus adentros mientras subía la escalinata, no aceptaré ni un centavo menos. Se abrieron las puertas de cristal y la secretaria la saludó con una profunda inclinación.

—Buenos días, doctora Petrescu. Nakamura San la espera.

Anna sonrió y la siguió por el largo pasillo de puertas anónimas. La secretaria llamó discretamente, abrió la puerta del despacho del presidente y anunció a la doctora Petrescu.

De nuevo se sintió impresionada por el efecto que la habitación provocaba en ella, pero esta vez consiguió mantener la boca cerrada. Nakamura se levantó para saludarla con la tradicional inclinación antes de indicarle una silla delante de la mesa. Anna le devolvió el saludo. El presidente se sentó. La sonrisa del día anterior había sido reemplazada por una expresión ceñuda. Anna se dijo que no era más que una pose para la negociación.

—Doctora Petrescu —comenzó Nakamura al tiempo que abría una carpeta—, a lo que parece, cuando nos encontramos ayer, no fue del todo sincera conmigo.

Anna sintió la boca seca mientras Nakamura echaba un vistazo a una hoja. El presidente se quitó las gafas y la miró a la cara. Ella intentó no acobardarse.

—No me dijo que ya no trabaja para Fenston Finance, ni tampoco aludió a que la despidieron hace poco de la junta por una conducta indigna para un empleado del banco. —Anna procuró controlar la respiración—. Además no me informó de la preocupante noticia de que lady Victoria había sido asesinada en un momento en que tenía deudas con el banco —se puso de nuevo las gafas— por más de treinta millones de dólares. Asimismo olvidó mencionar el hecho de que la policía de Nueva York la tiene actualmente clasificada como desaparecida, y probablemente muerta. Pero quizá la acusación más grave sea que no me dijo nada referente a que la pintura que intenta vender es, para emplear la jerga de la policía, un bien robado. —Nakamura cerró la carpeta, se quitó las gafas y una vez más la miró a los ojos—. ¿Quizá existe una explicación sencilla para este repentino ataque de amnesia?

Anna deseó levantarse y salir corriendo del despacho, pero no podía moverse. Su padre siempre le había dicho que cuando a uno lo pillaban, lo mejor era confesar. Y lo confesó todo. Incluso le dijo dónde estaba oculta la pintura. Cuando acabó, Nakamura permaneció en silencio durante un par de minutos. Anna esperó el momento en que la echarían con cajas destempladas de un despacho por segunda vez en una semana.

—Ahora comprendo por qué no quería que la pintura se vendiera en un plazo inferior a diez años y, desde luego, que no se exhibiera públicamente. Pero no puedo por menos que preguntarle cómo pretende cuadrar el círculo con su antiguo jefe. Para mí está claro que el señor Fenston desea mucho más conservar tan valiosa posesión que la liquidación de la deuda.

—Esa es la cuestión —dijo Anna—. En cuanto se liquide la deuda, la familia Wentworth podrá vender la pintura al mejor postor.

—En el caso de que acepte su versión de los hechos —señaló Nakamura—, y si aún estoy interesado en la compra del *Autorretrato*, querría establecer algunas condiciones.

Anna asintió.

—Primero, la pintura será adquirida directamente a lady Arabella, y solo después de que la propiedad legal quede debidamente establecida.

—No veo ninguna objeción a que se haga así.

—Segundo, deseo que la obra sea autenticada por el Museo Van Gogh de Amsterdam.

—Eso no me representa ningún inconveniente.

—Entonces quizá mi tercera condición puede que sí lo sea —añadió Nakamura—, y es el precio que estoy dispuesto a pagar, siendo, como se dice vulgarmente, el que tiene la sartén por el mango.

Anna asintió de nuevo con mucho menos entusiasmo.

—Si, y repito si, es usted capaz de atender a mis otras condiciones, estoy muy dispuesto a ofrecer por el *Autorretrato con la oreja vendada*, de Van Gogh, cincuenta millones de dólares, una cantidad que no solo liquidará la deuda de lady Arabella, sino que bastará para pagar cualquier impuesto.

—Es una pintura que si saliese a subasta no bajarían el martillo por menos de setenta o incluso ochenta millones —protestó Anna.

—Eso siempre que no sea usted a quien le bajen el martillo antes de que ocurra —replicó Nakamura—. Perdón —añadió inmediatamente—. Ha descubierto mi debilidad por los chistes malos. —Sonrió por primera vez—. Sin embargo, me han comunicado que el señor Fenston ha presentado una solicitud de quiebra contra su cliente, y conociendo a los norteamericanos como los conozco, podrían pasar años antes de que se llegue a una solución del litigio, y mis abogados en Londres me confirman que lady Arabella no está en posición de afrontar las elevadas costas que originaría tan largo proceso.

Anna respiró profundamente.

—Si, y repito si —Nakamura tuvo la cortesía de sonreír— acepto sus términos, espero a cambio algún gesto de buena voluntad.

—¿Qué tiene en mente? —preguntó el magnate.

—Depositará el diez por ciento, cinco millones de dólares, en el bufete de los abogados de lady Arabella en Londres, que le será devuelto si no desea comprar el cuadro.

Nakamura sacudió la cabeza.

—No, doctora Petrescu, no puedo aceptar su proposición.

Anna se sintió derrotada.

—No obstante, estoy dispuesto a depositar cinco millones en el bufete de mis abogados de Londres, y la cantidad total será abonada en el momento de firmar la venta.

—Muchas gracias —respondió Anna, que no pudo disimular el alivio.

—Después de aceptar sus términos —añadió Nakamura—, yo también espero a cambio un gesto de buena voluntad. —Se levantó y Anna hizo lo mismo—. Si la venta se realiza, usted considerará seriamente la posibilidad de asumir el cargo de directora ejecutiva de mi fundación.

Anna sonrió, pero no se inclinó. Le tendió la mano y dijo:

—Para utilizar otra expresión vulgar, pero muy apropiada, señor Nakamura, trato hecho. —Se volvió dispuesta a marcharse.

—Una cosa más antes de que se vaya. —Nakamura cogió un sobre de la mesa. Anna lo miró, con el deseo de no parecer asustada—. ¿Tendría usted la bondad de hacerle llegar esta carta a la señorita Danuta Sekalska? Es un enorme talento que solo puedo desear que se le permita madurar.

Anna sonrió mientras el presidente la acompañaba por el pasillo hasta la limusina. Hablaron de los trágicos acontecimientos en Nueva York y las consecuencias a largo plazo para Estados Unidos. Sin embargo, Nakamura no hizo mención alguna a que su chófer se encontraba en el hospital, donde se recuperaba de unas lesiones graves y de un orgullo herido.

Pero los japoneses siempre han creído que algunos secretos se guardan mejor en familia.

Jack casi nunca informaba a la embajada de su presencia en una ciudad extranjera. Solían hacer demasiadas preguntas que él no quería contestar. Tokio no era la excepción, pero necesitaba que le respondieran a algunas preguntas, y sabía exactamente a quién hacérselas.

Un estafador que Jack había mandado a la cárcel por varios años le había dicho una vez que cuando se estaba en el extranjero y se necesitaba información, uno se alojaba en un buen hotel. Pero no se buscaba al gerente para pedirle consejo, ni se molestaba al recepcionista, sino que trataba exclusivamente con el jefe de los conserjes. Este hombre se gana la vida vendiendo información; el salario solo era un añadido.

Por cincuenta dólares, Jack se enteró de todo lo que necesitaba saber del señor Nakamura, incluso de su hándicap de golf: catorce.

Krantz vio salir a Anna del edificio y subir una vez más a la limusina del presidente. Se apresuró a llamar a un taxi y le indicó que la dejara un centenar de metros más allá de la entrada del hotel Seiyo. Si Petrescu se disponía a irse, aún tendría que recoger el equipaje y pagar la cuenta.

Anna entró en el hotel con una prisa enorme por marcharse. Recogió la llave en la recepción y subió la escalera hasta su habitación en el primer piso. Se sentó en el borde de la cama y primero llamó a Arabella. Su voz indicaba que estaba bien despierta.

«Una auténtica Porcia», fue el comentario final de Arabella después de enterarse de las noticias. Anna se preguntó a cuál de las Porcia. ¿La némesis de Shylock o la esposa de Bruto? Se quitó la cadena de oro, el cinturón de cuero, los zapatos y finalmente el vestido. Se olvidó de tanta formalidad y se vistió con una camiseta, vaqueros y zapatillas de deporte. La hora de salida del hotel era el mediodía, pero todavía le quedaba tiempo para una última llamada. Necesitaba dejar una pista.

El teléfono sonó varias veces antes de que respondiese una voz somnolienta.

—¿Quién es?

—Vincent.

—¡Diablos!, ¿qué hora es? Me he dormido.

—Podrás seguir durmiendo después de que escuches las novedades.

—¿Has vendido el cuadro?
—¿Cómo lo has adivinado?
—¿Por cuánto?
—Suficiente.
—Felicidades. ¿Adónde irás ahora?
—A recogerlo.
—¡Adónde?
—A donde siempre ha estado. Vuelve a dormirte.

Tina sonrió mientras se dormía. Por una vez Fenston acabaría derrotado en su propio juego.

—Oh, Dios mío —exclamó en voz alta, súbitamente bien despierta—. No le he avisado de que la sombra es una mujer, y que sabe que ella está en Tokio.

36

Fenston estiró el brazo a través de la cama y tanteó en busca del teléfono mientras intentaba mantener los ojos cerrados.

—¿Quién coño llama?

—Vincent acaba de llamar.

—¿De dónde llamaba a esta hora? —preguntó Fenston, con los ojos repentinamente bien abiertos.

—De Tokio.

—Así que ha visto a Nakamura.

—Claro —dijo Leapman—, y afirma que vendió la pintura.

—No se puede vender algo que no es de uno. —Fenston encendió la lámpara—. ¿Dijo dónde iría después?

—A recogerlo.

—¿No dio ninguna pista de dónde podría ser?

—Donde siempre ha estado —respondió Leapman.

—Entonces tiene que ser Londres.

—¿Cómo puedes estar tan seguro?

—Porque si se hubiese llevado la pintura a Bucarest, ¿por qué no llevarla a Tokio? No, dejó la pintura en Londres —insistió Fenston—, donde siempre ha estado.

—Pues yo no estoy tan seguro.

—En ese caso, ¿dónde crees tú que está?

—En Bucarest, donde siempre ha estado, en la caja roja.

—No, la caja roja solo era un señuelo.

—Entonces, ¿cómo haremos para encontrarla? —preguntó Leapman.

—Será muy fácil. Ahora que Petrescu cree que le ha vendido la obra a Nakamura, su próximo paso será recogerla, y esta vez Krantz la estará esperando. Entonces acabará teniendo algo en común con Van Gogh. Pero antes de que eso ocurra, tengo que hacer otra llamada.

Fenston colgó el teléfono antes de que Leapman tuviese la oportunidad de preguntarle a quién.

Anna abandonó el hotel minutos después de las doce. Tomó el tren al aeropuerto porque ya no podía permitirse el lujo de tomar un taxi. No dudaba que el hombre que la seguía se encontraba a bordo, y pretendía facilitarle su tarea al máximo. Después de todo, ya le habrían comunicado su próxima parada.

Lo que no sabía era que un segundo perseguidor ocupaba un asiento ocho filas más atrás.

Krantz abrió un ejemplar del *Shinbui Times*, dispuesta a levantarlo para ocultar el rostro si Petrescu se giraba. No lo hizo. Era el momento de hacer su llamada. Marcó el número y esperó a que sonara diez veces. Atendieron. No habló.

—Londres —fue todo lo que dijo Fenston antes de que se cortara la comunicación.

Krantz dejó caer el móvil por la ventanilla, y vio cómo caía delante de un tren que circulaba en dirección contraria.

Anna se bajó del tren en la terminal aérea y fue directamente al mostrador de British Airways. Preguntó el precio del pasaje a Londres en clase turista, aunque no tenía la intención de comprarlo. Después de todo, solo le quedaban treinta y cinco dólares en su cuenta. Pero Fenston no tenía manera de saberlo. Leyó los horarios de salida. Había una diferencia de noventa minutos entre los dos vuelos. Anna caminó lentamente hacia la puerta 91B, para asegurarse de que la persona que la seguía no pudiese perderla. Miró todos los escaparates hasta la puerta y llegó momentos antes de que comenzaran a embarcar. Escogió su asiento en la sala con mucho cuidado, y se sentó junto a un niño. «Querrían los pasajeros...» El niño soltó un grito y echó a correr, y un padre atribulado corrió tras él.

Jack solo se había distraído un segundo, pero ella había desaparecido. ¿Había subido al avión o dio media vuelta? Quizá había deducido que la seguían dos personas. Observó la sala. Ahora embarcaban los pasajeros de la clase business y no se la veía por ninguna parte. Miró uno por uno a todos los pasajeros sentados, y aunque le hubiese ido la vida en ello no habría descubierto a la otra mujer de no haber sido porque se tocó el pelo. Ahora llevaba una peluca negra sobre la melena rubia. También ella parecía intrigada.

Krantz titubeó cuando embarcaron los pasajeros de primera clase. Entró en el lavabo de señoras que se encontraba directamente detrás del asiento que había ocupado Petrescu. Salió al cabo de unos momentos y se sentó de nuevo. Se escuchó el último aviso y fue de los últimos en presentar la tarjeta de embarque.

Jack vio cómo Pelopaja desaparecía por la rampa. ¿Cómo podía saber a ciencia cierta que Anna se encontraba a bordo del avión a Londres? ¿Es que había vuelto a perderlas a las dos?

Esperó hasta que cerraron la puerta, ahora muy consciente de que ambas mujeres volaban a Londres. Sin embargo le había llamado la atención la manera de comportarse de Anna desde que había salido del hotel, casi como si, esta vez, desease que la siguieran.

Continuó esperando. Vio cómo recogía sus cosas y se marchaba el último empleado de la línea aérea. Ya se disponía a bajar para ir a comprar un pasaje en el siguiente avión a Londres, cuando se abrió la puerta del lavabo de caballeros.

Apareció Anna.

—Póngame con el señor Nakamura.

—¿Quién le llama?

—Bryce Fenston, presidente de Fenston Finance.

—Veré si puede atenderlo, señor Fenston.

—Me atenderá.

Pasó casi un minuto antes de que se escuchara otra voz.

—Buenos días, señor Fenston, soy Takashi Nakamura. ¿En qué puedo servirle?

—Solo lo llamo para advertirle...

—¿Advertirme? —preguntó Nakamura.

—Me dice que Petrescu intentó venderle un Van Gogh.

—Así es.

—¿Cuánto le pidió?

—Creo que, como se dice vulgarmente, un riñón y parte del otro.

—Si es capaz de cometer la tontería de comprar la pintura, señor Nakamura, podría acabar costándole un riñón y parte del otro, porque el cuadro me pertenece.

—No tenía idea de que fuese suyo. Creía que...

—Entonces creyó erróneamente. Quizá tampoco sepa que Petrescu ya no trabaja en este banco.

—La doctora Petrescu lo dejó muy claro.

—¿Le dijo por qué la despidieron?

—Sí, lo hizo.

—Pero ¿le dijo por qué?

—Con todo lujo de detalles.

—¿Así y todo está dispuesto a hacer tratos con ella?

—Sí. La verdad es que intento convencerla para que se una a mi junta, como directora ejecutiva de la fundación de la compañía.

—¿A pesar del hecho de que tuve que despedirla por conducta indigna de un empleado de banca?

—No de banca, señor Fenston, de su banco.

—No me venga con juegos de palabras.

—Como usted diga. En cualquier caso, permítame dejarle claro que si la doctora Petrescu se une a esta compañía, no tardará en descubrir que no apoyamos la política de robar las herencias a los clientes, especialmente cuando son damas mayores.

—Entonces, ¿qué opina de los directores que roban una propiedad del banco valorada en cien millones de dólares?

—Me encanta saber que usted valora la pintura en esa cantidad, porque su propietaria...

—Yo soy el propietario —gritó Fenston—, de acuerdo con las leyes del estado de Nueva York.

—Cuya jurisdicción no incluye Tokio.

—¿Acaso su compañía no tiene oficinas en Nueva York?

—Al menos hemos encontrado algo en lo que podemos estar de acuerdo.

—En ese caso nada me impide entregarle una notificación judicial en Nueva York, si comete la estupidez de intentar comprar mi cuadro.

—¿En favor de quién será extendida la notificación?

—¿Qué pretende insinuar? —chilló Fenston.

—Solo que mis abogados de Nueva York necesitarán saber a quién se enfrentan. ¿Será Bryce Fenston, presidente de Fenston Finance, o Nicu Munteanu, blanqueador de dinero de Ceausescu, difunto dictador de Rumanía?

—No me amenace, Nakamura, o yo...

—¿Le partirá el cuello a mi chófer?

—La próxima vez no será su chófer.

Se produjo una larga pausa antes de que se escuchara de nuevo la voz de Nakamura.

—Entonces quizá deba reconsiderar si realmente vale la pena pagar tanto por el Van Gogh.

—Una sabia decisión —aprobó Fenston.

—Muchas gracias, señor Fenston. Me ha convencido de que mi primera decisión podría no ser la más acertada.

—Estaba seguro de que al final entraría en razón —dijo Fenston, y colgó.

Anna subió al avión que la llevaría a Bucarest una hora más tarde, segura de que se había librado del hombre de Fenston. Después de hablar con Tina, ellos se habrían convencido de que regresaba a Londres para recoger la pintura, donde siempre había estado. Era la clase de pista que sin duda había motivado una discusión entre Fenston y Leapman.

Quizá había exagerado un poco al pasar tanto tiempo en el mostrador de British Airways y luego al ir directamente a la puerta 91B cuando ni siquiera tenía el pasaje. El niño había resultado ser una bendición, pero incluso Anna se había sorprendido por sus berridos cuando le pellizcó la nalga.

Su única preocupación real era Tina. Al día siguiente a esa hora, Fenston y Leapman descubrirían que Anna les había pasado información falsa, después de deducir que espiaban sus conversaciones. Anna temía que perder el empleo fuera el menor de los problemas de su amiga.

En el momento en que el avión despegó de suelo japonés, Anna pensó en Anton. Solo podía rogar que tres días hubiesen resultado ser más que suficientes.

El hombre de Fenston la perseguía por un callejón. A final había una pared con alambre de espino en lo alto. No tenía escapatoria. Se volvió para enfrentarse a su adversario cuando se detuvo a unos pocos pasos de ella. El hombre bajo y feo desenfundó una pistola y con una sonrisa le apuntó directamente al corazón. Se giró cuando la bala le rozó el hombro...

—Si quieren cambiar la hora en sus relojes, ahora en Bucarest son las tres y veinte de la tarde.

Anna se despertó sobresaltada.

—¿Qué día es hoy? —le preguntó a la azafata.

—Jueves veinte, señora.

20-S

37

Anna se frotó los ojos, y cambió la hora de su reloj.

Había mantenido su compromiso con Anton de que regresaría en cuatro días. Ahora su mayor problema sería cómo transportar la pintura a Londres, mientras que al mismo tiempo...

—Damas y caballeros, el capitán acaba de encender la señal de «Abróchense los cinturones». Aterrizaremos en Bucarest en aproximadamente veinte minutos.

Sonrió al pensar que el hombre de Fenston habría aterrizado en Hong Kong, y esta vez se habría preguntado cómo era que no la veía en la zona de tránsito. ¿Había seguido hasta Londres, o se había arriesgado a cambiar de vuelo para dirigirse a la capital rumana? Quizá apareciese por Bucarest cuando ella salía para Londres.

Al salir de la terminal, se alegró al ver que Sergei la esperaba junto a su Mercedes amarillo con una amplia sonrisa. Le abrió la puerta trasera. El único inconveniente era que apenas si le quedaba dinero para pagarle la carrera.

—¿Adónde vamos? —preguntó Sergei.

—Primero tengo que ir a la academia.

Le hubiese gustado compartir con Sergei todo lo que había pasado, pero aún no lo conocía lo suficiente como para arriesgarse. No confiar en las personas era otra de las experiencias que le desagradaban.

Sergei la dejó al pie de la escalera, en el mismo lugar donde ella se había despedido de Anton antes de marchar al aeropuerto. Ya no era necesario pedirle que la esperase. El estudiante que atendía la recepción le informó que la clase del profesor Teodorescu sobre «Atribución» estaba a punto de comenzar.

Anna subió al primer piso, donde se encontraba el anfiteatro; entró detrás de una pareja de estudiantes en el momento en que se atenuaban las luces y se sentó en una de las butacas al final de la segunda fila, dispuesta a olvidarse durante unos minutos del mundo real.

—La atribución y la procedencia —comenzó Anton, al tiempo que se pasaba la mano por el pelo en un gesto característico que los alumnos imitaban a su espalda— son de lejos el principal motivo de discusión y de desacuerdo entre los expertos en arte. ¿Por qué? Porque queda bien, da mucho juego y casi nunca es concluyente. No hay ninguna duda de que varias de las galerías más conocidas del mundo exponen obras que no fueron pintadas por los artistas cuyos nombres aparecen en el marco. Es posible, por supuesto, que el maestro pintase la figura principal, la Virgen o el Cristo por ejemplo, y dejase a un aprendiz que se ocupase del fondo. Debemos considerar, por lo tanto, si varias pinturas que presentan el mismo tema pueden haber sido realizadas por un maestro o si es más posible que una de ellas, probablemente incluso más, sean trabajos de sus alumnos más avanzados, que varios siglos más tarde son confundidos con el maestro.

Anna sonrió al escuchar la expresión «alumnos más avanzados», y recordó la carta que le había pasado a Danuta Sekalska.

—Consideremos ahora otros ejemplos —continuó Anton— y veamos si son ustedes capaces de distinguir la mano de un mortal menos dotado. El primero es una pintura que se expone actualmente en la Frick Collection de Nueva York. —Una imagen apareció en la pantalla detrás del profesor—. Los escucho gritar «Rembrandt», pero el proyecto Rembrandt, que se inició en 1974, no estaría de acuerdo con ustedes. Creen que *El jinete polaco* es una obra donde al menos intervinieron dos manos, una de las cuales pudo ser, y repito pudo ser, la de Rembrandt. El Metropolitan, que está a unas pocas manzanas más lejos de la Frick, al otro lado de la Quinta Avenida, fue incapaz de ocultar su angustia cuando los mismos distinguidos eruditos certificaron que dos retratos de *La familia Beresteyn*, adquiridos por el museo en 1929, no habían sido pintados por el maestro holandés. No sufran por los problemas que tienen esas dos grandes instituciones, porque, de las doce pinturas atribuidas a Rembrandt de la Wallace Collection de Londres, solo una, *Titus, el hijo del artista*, ha sido declarada genuina.

Anna, apasionada con el tema, había comenzado a tomar notas.

—El segundo artista que les presentaré es el gran maestro español Goya. Para gran embarazo del museo del Prado de Madrid, Juan José Junquera, el mayor experto mundial en Goya, ha sugerido que las «Pinturas Negras», que incluyen visiones tan aterradores como *Saturno devorando a un hijo*, no puede haber salido de la mano de Goya, porque fueron pintadas como murales en una habitación que no se acabó hasta después de su muerte. El distinguido crítico australiano Robert Hughes, en su libro sobre Goya, propone que son obra del hijo del artista.

»Ahora pasaremos a los impresionistas. Varias pinturas de Manet, Monet, Matisse y Van Gogh que se exponen en las grandes pinacotecas del mundo aún no han sido autenticadas por los expertos. *Los girasoles*, que se subastó en Christie's en 1987 por casi cuarenta millones de dólares, todavía espera la certificación de Louis van Tilborg, del museo Van Gogh.

Anton se volvió para pasar a la siguiente diapositiva, y su mirada se posó en Anna. Ella le sonrió, y el profesor puso en pantalla un Rafael en lugar del Van Gogh, cosa que provocó las risas de los estudiantes.

—Como pueden comprobar, yo también soy capaz de atribuir la pintura equivocada al artista equivocado. —Las risas dieron paso a un aplauso. Pero entonces, para sorpresa de Anna, Anton la miró de nuevo—. Esta gran ciudad —añadió, sin referirse ya a sus notas—, también tiene una experta en el campo de la atribución, que actualmente trabaja en Nueva York. Algunos años atrás, cuando ambos éramos estudiantes, manteníamos largas discusiones hasta bien entrada la noche sobre esta pintura. —El Rafael apareció de nuevo en la pantalla—. Después de asistir a alguna conferencia, nos reuníamos en nuestro lugar preferido —otra vez miró a Anna—, Koskies, que, según me han dicho, muchos de ustedes también frecuentan. Solíamos encontrarnos a las nueve de la noche, al finalizar la última clase. —Miró la pintura en la pantalla—. Esta es una obra que lleva el título de *Madonna dei Garofani*, adquirida recientemente por la National Gallery de Londres. Los expertos en Rafael están divididos, pero a muchos les preocupa cuántas obras hay del mismo tema, atribuidas al mismo artista. Algunos sostienen que esta pintura probablemente sea de la «escuela de Rafael», o «al estilo de Rafael».

Anton miró a su público. El asiento al final de la segunda fila ya no estaba ocupado.

Anna llegó a Koskies unos minutos antes de la hora convenida. Solo un estudiante muy atento hubiese advertido que el profesor se había apartado por unos momentos de su guión para hacerle saber el lugar y la hora donde se encontrarían. Ella no había pasado por alto el miedo en los ojos de Anton, algo que solo es obvio para aquellos que han tenido que sobrevivir en un estado dictatorial.

Echó un ojeada al lugar. No había cambiado desde su época de estudiante. Las mismas mesas y sillas de plástico y probablemente el mismo vino peleón. No era el lugar de encuentro habitual para un profesor de perspectiva y una marchante de arte neoyorquina. Pidió dos copas de tinto de la casa.

Recordó con cariño las veladas en Koskies, que entonces le parecían fantásticas, donde pasaba horas hablando con los amigos de las virtudes de Constantin Brancusi, U2, Tom Cruise y John Lennon, y tenía que masticar regaliz en el camino de regreso a casa para que su madre no descubriese que había bebido y fumado. Su padre siempre lo sabía; le guiñaba un ojo y le señalaba la habitación donde se encontraba su madre.

También recordó la primera vez que Anton y ella fueron a la cama juntos. Hacía tanto frío que no se habían quitado los abrigos, y cuando acabó, Anna se preguntó si se molestaría en hacerlo de nuevo. Al parecer nadie le había explicado a Anton que quizá la mujer podía tardar un poco más en tener un orgasmo.

Miró al hombre alto que se acercaba a la mesa. Por un momento no tuvo claro que fuese Anton. Vestía un abrigo del ejército que le venía enorme, una bufanda enrollada al cuello, y una gorra de piel con orejeras. El atuendo ideal para el invierno neoyorquino, pensó de inmediato.

Anton se sentó a la mesa y se quitó la gorra, pero nada más. Sabía que el único radiador en funcionamiento se encontraba en el otro extremo del local.

—¿Tienes la pintura? —preguntó Anna, ansiosa por saberlo.

—Sí. No ha salido de mi estudio en todo el tiempo que has estado fuera, a pesar de que incluso el menos observador de mis estudiantes se hubiese dado cuenta de que no era mi estilo habitual. —Anton bebió un sorbo de vino—. Debo confesar que me alegraré mucho cuando te la lleves. Estuve en la cárcel por menos, y no he dormido en los últimos cuatro días. Hasta mi esposa sospecha que hay algo que no va bien.

—Lo siento mucho —dijo Anna, mientras Anton liaba un cigarrillo—. No tendría que haberte expuesto a tanto peligro, y para colmo, aún tengo que pedirte otro favor. —Anton la miró asustado, pero esperó a escuchar cuál era el favor—. Mencionaste que tenías ocho mil dólares del dinero de mi madre ocultos en la casa.

—Sí, la mayoría de los rumanos ocultan el dinero debajo de los colchones, por si acaso se produce un cambio de gobierno en medio de la noche. —Anton encendió el cigarrillo.

—Necesito un préstamo. Devolveré el dinero tan pronto como regrese a Nueva York.

—Es tu dinero, Anna, puedes llevártelo todo.

—No, es de mi madre, pero no se lo digas porque pensará que tengo problemas económicos y comenzará a vender los muebles.

—Pero estás metida en algún lío, ¿no? —dijo Anton, sin reírle la gracia.

—No mientras tenga la pintura.

—¿Quieres que la guarde un día más? —Bebió otro sorbo.

—Es muy amable de tu parte, pero eso solamente serviría para que ninguno de los dos podamos dormir en paz. Creo que ha llegado el momento de descargarte de toda la responsabilidad.

Anna se levantó. No había probado el vino.

Anton se acabó la copa, apagó la colilla en el cenicero y dejó unas monedas en la mesa. Se encasquetó la gorra y siguió a Anna. Ella no pudo recordar cuándo había sido la última vez que habían salido juntos de Koskies. Miró a un lado y otro de la calle antes de reunirse con Anton, que cuchicheaba con Sergei.

—¿Tendrás tiempo para visitar a tu madre? —le preguntó Anton.

—No mientras alguien vigile mis movimientos.

—No veo a nadie —dijo Anton.

—No se ve, se nota. —Anna hizo una pausa—. Me había hecho la ilusión de que había conseguido despistarlo.

—Pues no —afirmó Sergei y arrancó.

Realizaron en silencio el corto trayecto hasta la casa de Anton. Sergei detuvo el coche delante de la entrada, y Anna se apresuró a seguir a Anton al interior de la casa. Subieron la escalera hasta el ático. Anna escuchó la música de Sibelius que llegaba desde el piso de abajo; era obvio que él no quería presentarle a su esposa.

Entraron en una habitación donde se amontonaban las telas. Su mirada se dirigió de inmediato a la pintura de Van Gogh con la oreja izquierda vendada, metida en la caja roja abierta, con el marco original.

—La mejor manera de esconderla —comentó con una sonrisa—. Ahora solo me tengo que ocupar de que acabe en las manos correctas.

Al no escuchar ninguna respuesta de Anton se volvió. El profesor estaba de rodillas en el otro extremo de la habitación, ocupado en levantar una de las tablas del suelo. Metió la mano en el agujero y saco un sobre abultado que se guardó en un bolsillo interior del abrigo. Después se acercó a la caja roja, colocó la tapa y comenzó a clavar los clavos. Por la manera que los clavaba era obvio que quería deshacerse de la pintura cuanto antes. En cuanto colocó el último, levantó la caja y, sin decir palabra, salió del ático y bajó la escalera.

Anna le abrió la puerta principal para que Anton saliera con la caja. Se alegró al ver que Sergei los esperaba con la tapa del maletero abierta. Anton colocó la caja en el maletero y se frotó las manos, una demostración de su placer al verse liberado por fin del compromiso. Sergei cerró el maletero y fue a sentarse al volante.

Anton sacó el sobre del bolsillo y se lo dio a Anna.

—Muchas gracias —dijo ella, antes de entregarle a su vez otro sobre, pero que no estaba dirigido a su amigo.

El profesor leyó el nombre del destinatario y sonrió.

—Me encargaré de que ella lo reciba. No sé en qué estás metida —añadió—, pero espero que salga bien.

La besó en las mejillas y se apresuró a entrar en la casa.

—¿Dónde pasarás la noche? —preguntó Sergei cuando ella se sentó a su lado.

Anna se lo dijo.

21-S

38

Anna abrió los ojos y vio a Sergei, que fumaba un cigarrillo sentado en el capó del coche. Se desperezó, parpadeó un par de veces y se frotó los ojos. Era la primera vez que dormía en el asiento trasero de un coche; algo muchísimo más cómodo que la caja de una furgoneta en algún lugar camino de la frontera canadiense, sin nadie que la protegiese. Salió del coche y dio unos pasos para estirar las piernas. La caja roja seguía en el maletero.

—Buenos días —dijo Sergei—. ¿Has dormido bien?

—Por lo que parece, mucho mejor que tú —contestó Anna, con una sonrisa.

—Después de veinte años en el ejército, dormir es un lujo. Ven, desayuna conmigo. —Abrió la puerta del conductor y sacó de debajo del asiento una fiambrera y un termo. En la fiambrera había dos panecillos, un huevo duro, un trozo de queso, un par de tomates y una naranja.

—¿De dónde ha salido todo esto? —preguntó Anna mientras pelaba la naranja.

—De la cena de anoche, preparada por mi querida esposa.

—¿Cómo le explicarás que anoche no volvieras a casa?

—Le diré la verdad —respondió Sergei—. Pasé la noche con una mujer hermosa. —Anna se sonrojó—. Claro que mucho me temo que soy demasiado viejo como para que me crea. ¿Qué toca hacer ahora? ¿Robar un banco?

—Solo si sabes de alguno que tenga cincuenta millones de dólares en calderilla —contestó Anna de muy buen humor—. De lo contrario, tendré que meter eso —señaló la caja— en la bodega del primer avión a Londres, así que necesito averiguar a qué hora abre la oficina de cargas.

—Cuando aparezca el primer empleado. —Sergei cascó el huevo y le quitó la cáscara—. Alrededor de las siete —añadió antes de darle el huevo.

—Entonces me gustaría estar allí cuando abran a las siete. Así tendré la seguridad de que envíen la caja. —Consultó su reloj—. Será mejor que nos pongamos en marcha.

—No lo creo.

—¿A qué te refieres? —preguntó Anna, inquieta.

—Cuando una mujer como tú tiene que pasar la noche en un coche, y no en un hotel, tiene que haber una razón. Tengo el presentimiento de que eso es la razón—. Señaló la caja—. Así que quizá sea poco prudente que te vean despachando una caja roja esta mañana. —Anna continuó mirándolo sin decir palabra—. ¿Es posible que haya algo en esa caja que no quieres que vean las autoridades? —Hizo una pausa, pero Anna no hizo ningún comentario—. Lo que pensaba. ¿Sabes?, cuando era coronel, y necesitaba hacer algo que no quería que supiese nadie más, siempre llamaba a un cabo para que lo hiciese. Descubrí que nadie mostraba el más mínimo interés. Creo que hoy seré tu cabo.

—¿Qué pasará si te pescan?

—Entonces por una vez habré hecho algo útil. ¿Crees que es divertido conducir un taxi cuando has mandado un regimiento? No te preocupes, jovencita. Un par de mis muchachos trabajan en la aduana, y si el precio es correcto, no harán muchas preguntas.

Anna abrió su maletín, sacó el sobre que le había dado Anton y le entregó a Sergei cinco billetes de veinte dólares.

—No, no. —Sergei levantó las manos, escandalizado—. No

pretendemos sobornar al jefe de policía, solo a un par de muchachos. —Cogió un billete—. Además, puede que alguna vez necesite de nuevo sus servicios, y es mejor no sentar precedentes que sobrepasen su utilidad.

Anna celebró el comentario con una carcajada.

—Cuando firmes el manifiesto, Sergei, asegúrate de que la firma sea ilegible.

Sergei la miró atentamente.

—Lo comprendo, pero no entiendo el porqué. Tú quédate aquí, y mantente fuera de la vista. Solo necesito el billete.

Anna abrió el bolso, guardó los ochenta dólares en el sobre y le dio su billete a Londres.

Sergei se sentó al volante, puso el motor en marcha y se despidió con un gesto.

Anna vio cómo el coche desaparecía en la siguiente esquina con la pintura, su maleta, el billete a Londres y veinte dólares. Todo lo que tenía como aval era el bocadillo de queso y tomate y un termo de café frío.

Fenston atendió el teléfono cuando sonó por décima vez.

—Acabo de aterrizar en Bucarest —dijo ella—. La caja roja que buscaba la cargaron en el vuelo a Londres, que aterrizará en Heathrow sobre las cuatro de la tarde.

—¿Qué pasa con la muchacha?

—No sé cuáles son sus planes, pero cuando los averigüe...

—Asegúrese de dejar el cuerpo en Bucarest.

Se cortó la comunicación.

Krantz salió de la terminal, colocó el móvil que acababa de comprar debajo de la rueda delantera de un camión de gran tonelaje y espero que se pusiera en marcha antes de entrar de nuevo.

Leyó el panel de salidas, pero esta vez no creyó que Petrescu viajara a Londres; después de todo, también había un vuelo con destino a Nueva York. Si Petrescu había sacado un pasaje para ese vuelo tendría que matarla inmediatamente. No sería la primera vez que mataba a alguien en el aeropuerto de Bucarest.

Krantz se acomodó detrás de una máquina expendedora de refrescos. Se aseguró de que desde allí veía los taxis que descargaban a sus pasajeros. Solo le interesaba un taxi y una pasajera. Petrescu no la engañaría una segunda vez, porque en esta ocasión tomaría algunas precauciones.

Transcurrida media hora, Anna comenzó a inquietarse. Después de cuarenta minutos, estaba preocupada. Pasados los cincuenta, próxima al pánico. Cuando pasó una hora, Anna llegó a preguntarse si Sergei no trabajaría para Fenston. Unos pocos minutos más, un viejo Mercedes amarillo, conducido por un hombre todavía más viejo, apareció en la esquina.

—Pareces haber vuelto a la vida —comentó Sergei risueñamente mientras le abría la puerta y le devolvía el pasaje.

—No, no —respondió Anna, con cierto sentimiento de culpa.

—El paquete ya está cargado en el mismo avión en que irás tú —dijo, y se sentó al volante.

—Entonces quizá sea hora de que yo también me ponga en marcha.

—De acuerdo. —Sergei arrancó—. Pero tendrás que ir con cuidado, porque el norteamericano ya te estaba esperando.

—Yo no le intereso, solo quiere el paquete.

—Me vio entrar en el despacho de cargas, y por otros veinte dólares sabrá exactamente cuál es su destino.

—Ya no me importa —afirmó Anna, sin dar más explicaciones.

Sergei pareció intrigado, pero no hizo más preguntas. Entró en la autopista y siguió los indicadores hacia el aeropuerto.

—Estoy en deuda contigo —añadió Anna.

—Me debes cuatro dólares, además de un desayuno de gourmet. Me conformo con cinco.

Anna abrió el bolso, cogió el sobre de Anton, sacó todo el dinero menos quinientos dólares y lo cerró. Cuando Sergei aparcó en la parada de taxis de la terminal, ella le dio el sobre.

—Cinco dólares —dijo.

—Gracias, señora —respondió el viejo.

—Anna. —Le dio un beso en la mejilla. Se alejó sin mirar atrás. De haberlo hecho, hubiese visto a llorar a un viejo soldado.

¿Tendría que haberle dicho que el coronel Sergei Slatinaru estaba junto a su padre cuando lo mataron?

Tina salió del ascensor en el preciso momento en que Leapman cerraba la puerta de su despacho. Entró apresuradamente en el lavabo, con el corazón desbocado mientras analizaba las consecuencias. ¿Había descubierto que ella podía espiar todas las conversaciones telefónicas de Fenston, y también controlar todo lo que pasaba en el despacho del presidente? Pero había algo más grave. ¿Había descubierto que desde hacía un año se enviaba documentos confidenciales a su propio buzón de correo? Tina procuró mantener la calma cuando salió de nuevo al pasillo y caminó lentamente hacia su despacho. Había una cosa de la que estaba muy segura: no encontraría ninguna pista de que Leapman hubiese estado alguna vez en la habitación.

Se sentó a la mesa y encendió la pantalla. Sintió un dolor súbito en la boca del estómago. Leapman hablaba con Fenston en su despacho. El presidente lo escuchaba con mucha atención.

Jack vio a Anna darle un beso en la mejilla al conductor y no pudo olvidar que este era el mismo hombre que le había sacado veinte dólares; una cantidad que no aparecería en su hoja de gastos. Pensó en el hecho de que ambos habían permanecido despiertos toda la noche mientras ella dormía. Jack había preferido montar guardia ante la posibilidad de que apareciera Pelopaja para robar el cajón, aunque no la había vuelto a ver desde que había subido al avión a Londres. Se preguntó dónde estaría en esos momentos. Sospechaba que no muy lejos. A medida que pasaban las horas, Jack fue cada vez más consciente de que no se las tenía que haber con un simple taxista, sino con alguien dispuesto a arriesgar la vida por la muchacha, quizá sin siquiera saber la importancia de lo que contenía la caja. Tenía que haber algún motivo.

Era obvio que sería una pérdida de tiempo pretender sobornar al taxista, como ya había descubierto por experiencia propia, pero el encargado de la oficina de envíos lo había llamado a su despacho e incluso le había impreso la página del manifiesto. La caja saldría en el siguiente vuelo a Londres. Le aseguró que ya estaba a bordo. Los cincuenta dólares le habían sido de mucho provecho, aunque no pudiese leer la firma. ¿Iría ella en el mismo vuelo? Jack seguía intrigado. Si en la caja roja que llevarían a Londres se encontraba el Van Gogh, ¿qué había en la caja que Petrescu había llevado a Japón para entregarla en el despacho de Nakamura? No le quedaba más alternativa que esperar y ver si ella subía al mismo avión.

Sergei miró a Anna, que caminaba hacia la entrada de la terminal con su maleta. Llamaría más tarde a Anton para avisarle que había llegado sin tropiezos. Anna se volvió para dedicarle un último saludo, así que no vio que un cliente había subido al taxi. Se dio cuenta al escuchar que se cerraba la puerta. Miró al pasajero por el espejo retrovisor.

—¿Adónde va, señora?

—Al viejo aeropuerto.

—No sabía que aún funcionara —dijo, pero la mujer no le respondió. Algunos clientes nunca lo hacían.

Llegaron a la segunda rotonda, y Sergei giró para dirigirse a la siguiente salida. Miró de nuevo por el espejo retrovisor. Había algo en la mujer que le sonaba. ¿La habría llevado antes en su taxi? Al llegar al cruce, Sergei giró a la izquierda y entró en la carretera del viejo aeropuerto. Estaba desierto. No se había equivocado. De aquel lugar no había vuelto a despegar ningún avión desde que Ceausescu había intentado escapar en noviembre de 1989. Mantuvo una velocidad constante mientras miraba por el espejo retrovisor. De pronto se hizo la luz. Recordó exactamente cuándo la había visto por última vez. Llevaba el pelo más largo, y de color rubio, y aunque había pasado más de una década, los ojos no habían cambiado; unos ojos que no reflejaban expresión alguna cuando mataba, unos ojos que te taladraban mientras morías.

Habían rodeado a su pelotón en la frontera con Bulgaria. Los desarmaron rápidamente y los llevaron al campo de prisioneros más cercano. Aún escuchaba los llantos y los gritos de sus jóvenes voluntarios, algunos de los cuales no eran más que unos chiquillos que acababan de salir de la escuela. La mujer, después de sacarles todo lo que sabían, o nada en absoluto, los había degollado mientras los miraba a los ojos. En cuanto se aseguraba de que su víctima estaba muerta, con otro rápido movimiento de su puñal le cortaba la cabeza y la arrojaba al interior de alguna celda repleta. Incluso los más crueles de sus secuaces preferían no verlo.

Antes de marcharse, miraba a los que habían sobrevivido. Cada noche se despedía con las mismas palabras: «Aún no he decidido cuál de vosotros será el siguiente».

Tres de sus hombres habían sobrevivido, y solo porque habían traído a más prisioneros que disponían de una información actualizada. Durante treinta y siete noches de insomnio, el coronel Sergei Slatinaru solo pudo preguntarse cuándo llegaría su turno. La última víctima había sido el padre de Anna, uno de los hombres más valientes que conocía, quien, si tenía que morir, se merecía ir a la tumba luchando contra el enemigo y no a manos de una carnicera.

Cuando finalmente los repatriaron, una de sus primeras obligaciones como oficial superior fue decirle a la madre de Anna cómo había muerto el capitán Petrescu. Mintió, le juró que su marido había muerto valerosamente en el campo de batalla. ¿Qué sentido tenía traspasarle a ella su pesadilla? Después Anton había llamado para decirle que la hija del capitán Petrescu vendría a Bucarest, y si él ... alguien más a quien no le había confiado el secreto.

Tras el cese de las hostilidades, los rumores sobre la suerte de Krantz se habían disparado. Estaba en la cárcel, había escapado a Estados Unidos, la habían matado. Rezó para que siguiese viva, porque deseaba ser él quien la matara. Pero dudaba que ella se atreviese a aparecer de nuevo por Rumanía, porque eran muchos los viejos camaradas que la reconocerían y harían cola por el privilegio de degollarla. ¿Por qué había regresado? ¿Qué había en aquella caja como para que corriera semejante riesgo?

Sergei disminuyó la velocidad cuando llegó a la zona donde había estado la pista y donde ahora no había más que hierbajos y baches. Sujetó el volante con una mano mientras movía lentamente la otra por el lado izquierdo para buscar debajo del asiento el arma que no había usado desde la ejecución de Ceausescu.

—¿Dónde quiere que la deje, señora? —preguntó, como si estuviesen en una calle del centro. Empuñó el arma. Ella no respondió. Sergei la miró fugazmente por el espejo retrovisor. Cualquier movimiento súbito la alertaría. No solo tenía la ventaja de encontrarse detrás, sino que ahora lo vigilaba atentamente. Comprendió que uno de los dos estaría muerto en poco tiempo. Sergei apoyó el dedo en el gatillo, sacó el arma de debajo del asiento y comenzó a subir el brazo lentamente, centímetro a centímetro. Se disponía a pisar el freno a fondo, cuando una mano le sujetó por el pelo y le tiró la cabeza hacia atrás con un brusco movimiento. Apartó el pie del acelerador y el coche fue disminuyendo la velocidad hasta detenerse en mitad de la pista. Levantó el arma otro centímetro.

—¿Adónde irá la muchacha? —preguntó la mujer y le tiró la cabeza hacia atrás todavía más para mirarlo a los ojos.

—¿Qué muchacha? —alcanzó a decir Sergei mientras sentía el contacto del puñal debajo de la nuez.

—No juegues conmigo, viejo. La muchacha que llevaste al aeropuerto.

—No lo dijo. —Otro centímetro.

—¿No lo dijo a pesar de que la has llevado a todas partes? ¿Adónde? —El filo comenzó a cortarle la piel.

Otro centímetro.

—Te daré una última oportunidad —gritó y esta vez el puñal abrió un tajo por donde comenzó a manarle la sangre por el cuello—. ¿Adónde va?

—No lo sé —replicó Sergei al tiempo que levantaba el arma, le apuntaba a la cabeza y apretaba el gatillo.

La bala atravesó el hombro de Krantz y la echó hacia atrás pero no le soltó el pelo. Sergei apretó el gatillo de nuevo, pero hubo un intervalo de un segundo entre los dos disparos. Tiempo suficiente para que ella le cortara la garganta de un solo tajo.

El último recuerdo de Sergei antes de morir fue la mirada de aquellos helados ojos grises.

39

Leapman no dormía cuando sonó su teléfono; claro que casi nunca dormía. Así y todo, solo había una persona capaz de llamarlo a esas horas. Cogió el teléfono.

—Buenos días, presidente —dijo como si estuviese en su despacho.

—Krantz ha localizado la pintura.

—¿Dónde está? —preguntó Leapman.

—Estaba en Bucarest, pero ahora va camino de Heathrow.

A Leapman le hubiese gustado decirle: «Se lo avisé», pero se conformó con preguntar:

—¿A qué hora llega el avión?

—Poco después de las cuatro, hora inglesa.

—Enviaré a alguien para recogerla.

—Que la envíen en el primer vuelo a Nueva York.

—¿Qué se ha hecho de Petrescu? —quiso saber Leapman.

—No tengo idea, pero Krantz vigila en el aeropuerto. Así que no espere verla en el mismo vuelo.

Leapman escuchó el chasquido. Fenston nunca decía adiós. Se levantó para ir a coger la agenda, y buscó la P. Consultó su reloj y marcó el número del despacho.

—Ruth Parish.

—Buenos días, señora Parish. Soy Karl Leapman.

—Buenos días —respondió Ruth, con cautela.

—Hemos encontrado nuestra pintura.

—¿Tienen el Van Gogh?

—No, todavía no, pero precisamente por eso la llamo.

—¿En qué le puedo ayudar?

—La pintura está en la bodega de un avión procedente de Bucarest que aterrizará delante de la puerta de su casa alrededor de las cuatro de la tarde. —Hizo una pausa—. Solo asegúrese de que estará allí para recibirla.

—Allí estaré. Pero ¿cuál es el nombre que aparece en el manifiesto?

—¿A quién le importa? La pintura es nuestra y está en su caja. Procure no extraviarla por segunda vez.

Leapman colgó antes de que ella pudiese protestar.

Ruth Parish y cuatro de sus empleados ya se encontraban en la pista cuando el vuelo 019 procedente de Bucarest aterrizó en Heathrow. En cuanto se recibió la autorización para la descarga, la pequeña caravana formada por un coche oficial de aduanas, el Range Rover de Ruth y una furgoneta blindada de Art Locations se puso en marcha y aparcó a veinte metros de las puertas de la bodega.

Si Ruth hubiese mirado hacia el aparato, quizá hubiese visto el rostro sonriente de Anna en una de las ventanillas de la parte de atrás del avión. Pero no lo hizo.

Se apeó del coche y fue a reunirse con el aduanero. Ya le había informado previamente que deseaba transferir una pintura de un vuelo que llegaba a otro que lo llevaría a su destino final. El aduanero la había escuchado aburrido, y se preguntó por qué había escogido a un funcionario de su rango para hacer algo rutinario, hasta que se le dijo, en confianza, el valor de la pintura. La junta de ascensos se reuniría dentro de tres semanas. Si cometía algún error en este sencillo trámite, ya podría olvidarse del nuevo galón de plata que le había prometido a su esposa que ella le cosería en la manga antes de acabar el mes. Por no hablar del aumento de salario.

En cuanto abrieron la bodega, ambos se acercaron, pero solo el aduanero se dirigió al jefe de los operarios.

—Hay a bordo una caja de madera roja —leyó la hoja—, de noventa por sesenta centímetros y unos quince de alto. Lleva estampado el sello de Art Locations a ambos lados, y el número cuarenta y siete escrito en las cuatro esquinas. Quiero que la descarguen antes que todo lo demás.

El jefe le transmitió la orden a dos de sus hombres que entraron en las profundidades de la bodega. Cuando salieron, Anna ya caminaba hacia el control de pasaportes.

—Es esa —dijo Ruth, al ver la caja roja que traían los dos hombres.

El aduanero asintió. Se adelantó un toro, el operario movió los controles, sacó la caja de la bodega y la bajó lentamente hasta el suelo. El funcionario leyó el manifiesto y verificó los sellos y los números.

—Todo parece estar en orden, señora Parish. Si tiene la bondad de firmar aquí...

Ruth firmó el formulario, pero no consiguió leer la firma en el manifiesto original. El aduanero no perdió de vista al toro mientras llevaba la caja hasta la furgoneta de Art Location, donde dos de los empleados de Ruth la cargaron.

—Tendré que acompañarlo hasta el avión en el que saldrá, señora Parish, para confirmar que el paquete ha sido cargado para su destino final. Hasta entonces no podré firmarle el certificado de salida.

—Por supuesto —respondió Ruth, que hacía este mismo trámite dos o tres veces cada día.

Anna llegó a la zona de equipajes en el momento en que la furgoneta blindada comenzaba el complicado recorrido desde la terminal tres a la terminal cuatro. El conductor aparcó junto al avión de United Airlines que era el siguiente en salir hacia Nueva York.

La furgoneta permaneció en la pista durante más de una hora antes de que abrieran la bodega. Para entonces Ruth sabía con pelos y señales la vida del aduanero, e incluso la escuela a la que enviaría a su tercer hijo si le daban el ascenso. Después Ruth presenció la operación inversa. Abrieron la puerta trasera del vehículo, colocaron la caja en el toro, la llevaron hasta la puerta de la bodega, la subieron y dos operarios la recogieron para llevársela a las entrañas del avión.

El aduanero firmó las tres copias de los documentos y se despidió de Ruth antes de regresar a su despacho. En circunstancias normales, Ruth también hubiese vuelto a su oficina, archivado los documentos, escuchado los mensajes, y después hubiese dado por concluida la jornada. Sin embargo, la situación distaba mucho de ser la habitual. Continuó sentada en el coche y esperó hasta que cargaron todo el equipaje de los pasajeros y cerraron las puertas de la bodega. Tampoco se movió mientras el avión se dirigía hacia la cabecera de la pista norte. Esperó hasta ver que las ruedas se despegaban de la pista antes de llamar a Leapman a Nueva York. El mensaje era claro y breve: «El paquete va de camino».

Jack estaba intrigado. Había visto a Anna en el vestíbulo de llegadas donde había cambiado unos cuantos dólares en Travelex y luego se había sumado a la larga cola en la parada de taxis. El taxi de Jack ya estaba aparcado al otro lado, con las maletas guardadas y el motor en marcha, esperando ver pasar el taxi de la joven.

—¿Adónde vamos, jefe? —preguntó el taxista.

—No estoy seguro —admitió Jack—, pero apostaría que a la terminal de carga.

Lo lógico era que Anna se dirigiese directamente a la terminal para recoger la caja que el viejo había despachado en Bucarest.

Pero se equivocó. En vez de girar a la derecha, donde el gran indicador azul señalaba la salida de la terminal, el taxi de Anna dobló a la izquierda y continuó hacia el oeste por la M25.

—No va a la terminal de carga, jefe. ¿Por cuál apuesta ahora? ¿Gatwick?

—Entonces, ¿qué hay en la caja? —preguntó Jack.

—No tengo idea, señor.

—Soy un estúpido.

—No me arriesgaría a dar una opinión al respecto, señor, pero me ayudaría si supiese adónde vamos.

Jack se echó a reír.

—Creo que a Wentworth.

—Muy bien, jefe.

Jack intentó relajarse, pero cada vez que miraba por la ventanilla trasera hubiese jurado que otro taxi negro los seguía. Había una silueta borrosa en el asiento trasero. ¿Por qué continuaba persiguiendo a Anna, cuando la pintura se encontraba en la terminal de carga?

Cuando el taxista salió de la M25 y siguió por la carretera a Wenworth, el vehículo que Jack había creído que los seguía continuó en dirección a Gatwick.

—Después de todo, jefe, no es estúpido, porque parece que sí va a Wentworth.

—No seré estúpido, pero sí paranoico —reconoció Jack.

—Tendrá que decidirse, señor —añadió el conductor, cuando el taxi de Anna cruzó la entrada de Wentworth Hall y desapareció por el camino de coches de la finca—. ¿Quiere que la siga, jefe?

—No, pero necesito encontrar un hotel donde pasar la noche. ¿Sabe de alguno?

—Cuando se juega el torneo de golf llevo a muchos de mis clientes al Wentworth Arms. Seguramente tendrán una habitación en esta época del año.

—Pues vayamos a averiguarlo.

—Muy bien.

Jack se reclinó en el asiento y marcó un número en el móvil.

—Embajada de Estados Unidos.

—Con Tom Crasanti, por favor.

40

Krantz abrió los ojos; lo primero que sintió fue un dolor agudo en el hombro derecho. Consiguió levantar la cabeza de la almohada un par de centímetros mientras intentaba hacerse una idea de la pequeña habitación de paredes blancas sin ningún adorno y solo lo mínimo imprescindible: una cama, una mesa, una silla, una sábana, una manta y un orinal. No podía ser otra cosa que un hospital, pero no privado, porque el cuarto no tenía ventanas, ni flores, ni frutas, ni tarjetas de visitas y sí una puerta con barrotes.

Hizo un esfuerzo por recordar qué le había sucedido. Recordaba hasta el momento en que el taxista le apuntaba con un arma al corazón, y nada más. Apenas si había tenido tiempo de girarse —dos centímetros como mucho— antes de que la bala le atravesara el hombro. Nadie había conseguido antes acercarse tanto. La segunda bala se perdió en el aire, pero para entonces él le había dado un segundo de margen, tiempo más que suficiente para degollarlo. Tenía que ser un profesional, quizá un antiguo policía, posiblemente un soldado. Luego había perdido el conocimiento.

Jack alquiló una habitación por una noche en el Wentworth Arms, y reservó una mesa para cenar a las ocho. Después de ducharse y cambiarse, no pensaba más que disfrutar de un chuletón bien grande y jugoso.

No acababa de estar del todo tranquilo, por más que Anna se encontrase bien resguardada en Wentworth Hall: bien podía suceder que Pelopaja estuviese rondando por algún lugar cercano. Ya le había pedido a Tom que advirtiese a la policía local mientras él continuaba con su propia vigilancia.

Se sentó en la sala a disfrutar de una Guinnes y aprovechó para pensar en Anna. Mucho antes de que el reloj marcara las ocho, apareció Tom. Echó una ojeada en derredor y vio a su amigo junto a la chimenea. Jack se levantó para saludarlo y le pidió disculpas por hacerle venir hasta Wentworth cuando podía pasar la velada con Chloe y Hank.

—Mientras que en el bar sean capaces de preparar un Tom Collins decente, no me oirás quejarme —respondió Tom.

Crasanti le explicaba cómo Hank había conseguido una media centuria —fuera eso lo que fuese— cuando se acercó el jefe de comedor para tomar nota de lo que cenarían. Ambos pidieron chuletones, pero, como tejano, Tom reconoció que no se había acostumbrado a la versión inglesa que se parecía más a una chuleta de cordero.

—Les avisaré tan pronto como esté preparada la mesa —dijo el jefe de comedor.

—Muchas gracias —contestó Jack.

Tom se agachó para abrir el maletín. Sacó un grueso expediente y lo dejó sobre la mesa. La charla intrascendente no era su fuerte.

—Comencemos por las noticias importantes. —Tom abrió el expediente—. Hemos identificado a la mujer de las fotos que enviaste desde Tokio. —Jack dejó su copa en la mesa y se concentró en el contenido del expediente—. Se llama Olga Krantz, y tiene algo en común con la doctora Petrescu.

—¿Qué?

—Que la agencia también la daba por desaparecida, presumiblemente muerta. Como puedes ver por el perfil —añadió Tom, y le pasó una hoja—, perdimos el contacto con ella en

1989, cuando dejó de pertenecer a la escolta personal de Ceausescu. Ahora estamos convencidos de que trabaja exclusivamente para Fenston.

—Eso es mucho suponer —opinó Jack.

Apareció un camarero con un Tom Collins y otra jarra de Guinnes.

—No si consideras los hechos lógicamente y después los sigues paso a paso. —Tom bebió un sorbo de su copa—. Vaya, no está mal. Ten presente que ella y Fenston trabajaron para Ceausescu en la misma época.

—Una coincidencia —señaló Jack—. No se sostendría ante un juez.

—Podría, cuando sepas cuál era su trabajo.

—Inténtalo.

—Era la responsable de eliminar a cualquiera que representase una amenaza para Ceausescu.

—Sigue siendo circunstancial.

—Hasta que descubras su método preferido para la eliminación.

—¿Un cuchillo de cocina? —citó Jack, sin mirar la página que tenía delante.

—Efectivamente.

—Algo que, me temo, significa que hay otro eslabón irrefutable en tu razonamiento.

—¿Cuál es? —preguntó Tom.

—Anna está en la cola para ser su siguiente víctima.

—No, afortunadamente es allí donde se interrumpe el razonamiento, porque Krantz fue detenida esta mañana en Bucarest.

—¿Qué? —dijo Jack.

—La policía local.

—Resulta difícil de creer que consiguieran acercarse a un kilómetro de ella. Yo mismo la perdía incluso cuando sabía dónde estaba.

—La policía ha sido la primera en admitir que estaba inconsciente en el momento de la detención.

—Dame todos los detalles —le pidió Jack, impaciente.

—Al parecer, y los informes continuaban llegando cuando salí de la embajada, Krantz se vio involucrada en una pelea con un taxista, que tenía quinientos dólares en su poder. Al hombre lo habían degollado, y ella acabó con una bala en el hombro derecho. No sabemos qué provocó la pelea, pero como lo mataron momentos antes de que despegara tu vuelo, creímos que quizá tú podrías decirnos algo más.

—Krantz seguramente intentó averiguar en qué avión viajaría Anna después de quedar como una imbécil en Tokio, pero aquel hombre jamás se lo hubiese dicho. Protegía a Anna más como un padre que como un taxista, y los quinientos dólares no son más que un truco. Krantz no se molesta en matar a nadie por esa cantidad, y aquel era un conductor que nunca dejaba el taxímetro en marcha.

—Lo que tú digas. El caso es que Krantz está encerrada, y que con un poco de suerte pasará el resto de su vida en la cárcel, algo que podría ser bastante breve, a la vista de que según los informes la mitad de la población de Rumanía daría lo que fuese por estrangularla. —Tom echó una ojeada a otra página—. En cuanto al taxista, aquí dice que era el coronel Sergei Slatinaru, un héroe de la resistencia. —Tom bebió un sorbo—. Por lo tanto, ya no hay motivos para que sigas preocupado por la seguridad de Petrescu.

Reapareció el camarero para acompañarlos al comedor.

—Al igual que la mayoría de los rumanos, no me relajaré hasta ver muerta a Krantz. Hasta entonces, continuaré preocupándome por Anna.

—¿Anna? ¿Ya os tratáis por el nombre? —Tom se sentó a la mesa en el lado opuesto a Jack.

—Difícilmente, aunque quizá podríamos hacerlo. He pasado más noches con ella que con cualquiera de mis últimas amigas.

—Entonces quizá tendríamos que haber invitado a la doctora Petrescu a unirse a nosotros.

—Olvídalo —dijo Jack—. Estará cenando con lady Arabella en Wentworth Hall, mientras nosotros tenemos que conformarnos con el Wentworth Arms.

El camarero colocó un plato de sopa de puerros y patatas delante de Tom y le sirvió a Jack una ensalada César.

—¿Has averiguado algo más sobre Anna?

—No mucho —respondió Tom—. Llamó al departamento de Policía de Nueva York desde el aeropuerto de Bucarest. Pidió que quitaran su nombre de la lista de desaparecidos. Les dijo que había estado en Rumanía para visitar a su madre. También llamó a su tío a Danville, Illinois, y a lady Arabella Wentworth.

—Eso significa que su encuentro en Tokio acabó en un fracaso —manifestó Jack.

—Tendrás que explicármelo.

—Se reunió en Tokio con un magnate del acero llamado Nakamura, que posee una de las colecciones de pinturas impresionistas más importante del mundo, según me informó el conserje del Seiyo. —Jack hizo una pausa—. Es obvio que no consiguió venderle el Van Gogh, cosa que explicaría por qué envió la pintura de nuevo a Londres, e incluso permitió que la reenviasen a Nueva York.

—A mí no me parece una persona que se rinda fácilmente —señaló Tom. Sacó otra hoja del expediente—. Por cierto, también la busca la Happy Hire Company. Afirman que abandonó uno de sus coches en la frontera canadiense, sin el guardabarros delantero, los parachoques delantero y trasero, y con todos los faros destrozados.

—Eso no se puede considerar un delito grave.

—¿Te has enamorado de la muchacha? —preguntó Tom.

Jack no respondió porque apareció el camarero.

—Dos chuletones, uno poco hecho, y el otro al punto.

—Para mí el poco hecho —dijo Tom.

El camarero sirvió los dos platos.

—Que aproveche.

—Otra expresión norteamericana que aparentemente hemos exportado —gruñó Tom.

Jack sonrió.

—¿Habéis averiguado algo más de Leapman?

—Oh, sí. Sabemos muchas cosas del señor Leapman. —Puso otro expediente en la mesa—. Es ciudadano estadounidense de segunda generación y estudió derecho en Columbia. Como tú. —Tom sonrió—. Se licenció, trabajó en varios bancos, con una carrera siempre en ascenso, hasta que se enredó en un fraude con acciones. Su especialidad era vender bonos a unas viudas que no existían. —Hizo una pausa—. Las viudas existían, los bonos no. —Jack soltó una carcajada—. Cumplió dos años de cárcel en una institución correccional de Rochester en el norte del estado de Nueva York, y se le prohibió de por vida trabajar en un banco o cualquier otra entidad financiera.

—Si es la mano derecha de Fenston...

—Es posible que de Fenston, pero no del banco. El nombre de Leapman no aparece en los libros, ni siquiera como empleado de la limpieza. Paga impuestos por sus únicos ingresos conocidos, un talón mensual de una tía de México.

—Vamos...—comenzó Jack.

—Antes de que digas nada más, te aviso que mi departamento no dispone de los recursos financieros ni los medios para descubrir si la tía existe de verdad.

—¿Alguna vinculación con Rumanía? —preguntó Jack. Cortó un trozo de carne.

—Ninguna que nosotros sepamos. Salió del Bronx para ir a comprarse un traje en Brooks Brothers.

—Puede que Leapman aún resulte ser nuestra mejor pista —opinó Jack—. Si pudiésemos conseguir que se presentase como testigo...

—Olvídate. Desde que salió de la cárcel no ha cometido ni

una infracción de tránsito, y sospecho que le tiene mucho más miedo a Fenston que a nosotros.

—Si Hoover aún estuviese vivo... —señaló Jack, con una sonrisa.

Ambos levantaron las copas en un brindis, antes de que Tom añadiera:

—¿Cuándo regresarás a Estados Unidos? Solo lo pregunto porque quiero saber cuándo puedo volver a mi trabajo normal.

—Creo que mañana. Ahora que Krantz está a buen recaudo, debo volver a Nueva York. Macy querrá saber si he conseguido algo que pueda ligar a Krantz con Fenston.

—¿Lo has conseguido?

Ninguno de los dos advirtió la presencia de dos hombres que hablaban con el jefe de comedor. No podía ser que estuviesen pidiendo una mesa, porque en ese caso hubiesen dejado las gabardinas en la entrada. Después de que el jefe de comedor respondiera a sus preguntas, cruzaron el comedor con paso decidido.

Tom guardaba los expedientes en el maletín cuando llegaron a la mesa.

—Buenas noches, caballeros —dijo el más alto de los dos—. Soy el sargento detective Frankham, y este es mi colega, el agente detective Ross. Lamento interrumpirles la cena, pero necesito hablar con usted, señor. —Tocó el hombro de Jack.

—¿Por qué? ¿Qué he hecho? —Jack dejó los cubiertos en el plato—. ¿He aparcado en zona prohibida?

—Me temo que sea algo un poco más grave, señor —contestó el sargento detective—, y, por lo tanto, debo pedirle que me acompañe a comisaría.

—¿Cuál es la acusación?

—Considero prudente, señor, que continuemos esta conversación en un lugar que no sea este restaurante tan concurrido.

—¿Con qué autoridad...? —comenzó Tom.

—No creo que usted deba involucrarse, señor.

—Eso lo decidiré yo.

Tom sacó su placa del FBI de un bolsillo de la chaqueta. Se disponía a enseñarla, cuando Jack le tocó en el codo, y le rogó:

—No hagamos una escena. No es necesario que mezclemos a nadie más.

—Ni hablar, ¿qué se creen estos...?

—Tom, cálmate. No es nuestro país. Iré a la comisaría y aclararemos este asunto.

Tom se guardó la placa a regañadientes, y aunque no dijo nada, su expresión le dejó bien claro a los dos policías lo que sentía. Jack no había acabado de levantarse, cuando Frankham le sujetó el brazo y lo esposó.

—Eh, ¿es eso necesario? —protestó Tom.

—Tom, no te metas —dijo Jack, sin perder la calma.

Tom siguió a Jack fuera del comedor, mientras los demás comensales intentaban conversar y comer como si no estuviese pasando nada fuera de lo corriente.

Llegaron a la puerta principal.

—¿Quieres que te acompañe a la comisaría? —preguntó Tom.

—No, quédate. No te preocupes, regresaré a tiempo para el café.

Dos mujeres miraban atentamente a Jack desde el otro lado del pasillo.

—¿Es él, señora?

—Sí, es él —confirmó una de ellas.

Tina se apresuró a apagar la pantalla al escuchar que se abría la puerta. No se molestó en alzar la mirada, porque solo había una persona que nunca se molestaba en llamar antes de entrar en su despacho.

—Supongo que ya sabe que Petrescu regresa a Nueva York.

—Eso he oído —respondió Tina, sin dejar de teclear.

—Entonces también habrá oído —añadió Leapman, con las dos manos apoyadas en la mesa— que intentó robar el Van Gogh.

—¿El que hay en el despacho del presidente? —preguntó Tina, con una expresión inocente.

—No se haga la tonta conmigo. ¿Cree que no sé que escucha todas las conversaciones telefónicas del presidente? —Tina dejó de escribir y lo miró—. Quizá sea el momento de informar al señor Fenston que debajo de su mesa tiene un interruptor que le permite espiarlo cada vez que tiene una reunión privada.

—¿Me está amenazando, señor Leapman? —replicó Tina—. Porque si es así, quizá sea yo quien deba tener unas palabras con el presidente.

—¿Qué podría usted decirle que a mí me pueda importar?

—Podría hablarle de las llamadas semanales que recibe de un tal señor Pickford, y entonces quizá sabremos quién se hace el tonto.

Leapman apartó las manos de la mesa y se irguió.

—Estoy segura de que al responsable de su libertad condicional —añadió Tina—, le interesará mucho saber que ha estado acosando al personal de un banco para el que no trabaja, donde no tiene despacho, ni recibe salario alguno.

Leapman dio un paso atrás.

—La próxima vez que venga a verme, señor Leapman, asegúrese de llamar, como cualquier otro visitante del banco.

Leapman dio otro paso atrás, titubeó, y luego se marchó sin decir palabra.

Tina temblaba tanto cuando se cerró la puerta que se aferró con todas sus fuerzas a los brazos de la silla.

41

El coche llegó a la comisaría. Después de que el sargento de guardia hubo registrado su entrada, los detectives acompañaron a Jack a una de las salas de interrogatorios en el sótano. Frankham lo invitó a sentarse. Era una experiencia desconocida para Jack. Ross se acomodó en un rincón.

Jack se preguntó cuál de los dos haría el papel del poli bueno.

Frankham tomó asiento, colocó un expediente sobre la mesa y sacó un formulario.

—¿Nombre? —preguntó Frankham.

—Jack Fitzgerald Delaney.

—¿Fecha de nacimiento?

—Veintidós de noviembre de 1963.

—¿Ocupación?

—Investigador superior del FBI, destinado a la Oficina de Nueva York.

El sargento detective dejó caer el bolígrafo y miró a Jack.

—¿Tiene alguna identificación?

Jack sacó la placa del FBI y la tarjeta de identidad.

—Gracias, señor —dijo Frankham, después de leerla—. ¿Puede esperar aquí un momento? —Se levantó y se volvió hacia su colega—. ¿Puedes ocuparte de que le sirvan un café al agente Delaney? Puede que esto tarde un poco. —Antes de salir de la habitación, añadió—: Asegúrese de que le devuelvan la corbata, el cinturón y los cordones de los zapatos.

Frankham acertó en el cálculo, porque pasó una hora antes de que se abriese la puerta para dar paso a un hombre mayor con el rostro curtido. Vestía un uniforme impecable, con un galón de plata en la manga, en la solapa, y en la gorra, que se quitó para dejar a la vista sus cabellos canosos. Se sentó en la silla que había ocupado Frankham.

—Buenas noches, señor Delaney. Me llamo Renton, superintendente jefe Renton, y ahora que hemos confirmado su identidad, quizá quiera responder a unas pocas preguntas.

—Si puedo... —dijo Jack.

—Estoy seguro de que puede —replicó Renton—. Lo que me interesa es si quiere.

Jack permaneció en silencio.

—Recibimos una queja de una fuente fiable de que usted, durante la semana pasada, ha estado siguiendo a una mujer sin que ella tuviese conocimiento previo. Eso es un delito en Inglaterra, de acuerdo con la ley de protección contra el acoso de 1997, algo que seguramente ya sabe. No obstante, tengo la seguridad de que hay una sencilla explicación para sus actos.

—La doctora Petrescu es parte de una investigación que mi departamento tiene en marcha desde hace algún tiempo.

—¿Dicha investigación tiene algo que ver con la muerte de lady Victoria Wentworth?

—Así es.

—¿La doctora Petrescu es sospechosa de haber cometido el asesinato?

—No —replicó Jack, con firmeza—. Todo lo contrario. En realidad, habíamos creído que ella podría ser la siguiente víctima.

—¿Habían creído? —repitió el superintendente jefe.

—Sí. Afortunadamente, la asesina ha sido detenida en Bucarest.

—¿No consideraron la posibilidad de compartir esta información con nosotros, a pesar de que seguramente sabían que estábamos investigando el asesinato?

—Lo siento mucho, señor. Es una información que recibí no hace más de un par de horas. Estoy seguro de que nuestra oficina en Londres tiene la intención de mantenerlo informado.

—El señor Tom Crasanti me ha puesto al corriente, pero sospecho que solo porque teníamos a su colega a buen recaudo. —Jack no hizo ningún comentario—. De todas maneras me ha asegurado —prosiguió Renton—, que usted se ocupará de comunicarnos cualquier novedad que pueda surgir en el futuro. —De nuevo, Jack mantuvo la boca cerrada. El superintendente se levantó—. Buenas noches, señor Delaney. He autorizado su libertad inmediata, y solo espero que tenga un feliz regreso a su casa.

—Gracia, señor —dijo Jack, mientras Renton se ponía la gorra y salía de la habitación.

Jack comprendía el enfado del superintendente. Después de todo, el Departamento de Policía de Nueva York, por no hablar de la CIA, pocas veces se molestaba en informar al FBI de sus operaciones. El sargento detective Frankham volvió al cabo de un par de minutos.

—Si quiere acompañarme, señor, tenemos un coche que lo espera para llevarlo a su hotel.

—Muchas gracias —respondió Jack. Siguió a Frankham escaleras arriba hasta la entrada.

El sargento de guardia agachó la cabeza cuando Jack salió de la comisaría. El agente del FBI le estrechó la mano a un muy avergonzado Frankham antes de subir al coche aparcado delante de la entrada. Tom lo esperaba en el asiento trasero.

—Otro caso de estudio que Quantico puede añadir a su currículo —comentó Tom—. Esta vez sobre cómo causar un incidente diplomático mientras se visita al mejor y más antiguo aliado.

—Seguramente he dado un nuevo significado a las palabras «relación especial» —manifestó Jack.

—Sin embargo, el condenado tiene una oportunidad para redimirse —dijo Tom.

—¿Qué se te ha ocurrido esta vez? —preguntó Jack.

—Nos han invitado a desayunar mañana en Wentworth Hall con lady Arabella y la doctora Petrescu. Por cierto, ahora entiendo lo que decías respecto a Anna.

22-S

42

Jack salió del Wentworth Arms a las siete y media y se encontró con un Rolls-Royce aparcado delante de la entrada. El chófer le abrió la puerta de atrás en el momento en que lo vio.

—Buenos días, señor. Lady Arabella me ha pedido que le transmita su interés por conocerlo.

—Yo también —respondió Jack. Subió al coche.

—Estaremos allí en unos minutos —le aseguró el chófer mientras arrancaba.

Jack tuvo la impresión de que la mitad del viaje fue desde la verja de hierro forjado de la entrada hasta la casa. El chófer aparcó y se apresuró a bajar para abrirle la puerta. Jack se apeó del Rolls y lo primero que vio fue a un mayordomo en lo alto de la escalinata, que obviamente le esperaba.

—Buenos días, señor, bienvenido a Wentworth Hall. Si tiene la amabilidad de seguirme, lady Arabella le espera.

—«Una fuente fiable» —murmuró Jack; si el mayordomo lo escuchó, no hizo ningún comentario mientras llevaba al huésped hacia una sala.

—El señor Delaney, milady —anunció el mayordomo. Dos perros, que meneaban los rabos alegremente, salieron a su encuentro.

—Buenos días, señor Delaney —dijo Arabella—. Creo que le debemos una disculpa. Es evidente que no es usted un acosador.

Jack miró a Anna, que también parecía avergonzada, y luego se volvió hacia Tom que no dejaba de sonreír.

Andrews apareció en la puerta.

—El desayuno está servido, milady.

Un médico joven le cambiaba el vendaje cuando despertó por segunda vez.

—¿Cuánto tiempo tardaré en estar recuperada del todo? —fue su primera pregunta.

El médico la miró sorprendido cuando escuchó su voz: el tono agudo no encajaba con la leyenda. Permaneció en silencio hasta que acabó de cortar un trozo de venda.

—Tres, cuatro días como máximo —respondió mientras la miraba—. Si yo estuviese en su lugar no tendría tanta prisa para que me diesen el alta, porque en el momento en que la firme, su próximo destino será Jilava, lugar que conoce muy bien de sus días al servicio del pasado régimen.

Krantz nunca olvidaría la terrible cárcel infestada de ratas que había visitado cada noche para interrogar a los últimos capturados antes de regresar a las comodidades de su lujosa casa en las afueras de la ciudad.

—Me han dicho que los presos esperan con ansia la oportunidad de verla de nuevo después de tanto tiempo —añadió el médico. Despegó el borde del vendaje—. Esto le dolerá —prometió, y de un tirón le arrancó el vendaje. Krantz ni parpadeó. No iba a darle esa satisfacción.

El médico limpió la herida con yodo antes de colocar una nueva gasa. Luego la vendó rápidamente y le puso el brazo derecho en el cabestrillo.

—¿Cuántos guardias hay? —preguntó Krantz, como si fuese una información sin importancia.

—Seis, y todos van armados. Si piensa escapar, le aviso que tienen orden de disparar primero y rellenar los formularios más tarde. Incluso les he firmado un certificado de defunción en blanco.

Krantz no hizo más preguntas.

El médico se marchó. Krantz se dijo que si existía alguna posibilidad de escapar, tendría que ser mientras estuviese en el hospital. Nadie había conseguido fugarse de la cárcel de Jilava. Ni siquiera Ceausescu.

Tardó otras ocho horas en confirmar que siempre había seis guardias, que hacían turnos de ocho horas. El primer grupo entraba a las seis, el segundo a las dos, y el turno de noche a las diez.

Durante una larga noche de insomnio, Krantz descubrió que la media docena del turno de noche consideraba que les había tocado la china. Uno de ellos era un vago que se pasaba la mitad del turno durmiendo. Otro se escabullía para ir a fumar un cigarrillo en el rellano de la escalera de incendio; estaba prohibido fumar en el hospital. El tercero era un tenorio que se imaginaba estar en este mundo para satisfacer a las mujeres y no dejaba de incordiar a las enfermeras. El cuarto pasaba las horas quejándose de la paga, y de cómo su esposa se les arreglaba para dejarlo sin un céntimo antes de que llegara el final de la semana. Krantz tenía claro que ella le solucionaría el problema si le daban una oportunidad. Los dos restantes eran mayores, y la recordaban muy bien de los años pasados, y ambos estaban más que dispuestos a pegarle un tiro con solo que se atreviera a levantar la cabeza de la almohada.

Pero incluso ellos tenían una hora para ir a comer.

Jack disfrutó de un desayuno de huevos fritos, beicon, riñones salteados, setas y tomates, seguido por tostadas, mermelada y café.

—Debe de estar hambriento después de tanto padecer —comentó Arabella.

—Si no hubiese sido por Tom, quizá tendría que haberme conformado con las raciones de la cárcel.

—Creo que soy yo la culpable —comentó Anna—. Porque fui yo quien lo acusó —añadió con una sonrisa.

—No es verdad —dijo Tom—. Tiene que agradecerle a Arabella que detuviesen a Jack, y también a ella por hacer que lo soltaran.

—No, no puedo aceptar todo el mérito —manifestó Arabella, que acariciaba a uno de los perros sentados a ambos lados de su silla—. Admito que fui yo quien hizo que lo arrestasen, pero fue su embajador quien consiguió sacarlo de..., ¿cómo dicen en los bajos fondos?, de la trena.

—Hay una cosa que sigo sin entender a pesar de que Tom nos lo ha explicado con todo lujo de detalles —señaló Anna—. ¿Por qué me siguió hasta Wentworth cuando ya se había convencido de que la pintura no estaba en mi poder?

—Porque creí que la mujer que asesinó a su conductor la seguiría a Londres.

—¿Dónde tenía la intención de asesinarme? —preguntó Anna en voz baja. Jack se limitó a asentir—. Gracias a Dios que nunca lo supe —añadió la joven. Apartó el plato.

—Pero ya la habían arrestado por asesinar a Sergei —puntualizó Arabella.

—Así es —admitió Jack—. Sin embargo, no lo supe hasta que anoche me encontré con Tom.

—¿Así que el FBI me vigilaba? —le preguntó Anna a Jack, que untaba mantequilla en una tostada.

—Desde hacía tiempo —respondió Jack—. Hubo un momento en el que incluso llegamos a plantearnos si no sería la asesina contratada.

—¿Cómo pudieron llegar a planteárselo?

—Una experta en arte sería una buena tapadera para alguien que trabajase para Fenston, sobre todo si también era una atleta y además nacida en Rumanía.

—¿Durante cuánto tiempo me han estado investigando?

—Durante dos meses —reconoció Jack. Bebió un sorbo de café—. La verdad es que estábamos a punto de cerrar su expediente cuando robó el Van Gogh.

—No lo robé —negó Anna vivamente.

—Ella lo recuperó en mi nombre —declaró Arabella—, y lo que es más, con mi bendición.

—¿Todavía espera que Fenston acepte vender la pintura para que usted pueda liquidar la deuda? Si lo hiciera, sería algo insólito.

—No —se apresuró a responder Arabella—. Eso es lo último que deseo.

Jack la miró, intrigado.

—Al menos hasta que la policía aclare el misterio de quién mató a su hermana —precisó Anna.

—Todos sabemos quién asesinó a mi hermana —manifestó Arabella con un tono cortante—, y si alguna vez ella se cruza en mi camino, me sentiré muy feliz de volarle los sesos. —Los perros irguieron las orejas.

—Saberlo no es lo mismo que probarlo —dijo Jack.

—Así que Fenston se librará de la acusación de asesinato —dijo Anna.

—No será la primera vez —admitió Jack—. El FBI lo investiga desde hace tiempo. Hay cuatro —hizo una pausa—, ahora cinco asesinatos en diferentes partes del mundo que llevan la marca de Krantz, pero nunca hemos podido relacionarla directamente con Fenston.

—Krantz asesinó a Victoria y Sergei —dijo Anna.

—Sin la más mínima duda —confirmó Jack.

—Además el coronel Sergei Slatinaru era el comandante de su padre, y su amigo —recordó Tom.

—Haré lo que sea por ayudar —prometió Anna, con lágrimas en los ojos—. Cualquier cosa.

—Puede que tengamos una pequeña oportunidad —añadió Tom—, aunque no hay ninguna seguridad de que nos conduzca a alguna parte. Cuando llevaron a Krantz al hospital para sacarle la bala del hombro, la única cosa que llevaba, aparte del cuchillo y algo de dinero, era una llave.

—¿Que seguramente abre alguna cerradura en Rumanía? —sugirió Anna.

—No lo creemos —dijo Jack, en cuanto acabó de comerse una seta—. Tiene estampada una leyenda: NYRC. No es mucho, pero si conseguimos encontrar qué abre, puede que vincule a Krantz con Fenston.

—¿Quiere que me quede en Inglaterra mientras continúa su investigación? —preguntó Anna.

—No. Necesito que regrese a Nueva York, que todos sepan que está sana y salva. Me interesa que actúe con toda normalidad, incluso que busque un trabajo. No hay que darle a Fenston ningún motivo para que sospeche.

—¿Mantengo el contacto con mis antiguos colegas en su despacho? Lo pregunto porque la secretaria de Fenston, Tina, es una de mis mejores amigas.

—¿Está bien segura de eso? —replicó Jack. Dejó los cubiertos.

—¿Adónde quiere ir a parar? —preguntó Anna.

—¿Cómo explica el hecho de que Fenston siempre supiese exactamente dónde estaba usted, si Tina no se lo decía?

—No puedo, pero sé que detesta a Fenston tanto como yo.

—¿Puede probarlo?

—No necesito pruebas —afirmó Anna rotundamente.

—Yo sí —dijo Jack, con voz calma.

—Tenga cuidado, Jack, porque si se equivoca, entonces la vida de Tina también correrá peligro.

—Si es así, razón de más para que usted regrese a Nueva York e intente ponerse en contacto con ella lo antes posible —opinó Tom, en un intento por relajar la tensión.

Jack asintió.

—Tengo reservado un pasaje para el vuelo de esta tarde —dijo Anna.

—Yo también —manifestó Jack—. ¿Heathrow?

—No, Stansted.

—Pues en ese caso, alguno de los dos tendrá que cambiar de vuelo —indicó Tom.

—A mí no me mire. No estoy dispuesto a que me detengan una segunda vez por acoso.

—Antes de que tome una decisión respecto a si cambiaré el vuelo —señaló Anna—, necesito saber si todavía estoy siendo investigada. Porque si lo estoy, entonces podrá continuar vigilándome.

—No —respondió Jack—. Cerré su expediente hace unos días.

—¿Qué lo convenció para que lo hiciera? —preguntó Anna.

—Cuando asesinaron a la hermana de Arabella, usted tenía el mejor de los testigos para confirmar su coartada.

—¿Quién era, si puedo preguntarlo?

—Yo. Dado que la seguía por Central Park, no podía encontrarse en Inglaterra.

—¿Usted corre por Central Park?

—Todas las mañanas, y los domingos alrededor del Reservoir.

—Yo también. Todos los días.

—Lo sé —dijo Jack—. La adelanté varias veces durante las últimas seis semanas.

Anna lo miró fijamente.

—El hombre de la camiseta verde esmeralda. No lo hace mal.

—Usted tampoco se...

—Lamento interrumpir este encuentro entre dos aficionados a correr por Central Park —manifestó Tom, mientras se levantaba—, pero debo ir a mi despacho. Tengo una pila de expedientes del 11-S sobre la mesa que todavía no he abierto. Gracias por el desayuno —le dijo a Arabella—. Siento mucho que el embajador tuviese que despertarla a una hora tan intempestiva.

—Eso me recuerda —dijo Arabella, y se levantó—, que debo escribir varias cartas muy amables para darle las gracias al embajador y disculparme con la policía de Surrey.

—¿Qué pasa conmigo? —protestó Jack—. Tengo la intención de demandar a la propiedad Wentworth, a la policía de Surrey y al Ministerio del Interior, con Tom como testigo.

—Ni lo sueñes —afirmó Tom—. No me interesa en lo más mínimo tener a Arabella como enemiga.

—En ese caso —dijo Jack, con una sonrisa—, tendré que conformarme con que me lleven hasta el Wentworth Arms.

—Hecho —manifestó Tom.

—Ahora que sé que estaré segura si voy a Heathrow con usted, ¿dónde nos encontraremos? —preguntó Anna.

—No se preocupe —respondió Jack—. Yo la encontraré.

43

Leapman fue al aeropuerto Kennedy a recoger la pintura una hora antes de la llegada del avión. Eso no impidió que Fenston lo llamase cada diez minutos durante el viaje de ida, que se convirtieron en cinco en el momento en que la limusina hacía el viaje de regreso a Wall Street con el cajón rojo guardado en el maletero.

Fenston se paseaba por su despacho como una fiera enjaulada, cuando Leapman se bajó delante del edificio, y ya esperaba en el pasillo cuando Barry y el chófer salieron del ascensor.

—Abridlo —ordenó Fenston, mucho antes de que dejaran el cajón apoyado contra la pared del despacho. Barry y el chófer abrieron las abrazaderas especiales y luego comenzaron a quitar los clavos, mientras Fenston, Leapman y Tina los miraban. Retiraron la tapa y las protecciones en las esquinas que mantenían el cuadro en posición; Leapman se encargó de sacarlo con mucho cuidado y lo dejó apoyado en la mesa del presidente. Fenston se acercó rápidamente y comenzó a arrancar la tela plástica que lo envolvía, ansioso por ver aquello por lo que había estado dispuesto a matar.

Dio un paso atrás y soltó una exclamación ahogada.

Los demás esperaron en silencio a que diera su opinión. Las palabras salieron de su boca como un torrente.

—Es mucho más impresionante de lo que había esperado —declaró—. Los colores absolutamente vivos, y las pinceladas tan osadas... Una verdadera obra maestra.

Leapman decidió no hacer ningún comentario.

—Ya he escogido el lugar donde colgaré mi Van Gogh —añadió Fenston.

Miró la pared detrás de la mesa donde colgaba una enorme foto de George W. Bush que le estrechaba la mano durante la visita a la Zona Cero.

Anna esperaba con impaciencia emprender el viaje de regreso a Estados Unidos porque, entre otras cosas, representaba una oportunidad para conocer mejor a Jack durante las siete horas del vuelo. Incluso esperaba que él le respondiese unas cuantas preguntas más. ¿Cómo había descubierto la dirección de su madre? ¿Por qué sospechaba aún de Tina? ¿Había alguna prueba de que Fenston y Krantz se conocieran?

Jack la esperaba junto a la puerta de embarque. Anna tardó un poco en sentirse cómoda con un hombre que la había seguido durante los últimos nueve días y la había investigado durante ocho semanas, pero cuando subieron juntos la escalerilla del avión, Jack sabía que ella era seguidora de los Knicks y le gustaban los espaguetis y Dustin Hoffman, mientras que Anna se enteró de que él también era seguidor de los Knicks, que su artista moderno preferido era Fernando Botero y que nada superaba al estofado irlandés de su madre.

Anna se preguntó si le gustaban las mujeres gordas cuando él apoyó la cabeza en su hombro. Como ella había sido la causa de que Jack no hubiese dormido mucho la noche pasada, consideró que no estaba en condiciones de protestar. Le apartó la cabeza suavemente para no despertarlo. Preparaba una lista de las cosas que debería hacer en Nueva York, cuando Jack reclinó la cabeza de nuevo en su hombro. Anna desistió de apartarlo e intentó conciliar el sueño. Había leído una vez que la cabeza pesaba una séptima parte del peso del cuerpo; ahora no necesitaba ninguna prueba más para creerlo.

Se despertó una hora antes del aterrizaje. Jack continuaba durmiendo, pero ahora le había pasado un brazo por los hombros. Se incorporó somnolienta y aceptó la taza de té que le ofrecía la azafata.

—¿Qué tal ha dormido? —preguntó Jack, que se despertó al notar el movimiento.

—Bien.

—¿Qué es lo primero que hará, ahora que ha resucitado milagrosamente de entre los muertos?

—Llamaré a mi familia y a los amigos para hacerles saber lo viva que estoy, y después averiguaré si alguien está dispuesto a darme un empleo. ¿Qué hará usted?

—Hablaré con mi jefe para decirle que no he averiguado nada que nos permita detener a Fenston, y él me responderá con una de sus dos frases favoritas. «Apuesta fuerte, Jack», o «Ve a por todas».

—Eso no es justo —opinó Anna—, a la vista de que Krantz está entre rejas.

—No gracias a mí —señaló Jack—. Luego tendré que enfrentarme a una bronca mucho peor que la de mi jefe cuando intente explicarle a mi madre por qué no la llamé desde Londres para disculparme por no aparecer justo la noche que prepara estofado. No, la única posibilidad de redención es descubrir a qué corresponden las iniciales NYRC. —Jack acercó una mano a un bolsillo de la chaqueta—. Después de salir del Wentworth Arms, fui con Tom a la embajada, y gracias a la tecnología moderna, me facilitó una copia exacta de la llave, a pesar de que el original aún está en Rumanía. —Sacó la copia del bolsillo y se la dio a Anna.

La joven miró la llave por los dos lados.

—NRYC 13. ¿Alguna idea? —preguntó.

—Solo las más obvias —contestó Jack.

—New York Racing Club, New York Rowing Club, ¿alguna más?

—New York Racket Club, pero si se le ocurren más, hágamelo saber, porque pienso dedicar el fin de semana a comprobar si corresponde a alguna de esas. Necesito obtener algún resultado positivo antes de enfrentarme a mi jefe el lunes.

—Quizá podría aminorar un poco la velocidad de su carrera matinal para informarme si ha conseguido descubrirlo.

—Yo esperaba poder decírselo esta noche mientras cenábamos.

—No puedo. Lo siento, Jack. Me encantaría, pero he quedado para cenar con Tina.

—¿Sí? Vaya con cuidado.

—¿Le parece bien a las seis de la mañana? —preguntó Anna, sin hacer caso de la advertencia.

—Eso significa que tendré que poner el despertador a las seis y media, si vamos a encontrarnos en mitad del recorrido.

—A esa hora ya habré salido de la ducha.

—Lamentaré perdérmelo —dijo Jack.

—Por cierto, ¿podría hacerme un favor?

Leapman entró en el despacho del presidente sin llamar.

—¿Has visto esto? —preguntó al tiempo que dejaba sobre la mesa un ejemplar del *New York Times* y apoyaba el dedo en un artículo de la sección de internacional.

Fenston leyó el titular: LA POLICÍA RUMANA DETIENE A UNA ASESINA, y luego dos veces la breve noticia.

—Averigua cuánto quiere el jefe de policía.

—Puede que no sea tan sencillo —señaló Leapman.

—Siempre es sencillo. —Fenston miró a su subordinado—. Lo difícil es ponerse de acuerdo en la cantidad.

Leapman frunció el entrecejo.

—Hay otra tema que deberías tener en cuenta.

—¿Cuál?

—El Van Gogh. Después de lo que pasó con el Monet, tendrías que asegurar la pintura.

—Nunca aseguro mis pinturas. No quiero que Hacienda descubra cuánto vale mi colección, y en cualquier caso, no volverá a ocurrir.

—Ya ha ocurrido —manifestó Leapman.

Fenston torció el gesto y permaneció callado durante unos segundos.

—De acuerdo, pero solo el Van Gogh. Hazlo con el Lloyd's de Londres, y asegúrate de que el valor contable sea inferior a veinte millones.

—¿Por qué una cantidad tan baja? —preguntó Leapman.

—Porque no me interesa en absoluto que valoren el Van Gogh en cien millones cuando aún espero poder hacerme con el resto de la colección Wentworth.

Leapman asintió y fue hacia la puerta.

—Una cosa más —dijo Fenston que miró de nuevo el artículo—. ¿Todavía tienes la segunda llave?

—Sí. ¿Por qué?

—Porque cuando ella se fugue, tendrás que hacer otro depósito.

Leapman sonrió. Una rareza que incluso Fenston advirtió.

Krantz se orinó en la cama, y después le explicó al médico que tenía problemas de incontinencia. Él le autorizó poder ir al baño periódicamente, pero solo acompañada por un mínimo de dos guardias.

Estas salidas hasta el lavabo le permitieron observar la disposición de la planta: una recepción al final del pasillo atendida por una única enfermera; una farmacia que solo se abría en presencia de un médico; un armario de ropa blanca; tres habitaciones individuales, un lavabo y, al otro extremo del pasillo, una sala de dieciséis camas, junto a una salida de incendios.

Pero las salidas también le servían para otro propósito mucho más importante, y ciertamente no era algo que el joven médico hubiese tenido ocasión de aprender en sus libros de texto ni en sus rondas.

Una vez en el interior del lavabo que carecía de ventana, Krantz se sentó en el inodoro, se metió dos dedos en el recto y sacó lentamente un condón. Abrió el grifo, lo lavó, desató el nudo y sacó un rollo de billetes de veinte dólares. Cogió dos billetes, los ocultó en el cabestrillo y luego repitió el procedimiento a la inversa.

Tiró de la cadena y la escoltaron de nuevo a su habitación. Durmió el resto del día. Necesitaba estar bien despierta durante el turno de noche.

Jack miraba a través de la ventanilla del taxi.

El manto gris del 11-S todavía flotaba sobre Manhattan, pero los neoyorquinos ya no miraban hacia las alturas con expresión incrédula. El terrorismo era otra cosa que la ciudad más frenética del mundo había aprendido a aceptar.

Jack pensó en el favor que le había prometido a Anna. Marcó el número que ella le había dado. Sam atendió la llamada. Jack le comunicó que Anna se encontraba sana y salva, que había ido a visitar a su madre en Rumanía, y que la vería esa noche. Se dijo que era una buena manera de empezar el día hacer que alguien se sintiera bien, algo que no ocurriría con su segunda llamada. Llamó a su jefe para informarle que estaba de regreso en Nueva York. Macy le dijo que Krantz se encontraba en un hospital de Bucarest para ser sometida a una intervención quirúrgica en el hombro, y que media docena de policías la vigilaban las veinticuatro horas.

—Me sentiré más tranquilo cuando la tengan entre rejas —manifestó Jack.

—Me han dicho que tienes cierta experiencia en el tema —dijo Macy.

Jack iba a responderle, cuando Macy añadió:

—¿Por qué no te tomas libre el resto de la semana? Te lo has ganado.

—Hoy es sábado —le recordó Jack.

—Entonces nos veremos a primera hora del lunes.

Jack le envió un mensaje de texto a Anna. «Dice Sam que vuelve a casa. ¿Es su único otro hombre en su vida?». Esperó un par de minutos, pero no recibió respuesta. Llamó a su madre.

—¿Vendrás a cenar esta noche? —le preguntó ella secamente. Jack casi olía la carne que se estofaba en la cocina.

—¿Crees que me lo perdería, mamá?

—Lo hiciste la semana pasada.

—Ah, sí. Iba a llamarte, pero salió algo.

—¿Traerás a ese algo esta noche? —Jack vaciló, un error imperdonable—. ¿Es una buena chica católica? —añadió su madre.

—No, mamá. Es divorciada, tres ex maridos, dos de ellos muertos en circunstancias sospechosas. Tiene cinco hijos, no todos de los tres maridos, pero te alegrará saber que solo cuatro de los chicos son drogadictos; el otro está en la cárcel.

—¿Tiene un trabajo fijo?

—Claro que sí, mamá. Dinero contante y sonante. Atiende a la mayoría de sus clientes los fines de semana, pero me asegura que siempre se puede tomar una hora libre para saborear un plato de estofado irlandés.

—¿Qué hace en realidad?

—Es ladrona de cuadros. Se especializa en obras de Van Gogh y Picasso. Gana una fortuna en cada faena.

—Eso habla mucho a su favor. No como la última que era una especialista en gastar tu dinero.

—Adiós, mamá. Te veré esta noche.

Acabó la llamada, y vio que tenía un mensaje de Anna, que utilizaba su identificación para Jack.

«Haga funcionar el cerebro, Sombra. Sé la R obvia. Es muy lento para mí.»

—Condenada mujer —exclamó Jack. Llamó a Tom en Londres, pero le respondió el contestador automático: «Tom Crasanti. No estoy pero no tardaré en volver. Por favor deje su mensaje».

Jack no lo hizo. El taxi aparcó delante de la puerta de su edificio de apartamentos.

—Son treinta y dos dólares.

Jack le dio cuatro billetes de diez. No pidió el cambio y no le dieron las gracias.

Las cosas habían vuelto a la normalidad en Nueva York.

Los hombres del turno de noche se presentaron puntualmente a las diez. Los seis nuevos guardias se pasearon por el pasillo durante las dos primeras horas para dar testimonio de su presencia. Cada pocos minutos, uno de ellos abría la puerta de la habitación, encendía la solitaria bombilla que colgaba del techo sobre la cama y comprobaba que ella estaba «presente», antes de apagar la luz y cerrar la puerta. Pasadas las dos horas, las visitas se hacían cada media hora.

A las cuatro y cinco de la mañana, cuando dos de los guardias se fueron a comer, Krantz apretó el timbre que tenía junto a la cama. Aparecieron dos guardias: el rezongón con problemas de dinero y el fumador en cadena. Ambos la acompañaron hasta el baño, bien sujeta por los codos. Cuando ella entró, uno se quedó en el pasillo y el otro montó guardia delante de la puerta del cubículo. Krantz sacó otros dos billetes del condón y tiró de la cadena. El guardia le abrió la puerta. Ella le sonrió al tiempo que le deslizaba los billetes en la mano. El hombre les echó un vistazo, y se apresuró a guardárselos en el bolsillo, antes de que su compañero se diese cuenta. Ambos la escoltaron de regreso a la habitación y la encerraron.

Veinte minutos más tarde, regresaron los dos guardias que habían ido a cenar. Uno de ellos abrió la puerta, encendió la luz y, como ella era tan delgada, tuvo que acercarse a la cama para asegurarse de que se encontraba allí. Acabado el ritual, salió al pasillo, cerró la puerta, y fue a jugar una partida de backgammon con su colega.

Krantz llegó a la conclusión de que la única oportunidad para fugarse la tendría entre las cuatro y las cuatro y veinte, mientras los dos guardias veteranos iba a cenar; el tenorio, el fumador y el dormilón estarían ocupados, y su involuntario cómplice se mostraría encantado de acompañarla al baño.

Jack aún tenía que ducharse cuando comenzó a buscar en la guía de teléfonos de Nueva York las entidades cuyos nombres podían corresponder a las iniciales NYRC. Aparte de las tres que había mencionado antes, fue incapaz de dar con la «obvia» de Anna. Encendió el ordenador portátil y escribió «new york racquet club», en el buscador. En la pantalla apareció una muy resumida historia de la institución, juntos con varias fotografías de un soberbio edificio en Park Avenue y una foto del actual presidente, Darius T. Mablethorpe III. Jack no dudó de que la única manera de cruzar la puerta principal era si aparentaba ser un socio. No podía avergonzar al FBI.

Deshizo la maleta, se duchó, y luego escogió un traje oscuro, una camisa azul y la corbata de Columbia como el atuendo más adecuado para la ocasión. Salió del apartamento y tomó un taxi para ir al 370 de Park Avenue. Ya en el lugar, dedicó unos minutos a contemplar el edificio. Admiró la magnífica casona de estilo Renacentista que le recordó los *palazzos*, tan populares entre los italianos de Nueva York de principios de siglo. Subió la escalinata hasta la puerta de cristal donde aparecían las iniciales NYRC.

El portero saludó a Jack con un «Buenas tardes, señor», y le abrió la puerta, como si fuese un socio de toda la vida. Entró en un elegante vestíbulo con las paredes cubiertas de grandes retratos de los antiguos presidentes todos convenientemente vestidos con pantalón largo blanco y americana azul, y la paleta en una mano. Jack miró las amplias escaleras curvas donde había más retratos de presidentes todavía más antiguos; solo la paleta parecía no haber cambiado. Se acercó a la recepción.

—¿En qué puedo ayudarlo, señor? —le preguntó el joven recepcionista.

—No estoy muy seguro de que pueda —señaló Jack.

—Inténtelo.

Jack sacó la réplica de la llave y la dejó sobre el mostrador.

—¿Alguna vez ha visto una de estas?

El joven recogió la llave, le dio la vuelta, y miró las iniciales durante unos segundos antes de responder:

—No, señor. Podría ser la llave de una taquilla, pero no de las nuestras. —Se volvió para coger una pesada llave de bronce del tablero que tenía detrás. La llave tenía escrito el nombre de uno de los socios, y las iniciales «NYRC» en rojo.

—¿Alguna idea? —preguntó Jack, que intentó ocultar cualquier tono de desesperación.

—No, señor. A menos que lo hubiese sido antes de estar yo aquí. Solo llevo aquí once años, pero quizá Abe pueda ayudarlo. Ya trabajaba aquí cuando la mayoría jugaba a la paleta y no al tenis.

—Los caballeros solo jugaban a la paleta —afirmó un hombre mayor que salió de un despacho para unirse a su colega—. ¿Qué es en lo que quizá pueda ayudarlo?

—Una llave —contestó el joven—. El caballero desea saber si alguna vez has visto una de estas —añadió y le dio la llave a Abe.

—Desde luego no es una de las nuestras —dijo Abe en el acto—, y nunca lo ha sido, pero sí sé a qué corresponde la «R», —añadió con un tono de triunfo—, porque tuvo que haber sido, sí, hará unos veinte años atrás, cuando Dinkins era el alcalde. —Hizo una pausa y miró a Jack—. Vino un joven que a duras penas hablaba una palabra de inglés y preguntó si este era el Club Rumano.

—Por supuesto —murmuró Jack—. Soy un idiota.

—Recuerdo la desilusión que se llevó —prosiguió Abe, sin hacer caso de la autocrítica de Jack—, al descubrir que la «R» correspondía a «Racquet». Como no podía leer inglés, tuve que buscarle la dirección en la guía. La única razón para que recuerde todo esto después de tanto tiempo es porque el club estaba en Lincoln. —Recalcó el nombre de la calle, y miró a Jack, que decidió no volver a interrumpirlo—. Llevo su nombre, ¿no? —Jack le sonrió y Abe le devolvió la sonrisa—. Creo que estaba en Queens, pero no recuerdo exactamente dónde.

Jack se guardó la llave en el bolsillo, le dio las gracias a Abe y se marchó antes de darle la oportunidad de compartir más recuerdos.

Tina mecanografiaba el discurso. Él ni siquiera le había dado las gracias por venir a trabajar un sábado.

«Los banqueros deben estar siempre dispuestos a establecer unas normas que superen con mucho los requerimientos legales.»

La New York Banker's Association había invitado a Fenston para que pronunciara el discurso de la cena anual que se celebraría en el Sherry Netherland.

Fenston se había mostrado sorprendido y encantado con la invitación, aunque llevaba algún tiempo intrigando para conseguirlo.

La decisión del comité no había sido unánime.

Fenston deseaba causar una buena impresión en sus colegas de la fraternidad financiera, y ya había redactado varios borradores.

«Debemos conseguir que los clientes siempre puedan confiar en nuestros juicios, en la seguridad de que actuaremos en su mejor interés, más que en el nuestro.»

Tina comenzó a preguntarse si lo que escribía no sería un guión para una serie de banqueros, donde Fenston aspiraba a ser el personaje central. ¿Cuál sería el papel que le correspondería a Leapman en esta fábula moral? ¿Cuántos episodios sobreviviría Victoria Wentworth?

«Debemos, en todo momento, considerarnos como guardianes de los fondos de nuestros clientes —sobre todo si poseen un Van Gogh, deseó añadir Tina— sin descuidar nunca sus aspiraciones comerciales.»

Tina pensó en Anna mientras continuaba copiando la desfachatada homilía de Fenston. Había hablado con ella por teléfono aquella misma mañana antes de acudir al despacho. Anna deseaba hablarle del nuevo hombre en su vida, a quien había conocido en las más curiosas circunstancias. Habían acordado en encontrarse para cenar, porque Tina también tenía algo que quería compartir.

«Nunca olvidemos que si cualquiera de nosotros incumple con las normas, todos los demás sufriremos las consecuencias.»

Pasó a la siguiente página, con la duda de cuánto tiempo más duraría como secretaria privada de Fenston. Desde que había echado a Leapman de su despacho, no habían vuelto a dirigirse la palabra. ¿Haría que la echasen cuando le faltaba muy poco para reunir las pruebas que enviarían a Fenston a una habitación mucho más pequeña en una institución mucho más grande para el resto de sus días?

«Por último deseo manifestar que mi único propósito en la vida ha sido siempre el de servir y retribuir a la comunidad que me ha permitido compartir el sueño americano.»

Este era un documento que Tina no se molestaría en guardar una copia.

Se encendió una luz en el teléfono de Tina y se apresuró a atender a la llamada.

—¿Sí, señor presidente?

—¿Ha terminado de copiar mi discurso?

—Sí, señor presidente —repitió Tina.

—Un buen discurso, ¿no?

—Notable —respondió Tina.

Jack llamó a un taxi y le dijo al taxista que lo llevara a Lincoln Street, en Queens. El hombre dejó el taxímetro en marcha mientras buscaba la calle en una guía deshojada. Habían recorrido casi la mitad del trayecto al aeropuerto cuando el taxi lo dejó en la esquina de Lincoln y Harris. Miró a un lado y otro de la calle, consciente de que el traje que había escogido con tanto cuidado para ir a Park Avenue resultaba un tanto incongruente en Queens. Entró en la bodega que había en la esquina.

—Busco el Club Rumano —le dijo a la mujer mayor detrás del mostrador.

—Cerró hace años —respondió la mujer—. Ahora es una casa de huéspedes. —Lo miró de arriba abajo—. Pero no creo que quiera alojarse allí.

—¿Sabe usted cuál es el número?

—No, pero está a la izquierda, al otro lado de la calle.

Jack le dio las gracias, salió del local y cruzó la carretera. Comenzó a caminar y ya empezaba a dudar si lo encontraría, cuando vio un cartel descolorido que decía: SE ALQUILAN HABITACIONES. Se detuvo delante de la escalera para mirar la entrada. Encima de la puerta había una leyenda apenas legible: NYRC, fundado en 1919.

Bajó los escalones y abrió la puerta. Entró en un lóbrego y sucio vestíbulo que apestaba a humo de tabaco rancio. Había un pequeño mostrador cubierto de polvo, y detrás, casi oculto de la vista, Jack atisbó a un viejo envuelto en una nube de humo que leía el *New York Post*.

—Quiero alquilar una habitación por una noche —dijo Jack, que procuró dar la impresión de que era verdad.

El viejo entrecerró los párpados mientras miraba a Jack con una expresión incrédula. ¿Tendría a una mujer esperando fuera?

—Serán siete dólares —respondió—. Por adelantado.

—También necesito algún lugar para guardar las cosas de valor.

—Eso le costará otro dólar, por adelantado —repitió el viejo, sin quitarse el cigarrillo de los labios.

Jack le entregó ocho dólares, y a cambio recibió una llave.

—Habitación número tres, en el segundo piso. Las cajas de seguridad están al final del pasillo. —El viejo le dio una segunda llave. Después reanudó la lectura del periódico.

Jack caminó lentamente por el pasillo hasta llegar donde estaban las cajas de seguridad atornilladas a la pared. A pesar de su antigüedad, parecían sólidas y difíciles de forzar, si es que alguien hubiese considerado que valía la pena hacer el esfuerzo. Abrió su caja y miró en el interior. Medía unos veinte centímetros de ancho, y aproximadamente unos sesenta de profundidad. Jack miró hacia el mostrador. El conserje había conseguido pasar página, pero el cigarrillo continuaba colgando de los labios.

Avanzó un poco más, sacó la copia de la llave, y después de echar otra ojeada al mostrador, abrió la caja número trece. Miró dentro e intentó mantener la calma, aunque el corazón le latía desbocado. Sacó un billete de la caja y se lo guardó en la cartera. Luego cerró la caja y devolvió la llave al bolsillo.

El viejo leía la página de hípica cuando Jack salió a la calle.

Tuvo que caminar once calles antes de encontrar un taxi libre, pero no llamó a Dick Macy hasta llegar a su casa. Entró en el apartamento, corrió a la cocina y dejó el billete de cien dólares en la mesa. Recordó las medidas de la caja antes de calcular cuántos billetes de cien dólares podía haber dentro. Para facilitarse la tarea, marcó un rectángulo en la mesa y apiló varios libros de quinientas páginas. Por fin, consideró que había llegado la hora de llamar a Macy.

—Creía haberte dicho que te tomaras el fin de semana libre —manifestó Macy.

—He encontrado la caja que abre la llave NYRC 13.

—¿Qué había adentro?

—No estoy muy seguro —replicó Jack—, pero diría que unos dos millones de dólares.

—Tu permiso queda cancelado —dijo Macy.

23-S

44

—Buenas noticias —anunció el médico la mañana del tercer día—. La herida está casi cicatrizada. Informaré a las autoridades que pueden trasladarla a la cárcel de Jilava mañana mismo.

Las palabras del médico habían determinado su horario. El médico le cambió el vendaje y se marchó sin decir nada más, y Krantz se dedicó a repasar el plan una y otra vez. Solo pidió ir al lavabo a las dos de la tarde. Durmió profundamente entre las tres y las nueve.

«No ha molestado en todo el día», le escuchó comentar a uno de los guardias cuando a las diez le entregó las llaves a uno de sus colegas del turno de noche.

Krantz no se movió durante las dos horas siguientes, muy segura de que dos de los guardias aguardaban con impaciencia el momento de acompañarla al lavabo y recibir su estipendio nocturno. Pero era ella la que fijaba el horario. Atendería a sus necesidades a las cuatro y cuatro minutos, no antes. Uno recibiría cuarenta dólares y se ocuparía de que el otro recibiera su paquete de Benson & Hedges. Algo desproporcionado, pero uno tenía un cometido mucho más importante. Siguió despierta.

Anna salió de su apartamento para ir a correr poco antes de las seis de la mañana. Sam se levantó presuroso para abrirle la puerta; la sonrisa no había desaparecido de su rostro desde el momento en que la había visto regresar.

La muchacha se preguntó en qué punto del recorrido aparecería Jack. Debía admitir que lo había tenido muy presente en sus pensamientos desde que se habían despedido el día anterior, y esperaba que su relación pudiese ir más allá de un interés profesional.

«Vete con ojo —le había advertido Tina durante la cena—. En cuanto consiga lo que quiera, desaparecerá, y puede que no sea sexo lo que busca.»

Recordó haber pensado que eso sería una pena.

«Fenston se ha enamorado del Van Gogh —había añadido Tina—. Lo ha puesto en el lugar de honor del despacho, en la pared detrás de su mesa.»

Tina la había puesto al corriente de todo lo que Fenston y Leapman habían hecho durante los últimos diez días. Sin embargo, a pesar de sus discretos sondeos, insinuaciones y preguntas hechas en el momento oportuno, Anna no había conseguido descubrir por qué Fenston la tenía dominada.

Anna no conseguía olvidar que la última vez que había corrido por Central Park había sido la mañana del once. La nube gris oscuro se había dispersado finalmente, pero quedaban muchos otros recordatorios de aquel día fatídico, y uno eran las dos palabras en boca de todos: Zona Cero. Apartó de su mente los horrores de aquel día cuando vio a Jack que trotaba sin moverse de debajo de Artists' Gate.

—¿Hace mucho que espera, Sombra? —le preguntó Anna al pasar a su lado y seguir alrededor del estanque.

—No —dijo Jack, después de alcanzarla—. Ya he dado dos vueltas, así que esta la considero una sesión de enfriamiento.

—¿Ya nos estamos enfriando? —dijo Anna, al tiempo que aceleraba. Era consciente de que no podría mantener el ritmo mucho más y solo pasaron unos segundos antes de que él estuviese de nuevo a su lado.

—No está mal —opinó Jack—, pero ¿cuánto más lo podrá mantener?

—Creía que ese era un problema masculino —replicó Anna, firme en su intento de no ceder. Decidió que su única posibilidad era distraerlo. Esperó hasta que el Frick apareció a la vista.

—Dígame cinco artistas que tienen obras en aquel museo —dijo, con la ilusión de que la falta de conocimientos de Jack compensara su propia falta de velocidad.

—Bellini, Mary Cassatt, Renoir, Rembrandt y dos Holbeins, More y Cromwell.

—Sí, pero ¿qué Cromwell? —reclamó Anna, entre jadeos.

—Thomas, no Oliver.

—No está mal, Sombra —admitió Anna.

—La culpa la tiene mi padre. Cada vez que tenía ronda los domingos, mi madre me llevaba a una galería o a un museo. Yo creía que era una pérdida de tiempo, hasta que me enamoré.

—¿De quién se enamoró? —preguntó Anna, mientras subían Pilgrim's Hill.

—De Rossetti, o, para ser más exactos, de su amante Jane Burden.

—Los eruditos no acaban de ponerse de acuerdo en si se acostaba con ella o no. Su marido, William Morris, admiraba tanto a Rossetti que opinan que no hubiese protestado.

—Vaya tonto.

—¿Todavía está enamorado de Jane?

—No, aquello es agua pasada. Dejé a los prerrafaelistas, y comencé a enamorarme de mujeres cuyos pechos a menudo acaban por detrás de las orejas.

—En ese caso debe de haber pasado mucho tiempo en el MOMA.

—He tenido varias citas a ciegas —admitió Jack—, pero mi madre no las aprueba.

—¿Con quién cree que debe salir?

—Es una mujer chapada a la antigua. Con cualquiera que se llame María y sea virgen, pero me la estoy trabajando.

—¿Trabaja en algo más?

—¿Como qué?

—Como en averiguar qué significa la «R» —respondió Anna, casi sin aliento.

—Dígamelo usted.

—Mi preferida es Rumano. —Las palabras le salieron entrecortadas.

—Tendría que trabajar para el FBI —dijo Jack, y acortó el paso.

—Ya lo había descubierto.

—No. Un tipo llamado Abe lo hizo por mí.

—¿Y?

—Acertaron.

—¿Dónde está el Club Rumano?

—En una zona ruinosa de Queens.

—¿Qué encontró cuando abrió la caja?

—No lo sé a ciencia cierta.

—No juegue conmigo, Sombra, solo dígame qué había en la caja.

—Unos dos millones de dólares.

—¿Dos millones? —repitió Anna, atónita.

—Puede que no sea tanto, pero ciertamente bastó para que mi jefe dispusiera una vigilancia permanente del edificio y que me cancelara el permiso.

—¿Quién es capaz de guardar dos millones de dólares en una caja de seguridad en Queens? —preguntó la joven.

—Cualquiera que no puede correr el riesgo de abrir una cuenta en ningún banco del mundo.

—Krantz —manifestó Anna.

—Ahora le toca a usted. ¿Se enteró de algo en la cena con Tina?

—Yo creía que no le interesaba. —Anna recorrió otros cien metros antes de continuar—. Fenston cree que la última pintura para su colección es soberbia. Lo más importante es que cuando Tina le sirvió un café en su despacho, había un ejemplar del *New York Times* sobre la mesa, abierto en la página diecisiete.

—Obviamente no es la sección de deportes.

—No, internacional. —Anna sacó un recorte del bolsillo y se lo pasó a Jack.

—¿Es una trampa para ver si consigo mantenerme a la par mientras leo?

—No, es una trampa para descubrir si sabe leer, Sombra, y no me importa aminorar la marcha, porque sé que nunca ha podido seguirme el ritmo.

Jack leyó el titular y casi se detuvo cuando pasaban junto al lago. Pasaron un par de minutos antes de que dijera:

—Su amiga Tina es muy espabilada.

—Cada día más. Espió una conversación entre Fenston y Leapman, y le escuchó preguntar: «¿Todavía tienes la otra llave?». En el momento no comprendió su importancia, pero...

—Retiro todo lo que dije de ella —afirmó Jack—. Está en nuestro equipo.

—No, Sombra, está en el mío. —Apuró la marcha a través de Strawberry Fields como siempre hacía en los últimos ochocientos metros. Jack se mantuvo a la par—. Aquí es donde nos separamos —añadió Anna, al llegar a Artists' Gate. Consultó su reloj y sonrió: 11 minutos y 48 segundos.

—¿Desayunamos? —preguntó Jack.

—Lo siento, no puedo. Tengo una cita con un viejo amigo de Christie's. Intento averiguar si tienen alguna vacante.

—¿Cenamos?

—Tengo entradas para la exposición de Rauschenberg en el Whitney. Si quiere verme, Sombra, estaré por aquí mañana a las seis.

Se alejó sin darle ocasión a responder.

45

Leapman se había decidido por el domingo porque era el único día de la semana en que Fenston no iba al despacho, aunque ya lo había llamado tres veces.

Solo en su apartamento se calentó la cena en el microondas, y repasó su plan hasta asegurarse de que nada podía salir mal. Mañana, y todos los demás mañanas, comería en un restaurante, sin tener que servir a Fenston.

Se comió el último bocado, fue al dormitorio y se desnudó. Abrió el cajón donde guardaba las prendas de deporte que necesitaba para ese ejercicio concreto. Se puso una camiseta, un pantalón corto y un chándal gris que ningún adolescente hubiese creído que sus padres pudiesen haber usado alguna vez, y luego calcetines blancos y zapatillas deportivas blancas. No se miró al espejo. Se puso de rodillas para sacar de debajo de la cama una bolsa de deporte de la que sobresalía el mango de una raqueta de squash. Ya estaba vestido y preparado. Solo le faltaban la llave y un paquete de cigarrillos.

Fue hasta la cocina, abrió un cajón donde guardaba un cartón de Marlboro y cogió un paquete. Él no fumaba. El último acto de este ritual agnóstico fue el de meter la mano por debajo del cajón y sacar la llave pegada en la base con un trozo de celo. Ya lo tenía todo.

Cerró la puerta del apartamento con dos vueltas de llave y

bajó la escalera hasta el sótano. Abrió la puerta de atrás y subió un piso para salir a la calle.

Para cualquiera que lo hubiese visto, tenía el aspecto de un hombre de camino a su club de squash. Leapman no había jugado al squash en toda su vida. Caminó un par de manzanas antes de parar un taxi. La rutina nunca cambiaba. Le dio al taxista una dirección donde no había un club de squash en varios kilómetros a la redonda. Se reclinó en el asiento, y agradeció que el conductor no le diera conversación, porque necesitaba concentrarse. Ese día haría un cambio en la rutina, un cambio que llevaba planeando desde hacía diez años. Esa sería la última vez que realizaría este cometido para Fenston, el hombre que se había aprovechado de él todos y cada uno de los días de la última década. Ese día no. Nunca más. Miró a través de la ventanilla. Hacía este viaje una o dos veces al año, para ir a dejar el dinero en el NYRC, siempre al cabo de unos pocos días después de que Krantz acabara con uno de sus encargos. A lo largo de los años, Leapman había depositado más de cinco millones en la caja número 13 de la casa de la calle Lincoln, y sabía que siempre sería un viaje de ida, hasta que ella cometiese algún error.

Cuando había leído en el *Times* que habían capturado a Krantz después de resultar herida de bala en un hombro —hubiese preferido que la mataran— comprendió que se lo habían puesto en bandeja, lo que Fenston llamaba una oportunidad de oro. Después de todo, Krantz era la única persona que sabía cuánto dinero había en la caja, mientras que él era el único que tenía la otra llave.

—¿Dónde es exactamente? —preguntó el taxista.

Leapman miró a través de la ventanilla.

—Faltan un par de calles, y me puede dejar en la esquina. —Sacó la raqueta de la bolsa y la dejó en el asiento.

—Son veintitrés dólares —dijo el conductor cuando se detuvo delante de una bodega.

Leapman le pasó tres billetes de diez por la rejilla.

—Vuelvo en cinco minutos. Si sigue por aquí, se ganará otros cincuenta.

—Seguiré por aquí —respondió el taxista en el acto.

Leapman cogió la bolsa vacía y se bajó del taxi, sin molestarse en recoger la raqueta. Cruzó la calle, y se sintió más tranquilo al ver la acera muy concurrida. Era una de las razones por las que siempre escogía las tardes de domingo. Nunca se hubiese arriesgado a presentarse allí por la noche. En Queens, no vacilarían en robarle la bolsa vacía.

Apuró el paso hasta que llegó al número 61. Se detuvo un momento para ver si alguien se fijaba en él. ¿Qué motivos había para que lo hiciera? Bajó la escalera y abrió la puerta del antiguo NYRC.

El conserje lo miró desde su posición sedentaria y al ver quién era, asintió —el movimiento más enérgico que había hecho en todo el día— y luego continuó leyendo la página de hípica. Leapman dejó el paquete de Marlboro sobre el mostrador. Desaparecería en cuanto se diera la vuelta. Todo hombre tiene un precio.

Miró el lóbrego pasillo donde la única luz la daba una bombilla de cuarenta vatios. Algunas veces se preguntaba si no sería él la única persona que se aventuraba más allá de la recepción.

Tampoco necesitaba mucha más luz para encontrar la caja, aunque no se podía leer el número; como todo lo demás se había borrado con el paso de los años. Miró hacia el mostrador; el fuego de uno de sus cigarrillos brillaba en la oscuridad.

Sacó la llave del bolsillo, la metió en la cerradura, la hizo girar y abrió la puerta. Luego abrió la bolsa antes de mirar de nuevo hacia el conserje. Leía. Tardó menos de un minuto en pasar el contenido de la caja a la bolsa, y cerrar la cremallera.

Leapman cerró la puerta de la caja por última vez. Recogió la bolsa, momentáneamente sorprendido por el peso, y caminó hacia la recepción. Dejó la llave en el mostrador.

—No volveré a necesitarla —le dijo al viejo, que no permitió que esta súbita interrupción en la rutina le distrajese de su análisis de los participantes de la carrera de las cuatro en Belmont. Era más un pasatiempo que otra cosa porque llevaba doce años sin acertar un ganador.

Leapman abandonó el local, subió los escalones para volver a la calle Lincoln. Miró a uno y otro lado. Todo en orden. Caminó rápidamente hacia la esquina donde lo esperaba el taxi, con la bolsa bien sujeta.

No había recorrido más de veinte metros cuando, como por arte de magia, se vio rodeado por una docena de hombres vestidos con pantalón vaquero y cazadoras de nailon azul, con las letras FBI escritas en amarillo en la espalda. Aparecieron corriendo hacia él desde todas las direcciones. Un momento más tarde, dos coches entraron en Lincoln, uno por cada esquina —aunque era una calle de dirección única— y frenaron estrepitosamente a un par de metros del sospechoso. Esta vez los transeúntes se pararon para mirar al hombre vestido con un chándal gris y que llevaba una bolsa de deportes. El taxista se alejó a toda prisa, con cincuenta dólares menos, y una raqueta de squash.

—Léele sus derechos —dijo Joe, mientras otro agente esposaba a Leapman con las manos a la espalda, y un tercero se hacía cargo de la bolsa.

«Tiene derecho a permanecer en silencio...», cosa que hizo Leapman.

Después de que le leyeran sus derechos —no por primera vez— Leapman fue conducido hasta uno de los coches y lo sentaron sin mucha ceremonia en el asiento trasero, donde lo esperaba el agente Delaney.

Anna se encontraba en el museo Whitney, delante de una tela de Rauschenberg titulada *Satélite*, cuando vibró el móvil que llevaba en el bolsillo. Vio en la pantalla que la llamaba *Sombra*.

—Hola.

—Me equivoqué.

—¿Se equivocó en qué? —preguntó Anna.

—Eran más de dos millones.

El reloj de un campanario cercano tocó las cuatro.

Krantz escuchó que uno de los guardias mayores decía: «Nos vamos a cenar, volveremos dentro de unos veinte minutos». El fumador tosió como única respuesta. Krantz permaneció inmóvil en la cama hasta que los pasos de los guardias se perdieron en la distancia. Pulsó el timbre junto a la cama y en el acto una llave giró en la cerradura. Ella no tuvo que adivinar quién esperaba con ansia acompañarla al lavabo.

—¿Dónde está su compañero?

—Está fumándose un cigarrillo —respondió el guardia—. No se preocupe, yo me encargaré de darle su parte.

Krantz se frotó los ojos, se levantó de la cama lentamente y salió al pasillo. Otro guardia dormitaba en una silla al otro extremo del pasillo. El fumador y el tenorio habían desaparecido.

El guardia la sujetó del brazo y se apresuró a llevarla al lavabo, pero se quedó en la puerta mientras ella entraba en el cubículo. Krantz se sentó en el inodoro, extrajó el condón, sacó dos billetes de veinte dólares y los ocultó en la mano derecha. Luego se metió el condón en un lugar donde ni siquiera el menos remilgado de los guardias querría buscar.

En cuanto tiró de la cadena, el guardia abrió la puerta. Sonrió al verla salir. El guardia que dormía no se movió, y su custodio pareció tan complacido como ella al comprobar que no había nadie más.

Krantz señaló con un gesto el cuarto de la ropa blanca. El hombre abrió la puerta y entraron. Krantz abrió el puño para mostrar el dinero. Se los ofreció al guardia. En el momento en que él iba a cogerlos, Krantz dejó caer uno de los billetes al suelo. Sin sospechar nada, el guardia se agachó para recogerlo. Solo fue un segundo pero bastó para que él sintiera toda la fuerza del rodillazo en los testículos. Mientras se desplomaba con las manos en la entrepierna, Krantz lo sujetó por el pelo y de un solo tajo le cortó la garganta con las tijeras del médico. No era el mejor de los instrumentos, pero era el único que tenía a mano. Le soltó el pelo, lo cogió por el cuello de la chaqueta y, con toda la fuerza que pudo reunir, lo metió en el tubo de descarga de la lavandería. Con un último impulso lo lanzo al vacío, y luego saltó ella.

Rebotaron contra las paredes metálicas del tubo mientras caían, y un par de segundos más tarde aterrizaron en una montaña de sábanas, fundas de almohadas y toallas en la lavandería. Krantz se levantó de un salto, cogió el más pequeño de los monos colgados en un perchero, se lo puso y corrió hacia la puerta. La entreabrió y asomó la cabeza con mucha cautela para espiar a un lado y otro del pasillo. La única persona a la vista era una empleada de la limpieza, que enceraba el suelo de rodillas. Krantz pasó junto a ella rápidamente y abrió la puerta de la salida de incendios. Vio en la pared un cartel que decía *Subsol.* Subió la escalera, abrió una de las ventanas de la planta baja y saltó al exterior. Llovía torrencialmente.

Miró en derredor, atenta al estruendoso aullido de la sirena seguido por las luces de los reflectores que iluminarían hasta el último centímetro cuadrado alrededor del edificio. No pasó nada.

Krantz se había alejado tres kilómetros cuando el tenorio necesitó usar el cuarto de la ropa blanca por segunda vez. La enfermera comenzó a gritar en cuanto vio la sangre en las paredes blancas. El guardia salió al pasillo y corrió a la habitación de la prisionera. El guardia dormido en la silla se levantó de un salto cuando el fumador apareció a la carrera por la salida de incendios. El tenorio fue el primero en llegar a la habitación. Abrió la puerta, encendió la luz y comenzó a maldecir a voz en cuello, mientras el fumador rompía el cristal de la alarma y apretaba el botón rojo.

24-S

46

Una de las reglas de oro de Anna cuando se despertaba era no leer los mensajes en el móvil hasta después de ducharse, vestirse, desayunar y leer el *New York Times*. Pero como durante los últimos quince días había roto todas las demás reglas de oro, leyó los mensajes incluso antes de levantarse. Uno era de Sombra, que le pedía que lo llamara, cosa que le hizo sonreír; otro de Tina, sin texto, y el último del señor Nakamura, que le hizo fruncir el entrecejo. Solo eran tres palabras: «Urgente. Llame Nakamura».

Anna decidió darse una ducha fría antes de devolver la llamada. Mientras soportaba el chorro de agua fría, pensó en el mensaje de Nakamura. La palabra urgente siempre le hacía temer lo peor. Anna era de las que siempre veían el vaso medio vacío más que medio lleno.

Estaba bien despierta cuando salió de la ducha. El corazón le latía al mismo ritmo que cuando acababa su carrera matinal. Se sentó a los pies de la cama e intentó tranquilizarse.

En cuanto notó que el pulso volvía a ser casi normal, marcó el número de Nakamura en Tokio.

—Hai, Shacho-Shitso desu —dijo la recepcionista.

—El señor Nakamura, por favor.

—¿Quién lo llama?

—Anna Petrescu.

—Ah, sí, espera su llamada.

El corazón de Anna se aceleró de nuevo.

—Buenos días, doctora Petrescu.

—Buenas tardes, señor Nakamura —respondió Anna, con el deseo de poder verle el rostro y saber cuanto antes cuál sería su destino.

—He tenido hace poco una muy desagradable conversación con su antiguo jefe, Bryce Fenston —manifestó Nakamura—, que mucho me temo —Anna apenas si podía respirar— me ha hecho replantearme —¿vomitaría? — la opinión que me merecía. Sin embargo, no es ese el motivo de esta llamada. Solo quería hacerle saber que me está usted costando quinientos dólares al día dado que, como usted solicitó, he depositado cinco millones de dólares con mis abogados en Londres. Por lo tanto, quisiera ver el Van Gogh lo antes posible.

—Puedo volar a Tokio en los próximos días —respondió Anna—, pero primero tendré que ir a Inglaterra para recoger la pintura.

—Eso no será necesario. Tengo una reunión con Corus Steel en Londres fijada para el miércoles, y no me importaría adelantar un día el vuelo, si es conveniente para lady Arabella.

—Estoy segura de que no habrá ningún problema. Llamaré a Arabella y después llamaré a su secretaria para confirmar los detalles. Wentworth Hall está a solo media hora de Heathrow.

—Excelente —dijo Nakamura—. Entonces nos veremos mañana a última hora. —Hizo una pausa—. Por cierto, Anna, ¿ha considerado la idea de ser la directora de mi fundación? Porque el señor Fenston me convenció de una cosa: desde luego vale usted quinientos dólares al día.

La sonrisa no desapareció del rostro de Fenston aunque era la tercera vez que leía el artículo. No veía el momento de compartir la noticia con Leapman, si bien sospechaba que él ya la había leído. Miró el reloj en la mesa; eran casi las diez. Leapman nunca llegaba tarde. ¿Dónde estaba?

Tina le había comunicado que el señor Jackson, el agente de seguros de Lloyd's, se encontraba en la sala de espera, y desde la recepción acababan de avisarle que Chris Savage de Christie's subía a la planta.

—En cuanto aparezca Savage —ordenó Fenston—, hágalos pasar y dígale a Leapman que se reúna con nosotros.

—No he visto al señor Leapman esta mañana —le informó Tina.

—Pues dígale que lo quiero aquí en cuanto aparezca —dijo Fenston. La sonrisa reapareció en su rostro cuando leyó de nuevo el titular: SE FUGA LA ASESINA DEL CUCHILLO.

Llamaron a la puerta y Tina hizo pasar a los dos hombres.

—El señor Jackson y el señor Savage —anunció. Por la vestimenta, no resultaba difícil acertar quién era el agente de seguros y quién pasaba su vida en el mundo del arte.

Fenston se adelantó para estrechar la mano de un hombre bajo y con una incipiente calvicie vestido con un traje azul a rayas y corbata azul timbrada, que se presentó a sí mismo como Bill Jackson. Fenston saludó con un gesto a Savage, a quien conocía de sus repetidas visitas a Christie's a lo largo de los años. El hombre usaba pajarita.

—Quiero dejar bien claro —comenzó Fenston—, que solo deseo asegurar esta pintura —señaló el Van Gogh— por veinte millones de dólares.

—¿A pesar de que podría quintuplicar dicha cantidad si sale a subasta? —preguntó Savage, que se volvió para mirar el cuadro por primera vez.

—Eso significaría, desde luego, una prima mucho más baja —señaló Jackson—, siempre y cuando nuestros expertos en seguridad consideren que la pintura está debidamente protegida.

—No se mueva de donde está, señor Jackson, y podrá decidir por usted mismo si está debidamente protegida.

Fenston se acercó a la pared, tecleó una combinación de seis dígitos en un teclado junto al interruptor de la luz y salió de la habitación. En el instante en que se cerró la puerta, una reja metálica bajó del techo para cubrir totalmente el Van Gogh y ocho segundos más tarde quedó sujeta en los enganches del suelo. Al mismo tiempo, comenzó a sonar una alarma con un sonido infernal que hubiese espantado al mismísimo Cuasimodo.

Jackson se apresuró a taparse los oídos y al volverse vio que una segunda reja le impedía llegar a la única puerta del despacho. Se acercó a la ventana y miró a los pigmeos que caminaban por la acera. La alarma se apagó unos pocos segundos más tarde y las rejas se alzaron para desaparecer en el techo. Fenston entró en el despacho con una expresión de orgullo.

—Impresionante —opinó Jackson, a quien el sonido de la alarma aún le resonaba en los oídos—. Pero tengo todavía un par de preguntas que necesitan respuesta. ¿Cuántas personas conocen el código?

—Solo dos. El jefe de personal y yo, y cambio la secuencia todas las semanas.

—¿Qué pasa con la ventana? ¿Hay alguna manera de abrirla?

—No. Es un cristal doble a prueba de balas, e incluso si usted pudiese abrirla, estaría a una altura de treinta y dos pisos.

—¿La alarma?

—Está conectada directamente con Abbot Security. Tienen una oficina en el edificio, y garantizan que pueden llegar a cualquiera de los pisos en dos minutos.

—Estoy francamente impresionado —declaró Jackson—. Es lo que llamamos una seguridad triple A, y eso significa que la prima será de un uno por ciento o, en otras palabras, unos doscientos mil dólares al año. —Sonrió—. Solo lamento que los noruegos no fuesen tan previsores como usted, señor Fenston. No hubiésemos tenido que pagar tanto por *El grito*.

—¿También puede garantizar la discreción en estos asuntos?

—Absolutamente —afirmó Jackson—. Aseguramos la mitad de los tesoros del mundo, y no descubriría usted quiénes son nuestros clientes, incluso si pudiese entrar en nuestras oficinas centrales en Londres. Hasta sus nombres están codificados.

—Eso me tranquiliza. Entonces solo falta que usted prepare el papeleo.

—Lo haré en cuanto el señor Savage confirme que la pintura vale veinte millones de dólares.

—Eso ya está resuelto. —Fenston se volvió hacia Chris Savage, que miraba atentamente la pintura—. Después de todo, nos acaba de decir que el valor del Van Gogh de Wentworth ronda los cien millones de dólares.

—El Van Gogh de Wentworth lo vale —dijo Savage—, pero no este. —Hizo una pausa antes de mirar a Fenston—. La única cosa original de esta obra de arte es el marco.

—¿A qué se refiere? —preguntó Fenston, que miró su pintura favorita como si le acabaran de decir que su único hijo era ilegítimo.

—Pues a lo que he dicho —manifestó Savage—. El marco es el original, pero la pintura es falsa.

—¿Falsa? —balbuceó Fenston—. Pero si vino de Wentworth Hall.

—El marco puede haber venido de Wentworth Hall, pero le aseguro que la pintura no salió de allí.

—¿Cómo puede estar tan seguro cuando ni siquiera le ha hecho una prueba? —protestó Fenston.

—No necesito hacerlas —afirmó Savage.

—¿Por qué no?

—Porque tiene vendada la oreja que no es —respondió el experto en el acto.

—No es verdad —insistió Fenston, sin desviar la mirada de la tela—. Hasta los escolares saben que Van Gogh se cortó la oreja izquierda.

—Pero no todos los escolares saben que pintó su autorretrato mirándose al espejo, razón por la cual aparece vendada la oreja derecha.

Fenston se dejó caer en la silla detrás de la mesa, de espaldas al cuadro. Savage se adelantó para observar el cuadro de cerca.

—Lo que me intriga —añadió—, es por qué alguien colocó la falsificación en el marco original. —La furia encendía el rostro de Fenston—. Debo confesar que quien pintó esta versión es un gran artista. Sin embargo, no puedo tasarla en más de diez mil dólares, y quizá —titubeó—, otros diez mil por el marco, y, por lo tanto, creo que resulta un tanto excesiva una prima de doscientos mil dólares. —Fenston permaneció mudo—. Lamento ser el portador de malas noticias —concluyó Savage mientras se apartaba de la pintura y se detenía delante de Fenston—. Solo espero que no haya pagado una cantidad muy elevada, y, si lo hizo, que sepa quién es el responsable de la estafa.

—Que venga Leapman —gritó Fenston a voz en cuello. Al escucharlo, Tina entró a la carrera.

—Acaba de llegar. Le diré que quiere verlo.

Ninguno de los dos visitantes consideraron prudente quedarse, con la ilusión de que los invitasen a tomar un café. Se marcharon discretamente cuando Leapman entró en el despacho.

—¡Es una falsificación! —vociferó Fenston.

Leapman se detuvo a mirar la pintura durante unos momentos antes de dar una opinión.

—Ambos sabemos quién es la responsable.

—Petrescu. —Fenston soltó el nombre como un escupitajo.

—Por no hablar de su compinche, que le ha estado pasando información a Petrescu desde el día que la despediste.

—Tienes toda la razón —admitió Fenston. Llamó a Tina, y de nuevo la secretaria entró de inmediato—. ¿Ve esa pintura? —dijo, y la señaló por encima del hombro, incapaz de volver la cabeza para mirarla. La joven asintió—. Quiero que la ponga de nuevo en la caja, y la envíe inmediatamente a Wentworth Hall, junto con una reclamación por el importe de...

—Treinta y dos millones, ochocientos noventa y dos mil dólares —dictó Leapman.

—Después de hacerlo —continuó Fenston—, recoja sus cosas y asegúrese de abandonar el edificio en un plazo de diez minutos, maldita zorra.

Tina se echó a temblar cuando Fenston se levantó y la miró con una expresión asesina al tiempo que decía:

—Antes de que se marche, quiero que haga una última cosa. —Tina no podía moverse—. Dígale a su amiga Petrescu que aún no he quitado su nombre de la lista de desaparecidos, y presumiblemente muertos.

47

Anna tenía la sensación de que la comida con Ken Wheatley podría haber ido mejor. El presidente delegado de Christie's le había dejado claro que el desafortunado incidente que la había obligado a renunciar a su empleo en Sotheby's no era algo que sus colegas en el mundo del arte ya considerasen como algo pasado. Tampoco ayudaba que Bryce Fenston le dijera a cuantos quisieran escucharlo que la había despedido por conducta impropia de un empleado de la banca. Wheatley admitió que nadie hacía mucho caso de Fenston. Sin embargo, tampoco se mostraban dispuestos a ofender a un cliente de su importancia, y eso significaba que su reingreso al mercado del arte no sería fácil.

Las palabras de Wheatley solo sirvieron para que Anna se reafirmara en su voluntad de ayudar a Jack para conseguir condenar a Fenston, a quien no parecía importarle arruinar la vida de los demás.

Ken le había dicho de una manera elegante que por el momento no había nada adecuado para alguien con su preparación y experiencia, pero le había prometido mantenerse en contacto.

Anna salió del restaurante y cogió un taxi. Quizá la segunda entrevista resultara más provechosa.

—Al veintiséis de Federal Plaza —le indicó al taxista.

Jack se encontraba en el vestíbulo del edificio del FBI en Nueva York a la espera de que apareciera Anna. No se sorprendió cuando la vio llegar dos minutos antes de la hora. Tres guardias la observaron atentamente mientras bajaba la docena de escalones que conducían a la entrada del 26 Federal Plaza. Le dio su nombre a uno de los agentes que le pidió una prueba de identidad. Ella le dio el carnet de conducir, que el hombre verificó antes de marcar una tilde junto a su nombre en la lista de visitantes.

Jack le abrió la puerta.

—No precisamente lo que esperaba de una primera cita —comentó Anna.

—Ni yo —dijo Jack con el deseo de tranquilizarla—, pero mi jefe quiere que tenga bien claro la importancia que da a esta reunión.

—¿Por qué? ¿Van a detenerme?

—No. Solo desea que esté dispuesta a colaborar con nosotros.

—Entonces vayamos a ponerle el cascabel al gato.

—Una de las expresiones favoritas de su padre —dijo Jack.

—¿Cómo lo sabe? ¿También tiene un expediente con su nombre?

—No —respondió Jack con una carcajada mientras entraban en el ascensor—. Fue una de las cosas que me dijo en el avión durante nuestra primera noche juntos.

Subieron a la novena planta, donde Dick Macy esperaba en el pasillo para saludarla.

—Es muy amable de su parte, doctora Petrescu —afirmó, como si ella hubiese tenido alguna otra alternativa. Anna guardó silencio. Macy la hizo pasar a su despacho y la invitó a sentarse en la silla delante de su mesa—. Si bien esta es una reunión extraoficial, quiero decirle que el FBI considera muy importante su asistencia.

—¿Por qué necesitan mi ayuda? —replicó Anna—. Creía que habían detenido a Leapman y que a estas horas lo tendrían a buen recaudo en una celda.

—Lo soltamos esta mañana —le explicó Macy.

—¿Lo soltaron? ¿Dos millones no fueron prueba suficiente?

—Más que suficiente —admitió Macy—, y el motivo de mi participación en este caso. Mi especialidad es la negociación de penas, y poco después de las nueve de esta mañana, Leapman firmó un acuerdo con el fiscal federal del distrito sur donde se estipula que, si coopera exhaustivamente con nuestra investigación, solo será condenado a una pena máxima de cinco años.

—Eso no explica por qué lo han soltado.

—Porque Leapman afirma que puede demostrar un vínculo financiero directo entre Fenston y Krantz, pero que para eso necesita regresar al despacho de Wall Street. Allí se hará con todo los documentos importantes, incluidas las cuentas numeradas, y los comprobantes de varios pagos ilegales en diferentes bancos de todo el mundo.

—Podría tratarse de un engaño —señaló Anna—. Después de todo, la mayoría de los documentos que podrían implicar a Fenston se destruyeron cuando se desplomó la Torre Norte.

—Es posible, pero le dejé bien claro que si nos engaña pasará el resto de sus días en Sing Sing.

—Es todo un incentivo —admitió Anna.

—Leapman también aceptó aparecer como testigo del gobierno, si el caso llega a juicio —manifestó Jack.

—Entonces demos gracias de que Krantz esté entre rejas, porque de lo contrario su testigo estrella ni siquiera llegaría al juzgado.

Macy miró a Jack con una expresión de sorpresa.

—¿No ha leído la última edición del *New York Times*? —le preguntó a la joven.

—No —contestó Anna, que no tenía idea de qué estaban hablando los agentes.

Macy abrió una carpeta, sacó el recorte de periódico y se lo pasó a Anna.

Olga Krantz, conocida como la asesina del cuchillo por ser uno de los verdugos durante la brutal dictadura de Ceausescu, desapareció anoche de un hospital de alta seguridad en Bucarest. Se cree que escapó a través de la lavandería, vestida con las prendas de una de las trabajadoras del hospital. Uno de los policías que la custodiaba fue descubierto más tarde con...

—Tendré que pasar el resto de mi vida mirando por encima del hombro —declaró Anna, mucho antes de llegar al último párrafo.

—No lo creo —opinó Jack—. Krantz no tendrá ninguna prisa en regresar a Estados Unidos, ahora que se ha unido a los nueve hombres más buscados por el FBI. También sabe que hemos enviado su descripción detallada a todos los puertos de entrada, y también a la Interpol. Si la detienen y la cachean, tendrá problemas para explicar la herida de bala en el hombro.

—Eso no impedirá que Fenston busque vengarse.

—¿Por qué? —preguntó Jack—. Ahora que tiene el Van Gogh, usted es historia.

—Pero es que no tiene el Van Gogh —dijo Anna, y agachó la cabeza.

—¿Cómo que no lo tiene? —exclamó Jack.

—Recibí una llamada de Tina, minutos antes de acudir a esta reunión. Me avisó que Fenston había llamado a un experto de Christie's para que tasara la pintura para el seguro. Algo que nunca había hecho antes.

—¿Por qué es eso un problema? —quiso saber Jack.

Anna levantó la cabeza.

—Porque es falso.

—¿Falso? —dijeron los hombres al unísono.

—Sí, por eso volé a Bucarest. Un viejo amigo mío que es un gran retratista hizo una copia para mí.

—Eso explica el dibujo en su apartamento —manifestó Jack.

—¿Ha estado en mi apartamento?

—Solo cuando creía que su vida corría peligro —se disculpó Jack en voz baja.

—Pero...—comenzó Anna.

—Eso también explica —la interrumpió Macy— que enviara la caja roja de nuevo a Londres, permitiera la intervención de Art Locations y que la remitieran a Fenston en Nueva York.

Anna asintió.

—Sin embargo, debía de saber que con el tiempo acabarían por descubrirlo —señaló Jack.

—Con el tiempo —repitió Anna—. Esa es la clave. Todo lo que necesitaba era tiempo para vender el original, antes de que Fenston descubriese cuáles eras mis intenciones.

—Así que mientras su amigo Anton trabajaba en la falsificación, usted voló a Tokio e intentó venderle el original a Nakamura.

La joven asintió de nuevo.

—¿Lo consiguió? —preguntó Macy.

—Sí. Nakamura aceptó comprar el autorretrato original por cincuenta millones de dólares, cantidad más que suficiente para que Arabella liquide las deudas de su hermana con Fenston Finance y conserve el resto de la colección y la propiedad.

—De acuerdo, pero ahora que Fenston sabe que la pintura es falsa, llamará a Nakamura y le descubrirá todo el plan —dijo Jack.

—Ya lo ha hecho.

—Entonces está usted de nuevo en el principio —indicó Macy.

—No. —Anna sonrió—. Nakamura ha depositado cinco millones con sus abogados de Londres, y pagará el resto después de haber examinado el original.

—¿Tendrá tiempo? —preguntó Macy.

—Vuelo a Londres esta tarde a última hora y Nakamura se reunirá con nosotras en Wentworth Hall mañana por la noche.

—Será hilar muy fino —opinó Jack.

—No si Leapman nos da lo que necesitamos —declaró Macy—. No olvides que lo piensa hacer esta noche.

—¿Puedo saber qué es lo que pretenden? —preguntó Anna.

—De ninguna manera —contestó Jack, con firmeza—. Usted coja su avión a Inglaterra y cierre el trato, mientras nosotros hacemos nuestro trabajo.

—¿Su trabajo incluye cuidar de Tina?

—¿Por qué tendríamos que hacerlo? —preguntó Macy.

—La despidieron esta mañana.

—¿Por qué?

—Porque Fenston descubrió que me mantenía informada de todo lo que hacía mientras yo me encontraba en el otro lado del mundo, así que me temo que he acabado poniendo en peligro su vida.

—Me equivoqué con Tina —admitió Jack. Miró a Anna—. Le pido disculpas. Pero sigo sin entender por qué aceptó trabajar con Fenston.

—Tengo la sensación de que hoy lo descubriré. Hemos quedado en tomar una copa antes de que me vaya al aeropuerto.

—Si tiene tiempo antes de embarcar, llámeme. Me encantará conocer la respuesta de este fascinante misterio.

—Lo haré.

—Hay otro misterio que me gustaría aclarar antes de que se marche, doctora Petrescu —dijo Macy.

Anna miró al jefe de Jack.

—Si Fenston tiene el falso, ¿dónde está el original?

—En Wentworth Hall. Después de sacar la pintura de Sotheby's, cogí un taxi y se la llevé directamente a Arabella. Lo único que me llevé conmigo fue la caja roja y el marco original.

—Que llevó a Bucarest para que su amigo Anton colocara la pintura falsa en el marco original, con la ilusión de que bastase para convencer a Fenston de que tenía la auténtica.

—Un engaño que se hubiese mantenido de no haber sido porque decidió asegurar la pintura.

Hubo una larga pausa que interrumpió Macy.

—Un engaño que hizo delante de las narices de Jack.

—Efectivamente —admitió Anna con una sonrisa.

—Permítame una última pregunta, doctora Petrescu —añadió Macy—. ¿Dónde estaba el Van Gogh mientras dos de mis más experimentados agentes desayunaban con usted y lady Arabella en Wentworth Hall?

—Por favor, acójase a la quinta enmienda —suplicó Jack.

—En la habitación Van Gogh —respondió Anna—, directamente encima de ellos en la primera planta.

—Todo aclarado —dijo Macy.

Krantz esperó hasta la décima llamada. Entonces se escuchó un chasquido y una voz preguntó:

—¿Dónde está?

—En la frontera rusa.

—Muy bien, porque no puede regresar a Estados Unidos mientras continúe apareciendo en el *New York Times*.

—Por no mencionar que también estoy en la lista de las diez personas más buscadas del FBI —señaló Krantz.

—Son sus quince minutos de fama. Tengo otro encargo para usted.

—¿Dónde?

—Wentworth Hall.

—No podría arriesgarme a aparecer por allí una segunda vez.

—¿Incluso si doblo la tarifa?

—Sigue siendo demasiado riesgo.

—Quizá no piense lo mismo cuando le diga la garganta que quiero que corte.

—Le escucho —dijo Krantz, y cuando Fenston le reveló el nombre de la siguiente víctima, ella añadió—: ¿Me pagará dos millones por hacerlo?

—Tres, si consigue también matar a Petrescu al mismo tiempo. Ella estará allí mañana por la noche.

Krantz titubeó.

—Cuatro, si ella presencia la primera muerte —manifestó Fenston.

—Quiero dos millones por adelantado —dijo Krantz, tras una larga pausa.

—¿En el lugar de siempre?

—No —respondió ella, y le dio el número de una cuenta en Moscú.

Fenston colgó el teléfono y llamó a Leapman.

—Ven aquí inmediatamente.

Mientras esperaba a Leapman, Fenston escribió una lista de las cosas que quería tratar: Van Gogh, dinero, propiedades de Wentworth, Petrescu. Aún escribía cuando llamaron a la puerta.

—Ha escapado —dijo Fenston al ver a Leapman.

—Así que la noticia en el *New York Times* era correcta —señaló Leapman, que intentó mostrarse sereno.

—Sí, pero no saben que va camino de Moscú.

—¿Tiene la intención de regresar a Nueva York?

—Por ahora no. Sería muy arriesgado mientras mantengan unas medidas de seguridad tan estrictas.

—Eso tiene sentido —admitió Leapman, que procuró no mostrar su alegría ante la noticia.

—Mientras tanto, le he encargado otro trabajo.

—¿Quién será esta vez? —preguntó Leapman.

Escuchó incrédulo mientras Fenston le decía a quién había seleccionado como la próxima víctima de Krantz y por qué le sería imposible cortarle la oreja izquierda.

—¿Ya han enviado la falsificación a Wentworth Hall? —le preguntó Fenston a Leapman que miraba la foto del presidente y George W. Bush que se daban la mano después de visitar la Zona Cero. La imagen colgaba de nuevo en el lugar de honor en la pared detrás de la mesa de Fenston.

—Sí. Art Locations recogió la tela esta tarde, y mañana por la tarde la llevarán a Wentworth Hall. También hablé con nuestro abogado en Londres. El miércoles pedirá al juez una orden de embargo, así que si ella no devuelve el original, todas las propiedades pasarán automáticamente a ser suyas. Entonces podremos comenzar la venta del resto de la colección hasta liquidar la deuda. Será cosa de años.

—Si Krantz hace bien su trabajo mañana por la noche, la deuda no se liquidará —afirmó Fenston—. Por eso mismo quería hablar contigo. Quiero que saques a subasta toda la colección Wentworth lo antes posible. Divide las obras por partes iguales entre Christie's, Sotheby's, Phillips y Bonhams, y asegúrate de que las vendan al mismo tiempo.

—Eso inundaría el mercado, con la consecuencia de una bajada de precios.

—Es exactamente lo que quiero. Si no recuerdo mal, Petrescu tasó el resto de la colección en unos treinta y cinco millones de dólares. Me daré por satisfecho si reúno entre quince y veinte.

—En ese caso le quedarán diez por cobrar.

—¡Qué pena! —Fenston sonrió—. Si es así, no me quedará más alternativa que poner Wentworth Hall a la venta y liquidarlo todo, hasta la última armadura. —Hizo una pausa—. Ocúpate de encargarle la venta a las tres agencias inmobiliarias londinenses más distinguidas. Diles que impriman folletos a todo color, que pongan anuncios en las revistas e incluso una media página en un par de periódicos nacionales, algo que dará lugar a más de un editorial. Cuando acabe con lady Arabella, no solo estará sin un céntimo sino que además, a la vista de cómo las gastan los diarios británicos, la humillarán a placer.

—¿Qué pasará con Petrescu?

—Tendrá la mala fortuna de encontrarse en el lugar equivocado en el momento erróneo —respondió Fenston, con un tono de burla.

—Así que Krantz podrá matar dos pájaros de un tiro.

—Por eso mismo quiero que te concentres en acabar con Wentworth Hall. Para que lady Arabella tenga una muerte lenta.

—Pondré manos a la obra ahora mismo —prometió Leapman—. Buena suerte con el discurso —añadió al llegar a la puerta.

—¿Mi discurso?

Leapman se volvió para mirarlo.

—¿No es esta noche cuando pronunciarás tu discurso en la cena anual de los banqueros en el Sherry Netherland?

—Demonios, tienes razón. ¿Dónde diablos dejó Tina mi discurso?

Leapman sonrió, pero no lo hizo hasta después de cerrar la puerta. Fue a su despacho, se sentó a su mesa y pensó en todo lo que Fenston le había dicho. En cuanto el FBI se enterara con todo lujo de detalles dónde estaría Krantz al día siguiente por la noche, y quién sería la próxima víctima, no dudaba que el fiscal no podría ninguna pega para reducir aún más la sentencia. Si además les entregaba las pruebas que relacionaban a Fenston con Krantz, incluso podrían recomendar la suspensión de la condena.

Leapman sacó del bolsillo la pequeña cámara que le había dado el FBI. Comenzó a calcular cuántos documentos podría fotografiar mientras Fenston pronunciaba su discurso en la cena de banqueros.

48

A las 19.16, Leapman apagó la luz del despacho y salió al pasillo. No cerró con llave. Caminó hacia los ascensores, atento a que la única luz encendida era la del despacho del presidente. Entró en el ascensor y apretó el botón de la planta baja. Cruzó sin prisas el vestíbulo hasta el mostrador de la recepción y firmó la salida a las 19.19. La mujer que lo seguía en la cola se adelantó para firmar en el registro al mismo tiempo que Leapman retrocedía un paso, sin apartar la mirada de los dos guardias detrás del mostrador. Uno controlaba a los empleados que salían del edificio, mientras que el otro firmaba el albarán de una entrega. Leapman continuó retrocediendo hasta que llegó al ascensor. Entró de espaldas y se puso a un lado de la cabina donde quedaba oculto de los guardias. Apretó el botón del piso treinta y uno. En menos de un minuto, salió a otro pasillo desierto.

Caminó hasta el final, abrió la puerta de la escalera de incendio y subió hasta el piso siguiente. Abrió la puerta sigilosamente, para no hacer el más mínimo ruido. Después caminó de puntillas por la gruesa moqueta hasta que llegó delante de su despacho. Vio que aún había luz en el despacho de Fenston. Abrió la puerta, entró y la cerró con llave. Se sentó en la silla detrás de la mesa y se guardó la cámara en el bolsillo, sin encender la luz.

Sentado en la oscuridad, esperó pacientemente.

Fenston estudiaba una solicitud de crédito presentada por un tal Michael Karraway, que pedía catorce millones de dólares para invertirlos en una cadena de teatros de provincia. Era un actor en paro que nunca había destacado mucho. Pero tenía una madre indulgente que le había regalado un Matisse, *Paisaje desde un dormitorio*, y una granja de doscientas cincuenta hectáreas en Vermont. Fenston miró la diapositiva de una joven desnuda que miraba a través de la ventana de un dormitorio y decidió que le diría a Leapman que redactara el contrato.

Dejó la solicitud a un lado y comenzó a hojear el último catálogo de Christie's. Se detuvo al llegar a la página donde aparecía un Degas, *Bailarina delante de un espejo*, pero pasó la página después de leer el precio de salida. Pierre de Rochelle le había conseguido un Degas, *La profesora de baile*, a un precio mucho más razonable.

Continuó leyendo los precios de cada pintura, y de vez en cuando sonreía al ver lo mucho que había subido de precio su colección. Miró el reloj de mesa: las 19.43. «Mierda», exclamó al ver que si no se daba prisa llegaría tarde para dar su discurso en la cena de los banqueros. Recogió el catálogo y caminó presuroso hacia la puerta. Marcó la combinación de seis dígitos en el teclado, salió al pasillo y cerró la puerta. Ocho segundos más tarde, escuchó el chasquido de las rejas.

Mientras bajaba en el ascensor, se sorprendió al ver el precio de salida de *Los barrenderos* de Caillebotte. Él le había adquirido la misma pintura en un formato más grande por la mitad de ese precio a un cliente al que había mandado a la ruina. Salió del ascensor, fue hasta la recepción, y firmó la salida a las 19.48.

Al cruzar el vestíbulo, vio a su chófer que lo esperaba al pie de la escalera. Mantuvo el pulgar en el catálogo para marcar la página mientras subía al coche. Se enfadó cuando al pasar a la página siguiente se encontró con un Van Gogh, *Recolectores en el campo*, con un precio inicial de veintisiete millones. Soltó una maldición. Ni se podía comparar con *Autorretrato con la oreja vendada.*

—Perdón, señor —dijo el chófer—. ¿Irá usted a la cena de los banqueros?

—Sí. Más vale que nos pongamos en marcha —respondió Fenston, y pasó otra página del catálogo.

—Es que...—comenzó el chófer y recogió la invitación que estaba en el asiento del pasajero.

—¿Que pasa?

—La invitación dice esmoquin. —Le pasó la tarjeta a su jefe.

—¡Mierda! —Fenston dejó caer el catálogo en el asiento. De haber estado Tina hubiese tenido el esmoquin a punto y no colgado en el armario. Se apeó del coche antes de que el chófer pudiese abrirle la puerta, y subió los escalones de dos en dos. Pasó por delante del mostrador de la recepción, sin preocuparse de firmar la entrada. Corrió hasta uno de los ascensores que estaba abierto y apretó el botón del piso treinta y dos.

En cuanto salió del ascensor, lo primero que vio mientras caminaba por el pasillo fue el rayo de luz que salía por debajo de la puerta de su despacho. Hubiese jurado que la había apagado después de activar la alarma, ¿o es que había estado tan absorto en el catálogo que sencillamente lo había olvidado? Se disponía a marcar el código en el teclado, cuando escuchó un ruido en el interior.

Fenston vaciló, intrigado por quién podría ser. No se movió mientras esperaba algún indicio de que el intruso había descubierto su presencia. Pasados un par de minutos, volvió sobre sus pasos, entró en el despacho vecino y cerró la puerta con cuidado. Se sentó en la silla de su secretaria y comenzó a buscar el interruptor; Leapman le había advertido que Tina podía espiar todo lo que ocurría en su despacho. No tardó mucho en encontrarlo debajo de la mesa. Lo apretó y se encendió una pequeña pantalla. Fenston miró incrédulo la nítida imagen.

Leapman estaba sentado en su silla con un grueso expediente abierto sobre la mesa. Pasaba lentamente las páginas, algunas veces se detenía para leer alguna entrada con más atención, y también sacaba algunas para fotografiarlas con lo que parecía una cámara de alta tecnología.

Varios pensamientos pasaron por la mente de Fenston. Leapman podía estar recogiendo información para hacerle chantaje en el futuro. Le vendía información a un banco competidor. Los inspectores de Hacienda le habían apretado las clavijas y él había aceptado traicionar a su jefe a cambio de la inmunidad. Fenston se inclinó por el chantaje.

No tardó en ser evidente que Leapman no tenía prisa. Había escogido esa hora con toda premeditación. Acababa con un expediente, lo dejaba en su lugar y seleccionaba otro. El procedimiento era siempre el mismo: buscar sistemáticamente en el contenido del archivo, señalaba los puntos relevantes, y si lo consideraba necesario, sacaba una página para fotografiarla.

Fenston consideró las alternativas, antes de decidirse por algo que le pareció digno de Leapman.

Primero escribió la secuencia de las cosas que serían necesarias para asegurarse de que no lo pillarían. En cuanto tuvo la certeza de que no había omitido nada, apretó el interruptor para desconectar los teléfonos. Esperó pacientemente hasta ver que Leapman abría otro expediente muy abultado. Luego salió al pasillo para ir hasta la puerta de su despacho. Repasó mentalmente la lista. Marcó el código correcto, 170690, en el teclado como si fuese a marcharse. A continuación abrió con la llave y empujó la puerta un par de centímetros y la cerró de nuevo.

La ensordecedora alarma se puso en marcha automáticamente, pero Fenston esperó los ocho segundos hasta que las rejas quedaron sujetas. Después tecleó rápidamente el código de la semana anterior, 170680, y abrió y cerró la puerta de nuevo.

Escuchó cómo Leapman corría a través de la habitación, evidentemente con la ilusión de que si marcaba el código correcto se apagaría la alarma y se levantarían las rejas. Pero ya era demasiado tarde, porque las rejas de hierro no se movieron y la alarma continuó sonando.

Fenston sabía que solo le quedaban unos segundos si quería completar la secuencia sin ser descubierto. Corrió al despacho vecino y echó un rápido vistazo a las notas que había dejado en la mesa de la secretaria. Marcó el número de emergencia de Abbot Security.

—Agente de guardia —respondió una voz.

—Soy Bryce Fenston, presidente de Fenston Finance —dijo con voz pausada y un tono autoritario—. Se acaba de disparar la alarma de mi despacho en el piso treinta y dos. Seguramente he marcado por error el código de la semana pasada, y solo quería avisarle de que no es una emergencia.

—¿Puede repetirme su nombre, señor?

—Bryce Fenston —gritó por encima del estruendo de la alarma.

—¿Fecha de nacimiento?

—Doce, seis, cincuenta y dos.

—¿Apellido de soltera de la madre?

—Madejski.

—¿Código postal?

—Uno cero cero dos uno.

—Gracias, señor Fenston. Enviaremos a alguien al piso treinta y dos lo antes posible. Los técnicos están ahora mismo ocupados con una incidencia en el piso diecisiete, donde una persona se ha quedado encerrada en un ascensor, así que tardarán unos minutos en llegar.

—No hay ninguna prisa —dijo Fenston—. No hay nadie trabajando en el piso, y las oficinas no abren hasta las siete de la mañana.

—Estoy seguro de que no tardaremos tanto tiempo —afirmó el guardia—, pero con su permiso, señor Fenston, cambiaremos la categoría de emergencia a prioridad.

—Me parece bien —vociferó Fenston.

—Así y todo habrá un recargo de quinientos dólares por tratarse de una llamada fuera de las horas de oficina.

—Es un tanto excesivo.

—Es lo habitual en estos casos, señor. Sin embargo, si puede apersonarse en la recepción, y firmar en el registro de alarmas, el recargo será de doscientos cincuenta.

—Voy para allá.

—Debo recordarle, señor —añadió el guardia—, que si lo hace, su solicitud será considerada como de rutina, en cuyo caso no la atenderemos hasta después de ocuparnos de todas las llamadas prioritarias y de emergencia.

—No es problema.

—Puede estar seguro de que a pesar de los otros servicios que estamos atendiendo, no tardaremos más de cuatro horas en ocuparnos de su aviso.

—Muchas gracias. Ahora mismo bajo a la recepción.

Colgó el teléfono y salió al pasillo. Al pasar por delante de su despacho, escuchó cómo Leapman aporreaba la puerta desesperado, pero los gritos apenas si se oían por encima del sonido agudo de la alarma. Fenston continuó caminando hacia los ascensores. Incluso a una distancia de veinte metros, el estrépito era insoportable.

En la planta baja fue directamente al mostrador.

—Ah, señor Fenston —dijo el guardia—. Si tiene la bondad de firmar aquí, se ahorrará doscientos cincuenta dólares.

—Gracias. —Fenston le dio diez dólares de propina—. No hace falta que corra. Arriba no queda nadie —afirmó.

Salió del edificio y al subir el coche miró hacia su despacho. Vio una diminuta figura que golpeaba el cristal de la ventana. El chófer cerró la puerta y fue a sentarse al volante, intrigado. Su jefe no se había puesto el esmoquin.

49

Jack Delaney aparcó el coche en Broad Street poco después de las nueve y media. Encendió la radio y escuchó el programa de Cousin Brucie en el 101.1 FM, mientras esperaba a Leapman. El punto de encuentro lo había elegido Leapman, y le había dicho al agente del FBI que llegaría entre las diez y las once, para entregarle la cámara con todas las pruebas necesarias para asegurar la condena.

Jack dormitaba cuando escuchó la sirena. Como todos los agentes de la ley, sabía en el acto si la sirena era de un coche de policía, de una ambulancia o de un camión de bomberos. Era la de una ambulancia que probablemente venía de St Vincent's.

Consultó su reloj: las once y cuarto. Leapman se retrasaba, pero ya le había advertido a Jack que fotografiaría más de cien documentos, así que no era cuestión de reprocharle la falta de puntualidad. Los técnicos del FBI habían dedicado mucho tiempo a enseñarle a Leapman el manejo del novísimo modelo de cámara para que obtuviese los mejores resultados. Aquello había sido antes de la llamada. Leapman había llamado a la oficina de Jack unos minutos después de las siete para comunicar que Fenston le había dicho algo mucho más importante que cualquier documento. La llamada se había interrumpido antes de que Jack pudiese averiguar qué era. No hubiese tardado tanto de no haber sido por su experiencia de que era habitual entre quienes negociaban con el fiscal, afirmar que disponían de una nueva información mucho más importante, y que por lo tanto el FBI debía reconsiderar la duración de la condena. Tenía claro que su jefe no lo haría a menos que las nuevas pruebas demostrasen un vínculo irrefutable entre Fenston y Krantz.

El sonido de la sirena sonó más fuerte.

Jack decidió salir del coche para estirar las piernas. Se le había arrugado la gabardina. La había comprado en Brook Brothers en los días cuando deseaba que todos supiera que era un agente del FBI, pero a medida que sucedían los ascensos, menos deseaba que fuese tan obvio. Si alguna vez llegaba a jefe de delegación, consideraría la posibilidad de comprarse un abrigo nuevo, uno que le hiciera parecer abogado o banquero; eso complacería a su padre.

Pensó de nuevo en Fenston, que en esos momentos estaría leyendo su discurso sobre la responsabilidad moral de los banqueros modernos, y después en Anna, que ahora se encontraba en medio del Atlántico camino de su reunión con Nakamura. Anna le había dejado un mensaje en el móvil, donde le decía que finalmente había averiguado por qué Tina había aceptado ser la secretaria privada de Fenston, y que la prueba había estado todo el tiempo delante de sus ojos. Lo había llamado pero el teléfono daba ocupado, y que volvería a llamarlo por la mañana. Seguramente había sido cuando él hablaba con Leapman. Jack lo maldijo. Allí estaba en medio de la noche, en una acera de Nueva York, cansado y hambriento, a la espera de que apareciera con la cámara. Su padre tenía razón. Tendría que haberse hecho abogado.

La sirena sonaba a no más de un par de manzanas de distancia.

Caminó hasta la esquina y miró el edificio donde se encontraba Leapman, en algún lugar del piso treinta y dos. Había una hilera de luces encendidas más o menos a la altura de la mitad del rascacielos. Todas las demás ventanas estaban a oscuras. Jack comenzó a contar los pisos, pero al llegar al dieciocho le pareció que se había equivocado, y cuando contó treinta y dos, quizá era el que tenía las ventanas iluminadas. Claro que eso no tenía sentido, porque en el piso donde se encontraba Leapman solo podía haber una única luz. Lo que menos le interesaba era llamar la atención.

Vio que la ambulancia se detenía con un brusco frenazo delante del edificio. Se abrió la puerta trasera y tres personas, dos hombres y una mujer, vestidos con los habituales uniformes azules, saltaron a la acera. Uno cargó con la camilla, otro con una bombona de oxígeno, y el tercero con una abultada maleta de primeros auxilios. Jack los observó mientras subían los escalones de dos en dos y entraban en el edificio.

Volvió la atención hacia el mostrador, donde un guardia —que señalaba algo en una planilla— hablaba con un hombre mayor vestido con mucha elegancia, probablemente el supervisor, mientras que un segundo guardia hablaba por teléfono. Varias personas entraban y salían de los ascensores, algo absolutamente normal, dado que se encontraban en el corazón de una ciudad donde la actividad financiera se desarrollaba las veinticuatro horas del día. La mayoría de los norteamericanos dormían mientras su dinero cambiaba de manos en Sidney, Tokio, Hong Kong y ahora Londres, pero siempre había un grupo de neoyorquinos que vivían sus vidas en el tiempo de otras personas.

Se olvidó de las reflexiones al ver que se abría la puerta de uno de los ascensores y reapareció el trío de la ambulancia. Los dos hombres empujaban la camilla con el paciente mientras la mujer se encargaba de la bombona de oxígeno. La gente se apartó mientras caminaban con paso firme hacia la salida. Jack subió la escalera para echar una ojeada. Se escuchó el sonido de otra sirena a lo lejos, esta vez de la policía, pero a esas horas de la noche podía ir a cualquier parte, y en cualquier caso a Jack solo le interesaba la camilla. Permaneció junto a la puerta para dejar paso a los camilleros. Miró el rostro pálido del enfermo, que tenía los ojos vidriosos como si hubiese mirado un foco muy potente durante demasiado tiempo. No fue hasta que los hombres con la camilla pisaron la acera, que cayó en la cuenta de quién era. Tenía que tomar una decisión en el acto. ¿Escoltaba a la ambulancia hasta el hospital, o subía al piso treinta y dos? Le pareció que la sirena de la policía venía en esa dirección. No necesitaba una segunda mirada para saber que Leapman no hablaría con nadie durante una larga temporada. Entró en el vestíbulo a toda prisa acompañado por el sonido de la sirena que ahora no podía estar más allá de un par de manzanas. Solo dispondría de unos pocos minutos antes de que los policías se presentaran en la escena. Se detuvo un momento en el mostrador para mostrar la placa del FBI.

—Sí que son ustedes rápidos —dijo uno de los guardias, pero Jack no le respondió mientras caminaba hacia los ascensores. El hombre se preguntó cómo sabía el piso.

Jack entró en el ascensor en el momento en que se cerraban las puertas y apretó el botón con el número 32. Al salir, miró rápidamente a un lado y otro del pasillo para ver cuál era el despacho con las luces encendidas. Corrió hacia el extremo del pasillo donde un guardia, dos técnicos con monos rojos y un empleado de la limpieza, estaban junto a una puerta abierta.

—¿Quién es usted? —preguntó el guardia.

—FBI. —Jack le mostró la placa pero no le dijo su nombre mientras entraba en la habitación. Lo primero que vio fue la foto de George W. Bush y Fenston que se daban la mano. Luego miró en derredor hasta que finalmente se fijó en la única cosa que le interesaba. Se encontraba en el centro de la mesa, sobre unas hojas junto a un expediente abierto.

—¿Qué ha pasado? —preguntó con voz autoritaria.

—Un tipo que se quedó encerrado en este despacho durante más de tres horas con la alarma en funcionamiento.

—Nosotros no tenemos ninguna culpa —se apresuró a decir uno de los técnicos—. Nos dijeron que no era una urgencia, y lo tenemos por escrito. De lo contrario, hubiésemos llegado aquí mucho antes.

Jack no tuvo necesidad de preguntar quién había puesto la alarma en marcha para después dejar a Leapman abandonado a su suerte. Se acercó a la mesa para echar un vistazo a los documentos. Al alzar la mirada vio que los demás le observaban. Se dirigió directamente al guardia.

—Vaya a esperar a la policía, y en cuanto aparezcan dígales que vengan aquí de inmediato. —El guardia se alejó rápidamente sin hacer preguntas—. Ustedes tres, fuera de aquí. Esta podría ser la escena de un crimen, y no quiero que toquen nada que pudiese ser una prueba. —Los hombres se volvieron, y en el segundo que le dieron la espalda, Jack cogió la cámara y se la guardó en uno de los amplios bolsillos de la gabardina.

Levantó el teléfono. No había línea, solo un monótono zumbido. Alguien lo había desconectado. Sin duda, la misma persona que había disparado la alarma. No tocó nada más. Salió al pasillo y entró en el despacho vecino. Había una pantalla encendida en una esquina de la mesa donde aparecía la imagen del despacho del presidente. Fenston no solo había visto las acciones de Leapman sino que había tenido tiempo para poner en marcha una venganza diabólica.

Miró la centralita. Había una palanca levantada, y la luz naranja indicaba que la línea daba señal de ocupada. Fenston había aislado a su jefe de personal de cualquier contacto con el mundo exterior. Sobre la mesa encontró la lista que había escrito Fenston para no saltarse ningún paso de su plan. La policía dispondría de todas las pistas para sacar sus conclusiones. De haber sido este uno de los casos de Colombo, la palanca levantada, la lista manuscrita en la mesa y la hora en que se puso en marcha la alarma le hubiesen bastado al gran detective para conseguir que Fenston se derrumbara para confesar después de la última tanda de anuncios. Desafortunadamente, no se trataba de una serie, Fenston no se derrumbaría y no confesaría. Jack torció el gesto. La única cosa en común con Colombo era la gabardina arrugada.

Escuchó cómo se abrían las puertas del ascensor y la voz del guardia cuando dijo: «Síganme». Había llegado la poli. Miró de nuevo la pantalla donde ahora aparecían dos agentes que comenzaban a interrogar a los cuatro testigos. Los inspectores no tardarían en llegar. Jack salió del despacho y se alejó silenciosamente hacia el ascensor. Ya había llegado a la puerta cuando uno de los agentes salió del despacho de Fenston y le gritó: «¡Eh, usted!». Jack pulsó el botón de bajada y se volvió de lado para que el policía no le viese el rostro. Entró rápidamente en el ascensor y mantuvo el dedo en el botón de la planta baja. Treinta segundos más tarde, cruzó el vestíbulo, salió del edificio, bajó la escalera y caminó a paso ligero hacia donde tenía el coche.

Se sentó al volante y puso el coche en marcha en el mismo momento en que aparecía un agente en la esquina. Sin pensarlo dos veces dio la vuelta en U, se subió a la acera, volvió al pavimento y se dirigió hacia el hospital St. Vincent.

—Sotheby's, buenas tardes.

—Lord Poltimore, por favor.

—¿Quién lo llama, señora?

—Lady Wentworth. —Arabella no tuvo que esperar mucho a que Mark se pusiera al teléfono.

—Es un placer tener noticias tuyas, Arabella —dijo Mark—. ¿Me permites preguntar si llamas en calidad de compradora o vendedora? —añadió con un tono jocoso.

—Busco consejo, pero si fuese una vendedora...

Mark comenzó a tomar notas mientras escuchaba las preguntas que Arabella obviamente había preparado cuidadosamente.

—En mis tiempos de marchante —manifestó Mark—, antes de unirme a Sotheby's, la comisión habitual era del diez por ciento para el primer millón. Si era probable que la pintura se vendiera por más, la costumbre era negociar una cantidad con el vendedor.

—¿Qué cantidad negociarías si te pidiese que vendieras el Van Gogh de mi colección?

Mark agradeció que Arabella no pudiese ver su expresión. En cuanto se recuperó, se tomó su tiempo antes de proponer una cantidad, pero se apresuró a añadir:

—Si estuvieses dispuesta a que Sotheby's se encargara de subastarla, no te cobraríamos nada, Arabella, y te garantizaríamos el precio total.

—¿Dónde está vuestra ganancia? —preguntó Arabella.

—Cargamos una prima al comprador —explicó Mark.

—Ya tengo a un comprador, pero gracias de toda maneras por el consejo.

25-S

50

Krantz llegó a la esquina, y se tranquilizó al ver lo concurrida que estaba la calle. Caminó otros cien metros antes de detenerse delante de un pequeño hotel. Miró a un lado y otro, segura de que nadie la seguía.

Entró en el hotel y con paso decidido pasó por delante de la recepción, sin hacer caso del conserje que hablaba con un turista aparentemente neoyorquino por el acento. Mantuvo la mirada fija en las cajas de seguridad colocadas en la pared junto a la recepción. Esperó a que los tres recepcionistas estuviesen ocupados antes de moverse.

Miró por encima del hombro para asegurarse de que nadie más tenía la misma intención. Satisfecha, se movió rápidamente, al tiempo que sacaba una llave del bolsillo. Metió la llave en la cerradura de la caja 19, la hizo girar y abrió la puerta. Todo estaba como lo había dejado. Sacó todo el dinero y dos pasaportes, y se los guardó en el bolsillo. Después cerró la puerta, y salió del hotel sin haber hablado con nadie.

En la calle Herzen cogió un taxi, algo que no podría haber hecho cuando los comunistas le enseñaban su oficio. Le indicó al taxista que la llevara a un banco en Cheryomuski, se reclinó en el asiento y pensó en el coronel Sergei Slatinaru; pero solo por un instante. Lo único que lamentaba era no haberle cortado la oreja izquierda. Le hubiese gustado enviarle a Petrescu un pequeño recuerdo de su visita a Rumanía. Así y todo, lo que le tenía reservado a Petrescu compensaría con creces la desilusión.

Ahora mismo lo más importante era salir de Rusia. Había sido fácil escapar de aquellos aficionados en Bucarest, pero le costaría mucho más encontrar una ruta segura a Inglaterra. Las islas siempre representaban un problema; había muchos menos inconvenientes en cruzar las montañas que el agua. Había llegado a la capital rusa a primera hora de la mañana, extenuada porque había tenido que mantenerse constantemente en movimiento desde que había escapado del hospital.

La sirena había sonado cuando ella había llegado a la autopista. Al escucharla, volvió la cabeza por un momento y vio el edificio y la zona alrededor iluminada por los potentes focos. Un camionero que le había hecho el amor dos veces, y que no merecía morir, la sacó del país. Necesitó un tren y un avión, y otros trescientos dólares para llegar a Moscú diecisiete horas más tarde. Fue de inmediato al hotel Isla, sin la intención de pasar la noche. Solo le interesaba el contenido de la caja de seguridad donde guardaba los dos pasaportes y un par de miles de rublos.

Había pensado en hacer unos cuantos trabajos mientras esperaba en Moscú que se tranquilizaran las cosas y poder regresar a Estados Unidos. El coste de la vida era muchísimo más barato allí que en Nueva York, y eso incluía el coste de la muerte. Cinco mil dólares por una esposa, diez mil por un esposo. Aún quedaba un largo camino hasta llegar a la igualdad de sexos en Rusia. Por un coronel de la KGB se pagaban cincuenta mil, y Krantz podía pedir sin problemas unos cien mil por un jefe mafioso. Claro que si Fenston le había transferido los dos millones de dólares, las esposas y los esposos tendrían que esperar su regreso. Ahora que en Rusia regía la economía de mercado, incluso podía ofrecer sus servicios a alguno de los nuevos oligarcas.

No tenía ninguna duda de que cualquiera de ellos podría hacer buen uso de los tres millones de dólares guardados en una caja de seguridad en Queens, y entonces ya no necesitaría hacer el viaje.

El taxi se detuvo delante de la discreta entrada de un banco que se enorgullecía de tener pocos clientes. En la cornisa de mármol blanco aparecían talladas las letras G y Z. Krantz pagó la carrera, se apeó del taxi y esperó a que se perdiera de vista antes de entrar en el edificio.

El Banco de Ginebra y Zurich era una entidad especializada en atender a las necesidades de la nueva generación de rusos, que se habían reinventado a ellos mismos después de la caída del comunismo. Los políticos, los jefes mafiosos (empresarios), los futbolistas y los cantantes eran moco de pavo comparados con las superestrellas: los oligarcas. Si bien todos conocían sus nombres, formaban una clase que se podía permitir el anonimato de un número cuando se trataba de averiguar los detalles de sus fortunas.

Krantz se acercó al anticuado mostrador de madera. No había colas, ni rejas, solo unos hombres elegantemente vestidos con trajes grises, camisas blancas y sobrias corbatas de seda que esperaban servir. Ninguno de ellos hubiese desentonado en Ginebra o Zurich.

—¿En qué puedo ayudarla? —preguntó el empleado que Krantz había elegido. El hombre intentó deducir en qué categoría encasillarla: esposa de un jefe mafioso o hija de un oligarca. No tenía aspecto de ser una cantante pop.

—Cuenta uno cero siete dos cero nueve cinco nueve.

El empleado escribió el número en el ordenador, y cuando el extracto de la cuenta apareció en la pantalla mostró un mayor interés.

—¿Me permite su pasaporte?

Krantz le entregó uno de los pasaportes que había sacado de la caja en el hotel Isla.

—¿Cuánto hay en mi cuenta?

—¿Cuánto debería haber?

—Algo más de dos millones de dólares.

—¿Qué cantidad desea retirar?

—Diez mil en dólares, y diez mil en rublos.

El empleado sacó una bandeja de debajo del mostrador y comenzó a contar el dinero.

—Hace tiempo que no registramos movimientos en esta cuenta —comentó después de mirar de nuevo la pantalla.

—No, pero los habrá ahora que he regresado a Moscú —respondió Krantz, sin ofrecer más detalles.

—Entonces espero tener la oportunidad de atenderla de nuevo, señora. —Le entregó dos billeteros de plástico con el dinero, sin que se viera en ningún momento de dónde había salido, y desde luego sin ningún papeleo que testimoniara que se hubiese efectuado una transacción.

Krantz recogió los billeteros, se los guardó en un bolsillo y salió lentamente del banco. Llamó al tercer taxi disponible.

—Al Kalstern —dijo, y subió al coche para ocuparse del segundo paso de su plan.

Fenston había cumplido con su parte del trato. Ahora le tocaba a ella hacer la suya si quería cobrar los otros dos millones de dólares. Por un momento había pensado en embolsarse los dos millones y no tomarse la molestia de viajar a Inglaterra, pero lo había descartado rápidamente porque Fenston aún mantenía sus contactos con el KGB, y ellos estarían encantados de matarla por una cantidad mucho menor.

El taxi tardó diez minutos en llegar a su destino. Krantz le dio cuatrocientos rublos al chófer y no esperó a que le dieran el cambio. Se apeó del taxi y se unió a un grupo de turistas reunidos delante de un escaparate, con la ilusión de comprar algún recuerdo que les sirviese para demostrar a familiares y amigos que habían visitado a los malvados comunistas. El centro del escaparate lo ocupaba el artículo más popular: el uniforme de general de cuatro estrellas con todos los accesorios: la gorra, el cinto, la pistolera y tres hileras de condecoraciones. No tenía la etiqueta del precio, pero Krantz sabía que se vendían por unos veinte dólares. Junto al de general había otro de almirante por quince dólares, y detrás uno de coronel del KGB, por diez. Aunque Krantz no tenía ningún interés en dar testimonio de que había estado en Moscú, la persona que conseguía uniformes de generales, almirantes y coroneles sin duda podría facilitarle el artículo que necesitaba.

Entró en la tienda y se le acercó una joven empleada.

—¿En qué puedo servirla?

—Quiero hablar con su jefe por un asunto privado —respondió Krantz.

La joven titubeó, pero Krantz se limitó a mirarla hasta que ella acabó por decir «Sígame», y la llevó hasta la parte de atrás del local, donde llamó a una puerta antes de abrirla.

Detrás de una mesa que ocupaba la mayor parte del pequeño despacho, y donde se amontonaban papeles, paquetes de cigarrillos vacíos y un bocadillo de salchichón a medio comer, estaba sentado un hombre obeso vestido con un traje marrón. Llevaba una camisa roja con el cuello abierto que parecía necesitar un lavado urgente. La calva y el descomunal bigote hacían difícil calcular su edad, pero no había ninguna duda de que era el propietario.

El hombre colocó las dos manos sobre la mesa y la miró con una expresión aburrida. Le sonrió, pero Krantz solo se fijó en la doble papada. Un tipo duro a la hora de negociar.

—¿En qué puedo ayudarla? —preguntó, con un tono que reflejaba la duda de que ella valiese el esfuerzo.

Krantz le dijo exactamente lo que quería. El gordo la miró asombrado y después se echó a reír.

—Eso no le saldrá barato, y podría llevar bastante tiempo.

—Necesito el uniforme para esta tarde.

—Eso no es posible. —El dueño se encogió de hombros.

Krantz sacó un fajo del bolsillo, cogió un billete de cien dólares y lo dejó en la mesa.

—Esta tarde —repitió.

El hombre enarcó las cejas, sin apartar la mirada del rostro de Benjamín Franklin.

—Es posible que tenga un contacto.

Krantz añadió otros cien.

—Sí, creo que conozco a la persona ideal.

—También necesitaré su pasaporte.

—Imposible.

Esta vez otros doscientos dólares se sumaron a los gemelos Franklin.

—Posible, pero no fácil.

Krantz añadió doscientos.

—Pero estoy seguro de que se podría solucionar por un precio justo —comentó el hombre que miró a su visitante con las manos cruzadas sobre la barriga.

—Mil si todo lo que necesito está disponible para la tarde.

—Haré lo que pueda.

—No lo dudo —afirmó Krantz—, porque le descontaré cien dólares por cada quince minutos que pasen de —consultó su reloj— de las dos.

El dueño abrió la boca dispuesto a protestar, pero lo pensó mejor.

51

El taxi de Anna se detuvo delante de las puertas de Wentworth Hall, y la joven se sorprendió al ver que Arabella la esperaba en lo alto de la escalera, con una escopeta debajo del brazo derecho y con Brunswick y Picton a su lado. El mayordomo le abrió la puerta del taxi mientras su señora y los dos labradores bajaban la escalera para saludarla.

—Es un placer verte —afirmó Arabella, y la besó en ambas mejillas—. Llegas a tiempo para el té.

Anna acarició a los perros y siguió a Arabella al interior de la casa. Un criado se encargó de sacar su maleta del taxi. Cuando entró en el vestíbulo, hizo una pausa para mirar una a una las pinturas que adornaban la habitación.

—Sí, es muy agradable tener a la familia a tu alrededor —comentó Arabella—, aunque quizá este podría ser su último fin de semana en el campo.

—¿A qué te refieres? —preguntó Anna, aprensiva.

—Los abogados de Fenston me enviaron una carta en mano esta mañana para recordarme que si no pago la totalidad del préstamo de su cliente mañana al mediodía, debo prepararme para decirles adiós a todos ellos.

—¿Piensa vender toda la colección? —preguntó Anna.

—Aparentemente ese es su propósito —respondió Arabella.

—Pues no tiene mucho sentido. Si Fenston saca al mercado

toda la colección al mismo tiempo, ni siquiera conseguirá cobrar la totalidad de la deuda.

—Lo conseguirá, si después pone a la venta la finca.

—No sería...—comenzó Anna.

—Claro que lo hará —la interrumpió Arabella—. Por lo tanto, solo nos queda esperar que el señor Nakamura continúe enamorado de Van Gogh, porque sinceramente es mi última esperanza.

—¿Dónde está la obra maestra? —preguntó Anna, que siguió a Arabella al salón.

—En el dormitorio Van Gogh, donde ha residido durante los últimos cien años —Arabella hizo una pausa— excepto para una excursión de un día a Heathrow.

Arabella se sentó en su butaca favorita junto al fuego, con un perro a cada lado. Anna recorrió la sala que albergaba la colección italiana, reunida por el cuarto conde.

—Si también mis queridos italianos se vieran forzados a realizar un inesperado viaje a Nueva York —comentó Arabella—, no creo que vayan a protestar. Después de todo, es algo que está dentro de la tradición norteamericana.

Anna se echó a reír mientras pasaba de Tiziano a Veronés y a Caravaggio.

—Había olvidado lo magnífico que era Caravaggio —dijo Anna, que admiraba *Las bodas de Canaan.*

—Creo que estás más interesada en los italianos muertos que en los irlandeses vivos —señaló Arabella.

—Si Caravaggio estuviese vivo, sería Jack quien lo perseguiría, no yo.

—¿A qué te refieres?

—Asesinó a un hombre en una pelea de borrachos. Fue un prófugo de la justicia durante los últimos años de su vida. Pero cada vez que llegaba a una nueva ciudad, los alguaciles hacían la vista gorda mientras continuara pintando magníficos cuadros de la Virgen y el Niño.

—Anna, eres una invitada insoportable. Ven aquí y siéntate. —Una doncella entró en la sala con una bandeja de plata con el té y la dejó en una mesa junto a la chimenea—. ¿Qué prefieres? ¿Indio o chino?

Antes de que Anna pudiese responder, apareció el mayordomo.

—Milady —dijo Andrews—, hay un caballero en la puerta que trae un paquete. Le dije que lo llevara a la entrada de servicio, pero afirmó que no puede entregarlo si no firma usted el recibo.

—Una especie de Viola moderna —comentó Arabella—. Tendré que ir a ver qué trae ese terco mensajero. Quizá incluso le arroje un anillo por las molestias.

—Estoy segura de que la bella Olivia sabrá cómo tratarlo —manifestó Anna.

Arabella le agradeció el cumplido con una leve inclinación, y salió con Andrews.

Anna contemplaba el *Perseo y Andrómeda* de Tintoretto cuando reapareció Arabella; su alegre sonrisa había sido reemplazada por una expresión grave.

—¿Hay algún problema? —le preguntó la joven.

—El terco me ha devuelto el anillo —contestó Arabella—. Ven a verlo por ti misma.

Anna la siguió al vestíbulo, donde Andrews y un criado quitaban el envoltorio de una caja roja que ella hubiera deseado no volver a ver nunca más.

—La han tenido que enviar desde Nueva York —opinó Arabella, que leyó la etiqueta pegada a la caja—. Probablemente en el mismo vuelo que el tuyo.

—Por lo visto me sigue.

—Es el efecto que causas en los hombres —replicó Arabella.

Ambas miraron cómo Andrew quitaba el plástico para dejar a la vista una tela que Anna había visto por última vez en el estudio de Anton.

—Lo único bueno de todo esto —dijo Anna— es que ahora podremos ponerle el marco original a la obra maestra.

—Pero ¿qué haremos con este? —preguntó Arabella, que señaló con un gesto la falsificación. El mayordomo tosió discretamente—. ¿Tiene alguna sugerencia, Andrews? Si es así, queremos escucharla.

—No, milady —contestó Andrews—, pero creo que le interesará saber que su otro invitado llega en estos momentos.

—Ese hombre tiene evidentemente el don de la oportunidad —manifestó Arabella, que se apresuró a mirarse en el espejo para ver el peinado—. Andrews, ¿está preparada la habitación Wellington para el señor Nakamura?

—Sí, milady. La doctora Petrescu dispondrá de la habitación Van Gogh.

—Muy apropiado —le dijo Arabella a Anna—, que pase su última noche contigo.

Anna se tranquilizó al ver que Arabella se había rehecho rápidamente, y tuvo el presentimiento de que sería una digna rival de Nakamura.

El mayordomo abrió la puerta principal y bajó los escalones a un paso que le permitió llegar al camino en el mismo momento en que se detenía el Toyota Lexus. Andrews abrió la puerta de la limusina. El señor Nakamura se bajó con un pequeño paquete en la mano.

—Los japoneses siempre se presentan con un regalo —susurró Anna—, pero bajo ninguna circunstancia debes abrirlo en su presencia.

—Me parece muy bien —dijo Arabella—, pero no tengo nada para él.

—Tampoco lo espera. Lo has invitado a tu casa, y ese es el mejor cumplido que le puedes ofrecer a un japonés.

—Eso me tranquiliza —afirmó Arabella en el momento en que el señor Nakamura aparecía en la puerta.

—Lady Arabella, es para mí un gran honor ser un invitado en

su magnífica casa —declaró Nakamura, con una profunda reverencia.

—Es usted quien honra mi casa, señor Nakamura —respondió Arabella.

El japonés se inclinó todavía más, y cuando se irguió se encontró cara a cara con el retrato de Wellington pintado por Lawrence.

—Qué apropiado. ¿El gran hombre no cenó en Wentworth Hall la noche antes de zarpar para Waterloo?

—Así es, y dormirá usted en la misma cama que el Duque de Hierro en aquella histórica ocasión.

Nakamura se volvió hacia Anna y la saludó con una inclinación.

—Es un placer volver a verla, doctora Petrescu.

—Lo mismo digo, Nakamura San. Espero que haya tenido un buen viaje.

—Sí, muchas gracias. Incluso, por una vez, llegamos puntuales —contestó Nakamura, que no se movió mientras su mirada pasaba de obra en obra—. Tenga la bondad de corregirme si me equivoco, Anna. Es obvio que la sala está dedicada a la escuela inglesa. ¿Gainsborough? —preguntó, mientras admiraba un retrato de cuerpo entero de Catherine, lady Wentworth. Anna asintió, antes de que Nakamura añadiera—: Landseer, Morland, Romney, Stubbs, y... me he quedado perplejo. ¿Es la expresión correcta?

—Desde luego que sí —confirmó Arabella—, aunque nuestros primos norteamericanos ni siquiera tienen una remota idea de su significado. Es Lely quien lo ha dejado perplejo.

—Ah, sir Peter, y qué hermosa mujer —hizo una pausa—, un rasgo de familia —dijo Nakamura, que se volvió para mirar a su anfitriona.

—Veo, señor Nakamura, que la zalamería es un rasgo de su familia —replicó Arabella con una sonrisa.

Nakamura se echó a reír.

—Con el riesgo de que me regañen una segunda vez, lady Arabella, si las habitaciones son iguales a esta, quizá resulte necesario que cancele mi reunión con los aburridos de Corus Steel. —Nakamura continuó mirando los cuadros—. Wheatley, Lawrence, West y Wilkie —dijo, antes de que su mirada acabara en el retrato apoyado en la pared. Guardó silencio durante un par de minutos—. Excelente —opinó—. La obra de una mano inspirada, pero no la mano de Van Gogh.

—¿Cómo puede estar tan seguro, Nakamura San? —preguntó Anna.

—Porque está vendada la oreja que no es.

—Pero todo el mundo sabe que Van Gogh se cortó la oreja izquierda —le recordó Anna.

—Usted sabe muy bien —afirmó Nakamura, con un tono divertido—, que Van Gogh pintó el original mientras se miraba a un espejo, razón por la que el vendaje acabó en la oreja que no era.

—Espero que alguien me explique todo esto más tarde —dijo Arabella, mientras llevaba a sus invitados a la sala.

52

Krantz regresó a la tienda a las dos de la tarde, pero no vio al dueño por ninguna parte. «Llegará en cualquier momento», le dijo la empleada, sin convicción.

El momento resultó ser media hora, y para entonces también la empleada había desaparecido. Cuando el dueño hizo acto de presencia, Krantz se alegró al ver que traía una bolsa muy abultada. Sin decir palabra, Krantz lo siguió al despacho. El hombre esperó a cerrar la puerta para sonreír.

Dejó la bolsa sobre la mesa. Hizo una pausa y después sacó de la bolsa el uniforme rojo que le había pedido Krantz.

—Ella es un poco más alta —se excusó—, pero puedo darle hilo y aguja sin cargo. —Se echó a reír, pero se interrumpió al ver que su clienta no lo secundaba.

Krantz sostuvo el uniforme a la altura de sus hombros. La anterior propietaria era como mínimo unos diez o doce centímetros más alta pero solo un par de kilos más pesada; nada que, como había dicho el dueño, no se pudiese solucionar con unas pocas puntadas.

—¿Qué hay del pasaporte?

El dueño metió de nuevo la mano en la bolsa, y, como un prestidigitador que saca un conejo de la chistera, sacó un pasaporte ruso. Se lo entregó a Krantz.

—Se ha tomado tres días de permiso, así que probablemente no descubrirá la falta hasta el viernes.

—Habrá cumplido su función mucho antes —le aseguró Krantz, mientras hojeaba el documento.

Sasha Prestakavich era tres años más joven que ella, ocho centímetros más alta, y sin ninguna marca visible. La altura era un problema de fácil solución con unos zapatos de tacón alto, a menos que algún funcionario muy estricto decidiera hacerla desnudarse y se encontrara con una reciente herida de bala en el hombro derecho.

El propietario fue incapaz de reprimir una expresión relamida, cuando Krantz llegó a la página donde había estado la foto de Sasha Prestakavich. Sacó de debajo de la mesa una cámara Polaroid.

—Sonría.

Krantz no lo hizo.

Unos segundos más tarde apareció la foto. El hombre cogió unas tijeras y recortó la foto a la medida marcada por el rectángulo en la página tres del pasaporte. Luego, puso una gota de pegamento en el rectángulo y pegó la foto. El último paso fue añadir hilo y aguja al contenido de la bolsa. Krantz se dio cuenta de que no era la primera vez que ofrecía estos servicios. Guardó el uniforme y el pasaporte en la bolsa, antes de darle ochocientos dólares.

El dueño contó los billetes.

—Dijo que me pagaría mil —protestó.

—Llegó media hora tarde —le recordó Krantz. Recogió la bolsa y se volvió dispuesta a marcharse.

—No dude en visitarnos la próxima vez que esté de paso por Moscú —manifestó el hombre.

Krantz no se molestó en explicarle por qué, en su profesión, nunca veía a nadie dos veces, a menos que fuese para asegurarse de que no la verían una tercera vez.

Salió de la tienda y un par de calles más allá encontró una zapatería. Compró unos zapatos negros de tacón alto, que cumplirían perfectamente su función. Pagó en rublos y se marchó cargada con las dos bolsas.

Cogió un taxi, le dijo adónde iba y le indicó la entrada donde quería que la dejara. Cuando el taxi aparcó delante de una puerta lateral con un cartel que decía «Solo empleados», le pagó la carrera, entró en el edificio y fue directamente al lavabo de señoras. Se encerró en uno de los cubículos, donde pasó los siguientes cuarenta minutos, durante los que subió el dobladillo de la falda e hizo un par de pinzas en la cintura, que no se verían debajo de la chaqueta. Se desnudó antes de probarse el uniforme; le iba un poco grande, pero afortunadamente la compañía para la que se proponía trabajar no destacaba por la elegancia del vestuario. Después se quitó las zapatillas de deporte y se calzó los zapatos de tacón alto, antes de guardar las viejas prendas en la bolsa.

Salió del lavabo y fue a buscar a su nuevo empleador. La falta de costumbre hacía que caminara con un paso un tanto inseguro. Vio detrás de un mostrador a una mujer que vestía un uniforme idéntico al suyo y se acercó.

—¿Tienes algún asiento libre en cualquiera de nuestros vuelos a Londres? —le preguntó.

—Por supuesto. ¿Me das el pasaporte?

Krantz se lo dio. La empleada buscó el nombre de Sasha Prestakavich en la base de datos de la compañía. Allí constaba que tenía un permiso de tres días.

—Todo en orden —dijo, y le entregó un pase de tripulante—. Espera al final para embarcar, por si se presenta alguien en el último momento.

Krantz fue a la terminal de vuelos internacionales, y después de pasar la aduana, se entretuvo mirando los escaparates de las tiendas libres de impuestos hasta que escuchó la última llamada para el vuelo 413 a Londres. Los últimos tres pasajeros se disponían a embarcar cuando ella llegó a la puerta. Le controlaron de nuevo el pasaporte y después el empleado le dijo:

—Tenemos plazas disponibles en todas las clases, así que puedes escoger.

—La última fila de la clase turista —pidió Krantz, sin vacilar.

El empleado la miró sorprendido, pero imprimió la tarjeta de embarque y se la dio.

Krantz le dio las gracias y cruzó la puerta para subir al vuelo 413 de Aeroflot con destino a Londres.

53

Anna bajó lentamente la soberbia escalera de mármol. Hacía una pausa cada dos o tres escalones para admirar otra obra maestra. Nunca se cansaba de mirarlos. Escuchó un ruido a su espalda, y al volverse vio que Andrews salía de su habitación cargado con un cuadro. Sonrió mientras el mayordomo se alejaba rápidamente por el pasillo en dirección a la escalera de servicio.

Anna continuó contemplando las pinturas en su lento descenso. Cuando llegó al vestíbulo dirigió otra mirada de admiración al retrato de Catherine, lady Wentworth, antes de cruzar el suelo de cuadros de mármol negros y blancos para ir al salón.

Lo primero que vio al entrar fue a Andrews que colocaba el Van Gogh en un caballete instalado en el centro del salón.

—¿Qué opinas? —preguntó Arabella, que se apartó un paso para admirar el autorretrato.

—¿No crees que al señor Nakamura le podría parecer un tanto...? —dijo Anna, que no quería ofender a la anfitriona.

—¿Vulgar, descarado, obvio? ¿Cuál es la palabra que buscas, querida? —replicó Arabella mientras se volvía para mirar a Anna. La joven se echó a reír—. Seamos sinceras, necesito el dinero con urgencia y se me acaba el tiempo, así que no tengo mucho donde elegir.

—Nadie lo creería con tu aspecto —afirmó Anna. Arabella llevaba un magnífico vestido de seda rosa y un collar de diamantes, que hacía que Anna se sintiera mal vestida con su vestido negro corto de Armani.

—Es muy amable de tu parte, querida, pero si tuviese tu belleza y tu figura, no tendría necesidad de cubrirme de la cabeza a los pies con cosas que distraigan la atención.

Anna sonrió, admirada por la manera como Arabella había calmado sus temores.

—¿Cuándo crees que tomará una decisión? —preguntó Arabella, que intentó no parecer desesperada.

—Como todos los grandes coleccionistas, se decidirá casi en el acto. Un reciente estudio científico afirma que los hombres tardan ocho segundos en decidir acostarse con una mujer.

—¿Tanto?

—El señor Nakamura tardará más o menos lo mismo en decidir si quiere esta pintura —afirmó Anna, con la mirada puesta en el Van Gogh.

—Bebamos para que así sea —propuso Arabella.

Andrews se adelantó con una bandeja de plata donde había tres copas.

—¿Una copa de champán, señora?

—Gracias. —Anna cogió una de las copas. Cuando el mayordomo se apartó, vio un jarrón turquesa y negro que no había visto antes—. Es magnífico.

—Es el regalo del señor Nakamura. Todo un compromiso. Por cierto, espero no haber cometido un error al exhibirlo mientras el señor Nakamura todavía es un huésped. Si es así, Andrews puede retirarlo inmediatamente.

—Desde luego que no. El señor Nakamura se sentirá halagado al ver que has colocado su regalo entre tantos otros maestros.

—¿Estás segura?

—Por supuesto. La pieza resplandece en este salón. Hay una única regla cuando se trata del verdadero talento —añadió Anna—. Cualquier obra de arte no está fuera de lugar siempre que esté entre iguales. El Rafael en la pared, el collar de diamantes que llevas, la mesa Chippendale donde lo has colocado, la chimenea Nash y el Van Gogh han sido creados por maestros. No tengo idea de quién fue el artesano que hizo esta pieza —admitió Anna, asombrada por la forma en que el turquesa entraba en el negro, como si fuese cera fundida—, pero no tengo ninguna duda de que en su país lo consideran un maestro.

—No exactamente un maestro —comentó una voz detrás de ellas.

Arabella y Anna se volvieron a un tiempo. El señor Nakamura acababa de entrar en el salón vestido con un esmoquin y una pajarita que hubiesen merecido la aprobación de Andrews.

—¿No es un maestro? —repitió Anna.

—No. En este país, ustedes honran a aquellos que «alcanzan la grandeza», como decía vuestro bardo, nombrándolos caballeros o barones, mientras que en Japón recompensamos a esos talentos con el título de «tesoro nacional». Es apropiado que esta pieza tenga su hogar en Wentworth Hall porque, de los doce grandes ceramistas de la historia, los expertos coinciden en que once eran japoneses con la única excepción de un hombre de Cornualles, Bernard Leach. Ustedes no lo hicieron lord ni caballero, así que nosotros lo declaramos tesoro nacional honorario.

—Qué civilizados —dijo Arabella—. Me avergüenza confesar que últimamente hemos dado honores a estrellas del rock, futbolistas y vulgares millonarios. —Nakamura se echó a reír mientras aceptaba la copa de champán que le ofrecía Andrews—. ¿Es usted un tesoro nacional, señor Nakamura?

—Por supuesto que no. Mis compatriotas no consideran a los vulgares millonarios dignos de esa distinción.

Arabella se ruborizó. Anna continuó mirando el jarrón, como si no hubiese escuchado el comentario.

—¿Me equivoco al creer, señor Nakamura, que el jarrón no es simétrico?

—Brillante —exclamó Nakamura—. Tendría que haber sido usted diplomática, Anna. No solo ha conseguido cambiar de tema con toda naturalidad, sino que al mismo tiempo ha planteado una pregunta que exige una respuesta.

Nakamura pasó por delante del Van Gogh, como si no lo hubiera visto y miró el jarrón durante un par de minutos antes de añadir:

—Si alguna vez se encuentra con una pieza de cerámica perfecta, puede estar segura de que fue producida por una máquina. En la cerámica se debe buscar que sea casi perfecta. Si mira con mucha atención, siempre encontrará algún pequeño fallo para recordarnos que la pieza fue hecha por una mano humana. Cuanto más tiene que buscar, más grande el artesano, porque solo Giotto era capaz de dibujar el círculo perfecto.

—Para mí es perfecto —dijo Arabella—. Me encanta. El señor Fenston quizá consiga arrebatarme muchas cosas en los años venideros, pero nunca le permitiré que ponga sus manos en mi tesoro nacional.

—Quizá no sea necesario que se lleve nada —declaró el señor Nakamura, que se volvió para mirar el Van Gogh como si acabara de descubrirlo. Arabella contuvo el aliento mientras Anna observaba la expresión del empresario. No acababa de tenerlo claro.

Nakamura solo miró la pintura durante unos segundos antes de dirigirse a Arabella:

—Hay ocasiones en las que es una clara ventaja ser un vulgar millonario, porque si bien uno no puede aspirar a ser un tesoro nacional, le permite el placer de coleccionar los tesoros nacionales de otras personas.

Anna quería aplaudir, pero se limitó a levantar la copa. El señor Nakamura le respondió al brindis, y ambos se volvieron para mirar a Arabella, que lloraba a lágrima viva.

—No sé cómo darle las gracias.

—No me las de a mí, sino a Anna —manifestó Nakamura—. Sin su coraje y fortaleza, todo este episodio no hubiese tenido tan digna conclusión.

—Estoy de acuerdo. Por eso le pediré a Andrews que devuelva la pintura al dormitorio de Anna, para que sea ella la última persona que disfrute plenamente de la obra antes de que comience su largo viaje a Japón.

—Me parece muy apropiado. Pero si Anna quisiera ser la directora ejecutiva de mi fundación, podría verla todas las veces que quisiera.

Anna se disponía a responderle cuando Andrews entró en el salón y anunció:

—La cena está servida, milady.

Krantz había escogido sentarse en la última fila del avión para que nadie se fijara en ella, excepto la tripulación. Necesitaba buscarse una madrina mucho antes de que llegaran a Heathrow. Se tomó tiempo para hacerse una idea de cuál de sus nuevas colegas serviría para ese cometido.

—¿Domésticos o internacionales? —le preguntó la jefa de las azafatas, poco después de que el avión alcanzara la altitud de crucero.

—Domésticos —contestó Krantz, con una sonrisa.

—Ah, por eso no te había visto antes.

—Solo llevo tres meses en la compañía.

—Con razón. Me llamo Nina.

—Sasha. —Krantz le dedicó su mejor sonrisa.

—Si necesitas cualquier cosas no tiene más que pedírmelo, Sasha.

—Lo haré.

Como no podía apoyarse en el hombro derecho, Krantz pasó despierta la mayor parte del vuelo. Aprovechó las horas para conocer a Nina, de forma que cuando aterrizaran, la azafata la ayudara sin darse cuenta de su papel en el engaño. Cuando finalmente Krantz consiguió echar una cabezada, Nina se había convertido en su protectora.

—¿Quieres ir a la parte delantera, Sasha? —preguntó Nina, momentos antes de que el avión iniciara el aterrizaje—. Así podrás desembarcar de inmediato.

—Es mi primera visita a Inglaterra —mintió—, y preferiría estar contigo y el resto de la tripulación.

—Por supuesto. Si quieres, también puedes venir con nosotros en la furgoneta.

—Gracias.

Krantz permaneció sentada hasta que desembarcó el último pasajero. Luego se unió a los tripulantes y fue con ellos hacia la terminal. No se separó ni un momento de su madrina durante el largo recorrido por los interminables pasillos, mientras Nina le daba su opinión sobre lo divino y lo humano.

Por fin llegaron al control de pasaportes, y Nina la guió más allá de la larga cola de pasajeros hacia una salida con un cartel que decía: SOLO TRIPULACIONES. Krantz se colocó detrás de Nina, quien no dejó de hablar ni siquiera cuando presentó el pasaporte. El funcionario pasó las hojas, comprobó la foto y luego hizo pasar a Nina, al tiempo que decía:

—Siguiente.

Krantz le entregó el pasaporte. Una vez más, el funcionario miró atentamente la foto y después a la persona. Incluso le sonrió al hacerle el gesto de que pasara. Krantz sintió repentinamente un dolor agudo en el hombro derecho. Por un momento, el dolor la paralizó. Intentó no cambiar de expresión. El funcionario repitió el ademán, pero ella continuó inmóvil.

—Venga, Sasha —exclamó Nina—, estás retrasando a los demás.

Krantz consiguió avanzar dificultosamente a través de la barrera. El funcionario la miró mientras se alejaba. Nunca mires atrás. Le sonrió a Nina, y enlazó su brazo al suyo mientras caminaban hacia la salida. El funcionario finalmente dejó de mirarla y se ocupó de controlar el pasaporte del copiloto, que era el siguiente en la cola.

—¿Vendrás con nosotros en la furgoneta? —preguntó Nina en el momento en que salían de la terminal.

—No. Me espera mi novio.

Nina la miró, sorprendida. Se despidió, antes de cruzar la calle con el copiloto.

—¿Quién era? —le preguntó su colega cuando subieron a la furgoneta de Aeroflot.

54

—¿No había nada en el rollo de película que nos pudiese servir? —preguntó Macy.

—Nada —respondió Jack, sentado al otro lado de la mesa de su jefe—. Leapman solo tuvo tiempo de fotografiar ocho documentos antes de la inesperada reaparición de Fenston.

—¿Qué hay en esos ocho documentos?

—Nada que ya no sepamos —manifestó Jack, al tiempo que abría una carpeta—. Sobre todo, contratos donde se confirma que Fenston continúa timando a clientes, demasiado ingenuos o codiciosos, en diferentes partes del mundo. Pero si cualquiera de ellos decidiera actuar en defensa de sus intereses y vender sus bienes para liquidar la deuda con Fenston Finance, sospecho que acabaríamos con otro cadáver en las manos. No, mi única esperanza es que la policía tenga pruebas suficientes para presentar cargos en el caso Leapman, porque yo no tengo ni siquiera para ponerle una multa de aparcamiento.

—Tampoco ayuda que cuando esta mañana hablé con mi colega, o para ser más preciso, cuando él habló conmigo, lo primero que quiso saber es si teníamos a un agente del FBI llamado Delaney, y si lo tuviéramos, si había estado en la escena del crimen antes de que se presentaran sus muchachos.

—¿Cuál fue la respuesta? —preguntó Jack, que procuró no sonreír.

—Que me ocuparía de averiguarlo y lo llamaría. —Macy hizo una pausa—. Quizá podríamos aplacarlos un poco si estuvieses dispuesto a intercambiar información —propuso.

—No creo que tengan nada nuevo, y tampoco pueden confiar mucho en presentar cargos cuando su vida pende de un hilo.

—¿Los médicos han dicho algo sobre sus probabilidades de recuperarse?

—No abren la boca —dijo Jack—. Mientras se encontraba en el despacho de Fenston sufrió un ataque causado por una subida de presión. El término médico es afasia.

—¿Afasia?

—La parte del cerebro que afecta al habla ha sufrido daños irreversibles, así que no puede hablar. Su médico lo describió como un vegetal, y me advirtió que la única decisión que puede tomar el hospital es si ha llegado el momento de desconectarlo y dejar que muera en paz.

—La policía me dijo que Fenston no se separa del lecho del paciente.

—En ese caso más vale que no los dejen solos —señaló Jack—, porque si lo hacen, los médicos no tendrán que tomarse la molestia de desconectarlo.

—La policía también quiere saber si te llevaste una cámara de la escena del crimen.

—Era propiedad del FBI.

—Como bien sabes, Jack, no podías si era una prueba en una investigación criminal. ¿Por qué no les envías las copias de las fotos que hizo Leapman y procuras cooperar un poco más en el futuro? Recuerda que tu padre sirvió durante veintiséis años en el cuerpo. Eso es una baza a tu favor.

—¿Qué tienen ellos para ofrecernos a cambio?

—La copia de una foto con tu nombre escrito en el reverso. Quieren saber si significa algo para ti, porque ni ellos ni yo le hemos encontrado el menor sentido.

Macy le acercó dos fotos y dejó que Jack las observara durante unos segundos. La primera era la foto de Fenston estrechando la mano de George W. Bush en una visita a la Zona Cero. Jack recordó la ampliación colgada en la pared detrás de la mesa de Fenston. La sostuvo en el aire.

—¿De dónde la han sacado? —preguntó.

—La encontraron en la mesa de Leapman. Es evidente que iba a dártela ayer, junto con una explicación de lo que escribió en el reverso.

Jack cogió la segunda foto y leyó la frase que había escrito Leapman: «Delaney, esta es la única prueba que necesita». En aquel momento sonó el teléfono. Macy atendió la llamada.

—Pásemelo —dijo. Conectó el teléfono sin manos para que ambos pudieran seguir la conversación—. Es Tom Crasanti, que llama desde Londres. Hola, Tom, soy Dick Macy. Jack está conmigo. Hablábamos del caso Fenston, porque seguimos encallados.

—Por eso mismo llamo. Ha ocurrido algo en este lado y las noticias no son buenas. Creemos que Krantz se encuentra en Inglaterra.

—Eso no es posible —exclamó Jack—. ¿Cómo consiguió eludir el control de pasaportes?

—Al parecer, se hizo pasar por azafata de Aeroflot. Mi contacto en la embajada rusa me llamó para advertirme que una mujer había entrado en Inglaterra con un pasaporte falso a nombre de Sasha Prestakavich.

—¿Por qué suponen que Prestakavich es Krantz?

—No lo suponían —respondió Tom—. No tenían idea de quién era. Lo único que me dijeron fue que la sospechosa trabó amistad con la jefa de las azafatas en el vuelo diario a Londres. Luego la engañó para que le dejara acompañarla cuando pasaron por el control de pasaportes. Fue así como se enteraron. Resultó que el copiloto preguntó quién era la mujer y cuando le dijeron que se llamaba Sasha Prestakavich, replicó que era imposible porque la muchacha viajaba a menudo con él y desde luego no era Prestakavich.

—Eso no demuestra que fuera Krantz.

—Ya llegaré, señor, solo deme tiempo.

Jack se alegró de que su amigo no pudiese ver la impaciencia reflejada en el rostro del jefe.

—El copiloto informó a su capitán, quien de inmediato alertó a la oficina de seguridad de Aeroflot. No tardaron mucho en descubrir que Sasha Prestakavich tenía un permiso de tres días y que le habían robado el pasaporte junto con el uniforme. Eso hizo sonar las alarmas. —Macy comenzó a rascar la mesa—. Mi contacto en la embajada rusa me llamó como corresponde al espíritu de colaboración posterior al 11-S, después de comunicarlo a la Interpol.

—¿Crees que llegaremos al final, Tom? —preguntó Macy.

—En cualquier momento, señor. ¿Por dónde iba?

—Hablabas con tu contacto en la embajada rusa —dijo Jack.

—Ah, sí. Después de darle una descripción de Krantz, un metro cincuenta, cincuenta kilos, pelo corto, me pidió que le enviara una foto, cosa que hice. Luego él se la envió al copiloto al hotel. El hombre confirmó que era Krantz.

—Buen trabajo, Tom, concienzudo como siempre. ¿Tienes alguna teoría para explicar por qué Krantz ha viajado a Inglaterra en estos momentos?

—Yo diría que para matar a Petrescu.

—¿Tú qué opinas? —le preguntó Macy a Jack.

—Estoy de acuerdo con Tom. Anna es el blanco lógico. —Jack titubeó—. Lo que no acabo de entender es por qué Krantz ha decidido correr este riesgo ahora.

—Coincido con vosotros —declaró Macy—, pero no estoy dispuesto a poner en peligro la vida de Petrescu mientras intentamos adivinar las intenciones de Krantz.— Se inclinó sobre la mesa—. Escucha con mucha atención, Tom, porque solo te lo diré una vez. —Comenzó a pasar las páginas del expediente de

Fenston—. Quiero que te pongas en contacto con... un segundo —continuó pasando páginas—. Ah, sí, aquí está, superintendente jefe Renton, de la brigada de investigación criminal de Surrey. Después de leer el informe de Jack, tengo la clara impresión de que Renton es un hombre capaz de tomar decisiones difíciles e incluso de asumir la responsabilidad cuando alguno de sus subordinados comete un error grave. Sé que ya le has informado de todo lo referente a Krantz, pero adviértele que creemos que está a punto de atacar de nuevo y que el objetivo puede ser alguien de Wentworth Hall. No querrá que vuelva a suceder algo en su turno; insístele en que la última vez que capturaron a Krantz consiguió escaparse. Eso lo mantendrá bien despierto. Si quiere hablar conmigo, no tiene más que llamarme a la hora que sea.

—Por favor, dale recuerdos de mi parte —dijo Jack.

—Todo arreglado —afirmó Macy—. Tom, a trabajar.

—Sí, señor —llegó la respuesta desde Londres.

Macy desconectó el teléfono sin manos.

—Jack, quiero que vayas a Londres en el primer vuelo. Si Krantz tiene la intención de atacar a Petrescu, la estaremos esperando, porque si escapa una segunda vez, a mí me enviarán al retiro y tú te podrás olvidar de cualquier ascenso.

Jack frunció el entrecejo.

—Pareces preocupado —comentó Macy.

—No acabo de entender por qué la foto de Fenston que estrecha la mano del presidente es la única prueba que necesito, aunque creo saber la razón por la que Krantz se arriesga a aparecer por Wentworth Hall por segunda vez.

—¿Cuál es?

—Robar el Van Gogh; después buscará la manera de hacérselo llegar a Fenston.

—¿Así que Petrescu no es la razón de que Krantz regresara a Inglaterra?

—No lo es, pero en cuanto descubra que Anna está allí, no vacilará en matarla para ganarse una prima.

55

El 25 de septiembre las luces se encendieron a las ocho menos veinte. Krantz no se acercó a Wentworth hasta pasadas las ocho.

A ese hora Arabella acompañaba a sus huéspedes al comedor.

Krantz, vestida con un chándal negro muy ajustado, dio un par de vueltas a la mansión antes de decidir por dónde entraría. Desde luego, no iba a ser por la puerta principal. El alto muro de piedra que rodeaba la finca había resultado inexpugnable cuando lo habían construido originalmente para impedir la entrada de los invasores, sobre todo los franceses y alemanes, pero al principio del siglo XXI los efectos del tiempo y el salario mínimo, habían conseguido que hubiese un par de lugares donde cualquier pillete dispuesto a robar unas cuantas manzanas pudiese saltarlo sin ninguna dificultad.

En cuanto eligió el punto de entrada, trepó fácilmente al muro, se sentó en el borde, se dejó caer y rodó sobre sí misma, como había hecho un millar de veces después de una mala caída desde la barra de equilibrio.

Permaneció inmóvil durante unos segundos a la espera de que una nube ocultara la luna. Luego corrió unos cuarenta metros para refugiarse en un bosquecillo junto al río. Esperó a que reapareciera la luna para observar el terreno con más detalle, consciente de que debía tener paciencia. En su trabajo, la impaciencia podía dar lugar a errores, algo que no se podía solucionar con la misma facilidad que en otras profesiones.

Veía perfectamente la fachada de la casa, pero pasaron otros cuarenta minutos antes de que un hombre con chaqué y corbata blanca abriera la gran puerta de roble para dejar que dos perros salieran a dar su paseo nocturno. Los canes olisquearon el aire, descubrieron el olor de Krantz, y se lanzaron a la carrera y con sonoros ladridos hacia su escondite. Ella los había estado esperando desde hacía rato.

Los ingleses, le había comentado una vez su instructor, eran un pueblo amante de los animales, y se podía saber la clase de las personas por los perros que tenían en sus casas. La clase trabajadora se inclinaba por los galgos, las clases medias por los Jack Russell y los cocker spaniel, mientras que los nuevos ricos preferían el pastor alemán o el Rottweiler para vigilar sus recientemente adquiridas riquezas. La tradición entre las clases altas era tener labradores, unos perros poco adecuados como guardianes, porque tendían más a lamer a los desconocidos que a arrancarles un bocado. Cuando le hablaron de estos animales, lo primero que se le ocurrió a Krantz fue que eran unos perros estúpidos. Solo la reina tenía Corgis.

Krantz no se movió mientras los perros corrían hacia ella. De vez en cuando se detenían para olisquear, porque habían captado otro olor que les hacía menear la cola con entusiasmo. Krantz había hecho una visita a Curnick's en Fulham Road para comprar el mejor solomillo, que seguramente hubiese sido muy del gusto de los invitados que ahora cenaban en Wentworth Hall. Krantz no había reparado en gastos. Después de todo, esta sería su última cena.

Colocó los deliciosos bocados en un círculo y permaneció inmóvil en el centro, como un maniquí. Brunswick y Picton se encontraron con la carne y la engulleron en un santiamén, sin hacer el menor caso de la estatua humana. Krantz se agachó lentamente hasta apoyar una rodilla en tierra y comenzó a poner más trozos, cada vez que aparecía un hueco en el círculo. De vez en cuando, los perros hacían una pausa entre bocado y bocado, la miraban con ojos tristones, sin dejar de menear el rabo con entusiasmo, antes de continuar con el festín.

Después de servirles los últimos trozos, Krantz comenzó a acariciar la sedosa cabeza de Picton, el más joven de los dos perros. No se movió cuando ella desenfundó el cuchillo de cocina. El mejor acero de Sheffield, también comprado aquella tarde en Fulham Road.

Acarició de nuevo la cabeza del labrador color chocolate, y entonces súbitamente, sin previo aviso, le sujetó las orejas para apartarle la cabeza del último bocado, y lo degolló de un solo tajo. El animal soltó un gemido agudo; en la oscuridad Krantz no vio la expresión de pena en sus grandes ojos negros. El otro perro, más viejo pero igual de tonto, tardó un segundo en gruñir. Más que suficiente para que Krantz pasara el brazo izquierdo por debajo del hocico, le levantara la cabeza y le rajara la garganta, aunque no con la misma habilidad y precisión. Brunswick cayó de lado. Krantz lo cogió por las orejas y de un tajo acabó con el sufrimiento del perro.

Krantz arrastró los cuerpos hasta el bosquecillo y los dejó detrás del tronco de un roble caído. Se lavó las manos en la corriente, enfadada cuando vio las grandes manchas de sangre en su chándal nuevo. Limpió la hoja del cuchillo en la hierba antes de guardarlo en la funda. Consultó su reloj. Había calculado dos horas para toda la operación, y por lo tanto disponía de una hora antes de que las personas de la casa, tanto los que servían como quienes eran servidos, advirtieran que los perros no habían regresado de la salida nocturna.

La distancia entre el bosquecillo y el extremo norte de la casa era de unos ciento veinte metros. Como la luna brillaba con fuerza y no podía esperar a que pasaran las nubes, solo había una manera de acercarse sin ser observada.

Se dejó caer de rodillas y después se tendió sobre la hierba.

Extendió primero un brazo, seguido por una pierna, el segundo brazo, la segunda pierna, y finalmente adelantó el cuerpo. Su mejor marca por los cien metros como cangrejo humano era de siete minutos y diecinueve segundos. De vez en cuando, se detenía y levantaba la cabeza para observar la casa y considerar por dónde entraría. Había luz en todas las ventanas de la planta baja, mientras que el primer piso aparecía casi a oscuras, y en el segundo, que ocupaba la servidumbre, solo había una luz encendida. A Krantz no le interesaba el segundo piso. La persona que buscaba se encontraba en la planta baja, y más tarde estaría en la primera.

Disminuyó la velocidad del avance a unos diez metros de la casa hasta que los dedos tocaron la pared. Permaneció inmóvil, con la cabeza inclinada a un lado, y aprovechó la luz de la luna para observar el edificio con mucha atención. Solo las grandes mansiones antiguas tenían tuberías de desagüe tan grandes. Para alguien que había hecho saltos mortales en una viga de diez centímetros de anchura, estas tuberías eran como escaleras.

Luego miró las ventanas de la habitación donde se escuchaban voces. Las gruesas cortinas estaban echadas, pero quedaba una rendija. Se movió con la lentitud de un caracol hacia las voces y las risas. Llegó a la ventana y se puso de rodillas para espiar a través de la pequeña separación en las cortinas.

Lo primero que vio fue a un hombre de esmoquin de pie y con una copa de champán en la mano como si fuese a proponer un brindis. No escuchó lo que decía, pero tampoco le importaba. Miró con atención la parte del comedor que se podía ver por la rendija. La cabecera de la mesa la ocupaba una mujer con un vestido de seda sentada de espaldas a la ventana, que miraba al hombre de la copa. Contempló por un momento el collar de diamantes, pero no era su campo. Lo suyo estaba unos cinco o seis centímetros por encima de las resplandecientes gemas.

Miró al otro lado de la mesa. Casi sonrió al ver quién comía faisán y bebía una copa de vino. Krantz la estaría esperando, encondida en el lugar que menos se podía imaginar, cuando Petrescu subiera a su habitación.

Después miró al hombre de chaqué que le había abierto la puerta a los perros. Ahora se encontraba detrás de la dama del vestido de seda, ocupado en llenarle la copa, mientras otros sirvientes retiraban los platos y uno solo se ocupaba de recoger las migas del mantel en una bandeja de plata. Krantz siguió sin moverse al tiempo que sus ojos buscaban la otra garganta que Fenston le había ordenado cortar.

—Lady Arabella, quiero agradecerle su hospitalidad. He disfrutado mucho con la deliciosa trucha del río Test, y el exquisito faisán cazado en su finca, y todo en compañía de dos notables mujeres. Pero esta noche será para mí memorable por muchas otras razones. Mañana no solo dejaré Wentworth Hall con una obra extraordinaria para mi colección sino con el compromiso de una de las jóvenes profesionales con mayor talento en su campo de ser la directora de mi fundación. Milady, su bisabuelo fue muy sabio cuando le compró hace más de un siglo, en 1899, al doctor Gachet el autorretrato de su gran amigo, Vincent Van Gogh. Mañana, esa obra maestra iniciará su viaje al otro lado del mundo, pero debo advertirle, Arabella, que después de unas pocas horas en su casa, he puesto el ojo en otro de sus tesoros nacionales, y esta vez estoy dispuesto a pagar lo que sea necesario.

—¿Puedo preguntar cuál es? —dijo Arabella.

Krantz decidió que era la hora de moverse.

Avanzó lentamente hacia la esquina norte del edificio, sin saber que las enormes cantoneras de piedra habían sido un placer arquitectónico para sir John Vanbrugh; para ella solo era unos peldaños perfectamente proporcionados que le permitirían subir a la primera planta.

Subió hasta la terraza en menos de dos minutos, y se detuvo un momento para calcular en cuántos dormitorios tendría que entrar. La presencia de visitantes no era motivo para sospechar que hubiese alarmas en las habitaciones, y a la vista de la antigüedad de la casa, hasta un ladrón en su primer robo hubiese entrado con toda facilidad. Con la ayuda del cuchillo, alzó el cerrojo de la ventana de la primera habitación. Una vez dentro, no se preocupó en buscar el interruptor de la luz sino que encendió una linterna que alumbraba un espacio del tamaño de un televisor pequeño. El rayo de luz alumbró un cuadro tras otro, y si bien Hals, Hobbema y Van Goyen hubiesen deleitado los ojos de la mayoría de los expertos, Krantz pasó rápidamente a la búsqueda de otro maestro holandés. Tras comprobar que ninguna de las demás pinturas era la que buscaba, apagó la linterna y salió de nuevo a la terraza. Entró en el segundo dormitorio de invitados en el mismo momento en que Arabella se levantaba para agradecer el amable discurso de Nakamura.

Una vez más, Krantz miró todos y cada uno de los cuadros sin conseguir su objetivo. Se apresuró a salir, mientras en el comedor el mayordomo ofrecía al señor Nakamura el oporto y la caja de puros. El señor Nakamura dejó que Andrews le sirviera un Taylor's 47. Luego el mayordomo se acercó a su ama. Arabella declinó el oporto, pero probó varios puros entre el pulgar y el índice antes de seleccionar un Monte Cristo. Andrew le encendió el puro y Arabella sonrió. Todo marchaba de acuerdo con el plan.

56

Krantz había entrado ya en cinco dormitorios cuando Arabella invitó a sus huéspedes a pasar al salón para el café. Aún le quedaban otras nueve habitaciones y tenía muy claro que no solo se le agotaba el tiempo, sino que tampoco tendría una segunda oportunidad.

Pasó rápidamente a la siguiente habitación, donde algún partidario del aire fresco había dejado la ventana abierta de par en par. Encendió la linterna y se encontró con la mirada fría del Duque de Hierro. Miró el cuadro siguiente, cuando el señor Nakamura dejaba su taza de café en una mesa de centro y se levantó de su butaca.

—Creo que es hora de retirarme, lady Arabella, ante la posibilidad de que esos aburridos hombres de Corus Steel crean que he perdido facultades si me ven somnoliento. —Se volvió hacia Anna—. Espero que mañana podamos hablar durante el desayuno de sus ideas para aumentar mi colección y tal vez incluso de su salario.

—Usted ya dejó claro cuánto cree que valgo —respondió Anna.

—No lo recuerdo —dijo Nakamura, intrigado.

—Claro que sí —insistió Anna, con una sonrisa—. Recuerdo muy bien cuando dijo que Fenston lo había convencido de que valía quinientos dólares al día.

—Se aprovecha de un viejo —replicó Nakamura, con un tono risueño—, pero no me desdeciré.

Krantz creyó escuchar que se cerraba una puerta, y sin mirar de nuevo a Wellington se apresuró a salir a la terraza. Necesitó utilizar el cuchillo para entrar en la siguiente habitación.

Avanzó sigilosamente y se detuvo a los pies de otra cama con dosel. Encendió la linterna, segura de que encontraría una pared desnuda. Pero no fue el caso.

La miraban los ojos de loco de un genio. Los ojos locos de una asesina le devolvieron la mirada.

Krantz sonrió por segunda vez en una misma noche. Se subió a la cama y se acercó a gatas a su objetivo. Desenfundó el cuchillo cuando estaba a un palmo de la pintura, levantó el arma por encima de la cabeza y se disponía a hundir la hoja en el cuello de Van Gogh, cuando recordó la condición de Fenston si quería cobrar cuatro y no tres millones. Apagó la linterna, saltó a la mullida alfombra y se arrastró debajo de la cama. Se acomodó boca arriba, dispuesta a esperar.

Arabella y sus invitados salieron del salón y en el momento de entrar en el vestíbulo, le preguntó a Andrews si Brunswick y Picton habían regresado.

—No, milady —contestó el mayordomo—, pero esta noche hay muchos conejos.

—Iré yo misma a buscar a esos vagabundos —murmuró Arabella. Miró a sus invitados, y añadió—: Que descansen. Nos veremos mañana a la hora del desayuno.

Nakamura le dedicó una última inclinación antes de acompañar a Anna escaleras arriba, deteniéndose ante cada cuadro para admirar a los antepasados de Arabella.

—Tendrá que perdonarme, Anna, si voy despacio, pero es que quizá no tenga la oportunidad de encontrarme de nuevo con estos caballeros.

Anna se despidió con una sonrisa y dejó al japonés, que miraba extasiado el retrato de la señora Siddons pintado por Romney.

Fue por el pasillo hasta la habitación Van Gogh. Abrió la puerta, encendió la luz y se detuvo un instante para contemplar el cuadro de Van Gogh. Se quitó el vestido y lo colgó en el armario; el resto de las prendas las dejó en el sofá a los pies de la cama. Luego encendió la lámpara en la mesa de noche y consultó su reloj. Eran poco más de la once. Entró en el baño.

En cuanto Krantz escuchó el ruido de la ducha, salió de su escondite y se quedó de rodillas junto a la cama. Inclinó la cabeza como un animal que husmea el viento. La ducha continuaba funcionando. Se levantó para ir hasta la puerta y apagó la lámpara del techo, de modo que solo quedó encendida la lámpara de la mesa de noche. Apartó la manta y la sábana del lado opuesto de la cama y se acostó. Dirigió una última mirada al Van Gogh, antes de taparse la cabeza y desaparecer bajo las sábanas. Krantz permaneció inmóvil. Era tan delgada que apenas si se veía el bulto en la penumbra. Escuchó cómo se cerraba la ducha. Luego el silencio mientras Anna se secaba, y después escuchó el chasquido del interruptor de la luz del baño, seguido por el sonido de la puerta al cerrarse.

Krantz desenvainó el cuchillo y lo empuñó con fuerza mientras Anna entraba en el dormitorio. La joven se acostó en su lado de la cama y de inmediato se volvió de lado y estiró el brazo para apagar la lámpara. Apoyó la cabeza en la mullida almohada de plumas. Pensó que la velada no podía haber ido mejor. El señor Nakamura no solo había comprado el cuadro, sino que le había ofrecido un empleo. ¿Qué más podía pedir?

Ya se dormía cuando Krantz se volvió para tocarle la espalda con la punta del índice. Deslizó el dedo a lo largo de la columna vertebral y se detuvo cuando llegó a las nalgas. Anna exhaló un suspiro. Krantz se detuvo un momento, antes de meter la mano entre las piernas de la muchacha.

Anna se preguntó si estaría soñando o si era verdad que alguien la tocaba. No movió ni un músculo. Era imposible que hubiese alguien más en la cama. Tenía que ser un sueño. Fue entonces cuando notó el frío del acero que se deslizaba entre los muslos. De pronto abrió los ojos totalmente despierta. Un millar de pensamientos le pasaron por la mente. Iba a apartar la manta y arrojarse al suelo, cuando una voz susurró con firmeza:

—Ni se te ocurra moverte; tienes un cuchillo entre las piernas con el filo hacia arriba. —Anna no se movió—. No quiero oírte ni murmurar. Si lo haces, te rajaré desde la entrepierna a la garganta, y vivirás lo suficiente como para desear morir cuanto antes.

Anna sintió la presión de la hoja metida entre los muslos e intentó no moverse, aunque no conseguía controlar el temblor.

—Si sigues mis instrucciones al pie de la letra —añadió Krantz—, puede que vivas, pero no te hagas muchas ilusiones.

Anna no se las hizo, consciente de que quizá la única oportunidad de seguir con vida era ganar tiempo.

—¿Qué quiere? —preguntó.

—Te dije que no murmurases —repitió Krantz. Movió el cuchillo hasta que la hoja quedó a un centímetro del clítoris. Anna se calló—. Hay una lámpara en tu lado de la cama. Muévete muy despacio y enciéndela.

Anna se movió y sintió que el cuchillo se movía con ella mientras encendía la lámpara.

—Muy bien. Ahora apartaré la manta de tu lado de la cama, mientras tú te estás quieta. Todavía no quitaré el cuchillo.

Anna mantuvo la mirada fija al frente, mientras Krantz apartaba la manta.

—Ahora sube las rodillas hasta el mentón. Despacio.

Anna obedeció, y de nuevo el cuchillo siguió el movimiento.

—Ahora ponte de rodillas de cara a la pared.

Anna apoyó el codo izquierdo en la cama, se puso de rodillas lentamente y luego se giró hasta quedar de cara a la pared. Miró el Van Gogh. La oreja vendada le hizo recordar la última cosa que Krantz le había hecho a Victoria.

Krantz se colocó de rodillas directamente detrás de ella, siempre con el cuchillo entre las piernas de su prisionera.

—Inclínate hacia delante y coje la pintura con las dos manos.

Anna cumplió la orden con dificultad porque el temblor de sus manos iba en aumento.

—Quita el cuadro del gancho y ponlo suavemente sobre la almohada.

Anna tuvo que apelar a todas sus fuerzas para desenganchar el cuadro y colocarlo sobre la almohada.

—Ahora sacaré el cuchillo de entre tus piernas muy lentamente, y luego apoyaré la punta en tu nuca. No se te ocurra hacer ningún movimiento súbito cuando aparte el cuchillo, porque si eres tan idiota como para intentar lo que sea, te aseguro que estarás muerta en menos de tres segundos y yo habré salido por la ventana antes de que pasen diez. Quiero que lo pienses antes de que retire el cuchillo.

Anna lo pensó, y permaneció inmóvil. Unos segundos más tarde, sintió que el cuchillo se apartaba de las piernas, y casi sin solución de continuidad, tal como le habían prometido, la punta le tocaba la nuca.

—Levanta el cuadro y después date la vuelta. Recuerda que el cuchillo siempre estará a unos centímetros de tu garganta. Cualquier movimiento, y me refiero a cualquier movimiento que considere repentino, será el último que hagas.

Anna la creyó. Se inclinó hacia delante, levantó el cuadro y movió las rodillas centímetro a centímetro, hasta quedar cara a cara con Krantz. Se sorprendió al verla. La mujer era tan menuda y parecía muy vulnerable, un error que habían pagado muy caro varios hombres en el pasado. Si Krantz había matado a Sergei, ¿qué podía hacer ella? Un curioso pensamiento pasó por su mente mientras esperaba la próxima orden. ¿Por qué no había dicho sí cuando Andrews le ofreció servirle una taza de chocolate antes de acostarse?

—Mueve el cuadro hasta ponérmelo delante, y no dejes de mirar el cuchillo.

Apartó el cuchillo de la garganta de la joven y lo levantó por encima de la cabeza. Mientras Anna movía el cuadro, Krantz mantuvo el arma apuntada a su parte favorita del cuerpo humano.

—Sujeta el marco bien firme, porque tu amigo Van Gogh está a punto de perder más que la oreja izquierda.

—¿Por qué? —exclamó Anna, incapaz de seguir callada.

—Me alegra que me lo preguntes —contestó Krantz—, porque las órdenes del señor Fenston no pueden ser más explícitas. Quiere que tú seas la última persona en ver la obra maestra antes de su destrucción final.

—¿Por qué? —repitió Anna.

—Dado que el señor Fenston no puede ser el propietario de la pintura, quiere asegurarse de que tampoco lo sea el señor Nakamura. —Seguía con el cuchillo muy cerca del cuello de Anna—. Siempre es un error ponerse a malas con el señor Fenston. Es una pena que no tengas ocasión de decirle a tu amiga Arabella lo que el señor Fenston le tiene preparado. —Krantz hizo una pausa—. Sin embargo, tengo el presentimiento de que no le importará que comparta los detalles contigo. Una vez destruido el cuadro, es una lástima que ella no pudiese asegurarlo, es como ahorrar la lechuga del canario, el señor Fenston comenzará a vender todo lo que tiene hasta que la señora liquide la deuda. Su muerte, a diferencia de la tuya, será lenta y dolorosa. No puedo más que admirar la mente lógica del señor Fenston. —Hizo otra pausa—. Mucho me temo que al señor Van Gogh y a ti se os ha acabado el tiempo.

Krantz levantó bruscamente el cuchillo por encima de la cabeza y clavó la hoja en la tela. Anna sintió toda la fuerza de Krantz cuando cortó el cuello de Van Gogh y continuó el movimiento en un círculo irregular hasta cortar la cabeza de Van Gogh y dejar un agujero con los bordes desgarrados en el centro del cuadro. Krantz se echó hacia atrás para contemplar el destrozo y se permitió un momento de satisfacción. Consideraba que había cumplido sobradamente el contrato con Fenston, y ahora que Anna había sido testigo de todo el espectáculo, había llegado el momento de ganarse el cuarto millón.

Anna vio que la cabeza de Van Gogh caía a su lado, sin derramar ni una gota de sangre. En el instante en que Krantz se apartó para saborear el triunfo, Anna descargó el pesado marco contra la cabeza. Pero Krantz fue más rápida de lo que Anna suponía. Se giró en el acto, levantó un brazo y logró que el golpe lo recibiera el hombro izquierdo. Anna saltó de la cama mientras Krantz se desembarazaba del marco, pero no alcanzó a dar más de un paso hacia la puerta antes de que Krantz se arrojara sobre ella; la punta del cuchillo abrió un tajo en el muslo de la joven cuando intentaba dar otro paso. Anna se tambaleó y cayó en medio de un charco de sangre, a un palmo de la puerta. Krantz solo estaba un paso por detrás cuando la mano de Anna sujetó la manija, pero ya era demasiado tarde. Ya tenía a Krantz encima antes de que pudiese moverla. Krantz la sujetó por el pelo y la tumbó en el suelo. Levantó el cuchillo por encima de la cabeza, y las últimas palabras que Anna le escuchó decir fueron:

—Esta vez es personal.

Krantz se disponía a realizar una incisión ceremonial cuando se abrió la puerta del dormitorio. No la abrió un mayordomo portador de una taza de chocolate, sino una mujer con una escopeta debajo del brazo derecho, con las manos y un resplandeciente vestido de seda tintos en sangre.

La asesina se quedó momentáneamente atónita mientras miraba a lady Victoria Wentworth. ¿No había matado a esta mujer? ¿Estaba viendo un fantasma? Krantz titubeó, perpleja, mientras la aparición se acercaba a ella. No desvió la mirada de Arabella, con el cuchillo a menos de un centímetro de la garganta de Anna.

Arabella levantó el arma al mismo tiempo que Krantz retrocedía lentamente y arrastraba a su prisionera hacia la ventana abierta. Arabella amartilló la escopeta.

—Otra gota de sangre —dijo—, y te volaré en pedazos. Empezaré por las piernas, y reservaré el segundo cartucho para tu estómago. Pero no te remataré. No, te prometo una muerte lenta y terriblemente dolorosa. No pediré que envíen a una ambulancia hasta estar convencida de que no podrán hacer nada por ayudarte. —Arabella bajó un poco el arma, y Krantz vaciló—. Déjala ir, y no dispararé. —Arabella abrió la escopeta, y esperó. Le sorprendió ver el terror en el rostro de la asesina. En cambio, Anna se mostraba muy compuesta.

Con un movimiento inesperado, Krantz soltó el pelo de Anna y saltó a través de la ventana abierta hacia la terraza. Arabella montó la escopeta, la levantó y disparó. Los perdigones destrozaron la ventana Burne-Jones. Arabella corrió a la terraza y gritó: «Ahora, Andrews», como si ordenara el comienzo de una cacería de faisanes. Un segundo más tarde, se encendieron las luces del jardín, que adquirió el aspecto de un campo de fútbol con un único jugador que corría hacia la portería.

Arabella miró la diminuta figura negra que zigzagueaba a través del jardín. Levantó la escopeta por segunda vez, apoyó la culata en el hombro, apuntó, soltó la respiración y apretó el gatillo. Krantz se desplomó, pero continuó arrastrándose hacia el muro.

—Maldita sea —exclamó Arabella—. Solo la he rozado. —Salió corriendo de la habitación, bajó la escalera al tiempo que gritaba—: Otros dos cartuchos, Andrews.

El mayordomo abrió la puerta principal con la mano derecha y con la izquierda le pasó a su ama los dos cartuchos. Arabella recargó la escopeta antes de bajar la escalinata y echar a correr a través del jardín. Alcanzó a ver la silueta que había cambiado de dirección y ahora corría hacia la reja abierta, pero Arabella acortó la distancia rápidamente. En cuanto se convenció de que tenía a Krantz a tiro, se detuvo para apuntar con mucho cuidado. Iba a apretar el gatillo cuando, como por arte de magia, tres coches de policía y una ambulancia cruzaron la reja a gran velocidad. Los faros deslumbraron a Arabella y le hicieron perder a su presa.

El primer coche frenó bruscamente delante de ella, y al ver quién se apeaba, bajó el arma.

—Buenas noches, superintendente jefe —dijo, con una mano en la frente para protegerse los ojos de la potente luz de los faros.

—Buenas noches, Arabella —respondió el policía, como si hubiese llegado unos minutos tarde a uno de sus cócteles—. ¿Todo en orden?

—Hasta que usted se presentó para meter las narices en los asuntos de otras persona. ¿Puedo preguntarle cómo ha hecho para llegar tan rápido?

—Tiene que agradecérselo a su amigo norteamericano, Jack Delaney. Nos avisó de que quizá necesitaría nuestra ayuda, así que hemos estado vigilando el lugar desde hace una hora.

—Pues no necesitaba que nadie me ayudara —replicó Arabella, y levantó el arma—. Si me hubiese dado un par de minutos más, hubiese acabado con ella, y al diablo con las consecuencias.

—No sé de qué me habla —afirmó el superintendente, mientras se acercaba a su coche para apagar los faros. La ambulancia y los otros dos coches habían desaparecido.

—Ha dejado que se escapara —protestó Arabella, que levantó el arma por tercera vez, en el momento en que el señor Nakamura aparecía a su lado vestido con bata.

—Creo que Anna...

—Oh, Dios mío. —Arabella se volvió y, sin molestar a esperar la respuesta del superintendente, corrió de regreso a la casa. Entró como una tromba, subió los escalones de dos en dos, y no se detuvo hasta entrar en el dormitorio Van Gogh. Encontró a Andrews arrodillado en el suelo, muy ocupado en vendar el muslo de Anna.

El señor Nakamura apareció un par de segundos más tarde. Esperó a recuperar el aliento y después dijo:

—Durante muchos años, Arabella, me he preguntado qué pasaba en las fiestas de las mansiones rurales inglesas. Bueno, ahora ya lo sé.

Arabella soltó la carcajada, y se volvió hacia Nakamura, que miraba la pintura mutilada que yacía en el suelo junto a la cama.

—Oh, Dios mío —repitió Arabella, al ver lo que había quedado de su herencia—. Al final, el malnacido de Fenston se ha salido con la suya. Ahora comprendo por qué estaba tan seguro de que me vería obligada a vender el resto de mi colección, e incluso renunciar a la propiedad de Wentworth Hall.

Anna se levantó poco a poco y se sentó a los pies de la cama.

—No lo creo —manifestó. Al ver la expresión de extrañeza en el rostro de su anfitriona—. Pero tendrás que agradecérselo a Andrews.

—¿Andrews?

—Así es. Me advirtió de que el señor Nakamura marcharía a primera hora de la mañana si no quería llegar tarde a su reunión con Corus Steel y sugirió que si no quería que me molestasen a una hora intempestiva, quizá lo mejor sería que él retirara la pintura antes de la cena. De esa manera el personal tendría tiempo para colocar la pintura en el marco original y de embalarla antes de su marcha. —Anna hizo una pausa—. Le comenté a Andrews que quizá te molestaría descubrir que él había frustrado tus deseos, mientras que yo había abusado claramente de tu hospitalidad. Recuerdo las palabras exactas de Andrews: «Si me permite usted reemplazar el original con la falsificación, estoy seguro de que milady no se dará cuenta».

Fue una de las contadas ocasiones durante los últimos cuarenta y nueve años que Andrews vio enmudecer a lady Arabella.

—Creo que debería usted despedirlo de inmediato por insubordinación —señaló Nakamura—, y así yo podré ofrecerle un empleo. —Miró a Andrews—. Si acepta, estoy dispuesto a doblarle el salario.

—Ni lo sueñe —dijo Arabella, antes de que el mayordomo pudiese responder—. Andrews es un tesoro nacional del que jamás me desprenderé.

26-S

57

El señor Nakamura se despertó pocos minutos después de las seis, al escuchar que se cerraba la puerta del dormitorio. Dedicó unos momentos a pensar en los acontecimientos de la velada e intentó convencerse de que no había sido un sueño.

Apartó la sábana y la manta y apoyó los pies en la alfombra. Vio las zapatillas y la bata junto a la cama. Se calzó las zapatillas, se puso la bata y fue hasta los pies de la cama, donde había dejado el esmoquin, la camisa y el resto de las prendas en una silla, con la intención de guardarlas en la maleta antes de desayunar, pero no estaban. Intentó recordar si ya las había guardado. Abrió la maleta y se encontró con la camisa lavada y planchada; que también habían planchado el esmoquin, que ahora estaba en el portatrajes.

Entró en el baño. Habían llenado la bañera hasta un poco más de la mitad. Metió una mano en el agua: la temperatura era templada. Entonces recordó que alguien había cerrado la puerta. Sin duda con la fuerza suficiente para despertarlo, sin molestar a ninguno de los ocupantes de los demás dormitorios. Se quitó la bata y se sumergió en la bañera.

Anna salió del baño y comenzó a vestirse. Se estaba poniendo el reloj de Tina cuando vio un sobre en la mesa de noche. ¿Lo había dejado Andrews mientras ella se duchaba? No había sobre alguno cuando se despertó. Su nombre aparecía escrito en el sobre con la letra inconfundible de Arabella.

Se sentó en el borde de la cama y rasgó el sobre.

Wentworth Hall
26 de septiembre de 2001

Querida Anna:

¿Cómo darte las gracias? Hace diez días me dijiste que deseabas demostrar que no tenías nada que ver con la trágica muerte de Victoria. Desde entonces, has hecho mucho más, y has acabado salvando los garbanzos de la familia.

Anna se echó a reír ante la curiosa expresión, y al hacerlo dos trozos de papel cayeron del sobre al suelo. Se agachó para recogerlos. El primero era un talón de Coutts a nombre de Anna Petrescu por un millón de libras esterlinas. El segundo...

Nakamura acabó de vestirse, cogió el móvil de la mesa de noche y marcó un número de Tokio. Le ordenó a su director financiero que hiciera una transferencia de cuarenta y cinco millones de dólares a su banco en Londres. No necesitaría llamar a sus abogados, a quienes había dado instrucciones expresas para que transfirieran todo el dinero al banco Coutts & Co, en el Strand, donde la familia Wentworth tenía una cuenta desde hacía más de doscientos años.

Antes de salir de la habitación para ir a desayunar, el señor Nakamura se detuvo durante un momento delante del retrato de Wellington. Dedicó un saludo al Duque de Hierro, convencido de que hubiese disfrutado con la refriega de la noche anterior.

Mientras bajaba la escalera, vio a Andrews en el vestíbulo. Supervisaba el traslado de la caja roja, que contenía el Van Gogh con el marco original. Su segundo colocó la caja junto a la puerta principal para cargarla en el coche del señor Nakamura en cuanto llegara el chófer.

Arabella salió del comedor de diario en el momento en que su invitado bajaba el último escalón.

—Buenos días, Takashi. Espero que, a pesar de todo, haya conseguido dormir.

—Sí, gracias, Arabella —respondió Nakamura.

Anna bajó la escalera. Le costaba mover la pierna herida.

—No sé cómo agradecértelo —dijo Anna.

—Sotheby's me hubiese cobrado mucho más —replicó Arabella, sin dar más explicaciones.

—Sé que Tina...—comenzó Anna y se interrumpió al escuchar que llamaban a la puerta principal.

Andrews cruzó el vestíbulo para atender la llamada.

—Probablemente será mi chófer —comentó Nakamura, mientras el mayordomo abría la puerta.

—Buenos días, señor —saludó Andrews.

Arabella se volvió y en su rostro apareció una amplia sonrisa al ver quién era el inesperado visitante.

—Buenos días, Jack. Nadie me ha avisado de que desayunaría con nosotros. ¿Acaba de cruzar el charco, o es que ha pasado la noche en la comisaría local?

—No, Arabella, no he dormido allí, pero me han comentado que le tocaba hacerlo a usted —contestó el agente del FBI, con una sonrisa.

—Hola, mi héroe —dijo Anna, y le dio un beso—. Llegas justo a tiempo para salvarnos a todos.

—Eso no es justo —protestó Arabella—. Fue Jack quien avisó a la policía local.

Anna sonrió y se volvió hacia Nakamura.

—Este es mi amigo, Jack Fitzgerald Delaney.

—Sin duda bautizado John —señaló Nakamura, al tiempo que le estrechaba la mano.

—Así es, señor.

—¿Nombres escogidos por una madre irlandesa, o quizá nació usted el veintidós de noviembre de 1963?

—Diana las dos veces —admitió Jack.

—Muy gracioso —afirmó Arabella.

Mientras ella llevaba a los invitados al comedor de diario, Anna aprovechó para explicarle a Jack por qué llevaba un vendaje en la pierna.

Arabella invitó a Nakamura a sentarse en la silla a su derecha, y le dijo a Jack:

—Usted a mi izquierda. Todavía tengo un par de preguntas que necesitan respuesta.—Jack miró la bandeja de riñones y empuñó los cubiertos—. No piense en comer —añadió Arabella— hasta que me explique por qué no aparezco en la primera plana del *Daily Mail* después de mis heroicos esfuerzos de anoche.

—No sé de qué me habla —respondió Jack.

Andrews le sirvió una taza de café.

—¿Usted también? —exclamó Arabella—. No es de extrañar que tanta gente crea en conspiraciones y que las autoridades oculten todo lo que pueden al conocimiento público. Tendrá que esforzarse un poco más, Jack.

—Antes de venir hablé con mis colegas del MI5 —dijo Jack, mientras depositaba los cubiertos en la mesa—, y me aseguraron que ningún terrorista entró en el país durante las últimas veinticuatro horas.

—En otras palabras, que se ha escapado —manifestó Anna.

—No exactamente, pero sí puedo decir que una mujer de aproximadamente un metro cincuenta de estatura y cincuenta kilos de pesos, con una herida de bala, pasó la noche en una celda de aislamiento de la cárcel de Belmarsh.

—De la que sin duda se escapará —opinó Arabella.

—Le puedo asegurar, Arabella, que nadie ha conseguido nunca escapar de Belmarsh.

—Así y todo, acabarán enviándola de regreso a Bucarest.

—Es poco probable, dado que no hay ningún registro de su

entrada en el país, y a nadie se le ocurrirá buscar a una mujer en esa cárcel.

—Bueno, en ese caso, le dejaré que se sirva una pequeña ración de champiñones.

Jack se apresuró a coger los cubiertos.

—Se los recomiendo —dijo el señor Nakamura, y se levantó—. Lamento mucho tener que marcharme ahora, Arabella, si no quiero llegar tarde a la reunión.

Jack dejó de nuevo los cubiertos en vista de que todos los demás se levantaron para acompañar al señor Nakamura al vestíbulo.

Andrews se encargaba de supervisar la carga de la caja roja en el maletero de la limusina cuando Arabella y sus invitados aparecieron en el vestíbulo.

—Creo que describir mi corta visita a Wentworth Hall como memorable —le comentó Nakamura a Arabella— sería el clásico ejemplo de la modestia inglesa. —Sonrió antes de dedicar una última mirada al retrato de Catherine, lady Wentworth, pintado por Gainsborough—. Corríjame si me equivoco, Arabella, pero ¿no es ese el mismo collar que llevaba anoche en la cena?

—Lo es —replicó Arabella, complacida—. Su Señoría era una actriz, que sería el equivalente de una bailarina de cabaret, así que solo Dios sabe de quién de sus muchos admiradores recibió esos soberbios diamantes. Pero no me quejo porque ciertamente debo agradecerle el collar.

—También los pendientes —señaló Anna.

—Lamentablemente, el pendiente —dijo Arabella, y se tocó la oreja derecha.

—El pendiente —repitió Jack con la mirada puesta en la pintura—. Soy idiota —añadió—. Me ha estado mirando a la cara todo el tiempo.

—¿Qué es exactamente lo que te ha estado mirando a la cara todo el tiempo? —preguntó Anna.

—Leapman escribió en el dorso de una foto de Fenston y George W. Bush estrechándose las manos: «Esta es la única prueba que necesita».

—¿La única prueba que necesita para qué? —quiso saber Arabella.

—Para demostrar que fue Fenston quien asesinó a su hermana —contestó Jack.

—No alcanzo a ver la relación entre lady Catherine Wentworth y el presidente de Estados Unidos —afirmó Arabella.

—Es el mismo error que cometí yo. La relación no es entre lady Wentworth y Bush, sino entre lady Wentworth y Fenston, y la pista ha estado siempre delante de nuestros ojos.

Todos miraron el retrato pintado por Gainsborough.

Anna fue la primera en romper el largo silencio.

—Ambos llevaban el mismo pendiente —dijo en voz baja—. Yo también lo pasé por alto. Incluso vi a Fenston que lo llevaba el día en que me despidió, pero sencillamente no supe ver la relación.

—Leapman sí que se dio cuenta de su significado en el acto —declaró Jack. Solo le faltó frotarse las manos para recalcar su alegría—. Dedujo que era la prueba fundamental que necesitábamos para asegurar la condena.

Andrews carraspeó discretamente.

—Tiene toda la razón, Andrews —dijo Arabella—. No debemos entretener más al señor Nakamura. El pobre hombre ya ha aguantado demasiadas revelaciones familiares por un día.

—Es verdad —manifestó Nakamura—. De todas maneras, quiero felicitar al señor Delaney por su magnífica deducción.

—Es lento, pero siempre llega a la meta —comentó Anna, y lo tomó de la mano.

El señor Nakamura sonrió mientras Arabella lo acompañaba hasta el coche. Anna y Jack esperaron en lo alto de la escalinata.

—Bien hecho, Sombra. Estoy de acuerdo con el señor Nakamura, de que ha sido una muy buena deducción.

—¿Qué tal te ha ido a ti como agente novata? —preguntó Jack, contento con el cumplido de Anna—. ¿Has conseguido averiguar por qué Tina...?

—Creía que nunca me lo preguntarías, aunque debo confesar que también pasé por alto varias pistas que tendrían que haber sido obvias, incluso para una aficionada.

—¿Cuáles?

—Una muchacha que es aficionada de los 49ers y de los Lakers, con un gran amor y grandes conocimientos del arte norteamericano, cuyo pasatiempo era navegar en un velero llamado *Christina* en honor a los dos hijos del propietario.

—¿Ella es hija de Chris Adams?

—Y hermana de Chris Adams Junior.

—Bueno eso lo explica todo.

—Casi todo —le corrigió Anna—, porque Tina Adams no solo perdió su casa y el barco después de que Krantz degollara a su hermano, sino que también abandonó los estudios de derecho.

—Así que finalmente se cruzó con la persona equivocada.

—No solo eso. Tina se cambió el apellido de Adams por Foster, se trasladó a Nueva York, hizo un curso de secretariado, pidió empleo en el banco y esperó a que renunciara la secretaria de Fenston, algo frecuente, para ponerse a tiro.

—Un puesto que mantuvo hasta que la despidieron la semana pasada —le recordó Jack, que miró cómo Nakamura se inclinaba ante Arabella antes de subir a la limusina.

—Todavía no sabes lo mejor, Sombra —continuó Anna al tiempo que agitaba una mano en respuesta al saludo de Nakamura—. Tina descargó en su ordenador todos los documentos que podían implicar a Fenston. Lo archivó todo, desde contratos a cartas, e incluso las notas personales que Fenston creía que se habían destruido cuando se derrumbó la Torre Norte. Así que tengo el presentimiento de que no tardarás mucho en cerrar el expediente del señor Bryce Fenston.

—Gracias a ti y Tina —dijo Jack—. Pero ella lo ha perdido todo.

—No todo —replicó Anna—, porque te alegrará saber que Arabella le ha dado un millón de dólares por su ayuda para salvar la fortuna de la familia.

—¿Un millón de dólares?

—Por no hablar del millón de libras que me ha dado. «Porque el obrero es digno de su salario», fue como lo expresó Arabella en su carta.

—San Lucas —dijo Jack—. «Y posad en aquella misma casa, comiendo y bebiendo lo que os den; porque el obrero es digno de su salario.»

—Impresionante.

—Eso que ni siquiera he desayunado.

—Puede que me apiade de ti, Sombra, y te permita comer conmigo en primera clase en el vuelo de regreso a casa.

—Preferiría que vinieras a cenar conmigo el sábado.

—¿La noche del estofado irlandés de tu madre? Sin duda es mejor que cualquier cosa que sirvan en primera clase. Me apunto.

—No con tanta prisa. Hay algo más que debes saber —le advirtió Jack mientras la limusina del señor Nakamura cruzaba la verja y desaparecía de la vista.

—¿De qué se trata?

—Mi madre cree que has estado casada tres veces, que tienes cinco hijos, no necesariamente de tus maridos, que cuatro de ellos son drogadictos y el otro está en la cárcel. —Hizo una pausa—. También cree que trabajas en una profesión mucho más antigua que la de historiadora del arte.

Anna se echó a reír.

—¿Qué le dirás cuando descubra que nada de todo eso es cierto?

—Que no eres irlandesa —respondió Jack.

Nota del autor

Si bien Van Gogh se cortó parte de la oreja izquierda con una navaja después de una pelea con Gauguin, continúa siendo un misterio por qué aparece vendada la oreja derecha en los dos autorretratos.

Los historiadores de arte, incluido Louis van Tilborgh, conservador del Museo Van Gogh, están convencidos de que el artista pintó su retrato delante de un espejo.

Tilborgh señala que Van Gogh le escribió a su hermano, Theo, el 17 de septiembre de 1888, después de comprar un espejo «que me ayudará en mi trabajo» (carta número 685 en la edición de 1990 de las cartas de Van Gogh).

El espejo se quedó en Arlés cuando el artista se trasladó a Saint-Remy. Sin embargo, Van Gogh escribió otra carta a J. Ginoux el 11 de mayo de 1890, donde le pide que «cuide bien del espejo».

Se sabe que Van Gogh pintó dos autorretratos con la oreja vendada. Uno se puede ver en el Courtauld Institute en Somerset House en Londres. El segundo pertenece a una colección privada.

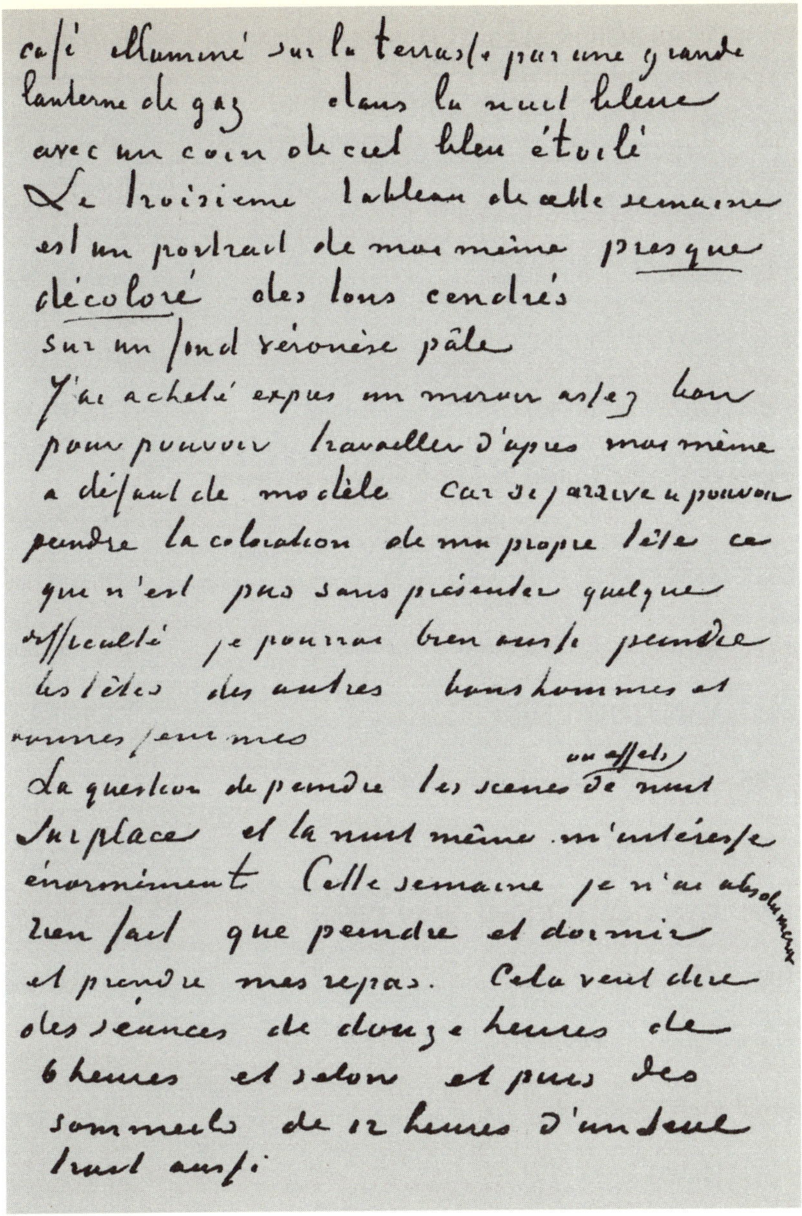
café illuminé sur la terrasse par une grande
lanterne de gaz dans la nuit bleue
avec un coin de ciel bleu étoilé
Le troisième tableau de cette semaine
est un portrait de moi même presque
décoloré des tons cendrés
sur un fond véronèse pâle
J'ai acheté exprès un miroir assez bon
pour pouvoir travailler d'après moi même
à défaut de modèle car si j'arrive à pouvoir
peindre la coloration de ma propre tête ce
qui n'est pas sans présenter quelque
difficulté je pourrai bien aussi peindre
les têtes des autres bonshommes et
bonnes femmes
La question de peindre les scènes ou effets de nuit
sur place et la nuit même m'intéresse
énormément. Cette semaine je n'ai absolument
rien fait que peindre et dormir
et prendre mes repas. Cela veut dire
des séances de douze heures de
6 heures et selon et puis des
sommeils de 12 heures d'un seul
trait aussi

De la carta de Van Gogh a su hermano, Theo, fechada el 17 de septiembre de 1888, en la que el pintor cita uno de sus autorretratos.

LOS PRECIOS MÁS ALTOS EN SUBASTAS, 1980-2005

Año	*Artista/Título*	*Precio U$S*
1980	TURNER *Juilet y su ama*	7.000.000
1981	PICASSO *Yo Picasso*	5.800.000
1982	BOTTICELLI *Giovanni de Pierfrancesco de Médici*	1.400.000
1983	CÉZANNE *Azucarero, peras y mantel*	4.000.000
1984	RAFAEL *Estudio en tiza de una cabeza y manos de hombre*	4.400.000
1985	MANTEGNA *La adoración de los reyes*	10.500.000
1986	MANET *Picapedreros en la rue Mosnier*	11.100.000
1987	**VAN GOGH *Lirios***	**53.900.000**
1988	PICASSO *Acróbata y joven arlequín*	38.500.000
1989	PICASSO *Yo Picasso*	47.900.000
1990	**VAN GOGH *Retrato del Dr. Gachet***	**82.500.000**
1991	TIZIANO *Venus y Adonis*	13.500.000
1992	CANALETTO *La vieja guardia a caballo*	17.800.000
1993	CÉZANNE *Naturaleza muerta: las manzanas*	28.600.000
1994	DA VINCI *Códice Hammer*	30.800.000
1995	PICASSO *Ángel Fernández de Soto*	29.100.000
1996	Mecedora de John F. Kennedy	453.500
1997	PICASSO *El sueño*	48.400.000

1998	**VAN GOGH *Retrato del artista sin barba***	**71.500.000**
1999	CÉZANNE *Cortina, cántaro y frutero*	60.500.000
2000	MIGUEL ÁNGEL *El Cristo resucitado*	12.300.000
2000	REMBRANDT *Retrato de una dama de 62 años*	28.700.000
2001	KOONS *Michael Jackson y Bubbles*	5.600.000
2002	RUBENS *La matanza de los inocentes*	76.700.000
2003	ROTHKO *N.º 9 (Blanco y negro sobre vino)*	16.400.000
2004	RAFAEL *Madona de los claveles*	62.700.000
2004	PICASSO *Muchacho con pipa*	104.000.000
2004	VERMEER *Joven sentada a la espineta*	30.000.000
2004	WARHOL *Mustard Race Riot*	15.100.000
2005	**GAINSBOROUGH *Retrato de sir Charles Gould***	**1.100.000**
2005	**Jarrón de la dinastía Yuan**	**27.600.000**

Fuente: Art & Auction, septiembre 2005